URSULA NEEB

Madame empfängt

GEFÄHRLICHE LIEBSCHAFTEN Frankfurt, 1836. Eine Serie von Giftmorden an jungen Dienstmädchen, die alle nebenbei der Prostitution nachgingen, lässt die heile Fassade der Stadt am Main bröckeln. Augenzeugen haben keine Zweifel, dass der Täter der besseren Gesellschaft angehört. Der ebenso verschlafenen wie korrupten Polizeibehörde unter der Leitung von Oberinspektor Brand gelingt es aber nicht, dem Mörder auf die Spur zu kommen. Nach dem Dafürhalten von Presse und Obrigkeit handelte es sich bei den Opfern ohnehin um »liederliche Weibsbilder«, deren schlimmes Ende nicht verwunderlich sei.

Empört über so viel Unfähigkeit und Ignoranz beginnt die Frankfurter Dichterin Sidonie Weiß, gemeinsam mit ihrem Jugendfreund Johann Konrad Friedrich, auf eigene Faust in den mysteriösen Mordfällen zu ermitteln. Unterstützung finden die beiden bei dem Arzt und städtischen Leicheninspektor Heinrich Hoffmann. Ihre Nachforschungen führen Fräulein Sidonie, Johann und Doktor Hoffmann in die Salons des großbürgerlichen Frankfurts, aber auch in die schäbigen Dachkammern der Dienstboten …

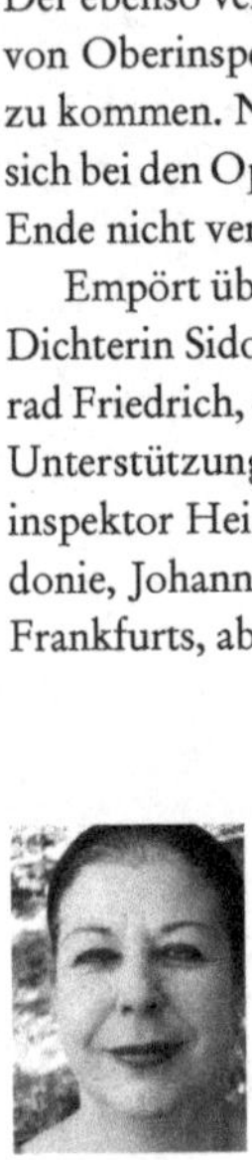

Schon während ihres Studiums der Geschichte, Kulturwissenschaften und Soziologie begeisterte sich Ursula Neeb für das späte Mittelalter, insbesondere für die geächteten Bevölkerungsgruppen. Aus der eigentlich geplanten Doktorarbeit entstand später ihr erster Roman »Die Siechenmagd«. Sie arbeitete als Archivarin und Bilddokumentarin beim Deutschen Filmmuseum und bei der FAZ. Heute lebt sie als Autorin mit Freund und Hund im Taunus. Das Schreiben von historischen Krimis ist ihre große Leidenschaft.

URSULA NEEB

Madame empfängt

Historischer Roman

GMEINER

Immer informiert

Spannung pur – mit unserem Newsletter informieren wir Sie regelmäßig über Wissenswertes aus unserer Bücherwelt.

Gefällt mir!

Facebook: @Gmeiner.Verlag
Instagram: @gmeinerverlag
Twitter: @GmeinerVerlag

MIX
Papier aus verantwortungsvollen Quellen
FSC® C083411
FSC
www.fsc.org

Besuchen Sie uns im Internet:
www.gmeiner-verlag.de

Im Ehnried 5, 88605 Meßkirch
Telefon 07575/2095-0
info@gmeiner-verlag.de

1. Neuausgabe 2021

Lektorat: Claudia Senghaas, Kirchardt
Herstellung: Mirjam Hecht
Umschlaggestaltung: U.O.R.G. Lutz Eberle, Stuttgart
unter Verwendung der Bilder von: © https://commons.wikimedia.org/wiki/File:Jean-Auguste-Dominique_Ingres_-_Comtesse_d%27Haussonville_-_Google_Art_Project.jpg und https://commons.wikimedia.org/wiki/File:FfM-Römerberg-1840-2.jpg
Druck: CPI books GmbH, Leck
Printed in Germany
ISBN 978-3-8392-0047-6

Für Markus und Mocho.

»Das Leben der Vornehmen ist ein langer Sonntag: Sie wohnen in schönen Häusern, sie tragen zierliche Kleider, sie haben feiste Gesichter und reden eine eigene Sprache; das Volk aber liegt vor ihnen wie Dünger auf dem Acker.«

(Georg Büchner ›Der Hessische Landbote‹,
Darmstadt 1834)

Prolog

Vor einigen Jahren noch eine malerische Gartenlandschaft, lediglich durchsetzt von den einfachen Behausungen der Erwerbsgärtner, war das Frankfurter Westend längst zu einem begehrten Wohnquartier der Wohlhabenden geworden. Schmucke Sommerhäuser verdrängten nach und nach die Katen der Gärtner und entwickelten sich rasch zu prachtvollen Wohnpalästen, die von ihren Eigentümern dauerhaft genutzt wurden.

Die Innenstadt, und erst recht die Altstadt, war für die besseren Leute keine Wohngegend mehr. Dort waren die Straßen oft sehr schmutzig, an manchen Stellen konnte man keinen Schritt tun, ohne sich die Hosen oder den Rocksaum mit Kot zu beschmutzen, und es stank barbarisch. Die Einwohnerzahl Frankfurts stieg beständig, in bestimmten Bezirken der Altstadt lebten nur noch arme Leute mit vielen greinenden Plagen, und der Lärmpegel war entsprechend.

Hier draußen im Grünen dagegen konnte man frische Landluft atmen, und die Nachbarschaft hatte klangvolle Namen wie Rothschild, Gontard, Passavant und Brentano. In den Häusern pflegte man die gehobene Gastlichkeit in Form von exquisiten Diners, vornehmen Soireen und glanzvollen Bällen. Und bei aller Pracht durfte die Behaglichkeit des Biedermeiers nicht fehlen, der man im privaten Kreis der Familie und enger Freunde bei Hausmusik huldigte.

In diesem Geiste fand sich am Abend des 20. Juli 1832, in einer Villa in der Bockenheimer Chaussee Nummer 14, unweit des Palais Rothschild, eine kleine Abendgesellschaft zusammen. Prachtvolle Equipagen fuhren über die gewundene, weiß gekieste Auffahrt bis vor ein in blassem Pistaziengrün gehaltenes Gebäude im klassizistischen Stil. Damen und Herren in Abendrobe begaben sich über eine marmorne Freitreppe zum Portal, wo sie von Dienstboten empfangen und zur Gartenterrasse geleitet wurden. Zu beiden Seiten der ovalen Terrasse luden Arkaden mit duftenden Kletterrosen zum Lustwandeln ein. Vor der Veranda befand sich ein Springbrunnen aus milchblauem Carrarischem Marmor mit einer Nachbildung der auf einem Panther ruhenden Ariadne. Der weitläufige englische Garten verfügte über alten Baumbestand.

Die hohen Fenster im Erdgeschoss waren vom Gaslicht der Kristalllüster hell erleuchtet. Die gläserne Flügeltür des Salons war weit geöffnet, weiße Chiffongardinen bauschten sich im Abendwind. In dem quadratischen Raum mit glänzendem Parkett war alles in einem Weiß gehalten, das ins Graue ging. Das Mobiliar war gediegen, kühl und vornehm. Auf verschiedenen Kommoden und zierlichen Tischen von schlichter Eleganz standen Blumenvasen mit duftenden Rosenbuketts. Im Halbkreis um einen Klavierflügel waren Stühle im Biedermeierstil angeordnet.

Ein Dutzend Damen und Herren, auch einige Kinder und Jugendliche, hielten sich im angrenzenden Garten und auf der Terrasse auf. Die Damen trugen Abendkleider aus schillernden Seidenstoffen mit voluminösen, ballonartigen Ärmeln in allen erdenklichen Varianten. Die Frisuren waren kunstvoll mit Bändern und Schleifen geschmückt. Manche weibliche Gäste hielten, obgleich ihre Häupter von Hauben ähnlichen Hüten bedeckt waren, zierliche Sonnenschirme in den Händen. Die Herren trugen Frack und Zylinder und trotz der sommerlichen Temperatur enggeschnürte Hemdkragen mit dunklen Krawatten. Viele hatten Oberlippen- oder Kinnbärte und lange Koteletten.

Die Erwachsenen tranken Champagner und Erdbeerbowle, die Kinder Waldmeisterlimonade, und alle genossen den lauschigen Sommerabend inmitten der idyllischen Umgebung. Überall im Garten blühten Rosen und verströmten einen zauberhaften Duft.

Nach einer Weile unterbrach die Gastgeberin die angeregte Konversation der Anwesenden durch ein Händeklatschen und forderte die Gäste damit höflich auf, sie in den Salon zu begleiten. Die kleine Abendgesellschaft war bereits in bester Champagnerlaune. Das Motto des Abends, von der Dame des Hauses mit wohlgesetzten Worten verkündet und passend zur Jahreszeit der Rose gewidmet, wurde mit freudigem Applaus begrüßt. Nachdem verschiedene junge Leute vor das Publikum getreten waren, um ausgewählte Rosengedichte berühmter Dichter vorzutragen, erhob sich die Gastgeberin von ihrem Stuhl, verbeugte sich vor der Runde und begab sich an den Flügel, um, wie sie einleitend bemerkte, sich selbst beim Vortrag des vertonten Gedichts ›Unsterblich verliebt‹ der Frankfurter Dichterin Sidonie Weiß zu begleiten:

»In weiter Ferne,
dem Blick fast verborgen,
ein Wetterleuchten, verhalten nur blitzt es

in den Augen des Veilchens
beim Anblick der Rose,
was ihm oft so fremd, sie besitzt es.

Sie vergisst alle Pose,
möchte nur noch verweilen
bei ihm, wird ganz sanft, fast bescheiden

und öffnet sich schimmernd, doch übersieht,
dass blaue Blumen sich verschließen,
wenn eine Rose für sie blüht.

Sie bleiben sich fern
und sind doch so verwoben,
eine seltsame Hochzeit, die sich hier hat vollzogen:

Von denen, die sich schätzen
und sich liebgewonnen
und trotzdem nie zusammenkommen.

Ein Zauber bleibt, der sie stets umhüllt,
weil nichts vergehen und welken kann,
was sich nie erfüllt.*«

Mit ihrem zarten Porzellanteint und den silberblonden, schlicht im Nacken zusammengesteckten Haaren war die Gastgeberin eine Dame von klassischer Schönheit. Ihre angenehme Altstimme und das wohltönende Klavierspiel waren von ungekünstelter Eleganz. Kurz vor dem Ende ihrer Darbietung jedoch begann die Dame wild mit den blassblauen Augen zu rollen, die immer größer zu werden, ihr fast schon aus den Augenhöhlen zu quellen schienen und sich zunehmend verdunkelten. Was hatte das zu bedeuten? Ein solches Gebaren passte mitnichten zu ihrem Vortrag und mutete in Anbetracht der poetischen Verse

* ›Schwülstiges kleines Liebesgedicht‹, Ursula Neeb 1997, unveröffentlicht.

geradezu grotesk an. Kaum war der letzte Ton verklungen, sprang sie, ohne noch den Beifall abzuwarten, mit irrem, gehetztem Blick von ihrem Klavierschemel auf und stürzte in offenkundiger Panik unter schrillen, hysterischen Schreien wie eine Tobsüchtige in den Garten. Ihr Gatte, gefolgt von einer Gruppe alarmierter Gäste, eilte der Verzweifelten hinterher und konnte seine in panischer Angst im Garten herumirrende Ehefrau einfach nicht beruhigen.

Immer wieder stammelte sie, sie könne nicht mehr richtig sehen, alles komme in großen Wellen auf sie zu und drohe sie zu verschlingen, alles werde immer schwärzer und von den Bäumen tropfe Blut, was sie erneut verzweifelt aufschreien ließ. Während der besorgte Ehemann, der einen derartigen Ausbruch bei seiner stets so beherrschten Gemahlin noch niemals erlebt hatte, einen der Diener damit beauftragte, schleunigst den Hausarzt herbeizuholen, versuchten die anderen Helfer, die inzwischen in konvulsivischen Zuckungen sich windende Frau ruhig zu halten. Nachdem diese immer wieder in schlimmster Todesangst um ihr Laudanum gebettelt hatte und eine Bedienstete mit dem Fläschchen in den Händen vom Haus herbeigeeilt war, versuchte einer der Helfer, der Krampfenden behutsam einige Tropfen davon einzuflößen, doch ehe er dazu kam, entriss ihm die Tobende die Phiole, führte sie sich selbst mit bebenden Händen an den Mund und trank sie fast zur Hälfte leer. Doch schien ihr das Opiat keine Beruhigung zu verschaffen, im Gegenteil, ihre Krämpfe und Zuckungen wurden immer heftiger, und sie verfiel in ein wahnsinniges Wimmern. Erst, als endlich der Arzt eintraf und der Dame eine hoch dosierte Bromlösung injizierte, beruhigte sie sich allmählich. Die Krämpfe und ihre entsetzlichen Schreie ließen nach und wurden von einer für die Kranke wie für alle

Anwesenden wohltuenden Bewusstlosigkeit abgelöst. Sie wurde in ihr Schlafgemach gebracht und aufs Bett gelegt. Dort untersuchte sie der Arzt noch einmal genauer, fühlte den Puls, hob ihre Lider an und leuchtete immer wieder in die Augen. Die Pupillen waren so geweitet, dass sie nahezu die ganze Iris mit ihrer Schwärze bedeckten, und zogen sich trotz des Lichtstrahls nicht zusammen. Nachdem der Doktor dem Ehemann noch einige Fragen zu dem Anfall seiner Frau gestellt hatte, schüttelte er besorgt und gleichermaßen irritiert den Kopf und kam auf das wiederholte Drängen des Hausherrn nicht umhin, eine schwere Belladonna-Vergiftung* zu diagnostizieren.

* Tollkirschen-Vergiftung.

1

Frankfurt am Main, vier Jahre später:

Am Samstagnachmittag des 25. August 1836 verließ das Dienstmädchen, Gerlinde Dietz, gegen halb eins ihre Kammer im Dachgeschoss der Villa Saltzwedel am Schaumainkai 15 des Sachsenhäuser Mainufers und stieg, beladen mit einem schweren Korb und einem großen Paket, die Dienstbotentreppe hinunter bis zum Erdgeschoss. Vor der Flügeltür des großen Salons, wo ihre Herrschaft nach dem Mittagessen gerade den Kaffee nahm, machte sie Halt, stellte ihr Gepäck ab und klopfte an. Als sie aufgefordert wurde, einzutreten, öffnete die junge Frau die Tür, knickste artig vor dem Apotheker, Ottmar Saltzwedel, und seiner Gattin Pauline, der sie als Kammerzofe diente, und verabschiedete sich. Nachdem sie sich noch einmal in aller Ergebenheit für den freien Nachmittag bedankt hatte, versprach sie, pünktlich um halb sieben wieder zurück zu sein. Es war ein heißer Sommertag, und die zierliche, dunkelhaarige Frau eilte am Mainufer entlang in Richtung Offenbach, um ihre beiden Söhne zu besuchen, die sie dort zu einer Tante in Pflege geben musste, weil sie sonst ihre Stellung nicht hätte antreten können. Sie freute sich so sehr auf die Kinder, dass ihr Herz vor Sehnsucht schier bersten wollte. Für Gerlinde war es ein Kreuz, dass sie die beiden so selten sehen konnte, und sie merkte, wie ihr vor Traurigkeit darüber die Tränen kamen. Doch sie vertrieb ihre Wehmut und schritt stattdessen noch rascher aus. Der Korb war voller Lebensmittel, die sich die junge Frau vom Munde abgespart hatte, denn die Dienstbotenkost im Hause Saltzwedel war recht kärglich. In dem Karton befanden sich Geschenke: ein Holzpferdchen auf Rädern an einer Schnur für den dreijährigen Anton, ein Steckenpferd für den fünfjährigen Robert und ein Stück Lavendelseife für die Tante. Gerlinde selbst zählte gerade einmal 20 Jahre. Sie war eine hübsche Frau mit dunkelbraunen Locken, großen samtigen Augen und einem frischen, hellen Teint. Wie immer an ihren freien Nachmittagen hatte sie sich auch heute fein herausgeputzt und trug ein fesches, geblümtes Sommerkleid mit Bändern und Rüschen und einen fliederfarbenen Strohhut mit einem hübschen Veilchenbukett.

In ihrem jungen Leben waren ihr schon zahlreiche Widrigkeiten begegnet, allen voran die Verachtung, die ihr als lediger Mutter immerzu entgegenschlug.

Gerlinde entstammte einer rechtschaffenen Frankfurter Handwerkerfamilie. Ihren Eltern, einfachen und frommen Leuten, war das Ansehen in der Nachbarschaft heilig. So heilig, dass sie ihre hochschwangere Tochter verstießen, nachdem sich herausgestellt hatte, dass der Kindsvater, ein junger Maurergeselle und Luftikus, das Weite gesucht und Gerlinde im Stich gelassen hatte. Gerlinde hatte große Schande über die Familie gebracht und verhielt sich auch sonst verstockt und uneinsichtig. Sie weigerte sich, die Empfehlung ihrer Mutter und anderer wohlmeinender Verwandter zu beherzigen, eine Engelmacherin aufzusuchen, und war auch nicht bereit, ihren Säugling nach der Geburt freizugeben und der städtischen Fürsorge zu überlassen. Einzig ihre Tante Emilie Dietz, eine alleinstehende Schneiderin aus Offenbach, kümmerte sich um ihre Nichte und nahm die ledige Mutter mit ihrem Kleinkind bei sich auf. Mehr schlecht als recht schlugen sich die beiden Frauen durch, zumal Gerlindes Eltern, die mit ihrem Enkel, dem entehrenden Sprössling, nichts zu tun haben wollten, der gefallenen Tochter keinerlei Unterstützung zukommen ließen. So kam es der jungen Mutter sehr gelegen, als sie schließlich einen gestandenen Mann kennenlernte, der es ehrlich mit ihr zu meinen schien, und bereit war, sie trotz des unehelichen Kindes zu heiraten. Deswegen mochte sie sich dem jungen Soldaten auch nicht bis nach der Hochzeit versagen und gab seinem Drängen nach. Kurze Zeit später, Robert war gerade zwei Jahre alt, war Gerlinde wieder schwanger und ihr Heiratskandidat über alle Berge. Genau wie bei ihrem ersten Kind obsiegte bei der jungen Frau trotz aller Verzweiflung und Not auch dieses Mal die Mutterliebe, und sie entschloss sich, das Kind auszutragen und großzuziehen. Als Gerlinde nicht mehr ein und aus wusste, ersuchte sie die öffentliche Wohlfahrt der Stadt Offenbach um Hilfe. Auch hier stieß sie auf Verachtung und Vorwürfe. Das hätte sie sich früher überlegen sollen, was sie sich und ihren armen Kindern durch ihren Frevel zufügen würde, musste sie sich von dem selbstgerechten Beamten sagen lassen. Und wenn sie es nicht schaffe, dann müsse sie halt ihre Kinder in ein Waisenhaus geben, beschied der Amtmann barsch. Als die junge Frau daraufhin entsetzt ausrief, niemals werde sie ihre Kinder weggeben, musste die tapfere junge Mutter dem verknöcherten Bürovorsteher doch einen gewissen Respekt abgenötigt haben, denn er bewilligte ihr immerhin eine kleine Beihilfe, die den Aufwendungen einer Amme im Fürsorgeheim entsprach. Gerlinde war überglücklich über diese Zuwendung, musste aber bald feststellen, dass das Geld dennoch nicht ausreichte. Sie wusch und putzte in den besseren Häusern der Nachbarschaft und war sich für keine Arbeit zu schade, denn ihren Söhnen sollte es an nichts fehlen.

Ohnehin hatten es die Kleinen nicht leicht. Als uneheliche Kinder waren sie, genau wie ihre Mutter, mit einem unauslöschlichen Makel behaftet, und man pflegte sie in der Nachbarschaft mehr oder weniger direkt als Bankerte und Bastarde zu bezeichnen. Gerlinde blutete das Herz, wenn den Buben so etwas widerfuhr, und sie litt dann immer unter bohrenden Schuldgefühlen, die sie durch besondere Fürsorglichkeit zu lindern suchte. Glücklicherweise hatte sie inzwischen eine gute Stellung in Frankfurt und konnte wenigstens einen Großteil der Unterhaltskosten für die Kleinen bestreiten. Um den Rest aufzubringen und den Buben auch mal ein kleines Geschenk machen zu können, ging sie zudem seit einiger Zeit einem Nebenerwerb nach, von dem allerdings niemand etwas wissen durfte.

Als sie vor gut einem Jahr ihre Stellung in Frankfurt angetreten hatte, lernte Gerlinde auf dem Roßmarkt die Blumenverkäuferin Cornelia Brendel kennen, die dort einen kleinen Verkaufsstand betrieb. Die gleichaltrige junge Frau verhielt sich Gerlinde gegenüber sehr freundlich, war stets guter Dinge und immer zu einem Plausch aufgelegt. Gerlinde, die sich in Frankfurt recht einsam fühlte und ihre beiden Jungen sehr vermisste, war froh über etwas Ansprache, und so spielte es sich bald ein, dass Gerlinde, wenn sie in der Frankfurter Innenstadt Einkäufe zu erledigen hatte, die Blumenverkäuferin an ihrem Stand besuchte, und oft schenkte ihr Nelly, wie sie von allen genannt wurde, ein hübsches Blumensträußchen oder ein Stück selbstgebackenen Kuchen. Gerlinde fand bald Zutrauen zu der aufgeschlossenen Frau, erzählte von ihren Buben, von ihrem schweren Stand als ledige Mutter, die ganz allein für ihre

Kinder aufkommen musste. Sie redeten auch über Herzensdinge. Gerlinde sprach mit Nelly über die Väter ihrer Söhne, die sie so schwer enttäuscht hatten, dass sie für den Rest ihres Lebens die Nase von Männern gestrichen voll habe. Nelly lachte daraufhin und erklärte, ihr ginge es genauso. Sie brauche schon lange keinen Kerl mehr, der sich auf ihre Kosten besaufen und sie als Dank dafür bei jeder Gelegenheit verdreschen und betrügen würde, wie sie das schon so oft erlebt habe. Sie käme ohne Mann besser über die Runden, und ihr fehle es an nichts. Männer seien für sie nur noch geschäftlich von Interesse, hatte sie hinzugefügt und Gerlinde dabei tief in die Augen geblickt. Gerlinde hatte sich zunächst nichts dabei gedacht und war der Meinung, Nelly meine damit ihre männliche Kundschaft. Die Blumenhändlerin war immer gut gekleidet, und Gerlinde ging davon aus, dass ihr Gewerbe entsprechend lukrativ sein müsse. Manches Mal, wenn sie sich bei Nelly am Blumenstand aufhielt, war ihr aufgefallen, wie Herren Blumen kauften und Nelly dann mit ihnen ein Stück zur Seite trat, mit ihnen tuschelte und Geld zugesteckt bekam. Immer wieder kam es vor, dass auch junge Frauen, meist Dienstmägde, an Nellys Blumenstand kamen und mit der Inhaberin flüsterten.

Eines Tages hatte Nelly Gerlinde anvertraut, dass sie bereits als 13-Jährige ihr eigenes Geld verdiente, indem sie Lebkuchen und Backwaren auf den Straßen und Anlagen verkaufte, und zuweilen habe sie sich auf ihren Touren auch gut betuchten Herren für Geld hingegeben. Gerlinde reagierte tief betroffen und machte keinen Hehl daraus, wie sehr sie die käufliche Liebe verachtete. Nelly hielt der Freundin entgegen, dass die Männer sie, Gerlinde, doch ebenfalls nur benutzt hätten, um die Lust an ihr zu stillen, nur dass letztendlich sie selbst die Dumme gewesen sei, die einen hohen Preis dafür gezahlt habe. Das wäre aber auch andersherum möglich. Sie solle doch einmal die Augen aufmachen. Viele Mägde gingen an ihren freien Tagen einher wie feine Damen, angetan mit seidenen Kleidern und feschen Hüten, die sie sich von ihren armseligen Löhnen gar nicht leisten könnten. Oft handele es sich dabei um Geschenke ihrer Dienstherren, mit denen sie ein Liebesverhältnis unterhielten, denn es sei schließlich ein offenes Geheimnis, dass mancher Ehemann aus vornehmen Kreisen seine Magd mehr liebe als seine Gattin – was längst nicht immer auf Gegenseitigkeit beruhe. Und dadurch wären manche Dienstmädchen ein Stück schlauer geworden und hätten sich gedacht, wenn sie sich schon von den Herren des Hauses oder ihren heranwachsenden Söhnen immer betatschen lassen müssten, dann könnten sie das auch auf eigene Rechnung tun, und seien dazu übergegangen, sich mit ihren Gefälligkeiten ein lukratives Zubrot zu verdienen. Zumal viele von ihnen mit unehelichen Kindern oder stellungslosen Ehemännern belastet seien, die sie mit ernähren müssten, was sie, wie Gerlinde ja wisse, von ihren kargen Einkünften ohnehin nicht bestreiten könnten. Gerlinde solle sich doch einmal in Ruhe überlegen, ob sie das nicht auch machen wolle. Sie wäre ihr auch gerne dabei behilflich und würde dafür Sorge tragen, dass Gerlinde es nur mit ausgesuchten Herren zu tun bekäme, die sehr gut zahlen würden. Denn sie sei sich sicher, dass Gerlinde mit ihrem anziehenden Äußeren fantastisch verdienen würde. Außerdem könne man das alles so diskret handhaben, dass niemand etwas davon zu erfahren brauche, was im Übrigen auch ganz im Sinne der Kundschaft sei.

Gerlinde, die lange über Nellys Vorschlag nachgedacht hatte, war zu dem Schluss gekommen, dass sie, was ihr

Ansehen anbetraf, sowieso nichts mehr zu verlieren hatte, und sich schließlich bereit erklärt, es auf einen Versuch ankommen zu lassen. Sie konnte sich noch genau an dieses erste Stelldichein erinnern und wie sehr sie sich vor dem Freier geekelt hatte. Später in ihrer Kammer hatte sie sich am ganzen Körper so lange mit Kernseife abgeschrubbt, bis ihre Haut ganz rot geworden war, und trotzdem hatte sie das Gefühl gehabt, immer noch den Geruch des Mannes an sich zu haben. Doch die 40 Kreuzer waren schnell verdientes Geld, das sie dringend gebrauchen konnte, und einzig deshalb hatte sie weitergemacht, auch wenn sie sich immer noch ganz entsetzlich dafür schämte, dass ihre Söhne eine Hure zur Mutter hatten.

Und so ging es jetzt schon seit fast einem Jahr: An ihren freien Tagen traf sich Gerlinde mit Herren. Nelly vereinbarte am Blumenstand Ort und Uhrzeit für das Rendezvous und teilte es Gerlinde mit. Leider hatte die junge Mutter dadurch noch weniger Zeit für ihre Kinder, doch sie kam wenigstens nicht mehr mit leeren Händen und wusste, dass sie genug zu essen hatten und anständig gekleidet waren.

Als Gerlinde das große Mietshaus in der Offenbacher Luisenstraße erreichte, wo ihre Tante im zweiten Stockwerk ihre kleine Wohnung und Änderungsschneiderei hatte, war es, obwohl sie so schnell gelaufen war, dass sie ins Schwitzen gekommen war und Seitenstechen hatte, schon ein Uhr, und in drei Stunden musste sie wieder in Frankfurt sein. Die Nelly hatte ihr vorgestern noch gesagt, sie solle sich pünktlich um vier im Weingarten des Herrn Adam auf dem Klapperfeld einfinden, sich separat an einen Tisch setzen, ein Veilchenbukett am Hut tragen und warten, bis sie angesprochen werde. Es sei ein feiner Pinkel, und er zahle sehr gut, 50 Kreuzer hätten sie ausgemacht.

Sie hatte also gerade einmal zweieinhalb Stunden Zeit für ihre Buben, und trotzdem war die Freude groß, als sie sie kurze Zeit später in die Arme schließen und ihnen die Mitbringsel übergeben konnte. Auch die Tante freute sich über die feine Lavendelseife und hatte, wie jeden Samstagnachmittag, wenn ihre Nichte zu Besuch kam, einen Kuchen gebacken und Kaffee gekocht. Die Frauen unterhielten sich, Gerlinde spielte und tobte mit ihren Jungen und wurde nicht müde, die beiden zu herzen und zu küssen, und war einfach nur glücklich. Die Zeit verging jedoch wie im Flug, und schweren Herzens musste sie sich um kurz vor halb vier von den Kindern verabschieden. Es war jeden Samstag das Gleiche mit ihnen: Wenn die Mutter kam, freuten sie sich wie die Schneekönige und jauchzten vor Glück über die Geschenke, wenn Gerlinde dann gehen musste, waren sie zu Tode betrübt und heulten jämmerlich. Gerlinde, der ebenfalls immer die Tränen kamen, versuchte tapfer zu sein und tröstete die Buben mit dem Versprechen, am nächsten Samstag wiederzukommen und ihnen etwas Hübsches mitzubringen.

Während Gerlinde am Mainufer entlang in Richtung Frankfurt hastete, spürte sie die ganze Zeit einen Kloß im Hals. Am liebsten hätte sie sich in ein stilles, schattiges Eckchen am malerischen Mainufer zurückgezogen und sich ihrer Traurigkeit hingegeben. Nicht nur der Abschied von den Söhnen schmerzte sie in der Seele, sondern auch der Anblick der zahlreichen glücklichen Paare, die, einander untergehakt und mit ihren fröhlichen Kindern an den Händen, bei dem schönen Wetter einen Sommerspaziergang machten. Nur sie war auf sich gestellt und musste sich, anstatt bei ihren geliebten Buben bleiben zu dürfen, nun wieder mit einem wildfremden Mannsbild einlassen, vor dem es sie schon jetzt grauste. Aber sie brauchte das Geld, also musste sie sich zusammennehmen und durfte sich ihre Schwermut auf keinen Fall anmerken lassen. Sie schluckte ihre Tränen herunter und dachte wie so oft über ihren Plan nach, den sie vor einigen Monaten gefasst hatte: Sie würde sich weiterhin so gut es ging Geld zurücklegen, um sich in zwei, drei Jahren vielleicht eine Existenz als Putzmacherin aufzubauen. Sie wollte klein anfangen, in der Schneiderwerkstatt ihrer Tante, die ihr Stoffe und Dekorationen zuliefern könnte, und vielleicht würde sie es eines Tages sogar zu einem gut gehenden Laden mit Angestellten bringen, der sie alle ernährte, sodass sie nicht länger Dienstmagd sein müsste und ihren verhassten Nebenerwerb endlich loswürde. Und vor allem könnte sie dann wieder mit ihren Buben zusammenwohnen. Wäre das schön!

In solche Tagträume versunken, überquerte Gerlinde die Mainbrücke und ging durch die lange Fahrgasse, bis sie auf die Zeil stieß. Sie bog rechts in die Stelzengasse ab, lief an der nächsten Straßenecke links und erreichte rechter Hand endlich das Klapperfeld mit seinen vielen Gartenlokalen, die an dem herrlichen Wochenende voll gutgelaunter Gäste waren. Auch der Weingarten des Herrn Adam war gut besucht. Der Wein war eher mäßig, dafür aber billig, und an den Wochenenden wurde zum Tanz aufgespielt. Die einfachen Leute aus der Nachbarschaft nutzten den Garten als Stammlokal, und auch viele Dienstmädchen und Handwerksburschen verkehrten hier an ihren arbeitsfreien Tagen. Gerlinde hatte kürzlich mit einer jungen Frau namens Irmgard ein Glas Wein hier getrunken. Wie es der Zufall wollte, saß Irmgard mit einer Gruppe anderer Dienstmägde an einem Tisch und winkte Gerlinde zu. Die Frauen begrüßten sich, und Gerlinde wurde von Irmgard eingeladen, sich zu ihnen zu gesellen, was sie mit der Erklärung, sie habe gleich eine Verabredung, bedauernd ablehnte. Die Absage wurde von Gerlindes Bekanntschaft ohne großes Aufhebens akzeptiert. Irmgard war ebenfalls Gelegenheitsprostituierte und über Gerlindes Nebenerwerb im Bilde. Die beiden hatten sich an Nellys Blumenstand kennengelernt und bald darauf hier wiedergetroffen.

Gerlinde fand am Rande des Weingartens noch einen freien Tisch, an dem sie Platz nahm. Sie bestellte ein Glas säuerlichen Frankfurter Wein und hörte, dass es vom benachbarten Uhrtürmchen an der Friedberger Anlage vier Uhr schlug. Angespannt blickte sie sich um. Der kleine Tanzboden war voller Paare. Junge Gesindemägde und Wäscherinnen in geblümten Sommerkleidern tanzten mit Schneidergesellen oder Friseurgehilfen. Überall sah man verliebte Pärchen beim Turteln. Zuweilen zogen sich die Liebesleute in den verwinkelten Garten zurück, um sich im Schutz des Dickichts dem Liebesspiel hinzugeben. Viele der jungen Leute kannten sich untereinander und waren befreundet, das knappe Zehrgeld wurde zusammengelegt, und man machte sich einen vergnügten Nachmittag. Nicht wenige der Gäste waren bereits in angetrunkener Stimmung. Einzelne Frauen waren auffällig herausgeputzt. Sie trugen modische Kleider und ausgefallene Hüte wie Damen der besseren Gesellschaft. Gerlinde vermutete, dass es sich bei ihnen entweder um Mägde handelte, die wie sie der Gelegenheitsprostitution nachgingen, oder um die heimlichen Geliebten wohlhabender Herren, denn vornehme Damen, da war sie sich sicher, würden sich hier nicht aufhalten. Bessergestellte Herren hingegen schon. Auch heute sah sie wieder einige gutbetuchte Herren, die es nach einem amourösen Abenteuer mit einem einfachen Mädchen gelüstete, nicht zuletzt, weil sie dieses Vergnügen nicht viel kostete. Gerlinde erkannte an einem der Tische einen korpulenten älteren Herrn, vor dem Irmgard sie das letzte Mal gewarnt hatte. Es handele sich bei ihm um einen gewissen Herrn von Uhland und er sei sehr reich. Regelmäßig verbringe er die Wochenenden hier und halte Ausschau nach hübschen jungen Dingern. Gerlinde solle bloß die Finger von ihm lassen und ihm einen Korb geben, falls er ihr einen Antrag machen würde. Der alte Knabe sei nämlich die Knickrigkeit in Person. Sie habe einmal den Fehler gemacht und war auf ihn hereingefallen. Er habe nur den billigsten Wein bestellt und um jeden Kreuzer mit ihr gefeilscht. Im Weingarten habe er deswegen auch längst seinen Ruf weg. Hier hieße er bei allen nur noch der ›Batzemann‹*, weil er, obgleich sehr wohlhabend, niemals mehr als sechs Kreuzer für ein Schäferstündchen auszugeben bereit war. Was an sich schon eine Zumutung, bei einem so unansehnlichen alten Zausel aber ohnehin die reinste Heimsuchung sei. Gerlinde erinnerte sich, wie sie mit Irmgard darüber gescherzt hatte, und musste auch jetzt schmunzeln, als sie den alten Geizhals sah. Ein Fehler, wie sich herausstellte, denn der ›Batzemann‹ erhob sich von seinem Platz und steuerte zielstrebig auf Gerlinde zu. Auch das noch!, dachte sie verärgert, als in nächster Minute ein ganz anderer Herr vor ihrem Tisch stand und sie mit gedämpfter Stimme ansprach: »Verzeihung, die Dame! Habe ich das Vergnügen mit Fräulein Gerlinde?«

»Ja, das bin ich«, erwiderte Gerlinde erschrocken und fühlte, wie sie rot wurde. Sie hatte den Mann überhaupt nicht kommen sehen. Wie ein Geist war er plötzlich aus dem Nichts aufgetaucht und füllte nun ihr Blickfeld mit seiner großen, hageren Gestalt aus. Er verbeugte sich und

* ›Batzen‹ = umgangssprachlich für Münzen von geringem Wert.

erkundigte sich höflich, ob er Platz nehmen dürfe. Während er sich gegenüber von Gerlinde niederließ, brachte der Kellner den Wein. Der Mann nestelte sofort nach seiner Brieftasche und beglich die Rechnung. Gerlinde beobachtete ihn verstohlen. Er schien noch jung zu sein, vielleicht in ihrem Alter, was jedoch schwer zu bestimmen war, denn er hatte einen dichten Backenbart, und seine Augen waren von einer dunkel getönten Brille verdeckt. Er war sehr elegant gekleidet und trug einen sandfarbenen leinenen Gehrock. Der lange, schmale Hals war bis zum Kinn von einem Vatermörderkragen umschlossen und mit einer kunstvoll geknoteten Krawatte verschnürt, die auf seine geblümte Seidenweste farblich abgestimmt war. Trotz der Hitze hatte er Handschuhe an und trug den Zylinder aus beigefarbenem Filz tief in die Stirn gezogen.

Ein feiner Pinkel, genau, wie Nelly gesagt hat, ging es Gerlinde durch den Sinn. Für eine Weile herrschte betretenes Schweigen und Gerlinde nippte verlegen an ihrem Wein. Dann räusperte sich der Mann, zückte eine goldene Taschenuhr und warf einen kurzen Blick darauf.

»Meine Liebe, was halten Sie davon, wenn wir in Bälde aufbrechen? Heute ist fürwahr ein herrlicher Tag, und wir könnten doch eine kleine Ausflugsfahrt unternehmen. Vielleicht über Bornheim bis zum Lorberg hin und dort den schönen Ausblick genießen. Und auf der Rückfahrt könnten wir noch irgendwo nachtmahlen. Sie haben doch hoffentlich genügend Zeit mitgebracht?«

»Um halb sieben muss ich wieder in Frankfurt sein, mein Herr!«

»Das sollte uns genügen. Nun denn, erheben Sie sich!«, drängte er zum Aufbruch. Gerlinde ließ ihr halbvolles Weinglas stehen und folgte dem Herrn nach draußen.

Der hat es aber eilig! Man hätte sich ja erst mal ein bisschen in Stimmung trinken können. Ein komischer Heiliger ist das. So rappeldürr und eine Stimme wie eine Frau. Die reinsten Steckenbeine hat der!

Gerlinde betrachtete die langen, dünnen Beine ihres Begleiters in den enggeschnittenen, hellgrauen Bügelhosen, die unter den Schuhen befestigt waren. Beim Hinausgehen tauschte sie noch einen vielsagenden Blick mit Irmgard, die ihr aufmunternd zunickte. Schweigend gingen sie zum nahe gelegenen Friedberger Tor, wo vor den Eingängen der Promenaden mehrere Kutschen und Droschken bereitstanden.

»Meine Liebe, wären Sie vielleicht so freundlich, schon eine Kutsche für unsere Zwecke anzumieten? Sagen Sie dem Kutscher, dass er uns zum Lorberg fahren möge und dass wir unterwegs nicht gestört zu werden wünschen. Sie wissen, was ich meine. Bezahlen Sie am besten im Voraus. Hier, das dürfte wohl genügen.« Der Mann gab Gerlinde einige Münzen und erklärte, er halte sich so lange im Hintergrund, und wenn sie alles erledigt habe, solle sie ihm einen Wink geben, er würde dann zusteigen. Als Gerlinde sich den Kutschen näherte, wurde sie von einem der Kutscher, der auf einem Kutschbock saß, mit anzüglichem Grinsen gefragt, ob sie denn wieder eine ›Porzellankutsche‹ benötige. Gerlinde kannte den Mann. Schon mehrfach hatte sie seine Kutsche für ein Rendezvous genutzt, ein in galanten Kreisen weitverbreiteter Brauch. Häufig standen Droschkenkutscher mit Kupplern und Prostituierten in Geschäftsverbindung. Gegen ein entsprechendes Trinkgeld stellten sie bereitwillig ihre Kutsche für ein Stelldichein von Hure und Freier zur Verfügung. Die Wagen waren eigens für solche Zwecke mit blickdichten Gardinen versehen, die man zuziehen konnte, und die Sitze waren besonders weich gepolstert. Auf Wunsch fuhren die Kutscher so langsam und sachte, als hätten sie zerbrechliches Porzellan geladen, weswegen eine solche Fahrt im Volksmund auch als ›Porzellanfuhre‹ bezeichnet wurde. Gerlinde trat an den Kutscher heran, bezahlte ihn und erteilte Anweisung, wohin es gehen sollte. Dann gab sie dem im Schatten eines Baumes wartenden Herrn ein Zeichen, dieser eilte herbei, und beide stiegen ein.

Gleich darauf setzte sich die Droschke in Bewegung, und der vornehme Herr zog sofort die Gardinen vor die Fenster. Im gedämpften Tageslicht saßen sich Gerlinde und ihr Freier im Kutscheninnern gegenüber. Die Stimmung war angespannt. Da zog der Mann ein kleines Päckchen aus seinem Gehrock und reichte es Gerlinde mit den Worten: »Ein kleines Präsent für Sie. Ich hoffe, Sie mögen Pralinen?«

»Vielen Dank, der Herr! Sehr freundlich. Ja, ich nasche für mein Leben gern«, bedankte sie sich artig und bewunderte die kleine Bonbonniere, die in Seidenpapier mit der Aufschrift der feinen Konditorei Krantz eingeschlagen war. Gerlinde freute sich tatsächlich über das nette Mitbringsel. Eine solche Freundlichkeit seitens eines Freiers hatte sie bisher noch nicht erlebt. Deshalb mochte sie ihm nun auch ein wenig entgegenkommen und setzte sich neben ihn. Sie schmiegte sich an ihn und erkundigte sich flüsternd nach seinen Wünschen. Der Mann zuckte zusammen und rückte zur Seite, als wäre ihm die Berührung unangenehm.

»Begebe sie sich doch bitte wieder auf Ihren Platz!«, maßregelte er Gerlinde in kaltem Tonfall, sie in der dritten Person ansprechend, wie man es Domestiken gegenüber für angemessen erachtete und fuhr, ein wenig milder werdend, fort: »Nichts für ungut, aber wir haben ja schließlich noch Zeit genug, und mit Verlaub, ich habe es auch nicht so eilig. Vielleicht können wir uns ja ein wenig unterhalten und, meine Liebe, Sie können doch einstweilen schon einmal von dem Konfekt kosten«, forderte er Gerlinde auf und lächelte sie zum ersten Mal an. Gerlinde erwiderte sein Lächeln und nickte zustimmend.

Was für ein Stockfisch! Dem muss man Zeit lassen. Das wird ein schweres Stück Arbeit werden!

Sie gelangte immer mehr zu der Überzeugung, dass es sich bei ihrem Begleiter um einen sehr schüchternen jungen Mann handeln müsse, der wahrscheinlich noch nie intimen Kontakt zu einer Frau hatte. Andererseits kam er ihr aber auch recht sonderbar vor, und es wurde ihr ganz mulmig in seiner Gegenwart. Mit dem lapidaren Gedanken, dass sie halt an ein verstocktes Söhnlein aus gutem Hause geraten war, rief sie sich wieder zur Räson und öffnete ihr Geschenk. Drei herzförmige Pralinen der Geschmacksrichtungen Nugat, Vollmilch und Zartbitter waren in der mit Spitzenpapier ausgelegten Schachtel angeordnet wie ein dreiblättriges Kleeblatt. Auf einem rosafarbenen Deckblatt aus Seidenpapier befand sich in schwungvollen, goldenen Buchstaben die Aufschrift: ›Viel Glück!‹

Gerlinde war gerührt. »Das kann ich brauchen. Wie schön! Fast zu schade zum Aufessen«, bemerkte sie lächelnd und hielt ihrem Begleiter, bevor sie zugriff, die geöffnete Bonbonniere hin. Der junge Mann lehnte höflich ab. Er mache sich nicht viel aus Süßigkeiten. Gerlinde hatte sich für die helle Nugatpraline entschieden. Während sie die Süßigkeit genüsslich auf der Zunge zergehen ließ, musste sie plötzlich an ihre Buben denken. Sie wird die restlichen Pralinen für die beiden aufheben und sie ihnen das nächste Mal mitbringen. Aber so gut schmeckt die Praline gar nicht, sie schmeckt irgendwie bitter, dachte sie dann bei sich.

Gerlinde spürte auf einmal ein unangenehmes Brennen und Kribbeln am ganzen Körper, und es wurde ihr so kalt, dass sie zu schlottern anfing. Mit klappernden Zähnen wollte sie ihren Begleiter um Hilfe bitten, doch sie brachte keinen Ton hervor. Sie kriegte kaum noch Luft und hatte das Gefühl zu ersticken. In wilder Panik wollte sie die Kutschentür öffnen, doch sie konnte sich nicht mehr rühren.

Gerlindes Todeskampf dauerte zehn Minuten. Bei vollem Bewusstsein durchlebte sie die schlimmsten Todesqualen. Sah mit schreckgeweiteten Augen, die ihre Pein nur allzu deutlich widerspiegelten, wie ihr Begleiter sie die ganze Zeit mit regem Interesse beobachtete, dass er einen Schreibblock gezückt hatte, auf dem er sich eifrig Notizen machte.

Das Letzte, was sie vor ihrem Tod wahrnahm, war die grausame Kälte, die von ihm ausging, und viel zu spät erkannte sie, dass es kein Mensch war, der mit ihr in der Kutsche saß, sondern eine Bestie. Eine Bestie ohne jegliches Mitgefühl.

2

Das Dienstmädchen, Gerlinde Dietz, wurde von dem Droschkenkutscher Heinrich Schuch am Samstagabend gegen halb sechs tot in der Kutsche aufgefunden. Der aufgeregte Mann entschied sich, die Polizei zu verständigen, und fuhr mit der Ermordeten in der Kutsche vom Lorberg zurück nach Frankfurt. Der Beamte, der an diesem Sommerabend in der Amtsstube der Hauptwache Dienst tat, reagierte unwillig auf Schuchs Anliegen: »Für Mord und Totschlag bin ich net zuständig«, erklärte er dem Droschkenkutscher bärbeißig.

»Und wer ist dafür zuständig?«, erkundigte sich Schuch.

»Der Herr Oberinspektor Brand, der ist aber momentan net da.«

»Und wo ist der Herr Oberinspektor? Hätten Sie vielleicht die Güte, ihn herzuholen? Ich hab nämlich da draußen eine Leiche in der Kutsche, und keine Lust, die noch ewig spazieren zu fahren!«, entgegnete der Droschkenkutscher aufgebracht.

»Der ist beim Nachtmahlen drüben im ›Gesegneten Häuschen‹ am Römer. Ei, ich kann aber jetzt net fort, den holen gehen. Die Wache muss ja besetzt bleiben. Da müssen Sie halt warten, bis der wiederkommt. Des kann aber noch ein bisschen dauern, denn der ist grad erst vor einer Viertelstunde fortgegangen.«

»Also, das geht doch werklich net! Was seid ihr dann für Schlafmütze hier! Da werd ich mich beim Bürgermeister beschweren. Ich hab meine Zeit ja auch net gestohlen.«

»Ei, jetzt halte Sie aber mal die Füße still! Ich geh mal gucken, ob ich draußen einer von de Graumänner* rummachen seh.«

Nachdem dieser Vorstoß tatsächlich von Erfolg gekrönt und ein Mann der freiwilligen Bürgerwehr unterwegs war, um den Inspektor zu benachrichtigen, dauerte es noch eine gute halbe Stunde, bis dieser endlich in der Hauptwache eintraf.

Oberinspektor Klaus Brand wirkte weniger wie eine Amtsperson, sondern eher wie ein in die Jahre gekommener Lebemann. Seine Kleidung war von nachlässiger Eleganz, und Schuch fiel auf, dass er nach Wein roch. Offenkundig verärgert darüber, bei seiner Vesper gestört worden zu sein, war sein Ton gegenüber Schuch gereizt. Er forderte ihn auf, zunächst einmal zu beschreiben, wie sich alles zugetragen hatte, und stopfte sich in aller Ruhe eine Tabakspfeife.

Der Droschkenkutscher berichtete, dass die junge Frau um kurz vor halb fünf bei ihm eine Kutsche angemietet und im Voraus bezahlt habe. Als Fahrtziel habe sie den Lorberg oberhalb des Dörfchens Bornheim angegeben. Kurz vor der Abfahrt sei dann noch ein Mann zugestiegen.

»Können Sie den beschreiben?«, erkundigte sich Brand.

»Dazu kann ich nicht viel sagen. Ich hab doch vorne auf dem Kutschbock gesessen und der kam von hinten. Ich hab von oben eigentlich nur gesehen, dass er einen hellen Zylinderhut aufhatte, und dann ist er auch schon in der Kutsche verschwunden.«

---

* Seit dem Frankfurter Wachensturm von 1833 war von einigen beherzten Bürgern mit Metzgermeister Martin May und dem Bierbraumeister Balthasar Rupp eine Bürgerschutzwache aufgestellt worden, in die alle Nicht-Stadtwehrpflichtigen eintreten sollten. Als Erkennungszeichen trugen sie eine graue Armbinde. Die Frankfurter nannten diese freiwillige Bürgerwehr ›Graumänner‹.

»Das ist ja mehr als dürftig«, erwiderte der Inspektor vorwurfsvoll.

Schuch zuckte mit den Achseln und brummelte, dass er es nicht ändern könne. Der Inspektor befahl ihm, weiter zu berichten.

»Dann war weiter nix mehr, und als wir auf dem Lorberg angekommen sind, hab ich von oben an die Kutsche geklopft und laut gerufen, dass wir da sind. Doch da hat sich nix gerührt. Da hab ich einen Augenblick gewartet und noch mal gerufen. Und als sich dann immer noch nix gerührt hat, bin ich vom Kutschbock gestiegen und hab nachgeguckt, und da hab ich die Frau drinnen liegen sehen. Das war kein schöner Anblick, das kann ich Ihnen sagen. Die hat so verkrümmt dagelegen und ihr Gesicht war furchtbar aufgedunsen! Ganz furchtbar! Und da hab ich mir gleich gedacht, dass da was net stimmen kann, und bin hierhergefahren.«

»Haben Sie den Mann noch gesehen?«

»Nein, der war längst über alle Berge. Ist bestimmt während der Fahrt ausgestiegen. Davon hab ich aber nichts mitgekriegt.«

»Gut, dann gehen wir jetzt zur Kutsche, damit ich mir die Tote ansehen kann. Ist Ihnen sonst noch etwas aufgefallen, das von Belang sein könnte?«

»Ich weiß ja nicht, ob das wichtig ist, aber ich hab die Frau schon öfter gefahren. Die war immer in Herrenbegleitung, und manchmal ging es da drinnen in der Kutsche auch ein bisschen galant zu, wenn Sie wissen, was ich meine.« Schuch senkte verschämt den Blick.

»Nein, das weiß ich nicht!«, entgegnete der Inspektor barsch und ersuchte den Kutscher um eine genauere Aussage.

»Ei ja, wenn Sie's genau wissen wollen, die war'n da drinnen halt am Pimpern.«

»Und war das immer der gleiche Mann, der mit der Frau in die Kutsche gestiegen ist, oder waren das verschiedene Männer?«

»Das waren, soweit ich mich erinnern kann, immer verschiedene Männer.«

»Also handelt es sich bei der da draußen um ein liederliches Frauenzimmer. Ich guck mir die jetzt mal an. Vielleicht ist die ja gar nicht tot, sondern hat einfach nur zu viel Branntwein gesoffen. Das wär ja nicht das erste Mal, bei solchen Weibern!« Brand erhob sich widerwillig von seinem Schreibtischstuhl.

Nach einer kurzen Begutachtung der Toten ließ der Inspektor das anatomische Institut des Senckenbergianums verständigen, um die Leiche abzuholen und zu sezieren. Die Handtasche, ein violetter Pompadourbeutel aus Satin, die neben der Leiche auf der Kutschenbank lag, hatte Brand an sich genommen. Darin befanden sich ein Fläschchen Rosenöl, ein Taschentuch, eine Geldbörse mit 25 Kreuzern, ein Hornkamm sowie ein Schlüsselbund. Sonstige Dinge, die Hinweise auf die Identität der Toten hätten liefern können, waren nicht vorhanden.

Am Montagmorgen erstattete der Städtische Leicheninspektor, Heinrich Hoffmann, Bericht, demzufolge die Tote an einer Atemlähmung gestorben war, die mit hoher Wahrscheinlichkeit von einem toxischen Stoff verursacht worden war. Da sich allerdings keinerlei Rückstände im Blut und den Organen nachweisen ließen, mutmaßte der Leichenbeschauer, es müsse sich um ein Gift mit sehr kurzer Zerfallszeit handeln. Diesbezüglich mochte sich Doktor Hoffmann jedoch noch nicht genauer festlegen. Es gäbe mehrere Möglichkeiten, die er aber erst genauer prüfen müsse.

Nachdem eine natürliche Todesursache bei der gesunden jungen Frau laut Doktor Hoffmann eindeutig auszuschließen war, stellte sich für den ermittelnden Polizeiinspektor die Frage, ob es sich hier um eine Selbst- oder Fremdtötung handelte.

Bereits am Tag darauf klärte sich für den Inspektor glücklicherweise auf, wer die Tote war. Ihre Herrschaft, das Ehepaar Saltzwedel, hatte, nachdem ihr Dienstmädchen bereits den zweiten Tag abgängig war, eine Vermisstenmeldung eingereicht. Die Identifizierung der Leiche durch den Herrn Apotheker Ottmar Saltzwedel erwies, dass es sich bei der jungen Frau tatsächlich um die Kammerjungfer Gerlinde Dietz handelte.

Aufgrund der Befragung ihrer Herrschaften und ihrer Tante Emilie Dietz aus Offenbach, die übereinstimmend aussagten, dass die Tote weder jemals Selbsttötungsgedanken geäußert habe, noch in ihren Lebensumständen ein plausibler Grund für eine solche Tat vorhanden sei, musste im Fall der jungen Frau von einem Mord ausgegangen werden. Bezüglich Täter und Motiv tappte die Polizei im Dunkeln. Von dem liederlichen Nebenerwerb der jungen Frau, die sich mit hoher Wahrscheinlichkeit neben ihrer Tätigkeit als Dienerin als Prostituierte betätigte, wussten weder ihre Herrschaften noch ihre Tante und zeigten sich darüber sehr betroffen.

In den Augen Inspektor Brands gewann der Fall dennoch an Klarheit: Gerlinde Dietz war Mutter von zwei unehelichen Kindern und führte zudem noch einen höchst unsoliden Lebenswandel, indem sie neben ihrer Tätigkeit als Dienstmagd der Prostitution nachging. In einem solchen Milieu seien ja Mord und Totschlag an der Tagesordnung, erklärte der Inspektor der Journaille gegenüber. Man müsse hier vermutlich von Mord aus niederen Beweggründen wie etwa Eifersucht oder Neid ausgehen.

Im Frankfurter Konversationsblatt war zu lesen, dass es sich bei dem ermordeten Dienstmädchen, Gerlinde Dietz, um die gestrauchelte Tochter anständiger Frankfurter Bürger gehandelt habe, die nichts unversucht gelassen hätten, die Widerspenstige wieder auf den rechten Weg zu führen. Doch leider hätten sie dafür nur Undank geerntet. Die braven Leute wären über das schlimme Ende von Gerlinde untröstlich, obgleich sie, nach den Bekundungen der Mutter, so etwas schon immer hätten kommen sehen. Gerlinde Dietz war, wie der renommierte Zeitungsschreiber Schirrmann dank sorgfältiger Recherche und Befragung im Umfeld der Toten herausfand, eine leichtlebige, verantwortungslose Person, der einzig die Ausschweifung etwas bedeutet hatte. Um ihrem Lotterleben ungezügelter frönen zu können, hatte sie ihre beiden Kinder zu einer alten Tante abgeschoben und sich kaum mehr um die armen Würmchen gekümmert. Gottlob war die Städtische Fürsorge durch den schrecklichen Vorfall auf das Elend der Kinder aufmerksam geworden und hatte sie in ein Waisenhaus eingewiesen.

Inspektor Brand, der den Mörder im Prostituierten-Milieu vermutete, ließ in den folgenden Wochen verstärkt Razzien in den Bezirken der Straßenprostitution vornehmen, die bekanntlich auch von Gelegenheitsprostituierten aufgesucht wurden. Mehrere Huren, überwiegend heruntergekommene Straßendirnen, wurden in Arrest genommen und verhört. Keine von ihnen war jedoch auch nur annähernd in der Lage, stichhaltige Hinweise zur Aufklärung des Giftmordes zu liefern. Alle Frauen erklärten übereinstimmend, die Ermordete weder persönlich gekannt noch jemals in den Gegenden des Straßenstrichs gesehen zu haben.

Als sich in der folgenden Zeit ein Großteil des Frankfurter Gendarmerie-Korps und der freiwilligen Bürgerwehr zu nachtschlafender Zeit in den stillen Winkeln des Rossmarkts und der Mainzergasse herumdrückte, sich am Leonhards Tor und an der Rückseite des Römer-Rathauses gegenseitig auf die Füße trat, und die versteckten Winkel der Wall-Anlagen ebenso durchstreifte wie das gesamte Klapperfeld, blieben die Huren und ihre Kundschaft allmählich weg. Die Gassendirnen verfluchten die Allgegenwart der Ordnungshüter, die ihnen das Geschäft ruinierten, und waren schon dabei, sich neue Schlupfwinkel auszusuchen, als die für sie so lästigen Streifzüge endlich ein Ende fanden.

Schließlich sah Oberinspektor Brand ein, dass derartige Ermittlungen ihn nicht weiterbrachten. Überdies gelangte er mehr und mehr zur Überzeugung, dass weitere Nachforschungen im Falle Dietz vergebliche Liebesmüh waren, und die Aufklärung des Giftmordes verlief im Sande. Bald schwieg auch die Tagespresse und kaum ein Frankfurter zerbrach sich noch den Kopf über das vergiftete Dienstmädchen Gerlinde Dietz, die ja, wie jedermann inzwischen wusste, ein schlimmes Frauenzimmer war, und da brauchte man sich über ein ebensolches Ende nicht zu wundern.

3

Sidonie Weiss sass wie jeden Abend an ihrem Sekretär und schrieb, was ihr momentan gar nicht so recht von der Hand gehen mochte, denn sie musste immer wieder an das ermordete Dienstmädchen denken und daran, was ihr der kleine Rudi Schickel heute früh erzählt hatte. Wie immer, wenn ihr nichts mehr einfiel, warf sie einen Blick auf den gerahmten Scherenschnitt Friedrich Hölderlins, der über ihrem Schreibtisch hing. Unter dem Porträt des Dichters stand ein Zitat aus dem ›Hyperion‹:

›Wer nur mit ganzer Seele wirkt, irrt nie.‹

Welch ein Genie, ging es dem Fräulein beim Anblick des Porträts durch den Sinn, und eine tiefe Wehmut erfasste sie. Sie nahm einen großen Schluck aus ihrem Rotweinglas und beschloss, eine Pause einzulegen. Zuweilen beflügelte sie das Bildnis Hölderlins und entlockte ihr die wunderbarsten Gedanken. Manches Mal aber überkam sie bei seiner Betrachtung eine lähmende Trübsal, der sie sich ganz und gar hingab. Zumindest für eine kleine Ewigkeit. Für eine kleine Ewigkeit, die sie sich zugestand und gleichzeitig auch begrenzte. Denn früh hatte sie gelernt, dass sich die Welt wieder drehen musste, damals, als sie ihm begegnete, im Hause ihrer Cousine, Susette Gontard.

Es gibt ein Gegengift, selbst für die Unbill einer unerwiderten Liebe!

Sidonie trat ans Fenster und öffnete die beiden Flügel. Eine frische Abendbrise wehte ihr entgegen. Sie schaute hinunter auf die Töngesgasse. Es dämmerte bereits. Über den Häusergiebeln konnte sie schon den Abendstern erkennen. An dem milden Spätsommerabend war die Gasse voller Leben. Junge Leute standen lachend und scherzend vor den Häusern, Gassenkinder tollten herum, Frauen saßen am Fenster und hielten einen Plausch mit der Nachbarin, und die Männer kamen von der Arbeit nach Hause. Während das Fräulein verschiedene Leute grüßte und Grüße erwiderte, hielt sie Ausschau nach Rudi. Bald konnte sie den Jungen in einer Gruppe von Kindern ausmachen, die Fangen spielte. Sie rief nach ihm. Der Junge unterbrach sein Spiel, kam herbeigelaufen und erkundigte sich, mit hochgerecktem Kopf unter dem Fenster stehend, was das Fräulein von ihm wolle.

»Komm bitte morgen früh um acht Uhr zu mir, mein Junge. Dann gehen wir zusammen zur Hauptwache, und du sagst dem Inspektor alles, was du mir heute Vormittag erzählt hast!«, teilte ihm das Fräulein in freundlichem, aber bestimmtem Tonfall mit, der keinen Widerspruch duldete.

»Ach, Fräuleinsche, ich will aber net auf die Gendarmerie! Könne Sie da net allein hingehen und denen erzählen, was ich Ihnen gesagt hab?«, erkundigte sich Rudi flehend.

»Nein, es ist wichtig, dass du mitkommst. Du brauchst dich doch nicht vor denen zu fürchten, du hast ja schließlich nichts ausgefressen, oder?«, bemerkte Sidonie schelmisch. »Komm, sei nicht so ein Angsthase, so kenn ich dich ja gar nicht. Außerdem bin ich ja dabei. Also sei bitte pünktlich. Ach, warte mal, hier hast du noch was.« Sidonie warf dem Jungen einen Apfel zu und begab sich wieder an ihr Schreibpult.

Fast trotzig blickte sie auf das Gemälde, das über dem Konterfei Hölderlins an der Wand angebracht war. Es stammte aus dem späten Mittelalter und war das Porträt ihrer Ahnin, Katharina Weiß von Limpurg, der Sidonie mit ihren kupferroten Haaren, der feinen, bleichen Stirn und den meergrünen Augen auffallend glich. Katharina war eine sehr gebildete, kultivierte Dame. Sie sprach und schrieb fließend Latein und verfasste Chroniken sowie eine Vielzahl gelehrter und erbaulicher Schriften. Sidonie, die sich seit ihrer frühen Jugend schriftstellerisch betätigte, war sie ein großes Vorbild.

Wundersam getröstet, ergriff sie ihre Feder und schrieb bis nach Mitternacht weiter.

Sidonie Weiß, die im ausgehenden 18. Jahrhundert als einzige Tochter einer vornehmen, aber verarmten Frankfurter Patrizierfamilie geboren worden war, schrieb seit nunmehr 35 Jahren und hatte in dieser Zeit über 20 Bücher veröffentlicht. Ihre Kriminalromane und Schauergeschichten erfreuten sich weit über die Grenzen ihrer Heimatstadt hinaus großer Beliebtheit, bekannt war sie vor allem aber auch durch ihre Liebesgedichte. In den vornehmen Literarischen Salons Frankfurts, in denen Sidonie ihre Werke gelegentlich zum Vortrag brachte, fragte man sich im Stillen, wie es kam, dass eine blaustrümpfige, alte Jungfer, als die das Fräulein doch bei aller Liebenswürdigkeit gelten musste, in der Lage war, derart ergreifende Liebesempfindungen zu Papier zu bringen.

Sidonies Mutter starb kurze Zeit nach der Geburt ihrer Tochter am Kindbettfieber. Als Sidonie fünf Jahre alt war, erlag ihr Vater der Schwindsucht. Die Waise fand Aufnahme in der Familie ihres wohlhabenden Onkels, Christian Koch, wo sie gemeinsam mit ihren drei Cousins und der drei Jahre älteren Cousine Susette aufwuchs und erzogen wurde. Susette war für Sidonie bald wie eine geliebte

Schwester, und Sidonie wurde wie eine leibliche Tochter behandelt. Sie erfuhr alle Vorzüge eines wohlhabenden, großbürgerlichen Haushalts und erhielt eine Erziehung, wie sie höheren Töchtern zukam. Im Gegensatz zu ihrer hübschen Cousine Susette war Sidonie mit ihren roten Haaren, den vielen Sommersprossen und dem leichten Silberblick nicht gerade eine Schönheit. Während sich im Hause Koch die jungen Kavaliere um Susette förmlich zu drängen begannen, schätzte man die unscheinbare Sidonie wegen ihrer Gutartigkeit höchstens als liebe Freundin. Schon früh hatte sie sich, ohne je darüber zu murren, mit ihrer Rolle als Mauerblümchen abgefunden. Während andere junge Damen von nichts anderem als von Bällen und Gesellschaften sprachen, interessierte sich Sidonie nur für Bücher, was dazu führte, dass sie bereits in jungen Jahren außerordentlich gebildet war – weitaus gebildeter, als man es einer Dame der Gesellschaft zubilligte. Sie begann, Geschichten und Gedichte zu schreiben, und versäumte kaum einen Literarischen Zirkel, der in den großbürgerlichen Salons Frankfurts abgehalten wurde. Ihre ganze Liebe und Verehrung galt der Literatur, und sie hatte das große Glück, zahlreichen namhaften Dichtern und Gelehrten persönlich zu begegnen.

Als Susette schließlich den Frankfurter Bankier, Jakob Gontard, heiratete, holte sie Sidonie als ihre engste Vertraute zu sich in die Villa Gontard, um in dem riesigen, kalten Mausoleum, wie sie es zu nennen pflegte, nicht so allein zu sein, denn ihr Gatte verbrachte weitaus mehr Zeit in seinem Bankhaus als mit seiner jungen Gemahlin. Sidonie, die Susette förmlich vergötterte, stellte ihre eigene Existenz wie selbstverständlich in den Dienst der schönen Cousine. Sie stand ihr während ihrer Schwangerschaften bei und wurde der keineswegs glücklich verheirateten Susette zur Seelentrösterin. Im Jahre 1796 stellte Jakob Gontard für seine Söhne den jungen Friedrich Hölderlin als Hauslehrer ein. Schon bald verliebte sich der Dichter in Susette, die ihrerseits, mit ihrer Ehe unzufrieden, Hölderlins Zuneigung erwiderte und eine heimliche Liaison mit ihm einging. Die beiden Verliebten bemerkten nicht, dass Sidonie, Susettes guter Geist, auf ihre stille, verhaltene Art ebenfalls in den jungen Dichter verliebt war. Diese Liebe blieb für Sidonie ein sorgsam gehütetes Geheimnis. Einzig ihrer Feder öffnete sie ihr Herz und ließ ihren Gefühlen so freien Lauf.

Als Gontard im Jahre 1800 schließlich von der Liebe seiner Frau zu dem Hauslehrer erfuhr, musste Hölderlin das Haus der Bankiersfamilie verlassen. 1802 starb Susette, die sich bei einem ihrer Söhne angesteckt hatte, an Röteln. Sidonie, die sich mit dem Hausherrn nie besonders gut verstanden hatte, zog daraufhin aus und siedelte in ihr Elternhaus in der Töngesgasse über, das in der Frankfurter Altstadt gelegen war. Zu diesem Zeitpunkt war sie längst im heiratsfähigen Alter, und ihr bleiches, sommersprossiges Gesicht mit den meergrünen Augen entbehrte nicht einer gewissen Anmut. So fand sich auch ein junger Verehrer, der die Schönheit von Sidonies Seele erkannte und sich in das zarte Geschöpf verliebte. Doch Sidonie, die ihr Herz unwiederbringlich an Hölderlin verloren hatte, lehnte den Antrag ab. Sie blieb unverheiratet, und inzwischen war sie zwar ein spätes Mädchen, mitnichten aber eine verbitterte, alte Jungfer. Neben der Schriftstellerei widmete sie sich der Armenfürsorge. Verwendete sie anfangs noch ihre eigenen, bescheidenen Mittel, den armen, kinderreichen Familien in der Nachbarschaft mit Milch, Lebensmitteln und Kleidern auszuhelfen, so war sie mittlerweile dazu übergegangen, wohlhabende Bürger für ihre mildtätigen Zwecke zu gewinnen.

Sidonie, die in Frankfurt allgemein nur ›das Fräulein‹ genannt wurde, war wie alle Ledigen und Alleinstehenden eine Außenseiterin in einer Gesellschaft, die das Familienideal über alles stellte. In den großbürgerlichen Salons bewunderte und schätzte man die Schreibkunst der Dichterin, empfand die freigeistige Intellektuelle indessen als suspekt. Nicht nur deshalb, weil sie bei gesellschaftlichen Anlässen mehr als schlicht, mitunter sogar nachlässig gekleidet war, war auch die Konversation mit ihr keineswegs so, wie man das in gehobenen Kreisen für angemessen erachtete. Sidonie Weiß galt als eigensinnig. Mit ihrer Meinung hielt sie nicht hinterm Berg und war weit davon entfernt, sich lieb Kind machen zu wollen. Ihre gelebte Devise, dem Gassenkehrer mit der gleichen Höflichkeit zu begegnen wie dem Bürgermeister, sorgte beim Frankfurter Großbürgertum, das gerne auch mit der hochdotierten Bundestagsdiplomatie aus dem Palais Thurn und Taxis gesellschaftlichen Umgang pflegte, für Unbehagen. Wollte man doch im Dunstkreis eines Fürsten von Metternich nicht etwa den Eindruck erwecken, man trage sich mit liberalem Gedankengut. Unverfänglicher dagegen waren für die tonangebende Oberschicht die Wohltätigkeitsaktivitäten des Fräuleins. In einer Stadt, der man nachsagte, dass nur das Geld den Lebensinhalt bestimme, war den Angehörigen des Geldadels durchaus daran gelegen, Bürgersinn zu beweisen, und zu allen Zeiten hatte man in Frankfurt eifrig gesammelt und gespendet, um Kultur und Wissenschaft zu fördern und die ärgste Not der armen Leute zu lindern – solange man das blanke Elend nicht vor der eigenen Haustür hatte. Sidonie hingegen, die mitten in der Frankfurter Altstadt lebte, war umgeben von armen, kinderreichen Familien. Und obgleich sie auch hier aufgrund ihres privilegierten Standes nicht richtig dazugehörte, war sie doch alles andere als ein distanzierter Zaungast.

Wirklich wohl fühlte sich Sidonie nur an ihrem Schreibtisch, was ihr jedoch nicht den Blick auf die Wirklichkeit trübte. Sie kannte die Elendsquartiere der Altstadt, in deren drangvoller Enge die Menschen zusammengepfercht waren wie Tiere im Stall. Und wenn es nicht die Schwindsucht war, die die Menschen hinwegraffte, war es der Branntwein. Um der ungesunden Beengtheit der Behausungen zu entkommen, verbrachten die Kinder oftmals den größten Teil des Tages auf der Straße. Die meisten Gassenkinder waren genau wie ihre Mütter gezwungen, mit dazuzuverdienen, denn der Lohn des Vaters reichte kaum für das Nötigste. Arbeiteten die Mütter stundenweise als Zugehefrauen oder Wäscherinnen in den Häusern der Höhergestellten, so fegten die Kinder Höfe, erledigten Botengänge und Besorgungen, trugen Lasten oder verkauften Backwaren auf öffentlichen Plätzen und Anlagen an Flaneure. Sidonie wusste, dass viele der Kinder Hunger litten, denn obgleich in den ärmlichen Haushalten sparsam gewirtschaftet wurde und alle anfallenden Nahrungsreste bis zum Äußersten verwässert und gestreckt wurden, reichten die kargen Mittel kaum aus, die vielen hungrigen Mäuler zu stopfen. Das Fräulein versuchte seit vielen Jahren, den Armen zu helfen, indem sie mehrere Suppenküchen in der Altstadt ins Leben gerufen hatte, wo arme Leute jeglichen Alters die Möglichkeit haben sollten, sich kostenlos satt zu essen. Außerdem erhielten die Kinder bedürftiger Familien in ihrem Haus in der Töngesgasse täglich einen Becher frische Milch. Da dies sehr gut angenommen wurde und dazu beitrug, den Mangelerkrankungen der Heranwachsenden ein wenig vorzubeugen, trug sich Sidonie inzwischen mit dem Gedanken, das Erreichte auszuweiten. Sie plante, in sämtlichen Regionen Frankfurts, dort wo die Not am größten war, kleine Milchbuden errichten zu lassen. Weil ihr indessen die Mittel zur Umsetzung noch fehlten, hatte sie vor, demnächst in den Kreisen der Wohlhabenden dafür zu sammeln.

Die Menschen im Quartier begegneten dem Fräulein mit großem Respekt und wussten ihre Hilfe sehr zu schätzen. Dennoch hatte Sidonie häufig das Gefühl, mit ihrer Mildtätigkeit lediglich ›den berühmten Tropfen auf den heißen Stein‹ fallen zu lassen. Ein schreckliches Ereignis, das inzwischen zwei Monate zurücklag, trug dazu bei, dies noch zu verstärken: Am Morgen des 21. Juni 1836 entschloss sich Sidonie, die Gendarmerie zu verständigen, nachdem die kleine Tochter von Schneidermeister Lichtwerk mehrere Tage nicht mehr bei ihr gewesen war, und auch die Nachbarn der Lichtwerks aus der Kornblumgasse bestätigt hatten, die Familie schon tagelang nicht gesehen zu haben. Zuvor hatte das Fräulein noch die Wohnung der Schneiderfamilie aufgesucht, und als auf ihr Rufen und Klopfen keiner reagierte, war sie zur Hauptwache geeilt. Nachdem den Polizisten ebenfalls nicht geöffnet wurde, brachen diese die Wohnungstür auf und machten einen grausigen Fund: Der Schneidermeister, Joachim Christian Lichtwerk, lag mit durchgeschnittener Kehle in einer Lache getrockneten Blutes. Ebenso seine Frau Anna Christina sowie seine Töchter Anna Sophie Gertrude und Anna Christina von drei und anderthalb Jahren. Lichtwerk hielt noch ein blutiges Rasiermesser in der Hand. Er hatte einen Abschiedsbrief hinterlassen, aus dem hervorging, dass er seine Angehörigen und danach sich selbst mit Vorbedacht und dem Einverständnis seiner Frau getötet hatte. Mit der Ermordung der hochschwangeren Ehefrau hatte er auch die Tötung der fast ausgetragenen Leibesfrucht verursacht. Das Kind war nicht mehr zu retten. Hauptursache der Tat war seinen Angaben nach existenzielle Not. Das Geschäft des Schneidermeisters war vom Niedergang bedroht. In seinem hinterlassenen Brief beklagte Lichtwerk, dass er seit vier Monaten die Miete nicht mehr hatte aufbringen können. Kein Kunde habe seine Schneiderrechnungen bezahlt, er sei von allen Seiten geprellt worden. So hatte er einen Tuchhändler betrogen, der ihn dann angezeigt hatte. Die Verurteilung stand unmittelbar bevor, als der erst 34-jährige Lichtwerk zu seiner Verzweiflungstat schritt.

Der tote Schneidermeister wurde für seine Mordtaten und die Selbsttötung noch einmal offiziell zum Tode verurteilt und in ungeweihter Erde begraben. Die Obrigkeit war über den Fall Lichtwerk zwar betroffen, zeigte sich jedoch bar jeden Mitgefühls. Die Presse reagierte ähnlich. In dem Frankfurter Journal, dem Frankfurter Konversationsblatt und der Frankfurter Kaiserlichen Reichs-Ober-Post-Amts-Zeitung wurde einzig Lichtwerks Bluttat verurteilt; dass es sich dabei um einen Akt purer Verzweiflung gehandelt hatte, hingegen mit keinem Wort gewürdigt. Sidonie war darüber so aufgebracht, dass sie einen Leserbrief an die Frankfurter Zeitungen schrieb, der jedoch unveröffentlicht blieb. In den darauffolgenden Wochen war das Fräulein sehr niedergeschlagen. Sie machte sich wegen der Lichtwerks schlimme Vorwürfe und hatte mehr und mehr das Gefühl, bei ihrem Kampf gegen die Armut auf der Stelle zu treten.

Kurz nachdem die Rathausuhr die zwölfte Stunde angeschlagen hatte, klopfte es sachte an der Tür von Sidonies Arbeitszimmer und Mathilde, des Fräuleins Aufwartefrau, trat ins Zimmer.

»Ich wollt Sie nicht stören, aber ich war grad noch mal unten in der Küch gewesen, und da hab ich gesehen, dass Sie noch Licht anhaben. Ei, Fräuleinsche, Sie müssen doch morgen früh raus. Gehn Se doch bald mal schlafen. Oder soll ich Ihnen grad noch was zu essen bringen?«, erkundigte sich die alte Frau fürsorglich, die angesichts der fragilen Statur des Fräuleins immerzu um deren leibliches Wohl besorgt war.

»Nein, nein, Tante Tilla. Ich hab wirklich keinen Hunger. Ich wollt auch bald ins Bett gehen. Komm, setz dich noch ein bisschen her, dann trinken wir zusammen ein Glas Wein, und du knetest mir ein bisschen den Nacken. Der tut mir von der Schreiberei nämlich wieder weh.« Sidonie streckte sich, gähnte ausgiebig, holte ein weiteres Glas vom Wandbord und schenkte nach. Mathilde Janz war Sidonies einzige Bedienstete. Seit nunmehr 30 Jahren war sie bei dem Fräulein in Stellung, und die Frauen kamen gut miteinander aus. Zuweilen kabbelten sie sich auch, wobei es meistens ums Essen ging. Denn die füllige Mathilde, die eine ausgezeichnete Köchin war, konnte es einfach nicht mit ansehen, dass das ohnehin so zerbrechlich wirkende Fräulein einen eher mäßigen Appetit hatte. Bei solchen, aber auch bei anderen, ähnlichen Anlässen, warfen sich die Frauen gerne vor, für wie starrsinnig und uneinsichtig sie einander hielten. Das Fräulein pflegte Mathilde dann als ›unverbesserliche Rechthaberin‹ zu betiteln, während diese Sidonie einen ›alten Dickkopf‹ nannte. In solchen Momenten glichen die beiden einem alten Ehepaar. Sidonie konnte mit der einfachen Frau über alles sprechen. Tante Tilla, wie die resolute, aber gutmütige Mathilde von allen im Quartier genannt wurde, war oft die Erste, der Sidonie Passagen ihrer Werke vorlas. Sie gab viel auf Mathildes Urteil. Nach Sidonies Dafürhalten besaß die alte, ungebildete Magd eine natürliche Intelligenz und ein untrügliches Gespür für schlüssige Zusammenhänge. Tante Tilla, ähnlich wie ihre Herrschaft, sagte gerne unumwunden ihre Meinung und sparte meist auch nicht mit Kritik, was Sidonie sehr an ihr schätzte. Beide waren unverheiratet und hatten keine Familie.

»Ob Sie da morgen viel erreichen, bei dem komischen Inspektor, da hab ich so meine Zweifel«, äußerte sich Mathilde mürrisch, nachdem sich die Frauen zugeprostet hatten. »Des ist auch kein richtiger Frankfurter. Der ist, glaub ich, erst seit einem Jahr hier. Soll ein Sauschwab sein, hab ich gehört.«

»Das ist mir ganz egal, wo der herkommt. Von mir aus kann der auch ein Rheinländer oder Sachse sein – solang's kein Offenbächer ist. Aber Spaß beiseite: Hauptsache, der versteht sein Handwerk und läuft nicht mit Scheuklappen herum wie dieser Zeitungsfritze vom Frankfurter Konversationsblatt. Es ist doch nicht zu glauben, was der für einen Mist fabriziert hat«, ereiferte sich das Fräulein. »Genau wie damals, als man die Lichtwerks tot in ihrer Wohnung gefunden hat. Und jetzt haben wir in Frankfurt wieder einen tragischen Todesfall, und die Journaille hat abermals nichts Besseres zu tun, als das Opfer durch den Dreck zu ziehen und den Kopf in den Sand zu stecken. Gott, ich könnt mich grad wieder grün ärgern! Was weiß denn schon so ein feister Zeitungsschreiber von der Not der ledigen Mütter?«

»Dem sei Frau muss bestimmt net zum Engelmacher rennen, wenn sie in anderen Umständen ist!«, entrüstete sich auch Mathilde.

»Und das ist ja noch längst nicht das Schlimmste. Aus Angst vor der Schande ersticken manche unverheirateten Frauen sogar ihre Neugeborenen. Nicht selten kommt es vor, dass ihnen ihre Mütter dabei behilflich sind, damit nur ja keiner was merkt und der Ruf der Familie nicht ruiniert wird«, setzte Sidonie hinzu. »Oft sind es die Tapfersten, die ihre Kinder austragen und allein großziehen. Vor denen kann man nur den Hut ziehen, wo es ihnen doch von allen Seiten noch viel schwerer gemacht wird, als es den armen Leuten ohnehin geht. Und dann lässt dieser Schmierfink kein gutes Haar an dem armen Ding. Na ja, wie man es in Frankfurt hinlänglich kennt: Gegen die Blasiertheit und Ignoranz der Philister ist wohl kein Kraut gewachsen. Kein Wunder, dass so gute Leute wie der Börne und der Heine Frankfurt den Rücken gekehrt haben. Ich weiß noch, wie der Heinrich immer gesagt hat: Frankfurt ist mir verhasst. Die dortige Philisterei fürchte ich mehr als die Cholera«, zitierte Sidonie grimmig.

»Was heißt hier Cholera! Von meinem Quetschekuche konnt der doch nie genug kriegen«, erwiderte Mathilde trocken. Sidonie musste lachen.

»Ach, Tante Tilla, du kannst immer nur ans Essen denken!«

Wohlig vergraben in ihr Federbett, nahm sich das Fräulein für den morgigen Tag vor, jeglicher Schwerfälligkeit des Amtsschimmels entschlossen Paroli zu bieten.

4

Als Sidonie am Freitagmorgen mit Rudi durch die Töngesgasse in Richtung Liebfrauenberg ging, goss es in Strömen. Sidonie trug einen haubenartigen, rosafarbenen Filzhut, an dessen Seiten rötliche Korkenzieherlocken hervorquollen, und ein grau gestreiftes, leicht zerknittertes Musselinkleid. Der braune Kaschmirschal, den sie sich um die Schultern gelegt hatte, war schon recht aufgeweicht und hatte bald die Konsistenz eines nassen Putzlappens angenommen. Sidonie, die nicht viel größer war als der zwölfjährige Rudi, hatte den Jungen untergehakt und versuchte mit dem zierlichen, geblümten Schirm vergeblich, die Regengüsse abzuhalten. Rudis zuvor von Tante Tilla so sorgfältig gestrählter Haarschopf war durchnässt und so zerzaust wie ehedem. Nachdem sie in die Katharinenpforte eingebogen waren, erreichten sie endlich die Hauptwache. Sidonie glättete noch einmal Rudis widerspenstiges Haar, spannte den Regenschirm zusammen und öffnete entschlossen das Portal.

»Guten Morgen, wir hätten gerne den mit dem Fall Gerlinde Dietz betrauten Inspektor gesprochen«, erklärte Sidonie dem in der Wachstube sitzenden Gendarm.

»Der Herr Oberinspektor ist noch nicht da. Der kommt meistens erst gegen neun«, antwortete der Beamte.

»Gut, dann warten wir so lange«, erwiderte das Fräulein entschieden.

Der Wachmann wies mit einer knappen Geste auf eine lange Holzbank an der Stubenseite. Das ungleiche Paar nahm Platz und wartete schweigend auf die Ankunft des Beamten. Nach gut einer Stunde traf Oberinspektor Brand ein. Als ihm der diensthabende Gendarm erklärte, er werde erwartet, und dabei auf Sidonie und den Jungen deutete, verzog Brand, der die Besucher flüchtig taxiert hatte, ungehalten das Gesicht und bedeutete ihnen, sie sollten sich noch ein wenig gedulden, er werde sie zu gegebener Zeit rufen lassen.

Die Rathausuhr auf dem Römerberg schlug gerade zur zehnten Stunde, als Brand die Wartenden endlich in sein Büro bat. Die kleine Amtsstube war voller Rauchschwaden, und auf dem Schreibtisch lagen noch die Überreste einer Brotzeit. Sidonie, die daraus schloss, dass der Inspektor gefrühstückt und geruhsam sein Pfeifchen geschmaucht hatte, hüstelte demonstrativ und warf Brand einen indignierten Blick zu, doch dieser machte keinerlei Anstalten, das Fenster zu öffnen, um zu lüften.

»Was liegt an?«, erkundigte er sich stattdessen in schroffem Tonfall.

»Wir sind gekommen, um in dem Fall Gerlinde Dietz eine Zeugenaussage zu Protokoll zu geben«, entgegnete das Fräulein förmlich.

Nachdem Brand Sidonie und Rudi noch einmal mit abschätziger Miene in Augenschein genommen hatte, bemerkte er barsch, er wolle nur darauf hinweisen, dass in dem Fall Dietz keine Belohnung ausgesetzt sei.

»Davon sind wir auch nicht ausgegangen«, beschied ihn Sidonie kühl. »Uns geht es, wie der Polizeibehörde hoffentlich auch, einzig um die Wahrheitsfindung. Der Junge kann möglicherweise eine Täterbeschreibung abgeben.«

Der Inspektor beorderte den diensthabenden Beamten mit Papier und Feder zu sich ins Büro und wies Sidonie und Rudi an, auf den beiden Holzstühlen vor seinem Schreibtisch Platz zu nehmen.

Nachdem die Personalien aufgenommen und Rudi vom Inspektor aufgefordert worden war, seine Aussage zu machen, begann der Junge, dem die Situation offensichtlich wenig behagte, mit seinem Bericht: »Also, ein paar Tage, bevor man das tote Dienstmädchen in der Kutsche gefunden hat, hat mich auf dem Roßmarkt so ein Mann angesprochen. Der war ganz vornehm angezogen und hat einen Zylinder aufgehabt …«

»Moment, Moment. Wir brauchen das genaue Datum und die Uhrzeit. Wenn du uns das nicht zu sagen vermagst, kannst du dir das Ganze auch schenken«, unterbrach ihn Brand gereizt.

»Des muss der Montag gewesen sein, der Montag vor dem Samstag, wo des passiert ist«, murmelte Rudi unsicher.

»›Der Montag vor dem Samstag‹«, äffte Brand den Jungen nach. »Was soll denn das heißen? Damit können wir hier gar nichts anfangen. Nenne mir Ross und Reiter, oder geh wieder! Wir sind doch hier nicht in der Dummenschul!«, herrschte er Rudi an.

»Das war am Montag, den 20. August 1836, gegen zwölf Uhr mittags. Bitte mäßigen Sie Ihren Ton, sonst werde ich mich bei Ihrem Vorgesetzten, Polizeisenator Hessenberg, mit dem ich gut bekannt bin, in aller Form über Sie beschweren!«, maßregelte ihn das Fräulein scharf wie einen ungezogenen Schuljungen.

»Mit Verlaub, Fräulein Weiß, sind Sie die Zeugin, oder ist es der Junge?«

»Der Junge ist der Zeuge, wie wir es am Anfang auch angegeben haben. Aber Sie lassen ihn ja gar nicht zu Wort kommen, sondern machen ihn mit Ihrer aufbrausenden Art ganz konfus.«

»Also gut. Kleinhans, schreiben Sie bitte mit: Am Montag, den 20. August, um zwölf Uhr mittags, sprach den oben aufgeführten Zeugen, Rudolf Schickel, auf dem Platze des Roßmarktes ein Mann an. Punkt. Fahre er nun fort«, forderte Brand den Jungen auf.

»Also, der Mann hat mich gefragt, ob ich mir vielleicht ein paar Kreuzer verdienen will. Da hab ich dann ja gesagt, denn ich kann das Geld gut gebrauchen.«

»Das denk ich mir, mein lieber Schickel, das denk ich mir«, mokierte sich der Inspektor. »So, und jetzt bitte eine genaue Personenbeschreibung!«

Rudi konzentrierte sich kurz, bevor er, sichtlich um Genauigkeit bemüht, antwortete: »Der Mann war groß und schlank und hat einen schwarzen Zylinder und einen schwarzen Gehrock angehabt, mit dunkelgrauen, langen Hosen. Er hat wie ein vornehmer Herr ausgesehen und auch so gesprochen. Nur dem seine Stimm hat sich so komisch angehört. Die war ganz hell, fast wie bei einer Frau. Er hat einen dunklen Backenbart gehabt und war ziemlich blass. Seine Augen hab ich nicht richtig sehen können, denn er hatte eine Brille mit so dunklen Gläsern auf. Seine Haarfarbe auch nicht, denn der hat ja auch einen Hut aufgehabt. Der Mann war vielleicht so alt wie mein großer Bruder, der ist im Juli 20 geworden. Sonst ist mir noch aufgefallen, dass er sehr unruhig war und sich die ganze Zeit umgeguckt hat, und wie er mir dann das Geld gegeben hat, hat er ganz schön gezittert. Also, er hat gesagt, dass ich da rübergehen soll, zur Blumen-Nelly, und der sagen soll, dass er ein Dienstmädchen haben will. Die darf aber nicht älter als 20 sein, soll dunkle Haare und braune

Augen haben und darf nicht ›verlebt‹ oder ›billig‹ aussehen, sondern ›frisch‹ und ›adrett‹, so hat er sich, glaub ich, ausgedrückt. Die Nelly soll mir dann sagen, ob sie so jemanden kennt, und dann mit der Mamsell ein Treffen ausmachen. Er käm dann morgen um die gleiche Zeit wieder zum Roßmarkt, und ich sollte das dann mit der Nelly ausmachen. Also bin ich am nächsten Tag wieder hin und hab ihn auch getroffen. Dann bin ich gleich zur Nelly an den Blumenstand. Die hat mir dann gesagt, sie hätt mit einer Dienstmagd, die genauso wär, wie der Herr es will, gesprochen, und die hätt am kommenden Samstag ihren freien Nachmittag, der Herr müsst nur noch eine Uhrzeit vorschlagen und sagen, wo sie hinkommen soll. Und wenn alles klappt, müsst er ihr für ihre Vermittlung 20 Kreuzer bezahlen. Der Mamsell müsst er dann noch mal 50 Kreuzer geben. Der Mann hat einen Augenblick überlegt und dann als Treffpunkt den Weingarten vom Herrn Adam auf dem Klapperfeld vorgeschlagen. Er wär um vier Uhr dort. Die Jungfer sollt sich separat an einen Tisch setzen und als Erkennungszeichen ein Veilchenbukett am Hut tragen, er würd sie dann ansprechen. Dann hat er mir das Geld für die Nelly gegeben und noch mal fünf Kreuzer für mich und ist dann verschwunden.« Rudi schaute den Inspektor abwartend an. Als dieser keine Reaktion zeigte, fügte er hinzu, er habe sich halt so seine Gedanken gemacht, wo doch das ermordete Dienstmädchen genau an diesem Samstag tot in der Kutsche aufgefunden worden sei und weil das mit der Uhrzeit ja auch hinkommen könne.

Der Inspektor fragte Rudi, ob dies alles sei, und erklärte in amtlichem Tonfall, ohne ein einziges höfliches Wort an den Zeugen und seine Begleiterin zu richten, die Befragung für beendet.

Als sich Sidonie daraufhin erkundigte, was er denn nun weiterhin in dem Fall zu tun gedenke, wurde sie vom Inspektor dahingehend beschieden, dass er die Angelegenheit prüfen werde. Das allerdings, so äußerte er süffisant, möge sie nur seine Sorge sein lassen.

5

Um elf Uhr trank Johann Konrad Friedrich genüsslich seinen ersten ›Frankfurter‹* und zündete eine Zigarre an, um sich in Ruhe der morgendlichen Zeitungslektüre widmen zu können, was für ihn einem heiligen Ritual gleichkam. Die Herren an den übrigen Tischen im separaten Raucherzimmer des großen Kaffeehauses in der Bleidenstraße taten es ihm gleich, und so war der Raum erfüllt von dichten Rauchschwaden, denn im Gegensatz zu öffentlichen Orten war es den Gästen hier erlaubt, dem Tabakgenuss zu frönen. Einige Kaffeehausbesucher spielten Schach, andere debattierten, lasen Journale oder schrieben. In der Hauptsache waren hier Angehörige der besseren Gesellschaft vertreten. Nicht wenige der Anwesenden brachten in dem altehrwürdigen Kaffeehaus, das ein wenig versteckt hinter der Katharinenkirche lag, den ganzen Tag zu. Für Künstler, Schriftsteller und Gelehrte war es ein Ort schöpferischer Muße, der ihnen Gelegenheit zu Rückzug und Austausch bot. Das Interieur der weitläufigen Räumlichkeiten war von großer Eleganz und Behaglichkeit und erfüllte so die gehobenen Ansprüche seiner Besucher. Der Kaffee, in vielerlei Varianten angeboten, sowie das Gebäck und die Speisen waren von feinster Qualität. Zudem war das Kaffeehaus eine wahre Nachrichtenbörse. Hier erfuhr man alle Neuigkeiten aus Frankfurt und der großen, weiten Welt. Menschen der verschiedensten Nationalitäten gaben sich hier ein Stelldichein, und man vernahm neben

* Der sogenannte ›Frankfurter‹ war ein im Glas servierter Mokka.

der muttersprachlichen auch englische, französische und italienische Konversation. Das spiegelte sich auch in den Zeitungen und Zeitschriften wider, die den Gästen zur Verfügung standen. Nicht nur die gängigen Frankfurter Tageszeitungen wie das Frankfurter Intelligenzblatt, das Frankfurter Journal, die Frankfurter Kaiserliche Reichs-Ober-Post-Amts-Zeitung, das Frankfurter Konversationsblatt, die Didaskalia und das Journal de Francfort lagen hier aus, sondern auch eine reiche Auswahl der internationalen Presse war vertreten.

Für Johann Konrad Friedrich war das große Kaffeehaus in der Innenstadt seit nunmehr fünf Jahren zu einem zweiten Zuhause geworden. Der in die Jahre gekommene Lebemann, der bereits viel herumgekommen war in der Welt, arbeitete hier an seinen Memoiren.

Als Sohn einer wohlhabenden Frankfurter Kaufmannsfamilie trat er im Alter von 14 Jahren in den französischen Militärdienst ein und führte in Frankreich, Italien, Spanien und auf der griechischen Insel Korfu ein abenteuerliches Leben. Im Anschluss daran wechselte er zum Preußischen Heer, wo er den Rang eines Leutnants innehatte. Neben seiner Muttersprache sprach er fließend Französisch, Italienisch, Griechisch und Englisch. Schon immer hegte er eine große Vorliebe für die Literatur, insbesondere für Theaterstücke, und liebte es, zeitgenössische ausländische Klassiker ins Deutsche zu übersetzen, womit er sich ein Zubrot verdiente. Außerdem spielte Johann ausgezeichnet Klavier. Zu seinen auserkorenen Lieblingsstücken gehörte Mozarts ›Don Giovanni‹, gab er den Don Juan doch selbst oft genug im wahren Leben. In jungen Jahren ein wahrer Herzensbrecher, haftete ihm der Ruf des charmanten Verführers noch heute an, was ihm auch den Spitznamen ›Don Johann‹

eingetragen hatte. Schwarzlockig, mit dunklen, glutvollen Augen und eher klein gewachsen, konnte man ihn leicht für einen Italiener oder Südländer halten. Nicht wirklich schön, verfügte er doch über das gewisse Etwas, und bei seinen Verehrerinnen galt er als hervorragender Liebhaber. Im Alter von 30 Jahren nahm er Abschied vom Militär und kehrte in seine Heimatstadt Frankfurt zurück, wo er die Damenwelt im Klavierspiel unterrichtete und zahlreiche Affären mit Damen der guten Gesellschaft unterhielt. Oft war er verliebt gewesen, jedoch immer unverheiratet geblieben, und inzwischen war es um den einstigen Frauenliebling stiller geworden. ›Don Johann‹ lebte allein in der elterlichen Villa in Rödelheim und war recht einsam. Hätte er sein geliebtes Kaffeehaus nicht gehabt, wäre ihm zu Hause mitunter die Decke auf den Kopf gefallen. Seit Jahren hatte er keine Amouren mehr und sie fehlten ihm auch nicht. Nicht länger auf der Suche nach dem Abenteuer, das er so reichhaltig ausgekostet hatte, vermisste Johann auf seine alten Tage eher eine verlässliche Gefährtin.

Doch so eine fällt ja nicht einfach vom Himmel!

Während Johann sich noch konzentrierter seiner Lektüre widmete, wurde ihm plötzlich von hinten auf die Schulter getippt. Er schreckte auf und wendete den Kopf ungehalten in Richtung des Störenfrieds, wollte gar schon seinen Unmut kundtun, als er Sidonie Weiß erblickte. Nicht nur ihre äußere Erscheinung wirkte derangiert, auch ihre Stimmung schien alles andere als aufgeräumt zu sein, und so hielt Johann, der Sidonie aus Kindertagen kannte, zunächst einmal die Luft an, besann sich auf seine guten Umgangsformen und lud die Freundin und den Knirps, der neben ihr stand, freundlich ein, an seinem Tisch Platz zu nehmen. Bei dem ob der unüblichen Damenpräsenz durchaus konsterniert dreinschauenden Kaffeehauskellner bestellte er einen Kaffee Mélange für das Fräulein und eine heiße Trinkschokolade für den Jungen und wartete gespannt, den missbilligenden Mienen der anderen Kaffeehausgäste gegenüber gleichgültig, was Sidonie ihm zu berichten hatte. Denn es musste schon etwas Besonderes vorgefallen sein, wenn eine Dame, selbst eine, die es mit den Konventionen nicht so genau nahm wie das Fräulein, in die Männerdomäne des Kaffeehauses eindrang. Und wie es ihre Art war, kam Sidonie auch gleich zur Sache: »Hast du morgen Nachmittag Zeit? Ich muss unbedingt ein bestimmtes Lokal aufsuchen, und da brauche ich eine Begleitung.«

Johann, der seine liebgewordenen Gewohnheiten so zu schätzen gelernt hatte, dass ihm jegliche Störungen derselben verhasst waren, fühlte sich von des Fräuleins Stippvisite zwar einigermaßen überrumpelt, es lag ihm jedoch fern, Sidonie dafür zu schelten, wie er es bei jedem anderen getan hätte. Dazu war sie ihm viel zu lieb, und er konnte ihr eigentlich auch nicht gut etwas abschlagen. Dennoch gab er sich zunächst reserviert. Man springt ja schließlich nicht gleich, wenn der andere pfeift.

»Liebe Sido, hättest du vielleicht die Güte, mir erst einmal auseinanderzusetzen, worum es überhaupt geht?«, erkundigte er sich bedächtig.

»Ganz einfach: Der taugt keinen Schuss Pulver, dieser Kriminalinspektor Brand! Also habe ich mich entschieden, im Falle des ermordeten Dienstmädchens Gerlinde Dietz eigene Ermittlungen anzustellen«, entgegnete Sidonie aufgebracht. Anschließend berichtete sie Johann von Rudis Erlebnis auf dem Roßmarkt, dass sie den Jungen zu einer Zeugenaussage in der Hauptwache gedrängt und wie der Inspektor darauf reagiert hatte.

»Na ja, diese Gerlinde Dietz ist halt nur ein kleines Dienstmädchen gewesen, und dann hat die sich auch noch für Geld mit Herren eingelassen. Wegen so einer legt sich unsere liebe Polizei doch nicht ins Zeug. Ganz abgesehen davon, dass sie das ohnehin nicht gerne tut, denn die Frankfurter Polizeibehörde besteht nun einmal zu einem Großteil aus Schlafmützen, das, meine Liebe, ist hinlänglich bekannt. Mehr als den werten Herren vom Bundestag lieb ist. Man denke dabei nur an den Wachensturm vor drei Jahren, den unsere geschätzten Ordnungshüter ja vollends verschlafen haben. Schließlich hat unser lieber Herr von Metternich, dem die laxe Haltung der hiesigen Gendarmerie aufs Äußerste missfällt, nicht umsonst seine eigene Geheimpolizei eingesetzt, damit niemand in der Stadt es wagt, seine Zensur zu durchbrechen. Und unser Polizeisenator Hessenberg macht allenthalben keinen Hehl daraus, dass er ein Demokrat ist. Kein schlechter Mann übrigens, dieser Hessenberg. Sag mal, willst du dich nicht vielleicht bei ihm über Brand beschweren?«

»Das kann ich später immer noch tun. Einstweilen würde ich vorschlagen, wir zwei gehen morgen in den Adam'schen Weingarten und stellen dort weitere Erkundigungen an. Wenn sich die Dietz da wirklich mit ihrem Mörder getroffen hat, dann haben ihn auch noch andere gesehen. Vielleicht kennt ihn ja sogar jemand oder weiß Genaueres über ihn zu sagen. Außerdem ist morgen Samstag, und da haben viele Dienstmägde ihren freien Tag. Die kennen sich doch häufig untereinander. Ich denke, da können wir vielleicht auch in anderen Lokalen, wo die immer verkehren, etwas in Erfahrung bringen!«, entgegnete das Fräulein und trug Johann auf, für den braven Rudi noch einen Kakao zu bestellen. Als der Kellner das Getränk brachte, orderte sie, mit der Bemerkung, sie genieße es, endlich einmal ein Kaffeehaus von innen zu sehen, für sich noch eine weitere Mélange.

Es regnete in Strömen, als Sidonie und Johann an jenem Samstagnachmittag aus der Kutsche stiegen und sich dem Weinlokal des Herrn Adam auf dem Klapperfeld näherten.

»Bei dem Sauwetter ist da bestimmt nicht viel los. Wer geht denn schon bei so einem Wetter aus dem Haus, wenn er nicht muss«, bemerkte Johann verdrießlich, als sie unter dem Regenschirm durch den verwaisten Weingarten zur Gaststube eilten. Er sollte Recht behalten, denn in dem kleinen Lokal befand sich tatsächlich nur eine Handvoll Gäste. Johann und Sidonie blickten sich ein wenig zögerlich um, bevor sie sich an einem der Tische niederließen.

»Suchen die Herrschaften vielleicht jemanden?«, erkundigte sich der Wirt, als er an den Tisch trat, um die Bestellung aufzunehmen.

»Ei, die suchen bestimmt de heiliche Geist!«, tönte von der Theke eine heisere Frauenstimme, was von den übrigen Gästen mit lautem Gelächter quittiert wurde.

»Thekla, halt gefälligst dein Schandmaul, sonst fliegst du raus!«, raunzte der Wirt in Richtung der Ruferin und entschuldigte sich verlegen bei den Neuankömmlingen.

»Nicht der Rede wert. Das stört uns nicht weiter. Ich bin auch bei Weitem nicht so moralinsauer, wie ich ausschaue«, erwiderte Sidonie mit verschmitztem Lächeln. »Aber Spaß beiseite: Sie haben recht, Herr Wirt, wir suchen tatsächlich jemanden.«

»Kann ich Ihnen da behilflich sein?«

»Das können Sie, und möglicherweise auch Ihre Gäste. Sie erinnern sich vielleicht an das Dienstmädchen, das kürzlich tot in einer Kutsche aufgefunden worden ist. Wir haben Grund zu der Annahme, dass die junge Frau sich kurz vor ihrem Tod hier in diesem Lokal mit einem Herrn getroffen hat, der möglicherweise auch ihr Mörder war. Wenn von Ihnen jemand die Jungfer Dietz kannte oder vielleicht dazu etwas sagen kann, so lassen Sie es mich doch bitte wissen«, richtete sich Sidonie höflich an alle Anwesenden.

»Wieso kümmern Sie sich denn darum? Da ist doch eigentlich die Polizei für zuständig. Oder war'n sie mit der vielleicht verwandt?«, erkundigte sich die junge Frau, die zuvor mit schwerer Zunge die vorlaute Bemerkung gemacht hatte, während sie sich erhob und leicht schwankend auf Sidonie und Johann zuging. Mit beiden Händen stützte sie sich auf den Tisch und stierte Sidonie aus glasigen Augen an.

»Ich bin in dich verschossen, in deine Sommersprossen …«, summte sie feixend, worauf sie vom Wirt rüde aufgefordert wurde, die Gäste nicht zu belästigen. Sidonie bat ihn jedoch, er möge die junge Frau ruhig gewähren lassen, und gab unbeirrt zur Antwort: »Ich kümmere mich darum, weil ich den Eindruck habe, dass sich sonst niemand darum kümmert. Und weil alle denken, das war ein schlimmes Frauenzimmer, die Gerlinde Dietz, und da gehört's ihr nicht anders. Ich denke hingegen, es wird höchste Zeit, dass ihr Mörder endlich gefasst wird.«

»Ich bin auch ein schlimmes Frauenzimmer«, lispelte Thekla bedrohlich schwankend.

»Vor allen Dingen ein betrunkenes. Komm, setz dich, Kind, und iss einen Happen mit uns«, forderte das Fräulein Thekla auf.

»Ich will nix essen. Aber einen Branntwein tät ich noch trinken.«

»So siehst du aus. Nix da, Herr Wirt, bringen Sie bitte für das junge Fräulein eine kräftige Brühe oder was Sie sonst an Essbarem dahaben.«

»Eine Erbsensuppe hätt ich da, Fräulein Weiß.«

»Prima, bringen Sie uns doch bitte drei Portionen. Und woher kennen Sie meinen Namen?«

»Ich habe mehrere Bücher von Ihnen gelesen. ›Das Gespenst vom Römerberg‹, ›Der Fürst vom Rabenstein‹ und ›Der Mord im Siechenhaus‹. Die haben mir so gut gefallen, dass ich sie immer wieder lese. Im Sommer komm ich ja nicht dazu, da habe ich zu viel zu tun. Aber im Herbst und im Winter, wenn es hier ruhiger wird, nehm ich mir die wieder vor«, antwortete Herr Adam lächelnd.

»Das ehrt mich. Es gibt für mich kein schöneres Kompliment, als dass meinen Lesern gefällt, was ich schreibe«, bedankte sich Sidonie erfreut.

»Aber was Ihr Anliegen anbetrifft, Fräulein Weiß, da kann ich Ihnen, glaub ich, nicht viel weiterhelfen. Die Ermordete war mir wissentlich nicht bekannt. Wann soll denn das Treffen gewesen sein?«, fragte Herr Adam.

»Das war am Samstag, den 25. August, gegen vier Uhr nachmittags. An diesem Tag, so erinnere ich mich noch, war sehr schönes Wetter. Das ermordete Dienstmädchen hatte braune Haare und dunkle Augen. War eine junge, zierliche Person und muss sehr hübsch gewesen sein. Der Mann wurde mir nach einer zuverlässigen Zeugenaussage als groß und schlank beschrieben. Er soll vornehm gekleidet gewesen sein, trug wahrscheinlich einen Gehrock mit Zylinder. Er hatte einen dunklen Backenbart und möglicherweise eine Brille mit dunklen Gläsern auf.«

»Vor 14 Tagen also. Ja, an dem Samstag herrschte eine ganz schöne Hitze, und wir hatten hier großen Betrieb. Es wurde zum Tanz aufgespielt, und die Leute haben sich, im Gegensatz zu heute, regelrecht auf die Füße getreten. Da kann ich mich kaum an einzelne Gäste erinnern. Man ist den ganzen Tag nur am Rumrennen. So ein Paar, wie Sie es eben beschrieben haben, ist mir da nicht weiter aufgefallen. Der Mann muss ja von seiner Kleidung her ein besserer Herr gewesen sein. Von der Sorte kommen viele hierher im Sommer, wenn was los ist. Die wollen sich hier genauso amüsieren wie alle anderen und sind meistens auf ein schnelles Abenteuer aus. Tut mir leid, aber da kann ich Ihnen leider überhaupt nichts sagen.« Der Wirt schüttelte bedauernd den Kopf.

»Aber ich«, meldete sich Thekla zu Wort.

»Was mischst du dich denn da ein, du Suffeule! Du hängst zwar den lieben langen Tag hier rum, und wenn du nicht gerade einen abschleppst, der dir deine Sauferei finanziert, bist du doch die meiste Zeit viel zu besoffen, um was mitzukriegen!«, blaffte der Wirt die junge Frau an.

»Hör bloß auf, mich so runterzuputzen, Georg. Wenn du so Leute wie uns nicht hättest, dann könntest du deine Kaschemme doch dichtmachen«, entrüstete sich Thekla, der die Tränen in die Augen stiegen.

»Ja, und wenn ihr alle endlich eure Deckel bezahlen würdet, wäre ich ein gemachter Mann!«, raunzte Herr Adam zurück.

»Bitte, Kind, sag doch, was du sagen wolltest«, wandte sich Sidonie an Thekla.»Wir sind dankbar für jeden Hinweis.« Die Betrunkene konnte nun nicht mehr länger an sich halten und fing bitterlich zu weinen an. Nachdem sie sich mit dem Ärmel über Augen und Nase gewischt hatte, fasste sie sich wieder und schien auch nüchterner geworden zu sein.

»Für Leute wie mich ist es nicht selbstverständlich, wie ein Mensch behandelt zu werden. Sie machen das, und deswegen will ich Ihnen was verraten«, murmelte Thekla leise und rückte näher an das Fräulein heran. Als Sidonie ihren Branntweinatem roch, mochte sie sich unwillkürlich abwenden, stattdessen jedoch legte sie den Arm um Theklas hagere Schultern und forderte das Mädchen auf, zu reden.

»Also, ich kenn da jemand. Die heißt Irmgard. Irmgard Stocklossa«, berichtete Thekla sichtlich um eine deutliche Aussprache bemüht. »Wir waren zusammen im Fürsorgeheim in der Bleichstraße, und wir gehen dem gleichen … Gewerbe nach, Sie wissen schon, was ich meine. Also, die Irmgard, die hat mir letztens erzählt, dass sie die gekannt hat. Die, wo da umgebracht worden ist. Und ich mein, die hätt auch gesagt, dass sie die vorher noch hier gesehen hat. Sie wollt halt net gleich uff die Hauptwach rennen und es Maul aufreißen. Am besten wird's sein, Sie schwätzen mal mit der. Sie können der auch ruhig sagen, dass Sie das von mir wissen. Vielleicht haben Sie Glück und treffen sie in der Breiten Gass, beim ›Süße Weck‹*. Da geht die nämlich öfter hin.«

»Was erzählst du dann für einen Blödsinn, Thekla«, unterbrach sie Herr Adam, der die ganze Zeit über die Ohren gespitzt hatte, gereizt. »Beim ›Weck‹, da verkehren doch hauptsächlich die warmen Brüder. Das weiß doch jeder! Du willst doch die Herrschaften nicht veräppeln, oder?«

»Ach, Georg, du hast doch keine Ahnung!«, fuhr ihm Thekla übers Maul. »Weibsleut gehen da auch hin. Die halt vor Freiern mal ein bisschen Ruhe haben wollen, und das

* Frankfurter Redewendung für ›Brötchen‹.

soll ja vorkommen! Bring mir lieber noch ein Schnaps, und halt dich gefälligst da raus!«

Kurz darauf servierte Herr Adam seinen Gästen eine wohlschmeckende Erbsensuppe mit Speck. Dennoch war Johann der Einzige am Tisch, der seinen Teller leer aß. Das Fräulein, zu angespannt, um die Mahlzeit zu genießen, ließ mehr als die Hälfte übrig. Und Thekla, der, obgleich sie seit Tagen kaum etwas gegessen hatte, der Sinn eher nach Branntwein stand als nach fester Nahrung, rührte lustlos in ihrem Teller herum und rang sich schließlich dazu durch, ganze drei Löffel Suppe zu sich zu nehmen. Im Gespräch mit dem Mädchen erfuhr das Fräulein, dass Thekla gerade einmal 16 Jahre alt war und bereits seit drei Jahren anschaffen ging. Den größten Teil ihres Verdienstes setzte sie in Branntwein um. Sidonie hatte den Eindruck, dass Thekla trotz ihrer Jugend mit dem Leben bereits abgeschlossen hatte, was die Dichterin sehr traurig stimmte. Nachdem Johann die Rechnung beglichen hatte, bedankte sich Sidonie höflich bei Herrn Adam und bei Thekla für ihr Entgegenkommen. Bevor sie aufbrachen, streichelte sie dem jungen Mädchen über die Wange und flüsterte ihr zu: »Wenn dir mal der Sinn nach einem Glas Milch steht, Mädchen, dann komm vorbei. Ich wohne in der Töngesgasse Nummer 15. Es würde mich sehr freuen.«

Als Sidonie und Johann in die Kutsche stiegen und Johann dem Kutscher als Ziel die übel beleumundete Wirtschaft in der Breiten Gasse angegeben hatte, zog er ein missmutiges Gesicht. Sidonie, die das bemerkte, erkundigte sich bei ihrem alten Jugendfreund, was ihm nicht behagte.

»Ach, Sido, du weißt genau, dass ich dir gerne jede Gefälligkeit erweise. Aber dass wir uns jetzt auch noch in den Schlupfwinkeln der Invertierten herumtreiben müssen, will mir gar nicht gefallen«, brummelte der Lebemann unwirsch.

»Lieber Johann, jetzt beruhige dich doch bitte. Meinst du, die Herren in diesem Etablissement warten nur darauf, dass der berühmt-berüchtigte ›Don Johann‹ seinen Fuß über die Schwelle setzt, um sogleich über ihn herzufallen und ihn ans andere Ufer zu zerren?«, konterte Sidonie spöttisch. »Mir ist durchaus bekannt, was man sich über Homosexuelle so erzählt. Es wird gerne behauptet, dass sie Schmuck und glitzerndes Geschmeide, Puder und Parfüm lieben, mit den Hüften wackeln wie eine Frau und ebenso eitel sind. Angeblich neigen sie zu Geschwätzigkeit, Klatschsucht, Wankelmut und Doppelzüngigkeit und sind von niederträchtiger Wesensart. Früher habe ich diese Vorstellungen mehr oder weniger geteilt. Wenn ich Invertierte auch nicht direkt als sündige Frevler verurteilen mochte, so war ich doch der Meinung, dass es sich bei ihnen um abartige, kranke Menschen handelt, womöglich auch erblich belastet, denen geholfen werden muss. Inzwischen bin ich aber skeptisch, ob das alles so zutrifft.«

»Nun ja, meine Liebe, ich denke schon, dass da etwas Wahres dran ist«, entgegnete Johann ausweichend. »Erst kürzlich hatte ich die Gelegenheit, in einem seriösen, wissenschaftlichen Journal den Aufsatz eines namhaften Anthropologen zu lesen, der sich mit dieser ›Spezies‹ beschäftigte. In dem Artikel wurden die typischen körperlichen Merkmale von Invertierten beschrieben. Demnach erkennt man sie bereits an der eigentümlichen Beschaffenheit des Gesäßes. Sie neigen dazu, aufgeworfene, wulstige Lippen zu haben und helle Stimmen …«

»Ja, und am liebsten tragen sie Frauenkleider und treffen sich zum Damenkränzchen. Da habe ich allerdings ganz andere Erfahrungen gemacht. Ein Schriftstellerkollege, dessen Namen ich hier nicht nennen möchte, hat mich kürzlich zum Tee eingeladen. Er ist ein guter Freund des Dichters Lord Byron, der aus seiner Veranlagung bekanntlich keinen Hehl macht. Auch über meinen jungen Kollegen wird gemunkelt, dass er einen Hang zum eigenen Geschlecht hegt, was er mir gegenüber auch einmal ein wenig verstohlen andeutete. Jedenfalls traf ich in seinem Hause andere, ähnlich veranlagte Herren, und ich kann von ihnen wirklich nur das Allerbeste berichten. Sie alle waren in höchstem Maße kultiviert und gebildet und mir gegenüber von einer Zuvorkommenheit, wie ich sie selten erlebt habe. Keineswegs aber wirkten sie auf mich krank oder gar monströs, und ich frage mich, warum man einen solchen Abscheu vor ihnen hat. Ich denke, mein lieber Johann, deine Abneigung vor diesen Menschen liegt zu einem guten Teil auch in der Furcht begründet, von ihnen begehrt und umworben zu werden. Nur, dass in diesem Falle der Spieß einmal umgedreht ist und es dir ebenso ergehen könnte wie den armen Weibsbildern.«

»Also, das muss ich mir nicht sagen lassen! Eine jede Frau, die mit mir eine Affäre eingegangen ist, tat dies aus freien Stücken. Und ich darf behaupten, die meisten haben sich sehr wohl dabei gefühlt«, entrüstete sich Johann.

»Das bezweifle ich auch nicht, mein Guter! Aber warum soll das bei Homosexuellen denn anders sein? Auf, lass uns jetzt da reingehen. Du brauchst dich auch nicht zu fürchten, ich bin ja bei dir«, beschwichtigte Sidonie ihren Freund belustigt und drängte ihn aus der Kutsche, als sie vor dem ›Süßen Weck‹ angekommen waren.

Es war halb sechs, und die Dämmerung hatte an diesem verregneten Abend früher eingesetzt. In der abgelegenen Gegend war kaum jemand unterwegs. Lediglich ein paar junge Männer hielten sich am Rande der Gärten auf. Als sie Sidonie und Johann wahrnahmen, huschten sie verschreckt hinter die Büsche.

»Das sind bestimmt auch welche von denen«, bemerkte Johann abfällig und schloss den obersten Knopf seines Gehrocks. »Und daran, dass sie sich so davonstehlen, wenn jemand kommt, siehst du, dass sie alles andere als ein reines Gewissen haben.«

»Was heißt denn hier ›reines Gewissen‹? Die Leute haben Angst! Hast du nicht letzte Woche in der Zeitung gelesen, dass man einen jungen Mann, der in den Wallanlagen immer auf Kundenfang gegangen ist, halb tot geprügelt hat?«

»Ja, das hab ich«, entgegnete Johann kleinlaut. »Aber trotzdem halte ich es für eine Schnapsidee, hierherzukommen. Im wortwörtlichen Sinne. Da wollte sich dieses betrunkene Gör doch nur einen Schabernack mit uns machen. Ein Freudenmädchen unter lauter Päderasten! Die wird sich vor Kundschaft kaum retten können.«

»Also, jetzt reicht es mir aber bald mit dir. Wenn du nur am Nörgeln bist, dann steig in deine Kutsche und fahr heim.«

»Und lasse dich allein, hier draußen bei diesen Perversen. Nichts da, ich erfülle meine Pflicht als Kavalier und bleibe bei dir. Wie ich dich kenne, bist du doch sowieso durch nichts zu bewegen, dein Vorhaben aufzugeben.« Resigniert bot er Sidonie den Arm und schritt mit ihr die Stufen zur Eingangstür hinauf.

»Richtig, mein Lieber! Und du solltest dich vielleicht fürs Erste von deinen Vorurteilen verabschieden und die

Dinge einfach auf dich zukommen lassen. Schließlich bist du kein verknöcherter Philister. Wo also bleibt deine liberale, weltmännische Gesinnung?«

»Diesbezüglich, meine Liebe, lasse ich dir momentan gerne den Vortritt. Bitte nach Ihnen, die Dame!«, flötete ›Don Johann‹ schlitzohrig und öffnete seiner gestrengen Begleiterin galant die Tür.

Als Sidonie und Johann den Gastraum betraten, wurden sie von den anwesenden Gästen mit verhaltenem Argwohn beäugt. Im Gegensatz zum Weinlokal auf dem Klapperfeld herrschte hier reger Betrieb. An sämtlichen Tischen des engen, verräucherten Schankraumes saßen Leute. Einige Gäste drängten sich um die langgezogene Theke. Das Publikum bestand zum überwiegenden Teil aus Männern unterschiedlichen Alters. Aber auch ein paar Frauen waren anwesend.

Beherzt näherte sich das Fräulein einem Tisch, an dem noch freie Stühle waren, und fragte höflich, ob sie und Johann Platz nehmen dürften. Die beiden Herren stimmten zu und rückten ein wenig zur Seite. Ihr Gespräch verstummte auf der Stelle, und sie senkten betreten den Blick.

»Bitte entschuldigen Sie die Störung, meine Herren! Wir sind auf der Suche nach einer Dame namens Irmgard Stocklossa. Uns wurde gesagt, dass sie möglicherweise hier ist und vielleicht können Sie uns weiterhelfen?«, wendete sich Sidonie, um das beklommene Schweigen aufzulockern und eventuelle Missverständnisse zu zerstreuen, an ihre Tischnachbarn.

»Ach, die Irmgard suchen Sie. Die ist gerade vorhin gekommen. Ich glaube, die steht da vorne an der Theke«, antwortete einer der Herren zuvorkommend und wirkte mit einem Mal merklich entspannter.

»Herzlichen Dank und noch einen angenehmen Abend.« Sidonie erhob sich und eilte mit Johann im Schlepptau zielstrebig in Richtung Tresen. Die Betreiber der Wirtschaft, die Gebrüder Weck, beleibte, glatzköpfige Zwillinge von etwa 40 Jahren, musterten die Neuankömmlinge argwöhnisch und erkundigten sich nach ihren Wünschen.

»Zwei Gläser Portwein und, wenn möglich, auch eine Zigarre«, bestellte Johann, der zunehmend wieder an Selbstbewusstsein gewann. »Außerdem suchen wir eine Dame namens Irmgard Stocklossa. Die soll hier am Tresen stehen, wurde uns gesagt.«

»Irmgard, dein Typ wird verlangt, komm doch mal her!«, rief einer der Brüder zur linken Thekenecke hin. Gleich darauf näherte sich eine junge Dame und blickte den Wirt, der auf Sidonie und Johann deutete, fragend an.

»Die Herrschaften hier haben nach dir gefragt«, erklärte er ihr knapp.

»Sie sind Frau Irmgard Stocklossa?«, richtete Sidonie das Wort an die verwunderte Frau. »Bitte entschuldigen Sie die Störung, aber wir hätten ein paar Fragen an Sie. Eine Bekannte von Ihnen, ein Fräulein Thekla, die wir soeben im Weinlokal Adam auf dem Klapperfeld kennengelernt haben, war so freundlich, uns zu sagen, dass wir Sie möglicherweise hier antreffen würden. Mein Name ist Sidonie Weiß, und das ist Herr Johann Konrad Friedrich. Hätten Sie vielleicht einen Augenblick Zeit, dann erkläre ich Ihnen gerne, worum es geht.«

»Viel Zeit habe ich nicht, in einer Stunde muss ich mich auf den Weg machen. Was wollen Sie denn von mir?«, fragte Irmgard beklommen.

Sie war schlank und wohlproportioniert und insgesamt von großer Anmut. Das glänzende, rotblonde Haar war zu einem schlichten Knoten zusammengesteckt, und die feinen Gesichtszüge und der volle rote Mund waren von natürlicher Schönheit. Ihre Kleidung war dezent und geschmackvoll. Sidonie war erstaunt über Irmgards Erscheinung. Es schien so gar nicht zu ihr zu passen, dass sie als Prostituierte arbeitete. Auf das Fräulein wirkte sie eher wie das makellose Ebenbild einer vielversprechenden höheren Tochter. Sidonie teilte ihr mit, dass ihr die Aufklärung des Mordfalls Gerlinde Dietz besonders am Herzen liege und dass Irmgard ihr möglicherweise behilflich sein könne. Als Irmgard Sidonies Worte hörte, zuckte sie leicht zusammen und machte ein betroffenes Gesicht.

»Gehen wir da hinten in die Ecke, da haben wir noch am ehesten Ruhe«, erwiderte sie und begab sich, gefolgt von Sidonie und Johann, an das Ende des Tresens. Lediglich ein junger Mann hielt sich dort auf, den Irmgard Sidonie und Johann als einen lieben Freund vorstellte. Als Sidonie der schönen Frau gleich darauf auseinandersetzte, dass es sich bei dem Herrn, mit dem Gerlinde noch kurz vor ihrem Tod im Weingarten auf dem Klapperfeld verabredet war, möglicherweise um ihren Mörder handelte, war Irmgard sehr bemüht, eine genaue Personenbeschreibung von Gerlindes Begleiter abzugeben, die sich im Wesentlichen mit Rudis Aussagen deckte.

»Mehr kann ich leider nicht sagen. Ich weiß auch nicht, ob ich den Mann vorher schon einmal gesehen habe. Bekannt kam er mir jedenfalls nicht vor. Ein großer, schlanker Herr mit Gehrock und Zylinder … aber so sehen doch viele aus, besonders Herren der besseren Gesellschaft«, äußerte Irmgard nachdenklich und blickte auf ihren Begleiter, auf den die Beschreibung gleichermaßen zutraf. »Es ist schade um die Gerlinde, glauben Sie mir, und ich hätte

Ihnen gerne mehr geholfen. Ich finde es auch gut, dass Sie sich um die Aufklärung des Falles kümmern, denn die Polizei scheint sich nicht sehr dafür zu interessieren. So ist das halt, wenn einer von uns so etwas widerfährt. Letztendlich denken doch alle, das geschieht ihr recht. Am meisten tut es mir um Gerlindes Buben leid. Die armen Würmchen stehen jetzt ganz allein da und sind ins Waisenhaus gekommen. Wenn Gerlinde das wüsste, würde sie sich im Grab rumdrehen. Wo sie ihre Kinder doch so geliebt hat! Sie waren ihr ein und alles, und ich bin mir sicher, sie war eine gute Mutter, und sie hat sie auch nicht abgeschoben, wie es in der Zeitung stand. Das musste sie wegen ihrer Stellung machen, denn welche Herrschaft lässt es schon zu, dass eine Dienstmagd ihre Kinder mitbringt. Das kümmert die doch nicht. Die ganze Plackerei, und das alles für die paar Kröten, die hinten und vorne nicht reichen, erst recht, wenn man daheim noch welche durchzufüttern hat. Und das haben die meisten. Kein Wunder, dass so viele von uns noch nebenbei was dazuverdienen müssen. Und die Gerlinde, das weiß ich, hat das alles nur für ihre Buben getan.« Irmgard hielt inne und wischte sich über die Augen. Der junge Mann an ihrer Seite nahm sie in den Arm und versuchte sie zu trösten, was zur Folge hatte, dass bei Irmgard alle Dämme brachen und sie sich bebend an seiner Schulter ausweinte. Dazwischen murmelte sie immer wieder: »Ich liebe dich, ich liebe dich so sehr!«

Johann und das Fräulein waren betroffen und wussten angesichts von Irmgards Gefühlsausbrüchen nicht so recht, wie sie sich verhalten sollten. Johann räusperte sich betreten. »Können wir Ihnen vielleicht auf irgendeine Art und Weise helfen, junge Dame? Soll ich Ihnen einen Kognak bestellen?«, erkundigte er sich ritterlich.

»Ich denke, wir sollten die Herrschaften jetzt am besten allein lassen und nicht länger belästigen«, beschied Sidonie und machte Anstalten, sich zu erheben.

»Nein, nein, bleiben Sie nur! Sie stören nicht«, hielt Irmgard sie zurück, putzte sich die Nase und wirkte wieder gefasster. In der Ecke war ein Tisch frei geworden, und sie schlug vor, sich dort niederzulassen. Johann bestellte noch eine Runde Portwein, und die Stimmung entspannte sich. Nach und nach stellte sich heraus, dass Irmgard und ihr Begleiter seit vielen Jahren ein Paar waren, das in platonischer Liebe verbunden war. Obgleich Sidonie ihr fremd war, hatte die junge Frau Zutrauen zu ihr gefasst und schüttete dem Fräulein das Herz aus, ein Phänomen, das Sidonie schon häufiger erlebt hatte. Gerade auf die Unglücklichen und Gestrauchelten schien die Dichterin eine eigentümliche Anziehungskraft auszuüben. Selbst Menschen, die das Leben bitter und verschlossen gemacht hatte, öffneten sich ihr zuweilen.

So erfuhr das Fräulein, dass Irmgards Begleiter der Sohn ihrer Herrschaft war. Nachdem es für seine Familie außer Frage stand, dass mit ihm etwas nicht stimmte, zogen die besorgten Eltern einen namhaften Nervenarzt zurate, der ihren Sprössling mit verschiedenen Therapien zu kurieren suchte. Zunächst gelangte die Hypnose zur Anwendung, dann musste Alfred seltsame gymnastische Übungen vollführen, sich in freier Natur betätigen, kalte Wassergüsse vornehmen lassen, doch es half alles nichts gegen seine krankhafte Veranlagung, die darin bestand, dass er dem weiblichen Geschlecht einfach nicht zugetan war. Um ihn von seiner Verirrung abzubringen, brachte ihn sein Vater schließlich mit Irmgard zusammen, mit der er selbst eine heimliche Affäre unterhielt. Dabei kamen sich die beiden jungen Leute wenn auch nicht körperlich, so doch menschlich sehr nahe und vertrauten sich einander an. Alfred gestand Irmgard seine homosexuelle Veranlagung, und Irmgard beichtete Alfred, dass sie sich seit ihrer frühen Jugend für Geld hingab, obgleich es sie unsagbar grauste vor dem männlichen Geschlecht. Trotz aller Standesschranken standen sie sich gegenseitig bei, so weit es die Verhältnisse erlaubten, und im Laufe der Zeit entstand daraus eine tiefe Freundschaft, eine Art Symbiose, die beide als eine besondere Form der Liebe empfanden.

»Doch jetzt hat er jemanden kennengelernt und sich verliebt, und seitdem gelte ich nichts mehr«, bemerkte Irmgard traurig und hatte erneut mit den Tränen zu kämpfen.

»Das stimmt doch gar nicht! Du bist mir immer noch eine liebe Freundin, und daran wird sich auch nichts ändern«, warf Alfred mit kummervoller Miene ein und versuchte Irmgards Hand zu streicheln, die sie ihm unwirsch entzog. Plötzlich tauchte aus der Menge ein junger Mann auf und blieb vor dem Tisch stehen. Er war groß und muskulös und trug die einfache Kleidung eines Arbeiters. Alfred bat ihn, sich zu ihnen zu setzen, und stellte ihn den Anwesenden als einen guten Bekannten vor.

Irmgard konnte nun gar nicht mehr an sich halten. Bebend vor Wut sprang sie auf und stürzte nach draußen. Sidonie und Johann verabschiedeten sich hastig von den beiden jungen Männern und eilten ihr nach. Unweit der Eingangstür stand Irmgard laut schluchzend im Regen. Sidonie und Johann hakten sie unter und nahmen sie mit in die Kutsche.

Unter Tränen bat sie darum, nach Hause gefahren zu werden. Sie müsse um sieben wieder bei ihren Herrschaften am Untermainkai sein. Das sei ein weiter Weg und sie sei sowieso schon spät dran.

Die Fahrt verlief anfangs recht schweigsam. Irmgard fasste sich zwar wieder, wirkte aber sehr niedergeschlagen und brütete dumpf vor sich hin.

»Darf ich mir erlauben, junge Dame, Ihnen eine Frage zu stellen?«, meldete sich Johann schließlich zu Wort. Als Irmgard stumm nickte, sprach er weiter: »Wieso hängt sich eine so bildhübsche Person, wie Sie es sind, meine Liebe, an solch einen Kostverächter? Es gibt doch bestimmt mehr als genug *normale* Mannsbilder, die Sie auf der Stelle heiraten würden – vorausgesetzt, Sie geben Ihren Nebenerwerb auf. Mit Verlaub, laufen Sie doch diesem komischen Heiligen nicht länger nach. Das sind doch Perlen vor die Säue geworfen! Das haben Sie doch gar nicht nötig, mein Kind.«

»Ich will aber kein ›normales Mannsbild‹! Ich hasse diese geilen Kerle, mir graust es vor ihnen, können Sie das denn nicht verstehen? Alfred ist der erste und einzige Mann in meinem ganzen widerwärtigen Leben, für den ich etwas empfinde«, fügte Irmgard mit zitternder Stimme hinzu.

»Er liebt Sie doch auch, Kindchen. Halt auf seine eigene Art. Sie sind ihm eine liebe Freundin. Aber nicht mehr. Seine Leidenschaft, sein Begehren indes gehen in eine andere Richtung. Das müssen Sie akzeptieren. Und gerade darum lieben Sie ihn ja so sehr. Spielen Sie also nicht verrückt, wenn er sich anderswo holt, was er braucht«, bemerkte Sidonie nüchtern.

»Ich kann aber nicht anders. Ich bin ganz krank vor Eifersucht.«

»Das wird Ihnen nicht viel nützen, glauben Sie mir. Es wird immer wieder passieren, dass er eine Affäre hat. Das liegt in der Natur der Sache. Wenn Sie ihn wirklich lieben, gönnen Sie ihm dieses kleine, vergängliche Glück. Lieben Sie ihn doch einfach weiter. Ganz für sich, ganz um der Liebe willen. Niemand kann Ihnen diese Freiheit nehmen.«

Irmgards Rage hatte sich während Sidonies Worten verflüchtigt. Ergriffen schaute sie das Fräulein an. »Sie sind eine kluge Frau. Ich danke Ihnen«, sagte sie leise.

»Im Übrigen bin ich der Meinung, liebe Irmgard, dass Sie mit Ihrem Nebenerwerb unbedingt aufhören sollten. Das macht Sie nur kaputt, und Ihren Seelenfrieden werden Sie so niemals finden. Seien Sie froh darüber, dass Sie überhaupt noch etwas empfinden können, und lassen Sie sich das nicht auch noch zerstören.«

»Ich brauche aber das Geld. Meine Schwester hat die Franzosenkrankheit im Endstadium. Sie hat schlimme Wahnsinnsanfälle und ist im Tollhaus untergebracht. Ich muss für sie sorgen. Außerdem lege ich mir immer was zurück und will damit einmal was beginnen«, erklärte Irmgard.

»Ach, hören Sie doch auf! Das wird sowieso nicht wahr. Machen Sie Schluss mit dem ganzen Zinnober, sonst ergeht es Ihnen noch genau wie Ihrer Schwester. Außerdem weiß ich, dass Ihre Schwester trotzdem versorgt wird. Wenn es keine zahlenden Angehörigen gibt, übernimmt nämlich die öffentliche Wohlfahrt die Kosten für die Pflege.«

Inzwischen war die Kutsche vor der herrschaftlichen Villa am Untermainkai angekommen, und Irmgard verabschiedete sich von Sidonie und Johann. Bevor sie ausstieg, hielt sie jedoch plötzlich inne und ließ sich wieder neben dem Fräulein nieder.

»Ich muss Ihnen noch was sagen«, platzte es aus ihr heraus. »Es betrifft einen Freier. So ein perverser Drecksack, der sich auspeitschen und quälen lässt. Mit dem hatte ich mich ein paar Mal eingelassen, und der hat immer sehr gut gezahlt. Jedenfalls bin ich einmal mit dem in einem Stundenhotel in der Schäfergasse gewesen, und als wir aus dem Zimmer kommen, sind wir der Gerlinde auf dem Flur begegnet. Die hatte auch einen Freier dabei und hat so verschämt geguckt, als sie mich und den Perversen gesehen hat. Und das letzte Mal, als wir uns getroffen haben, hat sie mir dann erzählt, dass sie den kennt. Das war ihr Dienstherr, der Herr Apotheker, Ottmar Saltzwedel, und ihr war das ganz schön peinlich, dass die dem da über den Weg gelaufen ist. Natürlich hat der Mistkerl sie deswegen nicht zur Rede gestellt, was sie da gemacht hat und so. Der hat ja selbst zu viel Dreck am Stecken. Aber die Gerlinde hat gesagt, dass er sie seither immer so komisch anguckt, und es wäre ihr so mulmig zumute, dass sie sich schon überlegt hätte, sich eine andere Stellung zu suchen. Ich habe oft darüber nachgegrübelt, ob am Ende nicht dieser ekelhafte Widerling etwas mit der Sache zu tun hat. Sicher, der Kerl, mit dem ich die Gerlinde noch kurz vor ihrem Tod gesehen habe, sah anders aus und war mit Sicherheit nicht der Saltzwedel. Aber vielleicht war der junge Stutzer ja gar nicht der Mörder. Ich weiß es nicht genau, aber wenn ich an den Saltzwedel denke und wie abartig der sich gebärdet hat, dreht sich mir förmlich der Magen um. Und glauben Sie mir, in unserem Geschäft erlebt man viel Absonderliches, und ich bin weiß Gott nicht zimperlich. Normalerweise mach ich so was ja nicht. Diskretion wird in unserem Gewerbe groß geschrieben, und ich würde nie mit anderen Leuten über einen Freier reden und schon gar nicht seinen Namen nennen. Deswegen hab ich auch vorhin nichts gesagt. Aber verdammt noch mal! Die Gerlinde ist vergiftet worden, und der Kerl ist Apotheker. Und, unter uns gesagt: Der ist nicht ganz dicht im Oberstübchen. Vielleicht können Sie dem auf den Zahn fühlen.«

6

Am Montagnachmittag um drei Uhr verließ Heinrich Hoffmann den Krankensaal der Armenklinik und eilte den langen Flur entlang zu seinem Dienstzimmer, um die Nachmittagssprechstunde zu eröffnen.

Vor zwei Jahren hatte der umtriebige junge Arzt gemeinsam mit sechs Kollegen das Frankfurter Armenhospital in der Meisengasse gegründet. Daneben organisierte er den Frankfurter Bürgerverein und versah seinen Dienst als Leicheninspektor in der Anatomie des Senckenbergischen Instituts.

Die Armenklinik hatte es sich zur Aufgabe gemacht, das durch Krankheit und Mangel an ärztlicher Versorgung entstandene Elend armer Leute in Frankfurt und seiner Umgebung zu lindern. Dabei wurden höchste Ansprüche an die medizinische Ausbildung der Ärzte, insbesondere der Chirurgen, gestellt, denn gerade die ärztliche Pfuscherei bei der Behandlung armer Patienten hatte in der Vergangenheit dazu beigetragen, die Missstände noch zu vermehren.

Bislang verfügte die Klinik lediglich über zehn Betten, was dem Andrang bedürftiger Patienten keineswegs gerecht wurde. Daher wurde unlängst eine regelmäßige Sprechstunde eingerichtet, und Kranke erhielten an drei Tagen in der Woche Hausbesuche. Finanziert wurde das Hospital ausschließlich durch Spenden, die allerdings nicht besonders üppig flossen und kaum ausreichten, dem engagierten Personal ein angemessenes Honorar zu zahlen.

Für den jungen Familienvater Heinrich Hoffmann war es keine Seltenheit, dass er 12 bis 16 Stunden am Tag arbeitete, die Wochenend- und Nachtdienste nicht mitgerechnet. Somit blieb ihm wenig Zeit für Frau und Kinder und seine vielseitigen sozialen Aktivitäten. Dennoch gelang es dem hageren jungen Mann auf wundersame Weise immer wieder, alles unter einen Hut und vor allem zu gutem Gelingen zu bringen. Die Natur hatte ihn mit einem fröhlichen Wesen und einer unerschütterlichen Lebensfreude ausgestattet, die er mit anderen zu teilen verstand.

Auch an diesem Nachmittag verlor er, obgleich er ein überfülltes Wartezimmer vorfand und noch etliche Hausbesuche anstanden, nicht seine gute Laune und erkundigte sich humorvoll bei den Wartenden, wer am ›dransten‹ sei. Mehrere der Anwesenden wiesen auf Sidonie Weiß, die ganz hinten in der Ecke stand, sodass der Doktor sie gar nicht wahrgenommen hatte.

»Ach, das Fräulein. Na, komm nur rein«, forderte er sie mit schwungvoller Geste auf, einzutreten.

»Danke, Heinrich, das hat Zeit. Behandle erst mal deine Patienten. Ich warte so lange«, erwiderte Sidonie lächelnd.

Nach etwa einer Stunde bat der Arzt sie in sein Sprechzimmer.

»Ich quetsch dich jetzt einfach dazwischen, sonst wird das heute nix mehr mit uns. Und das wär doch schade! Also, liebe Sidonie, was liegt an?«, erkundigte sich Doktor Hoffmann. Die beiden kannten sich seit vielen Jahren, und es war nicht zuletzt den Wohltätigkeitsaktivitäten des Fräuleins zu verdanken, dass die Armenklinik überhaupt ins Leben gerufen werden konnte. Hoffmann und Sidonie verstanden sich prächtig, und der Arzt pflegte Sidonie Weiß als ›Frankfurts weise Eminenz im Hintergrund‹ zu bezeichnen.

»Es geht um den Fall Gerlinde Dietz. Ich befasse mich damit, weil es mir an die Nieren geht, dass da so geschlampt wird, und da wollte ich dich fragen, ob du die Tote vielleicht seziert hast?«

»Ja, das habe ich, und ich sagte auch diesem Inspektor, dass die junge Frau keines natürlichen Todes gestorben ist, sondern mit hoher Wahrscheinlichkeit vergiftet wurde. Das hat ihm nicht gepasst, weil er dadurch nur Arbeit hat, und die scheint dem Guten ja nicht so zu schmecken, und es hat ihn auch gar nicht interessiert. Ich habe so meine Mutmaßungen, womit die Ärmste vergiftet wurde. ›Mutmaßung‹ deswegen, weil sich ein solches Gift im menschlichen Körper kaum nachweisen lässt. Dennoch gibt es Anzeichen, die darauf hindeuten, dass es sich um Aconitin handeln muss. Aconitin ist das Alkaloid des Blauen Eisenhuts, auch Sturmhut genannt, einer hochgiftigen Pflanze, die überall in Europa heimisch ist. Das Aconitin ist ein Stoff, der sich im menschlichen Körper schnell auflöst und daher keine Rückstände hinterlässt. Glücklicherweise aber ist es ein sehr berüchtigtes, altes Gift, das schon bei den Ägyptern und den Griechen Verwendung gefunden hat. In den alten Gifthandbüchern werden nicht nur die Wirkungsweisen von Aconitin, sondern auch die Vergiftungsmerkmale der Opfer genau beschrieben. Dazu sei angemerkt, dass eine Aconitin-Vergiftung immer tödlich endet. Das Gift ist hochwirksam, und es gibt bis heute kein Gegenmittel. Anhand der organischen Beschaffenheit des toten Fräulein Dietz, ihrer Zungenverfärbung und Pupillengröße, auch der verkrümmten Haltung des Körpers und der Gliedmaßen, kann mit ziemlicher Sicherheit darauf geschlossen werden, dass sie mit Aconitin vergiftet wurde. Und das ist insofern erstaunlich, weil man dieses Gift heutzutage kaum noch verwendet. Die Destillation ist sehr aufwendig und erfordert fundierte Kenntnisse. Der Mörder muss demnach ein Fachmann sein – und er muss das Opfer sehr gehasst haben. In der Geschichte hat man häufig zu Aconitin gegriffen, wenn man einen Feind unschädlich machen wollte. Schwerverbrecher wurden damit hingerichtet, aber auch Fürsten und mächtige Kirchenmänner gemeuchelt. Die Vergiftungserscheinungen gelten als besonders qualvoll, weil sie bei vollem Bewusstsein durchlebt werden und sich je nach der Dosierung des Giftes bis zu 60 Minuten hinziehen können«, erläuterte der Doktor.

Sidonie hatte ihm mit angespannter Miene zugehört. »Schwerverbrecher, Fürsten und Kirchenmänner. Warum aber ein harmloses, kleines Dienstmädchen? Und warum nur hat der Mörder sie so gehasst?«, murmelte sie gedankenverloren.

»Das, meine Liebe, wird uns nur der Mörder selbst beantworten können. Vielleicht finden sich aber im Umfeld der Ermordeten aufschlussreiche Hinweise. Ich habe nur meine Zweifel, ob unsere liebe Polizei der Sache auch so nachgeht, wie es nötig wäre.«

»Mit diesen Zweifeln, mein lieber Heinrich, stehst du nicht allein da. Das Einzige, was dieser Brand bisher unternommen hat, war, ein paar arme Gassenhuren zu verhaften und zu befragen«, stimmte Sidonie ihm ärgerlich zu. »Aber ich finde diesen Kerl! Immerhin gibt es zwei übereinstimmende Täterbeschreibungen, und vorigen Samstag habe ich von einer Bekannten des ermordeten Dienstmädchens einen interessanten Hinweis erhalten.« Sidonie berichtete Doktor Hoffmann von Rudis Erlebnis auf dem Roßmarkt und Irmgards Eröffnung in der Kutsche.

»Demnach liegt es nahe, dass der Mörder aus der guten Gesellschaft stammt und sich mit Giften auskennt. Infrage kommen daher vor allem die Berufsgruppen Arzt, Chemiker und Apotheker.«

»Apotheker. Genau. Deswegen werde ich auch als Nächstes einmal in der Villa Saltzwedel vorstellig werden. Wie ich mich dort einführe, das überlege ich mir noch. Der Mörder muss also das Opfer aus bisher unbekannten Gründen sehr gehasst haben. Heinrich, wie ich weiß, bist du nicht nur ein vortrefflicher Arzt, sondern auch ein Kenner der menschlichen Seele und ihrer Abgründe. Ich muss jetzt einmal ganz naiv fragen: Welche Gründe könnte es für solche Gefühle geben?«

»Homo homini lupus! Der Mensch ist des Menschen Wolf. Das liegt nun einmal in unserer Natur. Genauso wie die Liebe. Liebe und Hass sind Geschwisterkinder. Hass ist nur die andere Seite der Medaille. Aber vielleicht sollte in unserem Zusammenhang die Frage lauten: Warum hegt ein Mann einer Frau gegenüber solche Gefühle? Da stehen doch die Weichen schon ganz anders, mehr ins Geschlechtliche weisend. Doch auch hier hat der Hass unzählige Gesichter, auch wenn er sich immer aus denselben Quellen nährt, die da lauten: Verletzung, Abweisung, Demütigung. Der Hass gegen eine bestimmte Frau kann sich oft zur tiefen Abneigung gegen Frauen im Allgemeinen ausweiten. Zuweilen wird der Grundstock dafür sehr früh gelegt, in Gestalt einer kalten, grausamen Mutter«, belehrte der Arzt seine aufmerksame Zuhörerin.

»Und einer, der Freude daran findet, geschlagen und gedemütigt zu werden? Woraus ist der gestrickt?«, fragte das Fräulein.

»Der ist sehr widersprüchlich. Dazu weiß ich aber wenig zu sagen. Es gibt bisher nur Spekulationen darüber. Manche Kollegen behaupten, wer in jungen Jahren häufig Schmerz und Erniedrigung erfahren hat, der gewöhnt sich sozusagen daran und wandelt mit der Zeit die Schmerzerfahrung in eine Lusterfahrung um, sodass es ihm Lust bereitet, malträtiert zu werden. Andere Nervenärzte dagegen sind der Meinung, der Dulder gehört einem bestimmten, zu zwanghaftem Verhalten neigenden Charaktertypus an, der zu übersteigerter Reinlichkeit, Pedanterie und einem krankhaften Waschzwang tendiert. Oftmals bekleidet er eine verantwortungsvolle Position, die es ihm erlaubt, andere zu kujonieren und zu gängeln, denn in der Regel ist er das Abbild des gestrengen Despoten. Angeödet davon, dass alle vor ihm kriechen, verwandelt sich der Tyrann im stillen Kämmerlein zuweilen gerne in den ergebenen Diener. Falls du mehr darüber wissen möchtest, empfehle ich dir die Romane eines gewissen Marquis de Sade. Eigentlich sind die zwar alle verboten, aber gerade darum nicht weniger gefragt und unter der Hand ohne Weiteres erhältlich …«

»Hör mir nur damit auf«, unterbrach ihn das Fräulein angewidert. »Natürlich kenne ich diesen de Sade. Er beschreibt in seinen Werken ganz abscheuliche Dinge. Bei der Lektüre einer seiner Romane ist mir übel geworden. Immerhin saß er wegen seiner Abhandlungen 27 Jahre im Gefängnis und seine letzten Lebensjahre verbrachte er in der Irrenanstalt, wo er meines Erachtens auch hingehörte. Trotzdem, Heinrich, du hast mir sehr geholfen. Vielen Dank. Und jetzt will ich dich auch nicht mehr länger aufhalten.« Sidonie reichte Doktor Hoffmann die Hand, die dieser formvollendet küsste, worauf er die Besucherin zur Tür geleitete.

»Halte mich auf dem Laufenden, meine Liebe. Und wenn ich dir in der Angelegenheit irgendwie weiterhelfen kann, so melde dich bitte jederzeit«, verabschiedete sie der Doktor zuvorkommend.

Am Dienstagvormittag um Viertel nach elf Uhr betätigte Sidonie Weiß den schweren eisernen Türklopfer am Portal der Villa Saltzwedel am Sachsenhäuser Mainufer. Es war ein milder, sonniger Herbstmorgen, und die Vögel in dem weitläufigen englischen Garten zwitscherten fröhlich. Dem jungen Dienstmädchen, das Sidonie kurze Zeit später die Tür öffnete, erklärte die Dichterin, nachdem sie sich vorgestellt hatte, dass sie die Eheleute Saltzwedel zu sprechen wünsche.

»Treten Sie ein, Madame, und nehmen Sie einstweilen in der Halle Platz. Ich sage der gnädigen Frau Bescheid«, antwortete die Bedienstete und entfernte sich.

Nach etwa fünf Minuten kehrte die Magd zurück und bat das Fräulein, ihr zu folgen. Sie geleitete Sidonie den langen Flur entlang bis zu einer hohen Flügeltür, trat nach kurzem Anklopfen ein und meldete ihrer Herrschaft die Besucherin.

»Madame empfängt«, bedeutete sie Sidonie und hielt ihr die Tür auf. In dem großen, ganz in Pastellgelb gehaltenen Salon wirkte die zierliche Pauline Saltzwedel fast ein wenig verloren. Beim Eintreten des Fräuleins erhob sie sich von ihrem Stuhl am Fenster, legte ihren Stickrahmen zur Seite, trippelte Sidonie entgegen und reichte ihr zur Begrüßung die Hand.

Was für ein winziges, kaltes Händchen, ging es Sidonie durch den Sinn, als sie Frau Saltzwedels zaghaften Händedruck erwiderte.

»Frau Weiß, welche Freude, Sie kennenzulernen. Ich habe viele Ihrer Gedichte gelesen und darf Sie vielleicht später noch um eine Widmung bitten«, wisperte die Dame und errötete wie ein schüchterner Backfisch.

»Gerne, Madame Saltzwedel. Es wird mir eine Ehre sein!«, erwiderte Sidonie freundlich.

»Aber ehe ich Sie damit behellige, was führt Sie zu mir?«, fragte Pauline Saltzwedel und streifte Sidonie mit einem ängstlichen Blick aus ihren großen, himmelblauen Augen. Mit ihrem kleinen, runden Gesicht und der schmalen, spitzen Nase wirkte sie wie ein verschrecktes Vögelchen auf Sidonie. Vorsichtig eröffnete ihr das Fräulein, dass sie plane, einen Kriminalroman über den Giftmord an Gerlinde Dietz zu schreiben und momentan mit Recherchen im Umfeld der Ermordeten beschäftigt sei.

»Ach, dazu kann ich Ihnen leider gar nichts sagen. Mein Mann hat mit dem Herrn Polizeiinspektor auch schon ausführlich über die Anna gesprochen und mich angewiesen, den Herrschaften von der Presse mitzuteilen, dass wir mit der Angelegenheit nicht mehr behelligt werden möchten«, erwiderte Frau Saltzwedel abwehrend und nestelte nervös an ihrem Handarbeitsbeutel.

»Ich kann gut verstehen, dass es Sie verdrießlich stimmt, wenn man Sie wegen des tragischen Vorfalls immer wieder aufsucht, aber ich habe nur ein paar Fragen an Sie und möchte auch nicht lange stören. Und wie Sie wissen, bin ich nicht von einer Journaille. Was mich allerdings eben gewundert hat, ist, dass Sie von einer gewissen ›Anna‹ gesprochen haben. Hieß das Dienstmädchen denn nicht ›Gerlinde‹ mit Vornamen?«

»Ach so. Ja, mein Mann pflegt unseren Bediensteten immer eigene, gut einprägsame Vornamen zu geben, damit man sich nicht immer wieder auf andere Namen einstellen muss. Unser neues Dienstmädchen heißt wieder ›Anna‹«, erklärte Pauline Saltzwedel und kicherte nervös.

»Ihren Herrn Gatten würde ich gerne einmal kennenlernen. Vielleicht ist es ja möglich, dass er gelegentlich ein wenig Zeit für mich erübrigen kann.« Bei Sidonies leichthin geäußerten Worten zuckte die Hausfrau zusammen, als habe sie sich soeben verbrannt.

»Er ist aber beruflich sehr eingespannt und hat nur wenig Zeit.«

»Ihrem Gatten gehört doch die Schwanen-Apotheke im Steinweg, wenn ich mich nicht täusche?«

»Ja, und dort ist er vom frühen Morgen bis zum späten Abend. Und wenn er nicht wenigstens zum Mittagsessen nach Hause käme, würde ich ihn manchmal tagelang nicht sehen.«

»Ach, dann wird er ja bald eintreffen! Wenn Sie gestatten, möchte ich nur ein paar Worte mit ihm wechseln und Sie beide dann nicht mehr länger belästigen«, insistierte das Fräulein unbeirrt und lächelte Frau Saltzwedel entwaffnend an.

»Wie Sie wünschen. Er muss jede Minute kommen. Bitte entschuldigen Sie mich einstweilen. Ich muss in der Küche und im Esszimmer nach dem Rechten sehen. Auf das Personal kann man sich kaum verlassen. Sie wissen bestimmt, wie das ist. Darf ich Ihnen vielleicht etwas bringen lassen? Einen Tee, einen Kaffee?«

»Nein, nein, nur keine Umstände.« Das Fräulein blickte Pauline Saltzwedel nach, die hektisch den Salon verließ und sie in ihrem bauschigen, goldgelben Seidenkleid mit den voluminösen, rüschenverzierten Puffärmeln an ein aufgeregtes Stubenküken erinnerte.

Wenig später war aus einem der benachbarten Räume eine aufgebrachte männliche Stimme zu vernehmen, die in ärgerlichem Stakkato auf jemanden einredete. Man hörte eine Tür schlagen, und vom Flur her näherten sich energische Schritte. Gleich darauf wurde die Salontür aufgerissen und Ottmar Saltzwedel stürmte herein. Ohne ein Wort des Grußes polterte er los: »Meine liebe Dame, der Fall Gerlinde Dietz ist für uns ein für alle Mal abgeschlossen. Falls es Ihnen meine Gattin in ihrer Langmut nicht klar genug zu verstehen gegeben hat, so sage ich es Ihnen noch einmal ganz deutlich: Wir möchten damit nicht mehr behelligt werden, weder von Journalisten noch von sonstigen Vertretern der schreibenden Zunft. Bitte nehmen Sie das zur Kenntnis, liebes Fräulein Weiß. Glauben Sie mir, wir können Ihnen sowieso nicht mehr dazu sagen, als das, was unlängst in jeder Zeitung zu lesen war. Bitte entschuldigen Sie mich jetzt, ich darf Sie hinausbegleiten.« Sidonie spürte bei dem unhöflichen Gebaren des Apothekers eine Woge der Empörung in sich aufsteigen.

»Mein lieber Herr Saltzwedel, ich verbitte mir ganz entschieden diesen Ton«, erwiderte sie eisig. »Im Übrigen habe ich durchaus Grund zu der Annahme, dass gerade Sie *mehr* dazu zu sagen haben, als das, was in den Zeitungen zu lesen war.«

»Wie kommen Sie denn darauf?«, schnarrte Saltzwedel konsterniert.

»Ganz einfach, weil Sie ein, sagen wir mal, verfängliches, kleines Geheimnis haben, das die Ermordete, Gerlinde Dietz, mit Ihnen geteilt hat.«

Der bullige, kahlköpfige Mann wurde bei diesen Worten feuerrot im Gesicht. Die ohnehin schon nach vorne gewölbten, glasigen Augen schienen ihm förmlich aus den Höhlen zu quellen. Er schnaubte wie ein wütender Stier. Doch irgendetwas schien ihn plötzlich zurückzuhalten. Anstatt sich auf das nicht weniger aufgebrachte Fräulein zu stürzen, trabte er zum Kamin und begann, die Porzellanfiguren auf dem Sims zu verrücken. Während er mit den Fingern immer wieder über die Marmoroberfläche fuhr und diese dann genau begutachtete, als wolle er Staubspuren ausmachen, presste er keuchend hervor, ohne das Fräulein dabei anzublicken, dass sie ihn doch bitte heute Abend um sieben Uhr in der Apotheke im Steinweg Nummer 19 aufsuchen möge, denn hier könne man sich nicht ungestört unterhalten.

»Aber bitte zu niemandem ein Wort. Und bitte entschuldigen Sie doch meinen Auftritt«, flüsterte Ottmar Saltzwedel dem Fräulein eindringlich zu, um sie gleich darauf höflich zur Tür zu geleiten.

Als Sidonie und Johann an jenem Abend vor der Schwanen-Apotheke vorfuhren, verließen die drei Apothekergehilfen gerade den Laden, und Ottmar Saltzwedel stand im Begriff, hinter ihnen die Tür abzusperren. Als er des Fräuleins und ihres Begleiters ansichtig wurde, hielt er inne und ließ sie ein.

In Anbetracht der heiklen Umstände und Saltzwedels cholerischem Wesen hatte Sidonie es vorgezogen, Johann um Beistand zu bitten.

»Johann Konrad Friedrich, ein guter Freund und Vertrauter«, stellte sie ihn vor. Der Apotheker schien über dessen Anwesenheit offensichtlich wenig begeistert zu sein. »Ich hatte Sie doch ausdrücklich um Diskretion gebeten«, murmelte er vorwurfsvoll.

»Die sei Ihnen auch weiterhin zugesichert, vorausgesetzt natürlich, dass die Tatsachen nicht gegen Sie sprechen. Und um diese aufzuklären, sind wir heute Abend zusammengekommen. In Anbetracht der ernsten Angelegenheit konnte ich auf einen zuverlässigen Zeugen eben nicht verzichten«, erklärte ihm Sidonie ungerührt, während der Apotheker geistesabwesend auf zwei Stühle wies.

»Sie sprechen in Rätseln liebes Fräulein Weiß. ›Ernste Angelegenheit‹ und ›Tatsachen, die gegen mich sprechen‹. Was um Himmels willen meinen Sie damit? Sie führen sich schlimmer auf als ein Polizeiwachtmeister, ich dachte, Sie recherchieren für einen Kriminalroman?«

»Das war ehrlich gesagt nur ein Vorwand. In Wahrheit ist mir sehr daran gelegen, zur Aufklärung des Giftmordes an Gerlinde Dietz beizutragen. Und die war nicht nur in Ihrem Hause als Dienstmädchen beschäftigt, sondern wusste zudem über Ihre seltsame Veranlagung Bescheid.«

»Wollen Sie mir etwa unterstellen, dass ich etwas mit dieser Mordgeschichte zu tun habe?«, entrüstete sich Saltzwedel, dem, obgleich er auf Sidonies letzte Worte nicht einging, Schweißperlen auf die Stirn getreten waren.

»Sprechen wir es doch einmal deutlich aus: Sie haben eine abartige Veranlagung, bitte ersparen Sie es mir, weiter ins Detail zu gehen, und Gerlinde Dietz wusste davon. Sie sind ein angesehener Mann und haben einen Ruf zu verlieren. Es sind schon Leute geringfügigerer Dinge wegen umgebracht worden. Außerdem wurde Gerlinde Dietz vergiftet. Mit einem seltenen Gift. Als Apotheker sitzen Sie sozusagen an der Quelle, und es dürfte Ihnen ein Leichtes gewesen sein, es ihr zu verabreichen.« Das Fräulein blickte Saltzwedel fest in die Augen, der mehr und mehr die Fassung zu verlieren schien. Mit zittrigen Händen holte er aus einem der Schränke eine Kognakflasche und schenkte sich, nachdem er auch seinen Gästen etwas davon angeboten hatte, einen großzügigen Schluck in ein Wasserglas, das er auf einen Zug leerte.

»Auf den Schrecken hin musste das sein«, erklärte er kurzatmig. »Ich versichere Ihnen auf Ehre und Gewissen, mit dem Mord an der armen Anna habe ich nicht das Geringste zu tun!«

»Gerne würde ich Ihren Worten Glauben schenken, und es bereitet mir gewiss kein Vergnügen, im Privatleben anderer Leute herumzustochern. Das Gift, welches der Ermordeten verabreicht wurde, führt je nach Dosierung bereits nach einer Stunde zum Tod. Ich muss Sie daher jetzt fragen: Wo waren Sie am Samstag, den 25. August, in der Zeit von vier Uhr nachmittags bis halb sechs Uhr abends?«

Ottmar Saltzwedel war blass geworden und schenkte sich noch einen dreifachen Kognak ein.

»Das geht Sie gar nichts an, Sie aufgeblasene Pute! Sie haben überhaupt kein Recht, mich derart zu verhören. Scheren Sie sich mitsamt Ihrem alten Schwerenöter zum Teufel, und lassen Sie mir meine Ruhe!«

»Herr Saltzwedel, ich muss doch sehr bitten! So behandelt man keine Dame. Wenn Sie sich weiterhin so rüpelhaft und verstockt gebärden, steigen Fräulein Weiß und ich auf der Stelle in die Kutsche und fahren zur Hauptwache. Dann hat es sich von wegen Diskretion! Bin gespannt, was der Herr Polizeiinspektor dazu sagen wird. Und erst recht die Herren von der Zeitung. Ich treffe sie gleich morgen im Kaffeehaus …« Johann hatte sich gemeinsam mit Sidonie erhoben und strebte finsteren Blickes zur Eingangstür, wo der Schlüssel von innen steckte.

»Nein, warten Sie. So war das doch nicht gemeint. Außerdem möchte ich Sie mal sehen, mein lieber Friedrich, wie Sie aus der Wäsche gucken würden, wenn man Ihnen einen gemeinen Meuchelmord unterstellt. Und das noch von einer Freizeitdetektivin. Das muss man sich mal überlegen!« Saltzwedel schüttelte ungehalten seinen Glatzkopf, der inzwischen wie eine Speckschwarte glänzte. Die hellgrünen, vorstehenden Augen waren blutunterlaufen. Er schenkte sich sein Glas noch einmal voll, nahm einen tiefen Schluck und schien angestrengt nachzudenken.

»Also gut, wenn Sie mir beide Ihr Ehrenwort geben, dass keine Menschenseele etwas davon erfährt, sage ich Ihnen, wo ich an besagtem Samstagnachmittag zwischen vier und halb sechs Uhr gewesen bin«, lenkte er schwerzüngig ein. Nachdem ihm Sidonie und Johann zugesagt hatten, die Angelegenheit absolut vertraulich zu behandeln, fuhr Saltzwedel stockend fort: »Ich war im Hause von Madame Zink in der Großen Gallengasse Nummer 23. Dort hatte ich eine Verabredung mit einer Dame.«

»Mein lieber Saltzwedel, auch wenn wir Ihnen unser Stillschweigen zugesichert haben, so kommen wir doch nicht umhin, Ihre Angaben zu überprüfen, das werden Sie hoffentlich verstehen. Also ist es selbst in diesem delikaten Fall unumgänglich, dass Sie uns den Namen der Dame nennen«, insistierte das Fräulein.

»Was denn, Sie wollen auch noch dorthin gehen und nachfragen? Ich versichere Ihnen auf Ehre und Gewissen, dass ich zur fraglichen Zeit dort war und nichts, aber auch gar nichts mit dem Mord an Gerlinde Dietz zu tun habe. Ich gebe Ihnen mein Ehrenwort, das ist die reine Wahrheit«, beteuerte der Apotheker mit erhobener Stimme und reichte Sidonie mit theatralischer Geste die Hand, die diese widerwillig ergriff.

»Herr Saltzwedel, ich glaube Ihnen. Aber um ganz sicher zu sein, benötige ich dennoch den Namen der Dame«, beharrte die Dichterin, obgleich ihr Saltzwedel inzwischen fast leid tat.

»Gilt denn das Wort eines Ehrenmannes überhaupt nichts mehr?«, näselte Saltzwedel gekränkt und schien den Tränen nahe. »Sie sind eine kaltherzige Person«, fügte er mit bebender Stimme hinzu.

»Mitnichten, Herr Saltzwedel, mitnichten. Und jetzt den Namen bitte!«

»Sie hat aber keinen Namen. Alle nennen sie nur die ›Miss‹. Oh je, das wird Ärger geben«, murmelte er wie zu sich selbst und senkte schicksalsergeben den Blick.

Von außen betrachtet wirkte das Haus in der Großen Gallengasse Nummer 23 völlig unauffällig. Darauf hatte Madame Zink, eine gutsituierte Kaufmannswitwe, die das hübsche kleine Anwesen von ihrem Gatten geerbt hatte, schon immer großen Wert gelegt. Nur Eingeweihte wussten, dass sich im ersten Stock der Villa ein heimliches Bordell der gehobenen Klasse befand.

Jungfern aus Mainz, Würzburg und auch aus Frankfurt, allesamt jung und attraktiv, standen den Besuchern zur Verfügung. Madame Zink nahm auch Sonderwünsche entgegen. Für Geld, so hieß es hinter vorgehaltener Hand, konnte man bei ihr alles bekommen. Jungfräuliche Bürgerstöchter, verheiratete Damen, Dienstmädchen und gestrenge Gouvernanten konnten im Bedarfsfall ebenso vermittelt werden wie Lustknaben und Transvestiten. Das Haus galt als eine der ersten Adressen Frankfurts. Die Einrichtung war vortrefflich und entsprach exklusiven Ansprüchen. Hier verkehrten vor allem die wohlhabenden und angesehenen Herren der Stadt, die äußersten Wert auf Diskretion legten. Auch reiche Messebesucher gehörten zu den Stammgästen.

Eine besondere Spezialität des Hauses waren die abgedunkelten Zimmer, wo der Besucher von willigen Damen empfangen wurde, die nahezu jeden Wunsch erfüllten. Einzige Bedingung: Es musste dunkel bleiben. Denn die Damen, so wurde gemunkelt, entstammten der besten Frankfurter Gesellschaft und wollten auf keinen Fall erkannt werden.

Als Johann, dem das Etablissement aus früheren Jahren noch gut in Erinnerung war, an jenem Abend die Glocke läutete und sich kurz darauf bei der Inhaberin nach einer gewissen ›Miss‹ erkundigte, erhielt er zunächst eine abschlägige Antwort: »Ich bedaure, mein Herr, aber die Miss empfängt nur nach Absprache. Da kann ich keine Ausnahme machen. Wenn Sie möchten, notiere ich Sie für die kommende Woche, sagen Sie doch bitte, wann es Ihnen gelegen kommt.«

Madame Zink, eine elegante, gutaussehende Dame um die 40, saß hinter ihrem zierlichen Sekretär aus poliertem Wurzelholz und blickte Johann abwartend an. Als dieser zögerte und aus seinem Unmut keinen Hehl machte, fügte die Inhaberin des Nobel-Bordells entgegenkommend hinzu, dass er auch die Möglichkeit habe, auf eine andere Dame zurückzugreifen, vorausgesetzt, es müsse nicht unbedingt eine Gouvernante sein. »Ich weiß ja nicht, wonach Ihnen sonst noch der Sinn steht. Aber Madame Herzog wäre momentan gerade frei. Was nicht häufig vorkommt, das darf ich Ihnen versichern, denn sie ist ebenso gefragt wie unsere Miss, auch wenn man die beiden Damen natürlich nicht miteinander vergleichen kann. Madame Herzog ist bekannt für ihre feurigen Küsse, die nichts zu wünschen übriglassen, wenn Sie verstehen, was ich meine …«, erläuterte die Bordellwirtin mit kokettem Augenaufschlag zu Johann hin und wollte gerade mit ihrer Lobpreisung fortfahren, als dieser sie unterbrach.

»Gnädige Frau, vielleicht sollte ich etwas richtigstellen: Ich komme nicht als Kunde in Ihr Haus. Es geht um den Mordfall Gerlinde Dietz, an dessen Aufklärung ich als Privatmann mitwirke, und diesbezüglich hätte ich eine Frage an Ihre Miss, deren wahrheitsgemäße Beantwortung allerdings für die kriminalistischen Ermittlungen von größter Wichtigkeit ist.«

Die geschäftsmäßige Freundlichkeit von Madame Zink war mit einem Mal wie weggeblasen. »So etwas hat in meinem Hause nichts zu suchen. Mit wie auch immer gearteten Mordfällen haben wir nichts zu tun und wollen es auch nicht, damit das klar ist. Und jetzt wäre ich Ihnen sehr verbunden, wenn Sie mich nicht länger behelligen würden«, beschied ihm Madame kühl.

»Wie Sie wünschen, Verehrteste. Stellen Sie sich aber bitte darauf ein, dass Sie in der Angelegenheit schon sehr bald Besuch von der Gendarmerie bekommen werden, die ich im Falle Ihres mangelnden Entgegenkommens leider zu unterrichten gezwungen wäre. Und diese Herren werden dann gewiss mehr Staub aufwirbeln als meine Wenigkeit, das darf ich Ihnen versichern. Im Gegensatz zu unserer lieben Polizei ist mir nämlich sehr wohl an einer behutsamen Ermittlung gelegen.«

Madame Zink dachte kurz nach. »Also gut. Was wollen Sie wissen?«, raunzte sie unwirsch. Johann formulierte bedachtsam sein Ansinnen, als er aber den Namen ›Saltzwedel‹ erwähnte, wurde ihm rüde das Wort abgeschnitten.

»Mein lieber Herr Friedrich, wie Ihnen sicherlich bekannt sein dürfte, suchten Sie uns noch vor einigen Jahren das eine oder andere Mal auf, gilt doch mein Haus als eine der ersten Adressen Frankfurts. Bei uns wird größten Wert auf Diskretion gelegt. Deswegen werde ich den Teufel tun, Ihnen irgendetwas über meine Kunden preiszugeben!«

»Es wäre aber ganz im Sinne von Herrn Saltzwedel, wenn Ihre Miss seine Angaben bestätigen würde«, gab Johann zu bedenken.

»Na, die wird Ihnen was husten, das kann ich Ihnen versprechen!«, erwiderte Frau Zink grimmig. »Da habe ich eine bessere Idee. Sie lassen sich gemeinsam mit Herrn Saltzwedel einen Termin bei der Miss geben, stellen in seinem Beisein Ihre Fragen, und wenn die Miss gnädig gestimmt ist, wird Sie Ihnen vielleicht eine Antwort geben. Vielleicht aber auch nicht.« Madame Zink lächelte süffisant, läutete nach dem Dienstmädchen und wollte Johann hinausbegleiten lassen, als es an der Tür klingelte.

»Das sind Schüler von der Miss, Emma. Kümmere dich bitte darum und bring sie schon mal ins Schulzimmer, damit der Unterricht pünktlich beginnen kann. Und den da bringst du bitte nach draußen. Ich bin dann mal kurz abwesend«, richtete sich die Bordellwirtin an das herbeieilende Dienstmädchen und verließ den Empfangsraum durch eine schmale, tapezierte Hintertür mit der Aufschrift ›Privat‹. Johann hatte sich in den Schatten eines großen Gummibaums zurückgezogen und wartete ab. Kurz hintereinander läutete es noch zweimal an der Eingangstür, drei Herren in Frack und Zylinder traten in das Foyer und übergaben dem Dienstmädchen ihre Hüte. Johann mischte sich unauffällig unter sie und tat es ihnen gleich. Die Dienstmagd blickte sich suchend im Empfangsraum um, runzelte ratlos die Stirn und bat die Herren schließlich, ihr zu folgen. Über eine lange, gewundene Treppe, deren Stufen mit einem flauschigen, dunkelroten Läufer ausgelegt waren, gelangten sie in den ersten Stock. Am Ende einer Zimmerflucht erreichten sie eine Flügeltür mit der Aufschrift ›Klassenzimmer‹. Das Dienstmädchen öffnete die Tür ohne anzuklopfen, bat Johann und die drei anderen Herren, sich auf ihre Plätze zu begeben und sich ruhig und gesittet zu betragen, der Unterricht beginne in Kürze. Johann staunte nicht schlecht, als er den Raum erblickte, der bis ins kleinste Detail die getreue Nachbildung eines Schulzimmers darstellte. An der Stirnseite hing eine große Tafel. Rechter Hand davon war eine Weltkarte angebracht. In einem Wandregal befand sich neben Schulbüchern und einem Stapel Atlanten auch ein Globus. In den Regalfächern reihten sich überdies ausgestopfte Säugetiere und Vögel, an der Seite baumelte gar ein menschliches Skelett. Auf einem Podest vor der Tafel erhob sich der Lehrerkatheder. Johann, der sich ebenso wie die anderen ›Schüler‹ auf einer der in Dreierreihen aufgestellten Schulbänke niedergelassen hatte, sah, dass auf dem Lehrerpult außer den obligatorischen Schreibutensilien und einem Klassenbuch auch verschiedene Rohrstöcke und Ruten sowie Holzlineale in unterschiedlichen Größen angeordnet waren. Kurz bevor die Schulglocke durchdringend läutete, entdeckte er mit leichtem Amüsement in der hinteren Ecke des Klassenzimmers sogar eine Eselsbank. Während er seine Blicke noch im Raum umherschweifen ließ und überlegte, wie er sich am besten der Miss gegenüber verhalten sollte, wurde die Flügeltür aufgerissen, und eine große, hagere Dame in einem schwarzen, hochgeschlossenen Kleid eilte im Stechschritt ins Klassenzimmer. Unter dem knöchellangen Saum ihres schmucklosen Gewandes waren schwere Reitstiefel zu erkennen, und in der rechten Hand hielt sie eine Reitgerte. Die dunklen Haare waren straff nach hinten gekämmt und im Nacken zu einem Knoten zusammengesteckt. Die herben Gesichtszüge mit den hohen Wangenknochen und der schmallippige Mund waren gänzlich ungeschminkt. Mit starren, gelben Raubvogelaugen und unbewegter Miene fixierte die Miss der Reihe nach ihre Schüler, und Johann kam es so vor, als könne sie bis auf den Grund seiner Seele spähen. Ehe er sich versah, fürchtete er sich vor diesem durchdringenden, erbarmungslosen Blick wie ein kleiner, unartiger Pennäler vor der Knute des Magisters. Die drei anderen Herren waren beim Eintreffen der Miss augenblicklich von ihren Bänken hochgeschnellt.

»Guten Abend, Miss!«, riefen sie im Chor. Johann war ebenfalls aufgestanden und zögerte zunächst noch, das Wort an die Miss zu richten. Doch sie kam ihm zuvor.

»Ein Neuzugang also. Wie ist dein Name?«, bellte sie in Johanns Richtung, während sie sich hinter dem Lehrerpult niederließ und den übrigen Schülern bedeutete, sich zu setzen.

»Ich heiße Johann Konrad Friedrich und möchte eigentlich nicht Ihren Unterricht stören, aber ich hätte Sie gerne etwas gefragt. Das muss auch nicht gleich sein, sondern später, wenn Sie Zeit haben. Ich kann ja vielleicht draußen auf Sie warten«, gab Johann in bemüht munterem Tonfall von sich, als sich auch schon die Miss wie eine Harpyie auf ihn zubewegte und die Reitgerte haarscharf an seinem Ohr vorbei einen Millimeter neben seiner linken Hand auf das Pult knallen ließ.

»Ich stelle hier die Fragen und sonst niemand! Ist das klar? Für unaufgefordertes Sprechen gibt es zehn Schläge aufs blanke Hinterteil mit dem spanischen Rohr. Hosen runter, Friedrich, und übers Pult mit dir!«, zischte sie ihm ins Gesicht wie eine wütende Königskobra, die gleich zuschlagen wird.

»Aber ich möchte Sie doch nur kurz etwas fragen. Bitte, kann ich nicht irgendwo auf Sie warten? Es ist wichtig«, bat Johann sie inständig.

»Halt auf der Stelle den Mund, Friedrich, oder ich verdresche dich so, dass du in keinen Sarg mehr passt. Ab mit dir in die Eselsecke und die Eselsmütze auf. Da bleibst du so lange stehen, bis ich dir Bescheid gebe. Und sei dir gewiss, auf dich wartet heute noch eine Extralektion.« Die hochgewachsene Dame schien trotz ihrer Hagerkeit über erhebliche Körperkräfte zu verfügen, denn sie umklammerte Johanns Unterarm mit eisernem Griff und zerrte den verdatterten Mann zur Eselsecke, wo sie ihm grob die haarige Eselsmütze mit den überlangen Ohren über den Kopf stülpte. Das alles vollzog sich so schnell, dass Johann gar nicht recht wusste, wie ihm geschah, und ehe er sich besinnen konnte, war um ihn herum alles stockfinster. Er lehnte sich an die Wand und beschloss, zunächst einmal abzuwarten. Wenigstens war er so außerhalb der Gefechtslinie, und der ›Unterricht‹ ging ohne ihn weiter, was ihn in Anbetracht dessen, was er nach und nach zu hören bekam, zunehmend mit Erleichterung erfüllte. Immer wieder mussten die Schüler Aufgaben lösen und wurden für den kleinsten Fehler von der gestrengen Lehrerin gezüchtigt. Ständig vernahm Johann unter seiner Mütze das fahrige Stottern der verängstigten Kandidaten und die bösartigen Beschimpfungen der Miss, die ihre Züchtigungen begleiteten. Die Gepeinigten keuchten und stöhnten in wolllüstiger Qual um die Wette, und endlich, Johann waren vom langen Stehen schon die Beine eingeschlafen, schien der Unterricht ein Ende gefunden zu haben. Er vernahm noch die devoten Abschiedsgrüße der drangsalierten Herren, hörte, wie der Schlüssel im Türschloss gedreht wurde und dann herrschte Stille. Erschrocken riss er sich die Eselsmütze vom Kopf, doch im Klassenzimmer war alles dunkel. Er tastete nach der Tür, versuchte sie zu öffnen, musste jedoch feststellen, dass sie abgesperrt war. Ratlos lehnte er sich dagegen und überlegte, was er tun sollte, als sich von draußen Schritte näherten. Gleich darauf wurde aufgeschlossen, und Johann sah sich vis-à-vis mit der Miss, Madame Zink und einem vierschrötigen Kerl, der Johann um mindestens drei Haupteslängen überragte.

»Ja, das ist der Kerl«, näselte Madame Zink bei Johanns Anblick verärgert, worauf der Stiernacken ihn sofort in den Schwitzkasten nahm und ihn wie ein Spielzeug den Flur entlang schleifte. Sie kamen in einen kleinen, behaglich eingerichteten Salon, die beiden Frauen ließen sich auf einer Chaiselongue nieder, und Johann wurde von dem Hünen auf einen Stuhl gedrängt und mit Argusaugen bewacht.

Nachdem der Sachverhalt noch einmal ausführlich erörtert wurde und Madame Zink sich Johanns absolute Verschwiegenheit ausbedingt hatte, erklärte die Bordellbesitzerin schließlich, dass sie es der Miss überlassen möchte, Saltzwedels Angaben zu bestätigen. Diese überlegte eine Weile, ehe sie widerstrebend das Wort an Johann richtete: »Normalerweise gebe ich einem Mann ja keine Erklärungen ab«, blaffte sie, nahm sich aus einer Silberdose auf dem Tisch eine Zigarre und bedeutete dem Hünen mit herrischer Geste, sie ihr anzuzünden. Nachdem sie ein paar Züge gepafft hatte, fuhr sie in milderem Tonfall fort: »Aber das war ja eine Kollegin, die umgebracht worden ist, und verdammt noch mal, es wird Zeit, dass sie das Schwein endlich kriegen! Der Saltzwedel war es jedenfalls nicht. Der kommt jeden Samstagnachmittag um vier Uhr in meinen Unterricht, und der dauert bis halb sechs. Und am 25. August war er ebenfalls da. Der hat auch dafür bezahlt. Und so was merke ich mir immer ganz genau. Ist alles hier oben verzeichnet, da brauche ich keine Geschäftsbücher.« Sie tippte sich an die Stirn. »So, das war's. Kann ich jetzt vielleicht endlich meinen wohlverdienten Feierabend haben?«, murrte sie mit Blick auf Madame Zink.

»Aber natürlich, Schatz«, beeilte sich diese zu flöten und beauftragte den Gorilla, Johann zur Tür zu begleiten.

»Nochmals vielen Dank, die Damen, und entschuldigen Sie bitte mein kleines Verwirrspiel.« Johann verbeugte sich höflich vor Madame Zink und küsste ihr galant die Hand. Als er sich danach auch bei der Miss auf diese Art verabschieden wollte, keifte diese angewidert, er solle sich bloß nicht unterstehen. Bestenfalls gestatte sie ihm, ihr die Stiefel zu lecken, fügte sie mit sinistrem Lächeln hinzu. Doch das, oder da müsste sie sich schon sehr in ihm getäuscht haben, käme ja für ihn nicht infrage.

»Da liegen Sie richtig, meine Dame. Mit gestrengen Gouvernanten kann ich nicht viel anfangen. Dennoch möchte ich Ihnen mein Kompliment aussprechen: Sie beherrschen Ihr Fach meisterlich. Küss die Hand, Gnädigste.« Johann, wieder ganz der alte Charmeur, verneigte sich vor der Miss, die seine Huldigung mit verhaltenem Wohlwollen entgegennahm.

7

Am Abend des 19. September 1836 verließ die stellungslose Dienstmagd Gertrud Jäger ihr winziges Mansardenzimmer im Hause des Gastwirts Wilhelm Storck in der Schäfergasse und bog nach einigen Metern in die Zeil ab. Es war ein wunderbarer Spätsommerabend, nicht mehr so warm wie im Hochsommer, aber auch noch nicht von herbstlicher Kühle. Über die Zeil wehte ein frischer Windhauch an diesem leicht diesigen Samstagabend und Gertrud fröstelte in ihrem fadenscheinigen Sommerkleid. Sie ging an der glanzvollen Fassade des ›Russischen Hofs‹ vorbei, erblickte hinter den großen, hellerleuchteten Fenstern eine Behaglichkeit, die sie nur erahnen konnte, und dachte bei sich in bitterer Gewissheit, dass schon eine der Zechen, die hier so leichthin beglichen wurden, ausgereicht hätten, ihre ärgste Not zu lindern.

Auch die fröhlichen, jungen Leute vor dem farbig illuminierten Frankfurter Vauxhall trugen nicht dazu bei, Gertruds niedergeschlagene Stimmung zu heben. Schon vor Jahren, als sie hier das erste Mal vorbeigekommen war und die flackernden Lichter dieses Feengartens wahrgenommen hatte, in dem echte Indianer ›auf den Kriegspfad‹ gingen und andere Schaustücke die Gäste in das alte Rom oder das ferne Peking entführten, hatte sie sich aus tiefstem Herzen gewünscht, nur ein einziges Mal mitsamt ihren Eltern und Geschwistern in diese Wunderwelt eintauchen zu dürfen. Sie alle wären fein herausgeputzt und hätten ihre Sonntagskleider an, würden dicke Schinkenbrote essen und eisgekühlte Waldmeisterlimonade dazu trinken. Und wenn ihre Geschwister endlich groß genug wären und ihr eigenes Geld verdienen könnten, dann würde sie sich jeden Monat etwas zurücklegen, und wenn sie genug beisammen hätte, dann würde sie sich eine Schiffskarte nach Amerika kaufen und dort ein abenteuerliches, freies Leben führen.

Solche Tagträume überkamen Gertrud auch jetzt wieder, und sie spähte sehnsüchtig durch das weite, von Pechkränzen erleuchtete Eingangsportal. Oh, wenn es ihr doch jemals gelänge, sich unter diese unbeschwerten Menschen zu mischen. Doch die raue Wirklichkeit, ihr vor Hunger knurrender Magen und die Einsamkeit inmitten dieser glücklichen Fremden holten sie rasch ein und verboten ihr streng, solchen Hirngespinsten nachzuhängen.

Jetzt, wo es kaum noch schlimmer kommen konnte und sie vor Sorgen nicht mehr ein und aus wusste.

Die hübsche, dunkelhaarige Gertrud war 19 Jahre alt und stammte aus der kleinen Ortschaft Seelenberg im Taunus. Vor vier Jahren war sie nach Frankfurt gekommen, wo sie durch die Vermittlung einer Cousine eine Stellung als Dienstmagd bei einer gut situierten Arztfamilie gefunden hatte. Ihre Herrschaft, Frau Doktor Bastian, eine wenig umgängliche Dame, machte ihr von Anfang an das Leben schwer. In allen Haushaltsdingen äußerst penibel und schwer zufriedenzustellen, war sie überdies noch ausgesprochen geizig, und die Dienstboten wurden, was die Mahlzeiten anbetraf, sehr kurz gehalten. Als nach einer Abendgesellschaft noch Schnittchen übrig geblieben waren und Gertrud sich in ihrem Hunger eines davon genommen hatte, wurde sie von ihrer Herrschaft dabei ertappt und erhielt eine fristlose Kündigung.

Seit acht Tagen war sie nun ohne Stellung, und die paar Kreuzer, die sie als ausstehenden Lohn noch erhalten hatte, waren auch bald aufgebraucht. Ihre Leute daheim wussten noch gar nichts von ihrem Unglück. Es waren arme Taunusbauern mit sechs hungrigen Kindern, die sich mit der Bewirtschaftung der kargen, steinigen Felder gerade so über Wasser halten konnten. Dankbar nahmen sie die sporadischen Geldzuwendungen ihrer ältesten Tochter Gertrud entgegen, die allerdings, wenn Gertrud nicht bald eine neue Stellung fand, ausbleiben würden. Tagelang hatte sie sich nun den Kopf zermartert, ob sie nicht doch das machen sollte, was ihre beiden Zimmernachbarinnen, ebenfalls stellungslose Mägde, gelegentlich taten, und hatte sich heute endlich dazu durchgerungen, die besagte Wirtschaft aufzusuchen. Als sie beim Roßmarkt in die Schlesinger Gasse einbog, sah sie bereits die erleuchteten Fensterscheiben des Gasthofs ›Zur feschen Mamsell‹, der gegenüber dem Junghof lag. Hier verkehrten dienstlose Mägde, welche sich in ihrer Not in Hinterzimmern mit Herren einließen. Man sah junge und in die Jahre gekommene, gepuderte, geputzte, parfümierte, hübsche, hässliche, mitunter auch sehr ärmlich wirkende Frauen. Musikanten spielten auf, und einige Mädchen tanzten mit männlichen Gästen, die sie dabei auf unzüchtige Weise anfassten. Von Zeit zu Zeit verschwand ein Mädchen mit einem Herrn durch eine Tür neben der Theke, hinter der sich mehrere kleine Kämmerchen mit durchgelegenen Betten befanden.

In der Gaststube verkehrten Herren der unterschiedlichsten Art: Verheiratete und Ledige, Bäckergesellen und Schreiber, Richter und Notare waren hier auf der Suche nach einem schnellen Abenteuer. Gertrud saß allein an einem Tisch in der Ecke und fühlte sich überaus verloren unter den vielen ausgelassenen Menschen. Da spielte das Orchester einen Wiener Walzer, ein Tanz, der in letzter Zeit sehr in Mode gekommen war, und mit einem Mal stürzte alles auf die kleine Tanzfläche. Vor Gertruds Tisch stand plötzlich ein junger Herr und forderte sie mit höflicher Verbeugung zum Tanzen auf. Er war vornehm gekleidet und machte einen wohlhabenden Eindruck, doch Gertrud zögerte, und vor Schüchternheit errötend stammelte sie: »Ich kann gar nicht tanzen, der Herr.«

»Das ist doch kein Problem«, entgegnete der Mann. »Vertrauen Sie sich einfach meiner Führung an.«

Schon nach den ersten Schritten erwies sich, dass ihr Partner den Tanz gut beherrschte, und schwungvoll wirbelten sie über die Tanzfläche. Gertrud wurde von den ständigen Umdrehungen schwindlig, und sie bat den jungen Mann, nicht ganz so ausgelassen zu tanzen. Dieser lächelte amüsiert.

»Schauen Sie auf mein Ohrläppchen, das hilft gegen den Schwindel«, riet er seiner Tanzpartnerin. Gertrud hielt sich an seinen Ratschlag, und das Tanzen machte ihr allmählich sogar Spaß. Doch da war die Musik auch schon zu Ende. Der Herr, der sich während des Tanzes tadellos betragen hatte und kein einziges Mal zudringlich geworden war, wie Gertrud es zuvor bei anderen Tänzern beobachtet hatte, geleitete die junge Frau zurück zum Tisch und erkundigte sich höflich, ob er sich zu ihr setzen dürfe. Gertrud stimmte zu. Der junge Mann ließ sich neben ihr auf einem Stuhl nieder und bestellte einen Krug Wein. Als der Wein eingetroffen war, prostete er ihr zu und betrachtete sie mit unergründlichem Lächeln.

»Sie sind eine sehr hübsche Dame und gefallen mir über die Maßen. Wollen wir uns nicht an einen ruhigeren Ort zurückziehen?«, flüsterte er mit leicht bebender Stimme. Gertrud wurde es bei seinen Worten siedend heiß, und betreten blickte sie sich um. Der Herr, dem ihre Scheu nicht entgangen war, versuchte zu beschwichtigen: »Sie brauchen sich doch nicht vor mir zu fürchten, meine Liebe. Fürwahr, ich möchte doch nur, dass wir es uns ein bisschen nett machen, in Ruhe ein Glas Wein zusammen trinken und uns ein wenig unterhalten. Und wenn Sie es mir erlauben, möchte ich einzig Ihre Schönheit bewundern. Mehr will ich nicht, glauben Sie mir. Schenken Sie mir einen Augenblick, sagen wir eine halbe Stunde. Ich zahle Ihnen auch einen Gulden für Ihre wertvolle Zeit.«

Gertrud schluckte, ein so großzügiges Angebot konnte sie in ihrer Situation doch nicht ausschlagen, und erklärte sich schließlich einverstanden. Ihr Begleiter orderte an der Theke noch einen Krug Wein und zwei Gläser, der Mindestverzehr für Benutzer der Séparées neben 50 Kreuzern Mietzins, und die beiden zogen sich in eines der Kämmerchen zurück. Dort verschloss der Mann, gleich, nachdem sie eingetreten waren, mit dem von innen steckenden Schlüssel die Tür und forderte Gertrud auf, sich doch schon auszuziehen, er wolle inzwischen den Wein einschenken. Als die junge Frau kurz darauf im flackernden Licht der Petroleumlampe nackt vor ihm stand, reichte er ihr ein volles Glas und prostete ihr zu. Um sich Mut anzutrinken, leerte Gertrud ihr Glas in wenigen Zügen und setzte sich auf den Rand des Bettes.

Sie ziere sich ja so, sie mache so etwas doch bestimmt nicht zum ersten Mal, bemerkte der Herr, der immer noch vollständig angekleidet war, mit spöttischem Unterton. Als Gertrud ihm verlegen eingestand, dass genau das der Fall sei, entgegnete er verächtlich, dass früher oder später doch jede zur Hure werde.

Von dieser abfälligen Bemerkung zutiefst gedemütigt, schämte sich die junge Frau plötzlich unsäglich ihrer

Nacktheit und wollte unwillkürlich nach der Bettdecke fassen, um ihre Blöße zu bedecken, doch ihre Hände gehorchten ihr nicht mehr. Schlagartig wurde ihr die Ausweglosigkeit ihrer Lage bewusst, sie fühlte sich wie ein Tier in einer unsichtbaren Falle, schutzlos ihrem Peiniger ausgeliefert. Von wilder Panik erfüllt, versuchte sie mit aller Kraft, dem Unheil zu entrinnen, doch sie war außerstande, einen Laut von sich zu geben oder sich von der Stelle zu bewegen.

Gertruds Todeskampf dauerte fast eine halbe Stunde. Nachdem ihr klar geworden war, dass sie rettungslos verloren war, sehnte sie nur noch den Tod herbei, um endlich von ihren Höllenqualen erlöst zu sein.

Bis zum Schluss flehte sie den Herrgott an, er möge sie aus den Klauen dieses Teufels erretten, der sie die ganze Zeit über mit einem kalten Blick beobachtete, der nichts Menschliches hatte.

Als Gertrud tot war, beendete der Mörder seine Notizen und warf einen Blick auf die Taschenuhr.

Schon besser als beim letzten Mal!, dachte er sich. Immerhin hat es fast 30 Minuten gedauert, bis sie verreckt ist.

Er würde die Dosis noch verändern müssen, damit die Qual länger andauerte.

Die Leiche der jungen Gertrud Jäger wurde erst frühmorgens um vier Uhr vom Wirt der ›Feschen Mamsell‹, Kurt Hensel, entdeckt.

Hensel, als alter Kneipier ein eher abgeklärter Zeitgenosse, den so leicht nichts aus der Ruhe brachte, war von dem schrecklichen Anblick der Toten, ihren verzerrten Gesichtszügen und verkrümmten Gliedmaßen so erschüttert, dass er sich, einer Ohnmacht nahe, zunächst ein Glas Branntwein genehmigen musste, um wieder zu sich zu kommen. Eilends schickte er seinen Hausknecht zur nahe gelegenen Hauptwache, um die Gendarmerie zu verständigen. Dem diensthabenden Wachmann blieb in Anbetracht der Dringlichkeit nichts anderes übrig, als Oberinspektor Brand herausklingeln zu lassen.

Der Polizeiinspektor, der in einem schmucken Häuschen in der Hohen Straße lebte, war ob der frühen Störung mehr als ungehalten. Am gestrigen Samstagabend war es spät geworden. Er war im renommierten Gasthaus ›Weidenhof‹ unweit der Hauptwache zum Essen eingeladen gewesen. Der Wein war vortrefflich und in Strömen geflossen, und Brand, alles andere als ein Kostverächter, hatte ihm wacker zugesprochen. Zu wacker, wie sich an diesem unheilvollen Sonntagmorgen herausstellte, denn der Inspektor hatte einen ausgewachsenen Kater. Aber wie hätte er auch ahnen können, dass man ihn zu solch unchristlicher Zeit behelligen würde. Als er das Stichwort ›Mord‹ vernahm, läuteten bei ihm die Alarmglocken, und obgleich er ein wahrer Meister im Delegieren unangenehmer Aufgaben war, kam er in diesem Fall leider nicht umhin, in die Kleider zu springen und sich seinem jungen Kollegen Max Wilde anzuschließen, wollte er nicht wieder zu Polizeisenator Hessenberg zitiert werden.

Mit grauem Gesicht, denkbar schlechter Laune und einer Alkoholfahne wie ein Branntweinkutscher, traf er in der ›Feschen Mamsell‹ ein und stellte den Wirt barsch zur Rede. Kurt Hensel, verärgert über den rüden Ton und normalerweise ein Mann, der sich nichts gefallen ließ, bemühte sich dennoch um Contenance, nicht zuletzt wegen seiner stundenweise vermieteten Kämmerchen, die offiziell als

Fremdenzimmer deklariert waren. Es sei allerdings angemerkt, dass Hensel im Rahmen einer stillen Übereinkunft seit vielen Jahren Sonderzahlungen an die Polizeibehörde leistete, die im Gegenzug die Fremdenzimmer auch als solche akzeptierte. Hensel, der sich nicht ganz sicher war, inwieweit Brand ihm diesbezüglich Schonung gewähren würde, führte den Inspektor und seinen jungen Gehilfen schließlich zu der Toten. Vorsichtig berichtete er, wie er die Leiche in der Kammer vorgefunden hatte.

»Die ist ja splitterfasernackt. Haben Sie die so gefunden?«, erkundigte sich der junge Inspektoren-Anwärter Max Wilde.

»Ja, genau so. Ich habe nichts verändert«, erwiderte Hensel.

»Kennen Sie den Namen der Person? Seit wann hat sie denn das Zimmer bei Ihnen angemietet? Sie haben doch bestimmt ein Vermietungsbuch, wo das alles eingetragen ist. Können Sie uns das bitte vorlegen?«, hakte Wilde nach und wurde sofort von Brand unterbrochen.

»Gemach, gemach, junger Freund. Die Ermittlungen führe immer noch ich«, was den in die Enge getriebenen Hensel erleichtert aufatmen ließ. »Alles zu seiner Zeit. Jetzt wollen wir doch erst mal die Umgebung inspizieren«, fuhr Brand resolut fort, während er mit spitzen Fingern die Kleidung der Toten, die auf einem Schemel lag, durchsuchte. Sein Gehilfe wandte sich dem Bett zu.

»Das ist ja vielleicht eine Schweinerei. Na, die muss es ja toll getrieben haben«, bemerkte er mit Blick auf das mit getrockneten Ejakulationsflecken übersäte Leinentuch. Der Wirt schaute bei seinen Worten verlegen zu Boden, und Brand tat, als habe er nichts gehört. Stattdessen hielt er triumphierend einen Schlüsselbund in die Höhe.

»Der war da drin.« Er deutete auf ein kleines, mit Kreuzstichen besticktes Handtäschchen, das auf dem Boden lag. ›Pension Storck‹ steht da drauf. Und die ist, wenn ich mich nicht täusche, in der Schäfergasse. Gehen Sie doch mal da hin, Wilde. Das ist hier ganz in der Nähe, und knöpfen Sie sich den Vermieter vor. Vielleicht bringen Sie ja was in Erfahrung, das uns weiterhilft. Ich mach solange hier weiter«, knarzte Brand seinem Gehilfen zu, der sich gleich darauf mit dem Schlüsselbund in den Händen entfernte.

Zu Hensels Erleichterung waren Brands Ermittlungen nach dem Aufbruch seines Untergebenen bald beendet. Die weiteren Hintergründe und auch der Zimmernachweis schienen den Inspektor nicht näher zu interessieren. Er fragte Hensel lediglich, ob er die Tote kenne. Als der Wirt dies verneinte und außerdem bemerkte, dass er sie bislang noch nie in seinem Lokal gesehen und sie auch am gestrigen Abend nicht bemerkt habe, erkundigte sich Brand, ob ihm denn am Vortag unter seinen Gästen ein Mann aufgefallen sei, der sich sonderbar verhalten habe. Doch auch dazu konnte Hensel nichts sagen. Brand ließ die Tote daraufhin in die Rechtsmedizin bringen.

Am Nachmittag beauftragte der Inspektor seinen Assistenten, das Personal der Gastwirtschaft zu befragen. Die Angestellten waren jedoch außerstande, eine brauchbare Täterbeschreibung abzugeben. Übereinstimmend wurde zu Protokoll gegeben, keinem sei in dem großen Trubel etwas Außergewöhnliches aufgefallen. Die Leute hätten sich alle verhalten wie immer, hätten getanzt, getrunken und sich amüsiert. Es sei brechend voll gewesen und es wäre ein ständiges Kommen und Gehen gewesen.

Am Sonntagabend erhielt der Inspektor die Benachrichtigung des Leicheninspektors, die Sektion der Toten sei abgeschlossen, und er bat ihn, zur Leichenschau ins Senckenbergische Institut zu kommen. Brand, der gehofft hatte, erst am Montag damit behelligt zu werden, und gerade dabei war, sich von seinen Strapazen bei einem kleinen Abendimbiss zu erholen, stieß ob dieser erneuten sonntäglichen Störung lauthals böse Flüche aus.

»Das macht alles nur Arbeit und Ärger«, schimpfte er, als er in die Kutsche stieg, um zum Gebäude der Senckenbergischen Naturforschenden Gesellschaft nahe dem Eschenheimer Turm zu fahren.

Als er den weiß gekalkten Kellerraum der Anatomie betrat, dem neben einem süßlichen Verwesungshauch auch ein strenger Chemikaliengeruch anhaftete, drehte sich ihm förmlich der Magen um, was beim Anblick des blutbesudelten Kittels von Doktor Hoffmann, der ihn erwartete, nicht gerade besser wurde.

»Sie sind schon ganz grün im Gesicht, und dabei haben wir uns die Leiche noch gar nicht vorgeknöpft«, scherzte der Arzt beim Anblick des Inspektors.

»Ganz schön kalt hier unten«, entgegnete der mit belegter Stimme und stellte schlotternd seinen Kragen hoch.

»Fast so kalt wie im Keller der Eis-Konditorei Bütschly. Nur, dass wir hier nicht so leckere Sachen haben«, frotzelte der Leicheninspektor. »Nein, im Ernst, unsere Kundschaft muss es kalt haben. Sonst verfaulen die uns hier förmlich unter den Händen. Erst recht im Sommer, wenn es heiß ist. Dann bleibt uns nichts anderes übrig, als die Kandidaten aufs Eis zu legen. Wir haben übrigens, genauso wie der Bütschly, eine Eis-Grube im Keller«, plauderte Doktor Hoffmann unbekümmert und konnte sich einer gewissen Häme beim Anblick von Brands fahlem Teint nicht erwehren. »Aber dann wollen wir doch mal ran an die Buletten, wenn ich das mal so sagen darf. Folgen Sie mir bitte unauffällig.« Der Doktor steuerte mit Brand im Schlepptau auf einen der drei Seziertische zu, auf dem, bedeckt mit einem weißen Leinentuch, die sterblichen Überreste von Gertrud Jäger lagen. Bevor er das Tuch anhob, überreichte Hoffmann dem Inspektor ein mit Eukalyptustinktur getränktes Taschentuch. »Fest an die Nase pressen und tief einatmen. Und jetzt die Zähne zusammenbeißen und Haltung bewahren«, raunte er beruhigend, als er das Laken aufdeckte. Beim Anblick der unbekleideten Leiche, über deren Torso ein großer y-förmiger Schnitt verlief, der mit groben Stichen genäht war, konnte Brands ohnehin verkorkster Magen nicht mehr länger an sich halten, und der Inspektor hastete zu einem in der Nähe stehenden Kübel, in den er sich heftig übergab. Hoffmann war herbeigeeilt, um sich um ihn zu kümmern.

Er schob Brand einen Stuhl hin und reichte ihm ein Glas Wasser. »Wenn Sie das nächste Mal kotzen müssen, dann bitte nicht mehr in die Organ-Schale«, bemerkte er spöttisch, während er dem Inspektor mit einem Tuch die schweißnasse Stirn tupfte.

»Geht es wieder?«, erkundigte er sich nach einer Weile.

»Ich denke schon. Eine Frage, hätten Sie vielleicht einen Kognak da? Ich glaube, den könnte ich jetzt gebrauchen«, bat der Inspektor leicht verlegen.

»Mit so was kann ich leider nicht dienen. Das einzig Gehaltvolle, das ich hier habe, sind Ethanol und Formalin. Aber das würde ich Ihnen nicht empfehlen. Also, trinken Sie noch einen Schluck Wasser und reißen Sie sich am Riemen. Das ist doch bestimmt nicht Ihre erste Leiche, oder?«, entgegnete Hoffmann ungeduldig.

»Mitnichten, Herr Leicheninspektor, mitnichten! Aber ich habe auch nicht bei jeder Leichenschau mit einem verdorbenen Magen zu kämpfen«, erwiderte Brand leicht verschnupft.

»Sehen Sie, und da ist Schnaps das Verkehrteste, was man machen kann! Fahren Sie nach Hause, und kochen Sie sich einen Kamillentee. Aber erst mal machen wir jetzt unsere Arbeit.« Hoffmann hatte den Inspektor untergehakt wie eine schwache Wöchnerin und spazierte mit ihm zum Seziertisch. Ohne viel Federlesens forderte er Brand auf, sich die Tote einmal genauer anzuschauen. »Fällt Ihnen da was auf?«, fragte er schließlich, als von Brand noch immer nichts zu vernehmen war.

»Na ja, die sieht der anderen Toten, dieser Gerlinde Dietz, ziemlich ähnlich. Soweit man das bei den verzerrten Gesichtszügen überhaupt sagen kann«, grummelte der Inspektor nach einer Weile kleinlaut.

»Genau!«, rief der Doktor zustimmend. »Und nicht nur, dass sich die beiden Ermordeten verblüffend ähnlich sehen. ›Ermordet‹ deswegen, weil auch die hier zweifellos keines natürlichen Todes gestorben ist, das sei hinzugefügt. Damit aber nicht genug: Ich habe Grund zu der Annahme, dass die Tote hier ebenfalls mit Aconitin vergiftet wurde. Zumindest deutet alles darauf hin.«

»Also liegt die Vermutung nahe, dass hier ein Wiederholungstäter am Werk war«, stellte Brand missmutig fest.

»Sie sagen es, Herr Oberinspektor, Sie sagen es! Der Fall Dietz erscheint demnach in ganz neuem Licht, finden Sie nicht auch? Und kann unter diesen Gesichtspunkten noch lange nicht zu den Akten gelegt werden«, bemerkte Hoffmann spitz. »Das riecht nach Arbeit, lieber Herr Kollege, stellen Sie sich darauf ein, das riecht nach Arbeit«, feixte Hoffmann und klopfte dem zerknirscht dreinblickenden Inspektor mit frechem Grinsen auf die Schulter.

8

NICHT NUR DIE Frankfurter Öffentlichkeit war bestürzt über die zweite Mordtat des ›Dienstmädchen-Mörders‹, wie der Täter in den Frankfurter Tageszeitungen inzwischen genannt wurde. Auch Wilhelm Paulus, Bankier und altehrwürdiger Bürgermeister, mit Doktor Heinrich Hoffmann gut bekannt und von ihm persönlich über die gerichtsmedizinischen Befunde der beiden Mordfälle informiert, war betroffen. Er zitierte Polizeisenator Hessenberg zu einem persönlichen Gespräch in das Römer-Rathaus und bedeutete ihm in kühlem Ton, die Aufklä rung der beiden Mordfälle genieße absolute Priorität. In zwei Wochen beginne die Frankfurter Herbstmesse, und spätestens bis dahin erwarte er, dass der Mörder dingfest gemacht werde. Er verlange von ihm, dass er die mit den Ermittlungen beauftragten Beamten entsprechend konditioniere. Eine intensive Zusammenarbeit mit dem Städtischen Leicheninspektor, Doktor Heinrich Hoffmann, halte er in diesem Zusammenhang überdies für sehr dienlich.

Der Polizeisenator, der wegen seiner demokratischen Gesinnung ohnehin einen schweren Stand im Frankfurter Magistrat hatte und dem seitens des konservativen Lagers immer wieder vorgeworfen wurde, die Frankfurter Polizeibehörde sei ein Verein fauler Schlafmützen, bestellte unmittelbar nach der Unterredung mit dem Bürgermeister Oberinspektor Brand in sein Büro.

Als Brand, dem nichts Gutes schwante, bei ihm eintraf und bemüht war, den Vorgesetzten durch munteres Gebaren gnädig zu stimmen, unterbrach ihn Hessenberg harsch und forderte einen aktuellen Rapport von ihm.

»Nun ja, in dem neuen Fall haben wir immerhin schon ermitteln können, wer die Tote war. Umfragen bei ihrem Hauswirt Wilhelm Storck in der Schäfergasse 15 ergaben, dass es sich um die stellungslose Dienstmagd Gertrud Jäger handelt. Acht Tage vor ihrer Ermordung hat sie sich bei Storck eingemietet. Sie hat dort eine kleine Dachkammer bewohnt. Mehr als dürftig, kann ich nur sagen. Auch die wenigen Habseligkeiten, die wir dort gefunden haben, sind das Billigste vom Billigsten. Muss ein ganz armes Luder gewesen sein, die sich allerdings, ähnlich wie das erste Mordopfer Gerlinde Dietz, ebenfalls für Geld mit Herren eingelassen hat. Zumindest deutet einiges darauf hin. Sie wurde nackt auf dem Bett liegend vorgefunden, und das Bettlaken war übersät von Lustflecken. Der gerichtsmedizinische Befund hat ergeben, dass Gertrud Jäger, genau wie Gerlinde Dietz, vergiftet worden ist. Sehr wahrscheinlich sogar mit ein und demselben Gift. Es heißt Argonitin, oder so ähnlich …«

»Aconitin heißt es, und es ist das Alkaloid aus dem Blauen Eisenhut«, unterbrach ihn Hessenberg schneidend. »Ich habe mich von Doktor Hoffmann genauestens informieren lassen, und Ihnen kann ich nur dringend raten, endlich die nötige Sorgfalt an den Tag zu legen und sich dabei auch nicht zu fein zu sein, die fachliche Kompetenz des Städtischen Leicheninspektors in Anspruch zu nehmen! Also, was gedenken Sie in der Angelegenheit weiterhin zu unternehmen?«

»Wir werden uns im Rathaus die städtische Dienstbotenkartei vornehmen, um herauszufinden, wo Gertrud Jäger zuletzt in Stellung war. Dort werden wir dann Befragungen anstellen«, erwiderte Brand eifrig, bemüht, wieder Oberwasser zu erlangen, was Hessenberg jedoch sogleich durchkreuzte.

»Warum ist das denn nicht längst passiert?«, fauchte er aufgebracht. »Wir haben heute immerhin schon Mittwoch. Liegen Sie denn den ganzen Tag auf der Bärenhaut, oder was? Ich erteile Ihnen hiermit den Befehl, in der Angelegenheit endlich Dampf zu machen. Und zwar rund um die Uhr. Nehmen Sie alle verfügbaren Leute, ermitteln Sie in alle Richtungen, und setzen Sie sich unverzüglich mit Doktor Hoffmann zusammen, um eine vernünftige Vorgehensweise in den Mordfällen zu erarbeiten. In zwei Wochen beginnt die Frankfurter Herbstmesse und der Herr Bürgermeister verlangt von uns, dass der Mörder spätestens bis dahin hinter Schloss und Riegel sitzt. So, das war's fürs Erste. Ich erwarte morgen früh einen genauen Bericht, wie Sie künftig vorzugehen gedenken und welche Maßnahmen Sie einleiten werden«, fuhr der hagere Amtsleiter, der seit Jahren ein chronisches Magenleiden hatte, den Untergebenen an und machte keinen Hehl mehr daraus, dass er den als trägen Genussmenschen verschrienen Brand, der sein Fähnchen immer geschickt in den rechten Wind zu hängen verstand, nicht ausstehen konnte.

Alfons Klein, ein langjähriger Mitarbeiter Brands und ihm seit Jahr und Tag in stumpfem Kadavergehorsam ergeben, stürmte in Doktor Hoffmanns Nachmittagssprechstunde in der Armenklinik, klopfte kurz an und riss im nächsten Augenblick auch schon die Tür auf, ohne von drinnen zum Eintreten aufgefordert worden zu sein. Der Doktor war gerade dabei, die offenen Beine eines Patienten zu versorgen, und fuhr, ebenso wie der alte Mann auf der Liege, erschrocken zusammen. Als er den uniformierten Gendarmen sah, forderte er ihn, ganz entgegen seiner sonst so umgänglichen Art, in rüdem Tonfall auf, gefälligst draußen zu warten, bis er aufgerufen werde.

»Das ist aber ganz wichtig jetzt«, widersprach Klein patzig. »Der Herr Oberinspektor Brand lässt ausrichten, Sie möchten ihn nachher um fünf Uhr in seiner Amtsstube aufsuchen.«

»Ihr werter Herr Oberinspektor kann mir mal im Mondschein begegnen! Wenn er was von mir will, dann muss er sich schon hierherbequemen. Mein Dienst geht heute nämlich bis Mitternacht. Und jetzt raus.«

Klein trollte sich mit finsterer Miene und knallte rüpelhaft die Tür in das Schloss, sodass es laut schepperte. Er hatte früher einmal geboxt, und unter Brands Untergebenen war er gleichermaßen Mädchen für alles und der Mann fürs Grobe. Nicht gerade mit reger Intelligenz gesegnet, verhielt er sich in seinem Arbeitsalltag getreu der Devise, nach unten zu treten und nach oben zu buckeln. Geradlinig in seiner Kalkulierbarkeit und fern davon, jemals irgendetwas infrage zu stellen, was sein Vorgesetzter anordnete, genoss er Brands Vertrauen und dessen raue Kumpanei. Seine Kollegen hielten ihre Zungen im Zaum, wenn er anwesend war. Waren sie unter sich, hieß er nur der ›Adjutant‹. Der neue Kollege Max Wilde war Klein ein Dorn im Auge, vor allem deshalb, weil auch Brand ihn nicht mochte. Wilde, der erst seit etwa einem Jahr der Frankfurter Polizeibehörde angehörte, war, obgleich er aus der Provinz kam, ein aufmerksamer, engagierter Beamter, der seine Arbeit sehr ernst nahm und für Brands Dafürhalten viel zu viele unbequeme Fragen stellte und es zuweilen auch gegenüber seinem Vorgesetzten an der gebotenen Unterwürfigkeit mangeln ließ. Außerdem hatte er den Dienstgrad eines Obergendarms inne und stand somit in der Rangfolge gleich hinter dem Oberinspektor.

»Neue Besen kehren gut. Na, den werden wir uns schon noch ziehen«, pflegte Brand zuweilen seinem Adjutanten mit spöttischem Grinsen zuzuraunen, doch Kollege Wilde hatte sich für schwerer erziehbar erwiesen als angenommen und versah seinen Polizeidienst weiterhin mit unbeirrbarer Sorgfalt.

Zur gleichen Zeit wie Klein kehrte Wilde an diesem Mittwochnachmittag zur Hauptwache zurück. Wilde grüßte den Kollegen höflich, doch der vierschrötige Klein erwiderte kaum seinen Gruß. »Wo kommst du denn jetzt her?«, blaffte er ihn unfreundlich an.

»Ich war den ganzen Mittag im Rathaus und bin die Dienstbotenkartei durchgegangen. Und ich bin auch fündig geworden«, erwiderte der junge Mann zufrieden.

»Na, was wird das schon gewesen sein. Am End gar eine Karteileiche«, mokierte sich Klein mit hämischer Grimasse, während er an die Tür von Brands Amtsstube klopfte. Nachdem er aufgefordert wurde, hereinzukommen, öffnete er die Tür und eilte, Wilde unsanft zur Seite drängend, dienstbeflissen in das Büro.

»Herr Oberinspektor, das ist ja vielleicht ein Lackel, dieser Hoffmann!«, tönte er wichtigtuerisch. »Er hätte keine Zeit, hierherzukommen, hat er gemeint, und dann die Frechheit besessen, Ihnen bestellen zu lassen, wenn Sie was von ihm wollten, sollten Sie doch zu ihm in die Armenklinik kommen. Was für ein Depp, und wie der aussieht mit seinem garstigen Vollbart. Ist doch bestimmt so ein Liberaler, der feine Herr Doktor.«

»Dieser verdammte Leichenfledderer. Was bildet der sich denn ein? Ich kann den eh nicht verknusen, und mit so einem sollen wir jetzt zusammenarbeiten! Heiligs Blechle, es bleibt eim abber au nix erspart.« Brand haute wütend mit der Hand auf den Schreibtisch und war unversehens wieder in seinen schwäbischen Dialekt verfallen.

»Ei, wer sagt das denn?«, fragte Klein im Brustton der Empörung.

»Ei, wer sagt das denn, ei, wer sagt das denn? Der Alte sagt das!«

»Der Hessenberg? Na, das wundert mich bei dem net. Die zwei, das sind doch bestimmt Gesinnungskameraden!«

»Damit liegst du sicher richtig, Alfons. Aber die Anweisung kommt von ganz oben. Der Herr Bürgermeister hat das so bestimmt.«

»Was, der alte Paulus? Der soll doch lieber seine Goldstücke abstauben, als sich in unsere Arbeit einzumischen«, entrüstete sich Klein.

»Vorsicht, Alfons, Vorsicht! Die Wände haben Ohren«, warnte Brand mit Blick auf Max Wilde, der sich schweigend im Hintergrund hielt.

»Nun, mein lieber Wilde, was haben denn Ihre Nachforschungen so ergeben? Konnten Sie herausfinden, wo die Gute zuletzt in Diensten war? Hoffentlich nicht gerade bei den Rothschilds oder bei den Bethmanns. Das käme mir doch mehr als ungelegen, wenn wir auch noch in die Verlegenheit gerieten, irgendwelche Geldsäcke wegen einer abgemurksten Dienstmagd behelligen zu müssen.«

»Ich kenne mich zwar mit den hiesigen Honoratioren bei Weitem nicht so gut aus wie Sie, Herr Oberinspektor, aber ›behelligen‹ werden wir den einen oder anderen schon müssen. Da beißt die Maus keinen Faden ab. Die Ermordete war vier Jahre lang im Haushalt des Arztes Rudolf Bastian als Dienstmädchen beschäftigt. Acht Tage vor ihrer Ermordung wurde ihr wegen Diebstahls fristlos gekündigt. Das Zeugnis, welches von einer Frau Doktor Helga Bastian ausgestellt wurde, ist auch dementsprechend mangelhaft. Ich habe eine Abschrift davon angefertigt. Falls Sie es einsehen möchten, hier ist es«, erwiderte Wilde sachlich und holte ein Kuvert aus seiner Uniformjacke, welches er Brand hinhielt.

»Danke, aber ich kann nicht lesen«, entgegnete Brand trocken, was von Klein mit wieherndem Gelächter quittiert wurde. »Na, geben Sie schon her, Wilde. Haben Sie es auch ordentlich auf Orthografie untersucht?«, spöttelte er, was Klein wiederum zu einem Heiterkeitsausbruch anstachelte.

»Mitnichten, Herr Inspektor. Das überlasse ich lieber Ihrem geübten Auge«, entgegnete der junge Beamte mit unverhohlener Ironie. Brand schnaubte ungehalten und nestelte ungeduldig die Zeugnisabschrift aus dem Umschlag. Er setzte sich eine Brille auf die Nase und begann, laut vorzulesen:

»›Ich, die Unterzeichnete, bestätige, dass Gertrud Jäger, geboren am 4. Juno 1817 in der Ortschaft Seelenberg im Taunus als Tochter des Landwirts Paul Jäger und seiner Ehefrau Sieglinde, vier Jahre und drei Wochen lang als Dienstmädchen in meinem Hause in der Seilerstraße Nummer 18 beschäftigt war und mir all die Jahre fleißig gedient hat. Zu meinem großen Bedauern musste ich aber feststellen, dass sie mich bestohlen hat. Überdies liegt der begründete Verdacht nahe, dass dies nicht zum ersten Mal geschah. Daher sehe ich mich gezwungen, ihr zum heutigen Datum meine fristlose Kündigung auszusprechen.

Frankfurt am Main, 11. September 1836.
Gezeichnet, H. Bastian.‹

– Muss ja ein ganz schönes Früchtchen gewesen sein, die Jäger! Kein Wunder, dass die anschaffen gegangen ist. Bei einem so schlechten Zeugnis hätte die doch sowieso niemand mehr eingestellt«, grummelte Brand und stopfte sich eine Pfeife. »Gut, Wilde, da Sie das ja schon so vortrefflich herausgefunden haben, dürfen Sie nun auch da hingehen und den Herrschaften ein wenig auf den Zahn fühlen. Und gehen Sie den Leuten nicht zu sehr auf die Nerven, wenn Sie verstehen, was ich meine. Knöpfen Sie sich bei dieser Gelegenheit ruhig auch mal die Dienstboten vor. Die wissen bestimmt einiges über die Jäger zu sagen. Man weiß ja, dass diese Domestiken immer unter einer Decke stecken und dass Klatsch und Tratsch gewissermaßen ihr Lebenselixier sind.«

Nachdem sich Wilde auf den Weg gemacht hatte, wendete sich Brand an Klein: »Ich schlage vor, mein lieber Alfons, dass wir jetzt erst mal eine kleine Stärkung zu uns nehmen. Wir könnten ja vielleicht in den ›Weißen Schwan‹ im Steinweg gehen. Dort ist man in angenehmer Gesellschaft, denn viele hübsche Damen aus dem Komödienhaus verkehren da, und man kann dort auch vortrefflich speisen. Und dann machen wir uns auf in die Meisengasse, zu diesem Leichenfledderer.« Als Klein daraufhin etwas zögerlich reagierte und sich verlegen erkundigte, ob es dort teuer wäre, denn es sei Monatsende und da habe er nicht mehr allzu viel auf der hohen Kante, bedeutete ihm Brand mit gönnerhaftem Lächeln, er sei eingeladen.

»Also, die Herren Kollegen, fassen wir doch noch einmal die deutlichsten Merkmale zusammen, die beim Täter mit hoher Wahrscheinlichkeit zum Tragen kommen: Seiner Aufmachung nach zu schließen, gehört er vermutlich der besseren Gesellschaft an, und offenbar kennt er sich mit Giften und Chemikalien gut aus. Infrage kommen von daher die Berufsgruppen Apotheker, Ärzte und Chemiker. Außerdem liegt die Vermutung nahe, dass es sich bei ihm um einen gefährlichen Sadisten handelt, der einen überwältigenden Hass auf Dienstmädchen mit lockerem Lebenswandel hegt, von denen er wahrscheinlich schwere Kränkungen oder Zurückweisungen erfahren hat«, fasste Heinrich Hoffmann seine Erkenntnisse zusammen.

»Dann kämen Sie ja ebenfalls infrage, denn Sie sind Arzt und gehören auch zu den Bessergestellten«, erwiderte Klein schnippisch.

Klaus Brand lachte herablassend. »Da sehen Sie es doch, mein lieber Doktor, zu welchem Mumpitz diese ›Täterbeschreibung‹ führen kann. Ich habe doch gleich gesagt, auf Gassenbubengeschwätz sollte man nicht allzu viel geben.«

»Wir haben aber Grund zu der Annahme, dass die Zeugenaussage von Rudi Schickel als zuverlässig anzusehen ist. Außerdem wurde sie durch die Aussage von Irmgard Stocklossa, die mit Gerlinde Dietz befreundet war, bestätigt«, entgegnete Hoffmann.

»Ach was, das sind doch alles Räuberpistolen von diesem überspannten Fräulein Weiß«, maulte Brand kopfschüttelnd.

»Fräulein Weiß mag vielleicht auf den einen oder anderen ein wenig verschroben wirken, aber sie ist eine äußerst kluge Dame, die genau weiß, was sie tut. Sie ist außerdem eine große Dichterin und hat sich im Rahmen der Städtischen Wohlfahrt sehr verdient gemacht. Für mich sind ihre Ermittlungen, auch wenn es die einer Privatperson sind, von großer Glaubwürdigkeit«, konterte Hoffmann mit fester Stimme.

»Das bleibt Ihnen unbenommen, mein lieber Doktor Hoffmann, das bleibt Ihnen unbenommen. Aber ich als der leitende Ermittler weiß, was ich davon zu halten habe«, erwiderte Brand überheblich. »Viel interessanter finde ich dagegen Ihre These, dass es sich bei dem Mörder um einen gefährlichen Geisteskranken handelt. Ich denke, an diesem Punkt sollten wir unbedingt nachhaken.«

»Und wie gedenken Sie das zu tun?«

»Nun, wir haben hier ganz in der Nähe das Städtische Irrenhaus. Vielleicht sollten wir uns dort einmal erkundigen …«

»Ach, Sie meinen das Kastenhospital? Das kenne ich gut. Allerdings habe ich so meine Zweifel, ob Sie unter diesen armen Teufeln den Mörder finden werden. Vermutlich haben Sie mich vorhin auch ein wenig falsch verstanden. Dass der Mörder möglicherweise ein gefährlicher Sadist ist, bedeutet noch lange nicht, dass er geistesverwirrt ist. Im Gegenteil, wahrscheinlich ist er nicht nur bei klarem Verstand, sondern sogar hochintelligent, in Verbindung mit einer schweren, seelischen Störung allerdings. Das ist ein großer Unterschied zu einem ›Geisteskranken‹.«

»Seelische Störung oder Geisteskranker! In jedem Fall ist der Kerl nicht ganz richtig im Kopf, da sind wir uns doch einig oder? Deswegen, und das sagt mir mein kriminalistischer Instinkt, werden wir uns als Nächstes einmal in diesem Tollhaus umschauen. Die haben doch bestimmt eine Patientenkartei dort. Die werden wir uns vorknöpfen, und dann sehen wir ja, wer von den Irren in den Kreis der Verdächtigen gehört.«

»Tun Sie, was Sie nicht lassen können, Herr Oberinspektor. In jedem Fall sollten Sie meines Erachtens aber auch die Herrschaften der Ermordeten nicht ganz außen vor lassen«, insistierte der Doktor. »Denn immerhin handelt es sich hier um einen Arzthaushalt.«

»Danke für die Anregung, lieber Herr Doktor, aber daran wird bereits gearbeitet. Einer meiner Mitarbeiter wurde heute Nachmittag eigens von mir dazu abkommandiert. Wir verdienen unsere Brötchen nämlich auch nicht im Schlaf!«, schnarrte Brand triumphierend.

9

Frau Doktor Bastian, eine mondäne Dame mit goldblonden, sorgfältig ondulierten Locken, einer wohlproportionierten Figur, die durch ihr körperbetontes Kleid vorteilhaft zur Geltung kam, und strengen, asymmetrischen Gesichtszügen, die von einer spitz zulaufenden, langen Nase dominiert wurden, stieg vor Max Wilde die steile Dienstbotentreppe empor, die so schmal war, dass man sie nur hintereinander begehen konnte. Endlich hatten sie das Dachgeschoss erreicht, wohin in gutsituierten, bürgerlichen Haushalten das Personal verbannt wurde, denn schließlich mochte man nicht mit ihnen auf Tuchfühlung leben.

»Ach Gott, ich war schon ewig nicht mehr hier oben«, keuchte Frau Doktor Bastian und klopfte sich den Staub vom taubenblauen Satinstoff ihres Nachmittagskleides. »Warum auch, man hat ja schließlich Besseres zu tun, als sich in diesem dreckigen Verschlag herumzudrücken«, fügte sie hinzu und blickte sich angewidert um.

Böse, reformerische Zungen behaupteten, die vornehmen Herrschaften seien eher bereit, sämtliche Berge der Welt zu erklettern, als das letzte Stockwerk ihres Hauses, in dem nur böse Keime und ansteckende Krankheiten nisteten, die am Ende noch ihren Weg in die behüteten Kinderzimmer fänden. Und schließlich hatte auch Frau Doktor zwei kleine, wunderhübsche Töchterchen.

Vor ihnen erstreckte sich ein enger, düsterer Flur mit niedriger Decke, der einzig von einer kleinen Dachluke erhellt wurde. Die Dienstbotenkammern befanden sich zu beiden Seiten des Ganges.

»Das hier muss ihre Kammer gewesen sein.« Frau Doktor Bastian wies auf eine der Brettertüren. »Es ist offen, die Türen haben hier oben keine Schlösser, denn eingeschlossen wird sich bei mir nicht. Sie können sich gerne umschauen, wenn Sie möchten. Aber viel Aufschlussreiches werden Sie dort bestimmt nicht finden. Ich gehe dann mal wieder nach unten. Wenn Sie noch Fragen haben, ich bin im Salon«, säuselte die Hausherrin dem gut aussehenden Gendarm mit kokettem Augenaufschlag zu und schritt mit schwingenden Hüften in Richtung Stiege. Der hochgewachsene Mann bedankte sich höflich, ging mit eingezogenem Kopf auf die Tür zu und öffnete sie. Die winzige Kammer verfügte über keinen Ofen. Das schmale, durchgelegene Bett mit der zerschlissenen Bettwäsche und das spärliche Mobiliar waren schäbiges, altes Gerümpel, welches nach Ansicht der Herrschaften für Domestiken offenbar immer noch gut genug war.

Max Wilde, der als Sohn eines Schullehrers in bescheidenen Verhältnissen ohne Hausangestellte aufgewachsen war, sah zum ersten Mal eine Dienstbotenkammer von innen und war erschüttert über die Armseligkeit, die sich ihm hier offenbarte, besonders im Hinblick auf die luxuriöse Behaglichkeit der herrschaftlichen Wohnräume. Er verspürte Mitleid mit der Toten, schaute in den mit Zeitungspapier ausgelegten Schrank, öffnete nach und nach die Schubladen der wurmstichigen Kommode, hob die Matratze an und warf einen Blick unters Bett, unter dem ein Nachtgeschirr aus Steingut stand, doch er fand nicht das Geringste, was auf irgendeine Weise mit der ermordeten Gertrud Jäger in Verbindung gebracht werden konnte.

Die junge Frau hatte in dieser Tristesse keinerlei Lebensspuren hinterlassen, geschweige denn irgendwelche Habseligkeiten oder persönliche Dinge. Der junge Gendarm blickte nachdenklich durch die Dachluke in den grauen Nachmittagshimmel, strich unwillkürlich mit liebevoller Geste über das Kopfkissen und verließ die Dachkammer.

Im Erdgeschoss angelangt, klopfte er an die Tür des Salons und wurde von der Dame des Hauses höflich aufgefordert, einzutreten und auf einem Fauteuil mit gestreiftem Seidenüberzug Platz zu nehmen. Zuvorkommend bot sie ihm Tee und Gebäck an, lehnte sich entspannt zurück und erkundigte sich im Plauderton, ob er etwas Interessantes entdeckt habe. Als Wilde das knapp verneinte und gleich darauf begann, gezielte Fragen zur Person des ermordeten Dienstmädchens zu stellen, runzelte Frau Doktor ärgerlich die Stirn.

»Mein lieber Herr Obergendarm, was weiß ich denn schon über dieses Dienstmädchen.« Die Arztgattin beugte sich mit blasiertem Lächeln zum Tisch vor, um vom Konfekt zu naschen und so dem jungen Polizisten ihr üppiges Dekolleté zu präsentieren.

»Kosten Sie doch von diesen Marzipantörtchen, die sind köstlich«, schwelgte sie genießerisch und begegnete Wildes Fragen weiterhin mit unerschütterlicher Ignoranz. Diesem platzte ob dieser Impertinenz schließlich der Kragen: »Frau Doktor Bastian, ich muss Sie bitten, mich in die Rechtsmedizin zu begleiten, um die Tote zu identifizieren. Wir müssen sichergehen, dass es sich bei ihr tatsächlich um Gertrud Jäger handelt«, äußerte er in schneidendem Ton.

»Wie kommen Sie mir denn vor? Ich habe mit dieser Kanaille nicht mehr das Geringste zu schaffen. Die hat mich hintergangen und bestohlen, und ich habe sie vor die Tür gesetzt. Schluss, aus, fertig! Das steht im Übrigen auch alles in dem Zeugnis drin, das ich seinerzeit ordnungsgemäß an die Stadtverwaltung geschickt habe. Darin sind auch, wie es sich gehört, Namen und Anschrift ihrer Leute vermerkt. Sollen die sie doch identifizieren. Ich hatte wirklich genug Verdruss mit diesem Aas und sehe nicht ein, warum ich mich damit auch noch belasten soll!«

Wilde ging auf ihr empörtes Gehabe nicht ein. »Was hat sie denn eigentlich gestohlen?«, erkundigte er sich knapp.

»Sie hat in der Küche ein belegtes Brot entwendet«, entgegnete Frau Doktor gewichtig.

»Was, mehr nicht? Und wegen so einer Lappalie haben Sie das Mädchen vor die Tür gesetzt und in ihr Unglück rennen lassen? Die wird halt Hunger gehabt haben. Vielleicht hat sie bei Ihnen nicht genug zu essen gekriegt. Wenn ich mir angucke, in welchen Verschlägen Ihre Dienstboten hausen müssen, sollte mich das nicht wundern. Mit Verlaub, so kann man doch mit Menschen nicht umgehen. Wenn Sie sie nicht rausgeworfen hätten, würde das Mädchen vermutlich noch leben!« Der Obergendarm war vor Zorn errötet und seine Stimme bebte. Frau Bastians schiefe Gesichtszüge verzerrten sich bei seinen Worten zu einer wütenden Grimasse. Ihre engstehenden graublauen Augen füllten sich mit Tränen, und sie schrie hysterisch, er solle umgehend ihr Haus verlassen, sie werde sich an höchster Stelle über ihn beschweren.

Die Anzahl der Dienstboten in einem großbürgerlichen Haushalt war ein sichtbares Status-Symbol. Verfügten die vornehmsten Familien über ganze Heerscharen von dienstbaren Geistern, so dünnten sich diese in der unteren Hierarchie der Vermögenden zunehmend aus. Ein verhältnismäßig bescheidenes Haus wie die Villa Bastian besaß nicht mehr als fünf Domestiken. Dennoch war Frau Doktor Bastian, die aus kleinen Verhältnissen stammte und früher als Krankenwärterin in der Privatklinik ihres Gatten tätig war, mächtig stolz darauf, dass sie durch die Heirat mit dem 20 Jahre älteren Chirurgen vor nunmehr acht Jahren in die Kaste derer aufgestiegen war, die es sich leisten konnten, bedient zu werden. Und obgleich sie nicht durch Geburt den besseren Kreisen angehörte, die ihren Töchtern früh beibrachten, sich ganz und gar der Repräsentation und dem ostentativen Wohlleben zu widmen, verhielt sie sich ihren Bediensteten gegenüber schlimmer als die blasierteste Aristokratin. Die ehemalige Krankenmagd Helga Bastian, die längst in großer Selbstverständlichkeit für sich beanspruchte, von aller Welt mit ›Frau Doktor‹ angeredet zu werden, betrachtete ihr Gesinde nicht etwa als abhängige Lohnarbeiter, sondern ganz im Sinne altaristokratischer Tradition als Leibeigene, von denen man erwarten konnte, dass sie ihre volle Körperkraft, ihre gesamte Zeit und ihre ganze Persönlichkeit in den Dienst ihrer Herrschaft stellten. So etwas wie ein Privatleben gestattete sie ihrem Personal nicht, mehr noch: Sie war ganz und gar der Meinung, dass solchen Leuten kein privates Leben zustand. Zumindest brachte sie das gegenüber Oberinspektor Brand klar zum Ausdruck, der sie, nachdem er sich zuvor in aller Form für das flegelhafte Betragen seines Assistenten Wilde entschuldigt hatte, an jenem Vormittag noch einmal zu Gertrud Jäger befragte.

»Ich verstehe, gnädige Frau, ich verstehe«, beeilte er sich zu katzbuckeln und war weit davon entfernt, deswegen auch nur im Geringsten nachzuhaken, denn das ungebührliche Verhalten von Obergendarm Wilde hatte seiner Behörde ohnehin schon eine scharfe Rüge seitens des Oberbürgermeisters eingebracht.

»Dürfte ich vielleicht höflich anfragen, ob Sie es mir gestatten möchten, bei Gelegenheit noch Ihr Personal wegen der Toten zu verhören?«, erkundigte er sich ölig.

»Das können Sie von mir aus gleich jetzt erledigen. Je eher wir mit der leidigen Sache fertig sind, desto besser«, erklärte Helga Bastian, läutete sogleich nach dem Dienstmädchen und erteilte die Anweisung, das übrige Personal herbeizuzitieren.

Nach und nach trafen die Bediensteten, bestehend aus einer Köchin, einer Küchenmagd, einem Kutscher, der die Pferde versorgte und Gartenarbeiten übernahm, einem französischen Kindermädchen und einer Dienerin, im großen Salon ein.

Da die Welt der Dienstboten hierarchisch klar aufgegliedert war, rief Frau Doktor Bastian, nachdem das Personal ordentlich vor ihr Aufstellung genommen hatte, als Erstes das französische Kindermädchen, Madeleine Boutinot, auf, da Hauslehrer und Erzieherinnen als gebildete Abkömmlinge guter Familien an oberster Stelle dieser Rangordnung standen. Die Mademoiselle, eine etwa 30-jährige, unscheinbare Person in einem schlichten, dunklen Kleid, trat in steifer Haltung vor und blinzelte ihre Herrschaft hinter ihren dicken Brillengläsern fragend an.

»Mademoiselle, der Herr Oberinspektor Brand wird Ihnen nun ein paar Fragen zu unserem ehemaligen Dienstmädchen, Gertrud Jäger, stellen, die, wie Sie sicher bereits wissen, vor einigen Tagen ermordet aufgefunden wurde. Bitte antworten Sie ihm wahrheitsgemäß. Das gilt übrigens auch für alle anderen, die ich nach und nach aufrufen werde.« Frau Doktor Bastian erteilte dem Inspektor das Wort.

»Mademoiselle Boutinot, was können Sie über die Ermordete sagen? Ist Ihnen in der Vergangenheit irgendetwas an ihr aufgefallen, das für unsere Ermittlungen von Bedeutung sein könnte? Wussten Sie vielleicht etwas von ihren Männerbekanntschaften, oder gab es vielleicht andere verdächtige Subjekte, mit denen Gertrud Jäger in Kontakt stand?«, erkundigte sich Brand bei der Französin.

»Ich bedaure, Monsieur, aber mit dem Hauspersonal pflege ich keinen Umgang. Deswegen kann ich dazu auch überhaupt nichts sagen. Ich hatte zu diesem Dienstmädchen nicht den geringsten Kontakt. Ich kannte noch nicht einmal ihren Namen und habe auch nie mit ihr gesprochen. Ehrlich gesagt, das wäre mir auch nie in den Sinn gekommen. Ich muss zugeben, ich habe nie auf sie geachtet. Diese Dienstmädchen sehen für mich alle gleich aus«, erklärte die Erzieherin herablassend in flüssigem Deutsch mit leicht französischem Akzent und ließ keinen Zweifel daran, dass sie sich für etwas Besseres hielt.

»Von nichts anderem bin ich ausgegangen. Danke, Mademoiselle. Wenn der Inspektor keine Fragen mehr an Sie hat, können Sie gehen«, richtete sich Frau Doktor Bastian an das Kindermädchen. »Mademoiselle Boutinot hat ihre Kammer neben den Kinderzimmern im ersten Stock und nicht im Dachgeschoss wie das übrige Hauspersonal. Mit der Dienerschaft gibt sie sich nicht weiter ab, sie nimmt ihre Mahlzeiten mit uns im Esszimmer ein und nicht in der Küche wie das übrige Gesinde«, fügte sie noch hinzu. Nachdem Brand keine Fragen mehr an die Erzieherin hatte, forderte Frau Bastian die Köchin, Josephine Becker, auf, vorzutreten. Dazu merkte sie dem Inspektor gegenüber an, dass die alte Frau seit nunmehr 40 Jahren im Dienste der Familie Bastian stehe und dass an ihrer Redlichkeit nicht zu zweifeln sei. Die rundliche Matrone knickste ergeben vor ihrer Herrin und lächelte sie dankbar an.

Im Laufe ihrer langen Dienstzeit hatte sich das alte Mädchen, das immer unverheiratet und kinderlos geblieben war, ganz und gar für ihre Dienstherren aufgeopfert. In ihrer fürsorglichen Hingabe für die Familie Bastian war sie nicht nur zu einer wahren Küchenperle ohne Fehl und Tadel aufgestiegen, sondern ihre Arbeitgeber waren ihr zu einer Ersatzfamilie geworden, die sie nach Art einer Löwenmutter mit ihrem Leben verteidigt hätte, wäre dies jemals vonnöten gewesen. In ihrem offenkundigen ›Familiensinn‹ und der langen Vertrautheit mit ihren Herrschaften empfand sie ihr Schattendasein gar nicht als solches, sondern fühlte sich gegenüber den anderen Dienstboten wundersam erhoben, und es erfüllte sie nach wie vor mit großem Stolz, einer so vortrefflichen Familie dienen zu dürfen.

Für Gertrud Jäger, diese ›diebische Elster‹, als welche sie die junge Dienstmagd nach dem schlimmen Vorfall in der Küche stets zu betiteln pflegte, fand Josephine Becker indessen kein gutes Wort: »Was kann ich über die schon sagen? Wie das halt so ist, mit den jungen Dingern. Sind faul, haben Angst sich die Hände dreckig zu machen, haben lauter Flausen im Kopf und wollen nur haben und haben. Immer einen Schlag mehr als die anderen. Hier mal ein Stück Wurst und da mal ein Stück Braten, und eh man sich versieht, fressen die einem die Haare vom Kopf, wischen sich den Mund ab und legen sich behaglich in ihr Bettchen. Und als die sich da letztens, wo wir Gäste hatten, ganz frech eines von den Wurstschnittchen genommen hat, ist mir dann der Kragen geplatzt. Ich hab ihr eine Maulschelle verpasst und es der gnädigen Frau gemeldet. So was geht doch nicht! Ich tät mir lieber die Hand abhacken lassen, als meine Herrschaften zu bestehlen«, ereiferte sich die alte Magd mit erhobener Stimme.

»Ist ja schon gut, Fine, reg dich doch nicht so auf«, versuchte ihre Herrin sie mit amüsiertem Grienen zu beschwichtigen.

»Ist doch wahr, gnädige Frau. Man soll ja über Tote nichts Schlechtes sagen, aber die hat nicht viel getaugt. Am Anfang, als sie ins Haus kam, da war sie noch ein braves Ding. Wie die Leute vom Land halt so sind, ein bisschen schwerfällig, aber anständig und fromm. Hat sich mit ihrer Arbeit auch ins Zeug gelegt. Wenn unsere Herrschaften geläutet haben, wir hören das ja auch in der Küche, dann ist sie gesprungen, und wenn sie zehnmal am Essen war. So gehört sich das auch! Und vor den Mahlzeiten hat sie immer artig gebetet. Aber irgendwann hat ihr die Arbeit nicht mehr so geschmeckt. Da muss irgendwas gewesen sein. Was, weiß ich nicht so genau, denn mir hat sie sich nicht anvertraut. Die jungen Dinger halten sich eher an ihresgleichen. Aber dazu kann Ihnen unsere Bärbel was sagen«, behauptete die füllige Frau mit geheimnisvollem Unterton und deutete mit ausgestrecktem Zeigefinger auf die junge Küchenmagd. Das pausbäckige, noch kindlich aussehende Mädchen wurde feuerrot. Eingeschüchtert und verängstigt blickte sie zu ihrer Herrin hin, als warte sie auf deren Zustimmung.

»Komm schon, Bärbel, jetzt zier dich nicht so. Sag doch dem Herrn Inspektor, was du der Fine erzählt hast«, ermahnte Frau Doktor ihr Küchenmädchen. An Brand gewendet erläuterte sie, dass Bärbel Pauli aus dem gleichen Dorf komme wie Gertrud Jäger und dass sie mit Gertruds Cousine zur Kommunion gegangen sei. Sie sei es auch damals gewesen, die der Cousine, die ebenfalls in Frankfurt in Stellung wäre, gesagt hätte, dass ihre Herrschaft ein Dienstmädchen benötigte. Gertrud und Bärbel seien fast im gleichen Alter gewesen und sie hätten sich hier wohl ein wenig angefreundet. Als sie das verschüchterte Mädchen nochmals in strengem Tonfall aufforderte, ihre Aussage zu machen, stammelte die Magd sichtlich befangen: »Na, die hat halt weg wollen. Nach Amerika wollt sie. Und wenn ihre Schwester nächstes Jahr in der Bürstenfabrik in Camberg anfangen tät, müsst sie net mehr so viel Geld daheim an ihre Leut schicken und könnt sich dann endlich was wegsparn für Amerika, hat sie mir erzählt. Ich hab ja gesagt, das sind nur Flausen, aber ihr war es ernst damit. Und dann wollt sie immer in diesen Vergnügungsgarten, da hinten auf der Zeil, wo's die echten Indianer gibt. Da konnt sie stundenlang davon verzählen, und hat sich dabei immer froh geschwätzt, wie mir bei uns daheim sagen, wenn einer Luftschlösser am Bauen ist.«

»Gut, Bärbel«, unterbrach sie der Inspektor ungeduldig. »Hat sie dir vielleicht auch was von ihren Männerbekanntschaften erzählt? Denn die hatte sie ganz offensichtlich. So, wie wir sie aufgefunden haben, und dann auch noch in diesem verrufenen Lokal.«

»Davon weiß ich nix. Ich weiß nur, dass sie damals, als sie hier bei uns angefangen hat, mit einem gegangen ist. Mit einem Burschen aus Seelenberg. Der hat ihr aber nicht die Treue gehalten und hat inzwischen eine andere geheiratet, wie ich von daheim weiß. Sie hat da net viel drüber gesprochen, aber des muss ihr ganz schön zu schaffen gemacht haben. Ich hab sie nachts manchmal heulen hörn, wo ich doch direkt die Kammer neben ihr hat.«

»Mein liebes Fräulein, du musst mir schon die Wahrheit sagen. Deine feine Freundin war mit Sicherheit nicht so ohne, wie du uns jetzt glauben machen willst. Sie war ein liederliches Frauenzimmer und wurde mit hoher Wahrscheinlichkeit von einem ihrer Liebhaber ermordet. Also, jetzt sag endlich, was du weißt!«, fuhr Brand die Küchenmagd an, deren ängstliche Verhuschtheit er dahingehend deutete, dass sie etwas vor ihm verbarg.

»Ich weiß aber nix mehr. Ich schwör es bei der Heiligen Jungfrau. Dass die Gertrud so eine war, davon hatt ich doch kein Ahnen. Bitte, bitte, so glauben Sie mir doch!« Bärbel fing herzzerreißend an zu schluchzen.

»Na, wenn das nur keine Krokodilstränen sind«, murmelte der Inspektor ungnädig.

»Lassen Sie es doch dabei bewenden. Die Bärbel ist zwar ein einfältiges Ding und da oben ein wenig langsam, aber verlogen und durchtrieben ist sie für mein Dafürhalten nicht. Dafür fehlt ihr der Grips. Ich denke, mehr weiß die wirklich nicht, sonst hätte sie es der Fine längst gesagt. Die hat Bärbel nämlich deswegen schon ganz schön in die Mangel genommen. Stimmt's?«, richtete Frau Bastian ihre Frage an die Köchin.

»Ja, gnädige Frau, das hab ich. Unsere Bärbel ist ein grundgutes, anständiges Mensch. Sie ist zwar nicht besonders flink, aber auch nicht faul. Lange Finger hat die jedenfalls noch nie gemacht, dafür verbürg ich mich. Und in Bezug auf Männerbekanntschaften läuft bei der gar nix. Dafür ist die doch noch viel zu kindisch und auch ein ganz anderes Kaliber als die Gertrud«, bestätigte die korpulente Matrone mit nachsichtigem Blick auf Bärbel, die immer noch vor dem Tribunal stand wie ein Häufchen Elend.

»Wie meinen Sie das, ›ein anderes Kaliber‹?«, wollte Brand wissen.

»Na, die Gertrud war ein eitler Fratz, mit ihrem hübschen Lärvchen und ihrem properen Figürchen. Hat sich auch schwer was drauf eingebildet. Aber gucken Sie sich doch mal unsere Bärbel an, nach der dreht sich doch bestimmt kein Mannsbild um«, äußerte die Köchin trocken.

»Da mögen Sie recht haben«, bemerkte der Inspektor und streifte die Küchenmagd mit einem abschätzigen Blick, der dem pummeligen Mädchen erneut die Röte ins Gesicht trieb. »Gut, wegtreten. Wer ist als Nächstes dran?«

Die Hausherrin rief daraufhin den Kutscher, Anton Beltz, auf, der ebenso wie das Dienstmädchen Dienstkleidung trug, was ihn innerhalb der Gesindehierarchie als subalternen Bediensteten auswies. Auf die Fragen des Inspektors antwortete der einsilbige, ein wenig ungelenk wirkende Mann kurz und knapp, und es erwies sich rasch, dass seine Aussagen über die Ermordete ebenso wenig Aufschluss boten wie die anschließenden Äußerungen des Dienstmädchens, Cordula Krämer. Vor dem Ausscheiden von Gertrud Jäger im Hause Bastian hatte die junge Frau die Stellung einer Scheuermagd bekleidet, die nunmehr auf die Aufgaben einer Bedienerin erweitert wurde, ohne dass dadurch ihr Lohn eine wesentliche Aufbesserung erfahren hätte.

Nachdem die Domestiken sich schließlich entfernt hatten, plauderte der Inspektor noch eine ganze Weile mit der Dame des Hauses und erwies ihr dabei alle erdenklichen Honneurs. Frau Doktor Bastian taute merklich auf und nutzte die Gelegenheit, wenn schon das wenig erbauliche Gesprächsthema ›Dienstboten‹ anstand, sich beim Inspektor in aller Ausführlichkeit über dieselben zu beklagen: »Herr Oberinspektor, Sie glauben gar nicht, wie schwierig es in den heutigen Zeiten ist, anständiges Personal zu bekommen«, lamentierte sie mit hochgezogenen Brauen. »Man weiß nie so recht, was man kriegt. Die sehen alle so aus, als ob sie kein Wässerchen trüben könnten, und eh man sich versieht, hat man eine Natter am Busen wie die liebe kleine Gertrud, die uns doch nur ausgenutzt und bestohlen hat. Und das ist noch lange nicht das Schlimmste. Was für ein durchtriebenes Luder das war. Da tun sich wahre Abgründe auf. Ich muss sagen, ich bin schockiert. Und so eine hat mir vier Jahre lang als Kammerzofe gedient. Hat mir im Bad geholfen und beim Ankleiden, hat mich frisiert und mir morgens meinen Kaffee ans Bett gebracht, dieses dreckige Flittchen. Hoffentlich hat sie uns nicht längst alle mit der Franzosenkrankheit angesteckt! Wissen denn eigentlich ihre Leute, was das für eine war?«

»Ich denke schon. Die Eltern, brave Bauersleute aus dem Taunus, waren gestern mit meinem Assistenten Klein in der Rechtsmedizin, um ihre Tochter zu identifizieren. Nachdem dies übereinstimmend erfolgt ist, hat Klein die armen Leute, wie es ja auch seine Pflicht ist, über den schlimmen Lebenswandel ihrer Tochter in Kenntnis gesetzt. Sind alle beide vor lauter Schande zusammengebrochen und mussten ärztlich versorgt werden. Schlimm, so was. Glauben Sie mir, meine Teuerste, auch unsereiner hat es nicht immer leicht.«

»Das glaube ich wohl, Herr Oberinspektor. Die Welt ist schlecht, und es gibt einfach zu viel faules, arbeitsscheues Gesindel, das an allen Ecken und Enden herumlungert und nur danach trachtet, anständige Leute um ihr schwer verdientes Geld zu bringen. Schauen Sie doch, was aus unserem schönen Frankfurt geworden ist! In unserer ehemals so prächtigen Altstadt haust doch nur noch Pöbel. Ich vermeide es, dort überhaupt noch einen Fuß hinzusetzen. Und all diese bettelnden Rotznasen. Da gibt's für mein Dafürhalten nur eins: ab in die Besserungsanstalt!«

»Da bin ich vollauf Ihrer Meinung, gnädige Frau! Da hilft nur noch hartes Durchgreifen. Aber was soll ich sagen: Uns sind ja schließlich die Hände gebunden!«

»Ich glaub, ich verstehe, was Sie meinen. All dieses dumme, reformerische Gerede, von wegen Schulbildung und Wohlfahrtspflege für die Armen. Ich für meinen Teil spende nichts. Wird doch sowieso nur alles in Branntwein umgesetzt.«

»Sie sagen es, Sie sagen es. Aber so etwas wie hier in Frankfurt gibt es bei uns im Schwabenlande nicht. Da werden die Schnapsleichen von der Straße aufgesammelt, ausgenüchtert und ins Arbeitshaus gesteckt, wo sie hingehören«, ereiferte sich der Inspektor.

Bald darauf klingelte die Dame des Hauses nach dem Dienstmädchen und ließ eine gute Flasche französischen Cognac sowie eine feine Zigarre für Herrn Brand bringen. Die angeregte Konversation zog sich bis zum Abend hin, und als um die sechste Stunde Doktor Bastian aus seiner Privatklinik nach Hause kam, wurde der nette Herr Oberinspektor von den Eheleuten Bastian höflich gebeten, doch noch zum Abendessen zu bleiben, was er auch nicht ablehnen mochte. Während des für alle Seiten höchst erquicklichen Abends erfuhr der Inspektor en passant, dass die Bastians am Abend der Ermordung von Gertrud Jäger im Komödienhaus waren, um dem Gesang der begnadeten Jenny Lind zu lauschen. Hernach sei man noch zu einem kleinen Souper im Gasthaus ›Weidenhof‹ unweit der

Hauptwache eingekehrt, wo man das Vergnügen gehabt habe, den Herrn Bürgermeister nebst Gattin höchstpersönlich anzutreffen.

Nicht, dass es dieses Alibis tatsächlich bedurft hätte, denn Oberinspektor Brand hegte auch nicht den Hauch eines Zweifels an der Integrität des vortrefflichen Ehepaars.

10

Wurden Geisteskranke im Mittelalter noch in die städtischen Gefängnistürme verbannt, wo sie in Gesellschaft von kriminellen und missratenen Kindern ein trauriges Dasein fristeten, so ließ die Stadt Frankfurt im 17. Jahrhundert eigens für ihre Unsinnigen ein Tollhaus errichten, welches in der sogenannten ›Tollgasse‹, einer stillen, wenig bewohnten Straße nahe der Meisengasse, lag.

Das Tollhaus bestand aus einem Vorder- und einem Hintergebäude, zwischen denen sich ein Garten mit einem Schuppen und Brunnen befand. Im Erdgeschoss des Vorderbaus wohnte der Narrenwärter in direkter Nachbarschaft zu den ruhigeren Patienten, die man als ›Blödsinnige‹ bezeichnete und denen es erlaubt war, sich in Haus und Garten frei zu bewegen. Die Wahnsinnigen wurden im Hinterhaus in ›Carcer‹ gesperrt, die gerade einmal sechs Quadratmeter maßen.

Da die Anzahl der Kranken die beschränkten Unterbringungsmöglichkeiten bei Weitem überstieg, erwarb das ›Kastenamt‹, dem das Tollhaus behördlich unterstand, im Jahre 1768 noch ein Nachbarhaus. Bald reichten auch diese Räumlichkeiten nicht mehr aus und sie wurden im Februar 1776 um einen Flügelbau für die Rasenden und Unruhigen erweitert. Dieses neue Gebäude bestand aus zwei Stockwerken mit insgesamt 14 Stuben. Im Erdgeschoss waren die Rasenden untergebracht. Die sieben Zellen wurden so angelegt, dass keiner der Kranken ausbrechen oder sich Schaden zufügen konnte. Die Fenster waren bis auf ein kleines Oberlicht zugemauert, in den Türen waren kleine Durchreichen für Speisen angebracht. Pritschen, mitunter auch nur Strohsäcke auf dem Boden, bildeten die Schlafstellen der Kranken.

Die Unruhigen, ›diejenigen, deren wahnsinnige Paroxysmen mit einer Neigung verbunden sind, sie umgebende Dinge zu destruieren‹, verwahrte man im ersten Stockwerk. Die Fenster der sieben Stuben waren von innen vergittert.

Durch diese Um- und Neubauten konnten insgesamt 30 bis 40 Kranke im Tollhaus Aufnahme finden.

Im Jahre 1780 wurde ›der gehäßige und abschröckende Name vom Tollhauß‹ in die Bezeichnung ›Kastenhospital‹, die Tollgasse in ›Kastenhospitalgasse‹ umgewandelt. Wegen Platzmangels musste das Kastenhospital erneut vergrößert werden, was erstmals Proteste der Anwohner zur Folge hatte, denn inzwischen hatte sich die stille Gegend um das städtische Irrenhaus zu einem belebten Wohnquartier gewandelt und den Anliegern behagte es wenig, noch mehr Geisteskranke in der Nachbarschaft zu haben.

Der Neubau mit insgesamt 24 Zimmern und einem großen Gebetssaal, in dem Gottesdienste für die Geisteskranken abgehalten wurden, bot gemeinsam mit dem Flügelbau Raum für bis zu 70 Patienten. Erstmals kam es zu einer räumlichen Trennung der Geschlechter auf verschiedene Stockwerke. Die Blödsinnigen wurden in dem der Straße zugewandten Neubau untergebracht, während die an den Innenhof grenzenden Seitenflügel weiterhin den Rasenden und Unruhigen vorbehalten blieben.

Im Jahre 1819 beschloss das Kastenamt, zusätzlich eine besondere Anstalt für Epileptiker einzurichten. Bislang waren Menschen, die an der Fallsucht litten, bei privaten Kostleuten untergebracht gewesen, die dafür vom Kastenamt ein Kostgeld erhielten. Das Amt erwarb ein Gebäude neben dem neuerbauten Kastenhospital und ließ es entsprechend herrichten. Die so entstandene ›Anstalt für Epileptische‹ konnte erstmals vier männliche und zwölf weibliche Patienten aufnehmen und verfolgte das Ziel, den Fallsüchtigen, die von ihren Kostleuten häufig schlecht behandelt worden waren, bessere Nahrung und Pflege zukommen zu lassen. Zudem bezweckte man mit dieser Unterbringung, die Anfalls-Kranken, deren Anfälle die Mitmenschen oft ängstigten, dergestalt aus den Augen der Öffentlichkeit zu entfernen. Bereits 1824 sah sich das Kastenamt wegen Überfüllung der Anstalt für Epileptische gezwungen, diese zu vergrößern. Das alte Gebäude wurde abgerissen und ein Neubau mit 25 Zimmern entstand an gleicher Stelle. Um das Kastenhospital zu entlasten, wurden bald auch Geisteskranke dort untergebracht. Anno 1834 wurden die Anstalt für Epileptische und das Kastenhospital schließlich zu einer einheitlichen Anstalt für Irre und Epileptische zusammengefasst.

Vor dieser hielt in den frühen Morgenstunden des 26. September die Polizeikutsche. Oberinspektor Brand, Alfons Klein und Max Wilde stiegen aus und näherten sich dem imposanten Portal des Städtischen Irrenhauses. Aus verschlafenen Augenschlitzen erblickte Brand die kunstvoll in Marmor gemeißelte Schrifttafel, welche, flankiert vom Frankfurter Adler, über dem Eingang angebracht war und den folgenden Wortlaut hatte: ›Zu Ehre Gottes, Heyl und Pflegung am Gemüthe kranck und elenden Personen ist dieses Castenhospital auf Kosten des Raths und der Bürgerschaft im Jahre 1783 von Grund aus neu erbauet worden.‹

Als sie durch das Portal traten und in die Halle kamen, harrte ihrer bereits ein hünenhafter Hausknecht mit muskulösen Armen und breiten Schultern, neben dem selbst der kräftig gebaute Klein und der hoch aufgeschossene Wilde klein und schmächtig wirkten, und schloss mit lautem Schlüsselgeklapper eine massive Flügeltür auf, die sich am Ende des Foyers befand.

»Halten Sie sich links bis zum Ende des Flurs. Das letzte Zimmer auf der rechten Seite ist das Büro des Verwalters. Herr Antoni und seine Frau erwarten Sie«, erläuterte er knapp, als er hinter ihnen wieder die Tür zusperrte und sich in entgegengesetzter Richtung entfernte.

Während sie den langen, weißgetünchten Flur entlanggingen, dessen Holzdielen blitzblank gebohnert waren und anheimelnd nach Bienenwachs dufteten, war den drei Beamten reichlich beklommen zumute, denn außer dass sie in der Vergangenheit gelegentlich ein paar verhaltensauffällige Individuen hier abliefern mussten, hatten sie noch nie ein Irrenhaus von innen gesehen.

Als in ihrer unmittelbaren Nähe plötzlich eine Tür aufgerissen wurde und zwei Frauen mit weißen Schürzen einen mit Essgeschirr, Kannen und Kübeln beladenen Handwagen scheppernd auf den Gang hinaus schoben, fuhren die Polizisten erschrocken zusammen.

»Morgenstund hat Gold im Mund!«, trällerte mit kindlicher Stimme eine der Frauen, die unschwer als Schwachsinnige zu erkennen war, in Richtung der irritiert dreinblickenden Gesetzeshüter. »Bei uns gibt's aber nur Haferschleim«, fügte sie hinzu und strahlte Oberinspektor Brand an. »Wer bist'n du? Willste auch e' bissche Brei?«, fragte sie treuherzig und schöpfte auch schon mit einer großen Kelle etwas gräuliche Pampe aus einer Schüssel in einen Blechnapf, den sie Brand unter die Nase hielt. Dieser schüttelte sich vor Abscheu. »Ist ja widerlich!«, zischte er und drehte angeekelt den Kopf weg.

»Lutzi, lass bloß den Herrn Gendarm in Ruhe, sonst sperrt der dich noch ins Kittchen!«, hallte plötzlich eine gestrenge, männliche Stimme vom anderen Ende des Flurs.

»Ei, ich wollt doch nur gut, Herr Antoni«, stammelte die Zurechtgewiesene verängstigt und war den Tränen nahe.

»Schluss jetzt. Mach deine Arbeit und lass die Leut in Ruh, sonst setzt's was! Margot, kümmer du dich doch mal darum, dass die endlich den Schnabel hält! Kerle, Kerle, wenn man net alles selbst macht. Aber bitte treten Sie doch näher, die Herren Gendarmen, und entschuldigen Sie den Vorfall«, richtete sich der Rufer dienstbeflissen an die Besucher. Höflich stellte sich der gedrungene, kahlköpfige Mann, der mit einem hellgrauen Arbeitskittel bekleidet war, den Kriminalbeamten als Kastenhospitalmeister Anton Antoni vor und erwähnte, dass er seinen Dienst als Verwalter des Irrenhauses seit nunmehr 18 Jahren versehe. Er bat die Ermittler in sein Büro, wo er die Herren mit seiner Gattin Elfriede bekannt machte und ihnen von einer Hausmagd Kaffee und Gebäck kredenzen ließ. Bald darauf kam Brand zur Sache und erklärte dem Hospitalmeister, dass im Falle der beiden Giftmorde, die unlängst an zwei Prostituierten verübt worden seien, davon ausgegangen werden müsse, der Mörder sei ein Geistesgestörter mit einem Hass auf Frauen. Daher sei es zum jetzigen Zeitpunkt auch unumgänglich, die Ermittlungen auf die Städtische Irrenanstalt zu konzentrieren. Ob der Vorsteher und seine Frau diesbezüglich vielleicht etwas zu vermelden oder einen Verdacht äußern könnten, fügte Brand hinzu.

»Die Fallsüchtigen und die Blödsinnigen kommen dafür nicht infrage. Die Blödsinnigen sind von Haus aus friedfertig und auch zu minderbemittelt für eine solche Tat und die Anfallskranken kann man im klassischen Sinne nicht als Irre betrachten. Und die gefährlichen, unheilbaren Fälle werden bei uns so sicher verwahrt und weggeschlossen, dass sie noch nicht einmal einer Fliege etwas zuleide tun könnten. Dafür verbürge ich mich. Die meisten dieser Irren sind seit vielen Jahren, wenn nicht gar Jahrzehnten, bei uns im Kastenhospital. Ihre Zellen sind absolut ausbruchssicher, davon können Sie sich gerne selbst überzeugen, meine Herren. Glauben Sie mir, da kann eher jemand aus dem Gefängnis ausbrechen als aus meiner Anstalt. Zum Zeitpunkt der Morde jedenfalls befanden sich alle unsere Manischen und Rasenden sicher hinter Schloss und Riegel, darauf können Sie sich verlassen! Das gilt im Übrigen auch für die Unruhigen, die ähnlich gut gesichert sind«, versicherte der Kastenhospitalmeister mit fester Stimme.

»Das glaube ich wohl. Ich mag an Ihrer fachlichen Zuverlässigkeit auch nicht zweifeln. Schließlich sind Sie ja schon 18 Jahre im Amt, ein Amt, um das ich Sie fürwahr nicht beneide, und kennen sich wahrscheinlich trefflich aus mit Irren jeglicher Art. Und darum geht es mir in der Hauptsache, ich benötige Ihren fachlichen Rat: Ist Ihnen oder Ihrer Frau Gemahlin möglicherweise ein Fall im Gedächtnis geblieben, der inzwischen wieder auf freiem Fuß ist und für die Morde in Betracht kommen könnte? Überlegen Sie in Ruhe. Sicherlich führen Sie doch eine Patientenkartei. Vielleicht hilft es ja, wenn wir diese einmal gemeinsam durchgehen.«

»Das können wir gerne machen, Herr Oberinspektor. Die Kartei der entlassenen Fälle befindet sich hier in meiner Schreibstube.« Der Aufseher begab sich zu einem Aktenschrank und öffnete ihn. Auf einer Regalebene befanden sich dicht nebeneinander Karteikästen mit ordentlich beschrifteten Karteikarten.

»Damit werden wir eine ganze Weile beschäftigt sein. Wenn Sie bitte schon einmal Platz nehmen möchten. Ich komme gleich dazu und es kann losgehen«, schlug der Hospitalmeister vor und rückte den Herren Stühle an den Aktenschrank.

»Vielen Dank, Herr Kastenhospitalmeister. Eine Bitte hätte ich noch: Es ist nicht nötig, dass wir alle drei die Karteikarten durchgehen. Wäre es möglich, dass meine Mitarbeiter in der Zwischenzeit das restliche Personal befragen?«

»Wenn Sie das wollen, bitte schön. Aber die werden Ihnen mitnichten mehr sagen können als meine Wenigkeit«, erwiderte Herr Antoni leicht eingeschnappt und bat seine Frau, die beiden Kriminalassistenten zu den Hospitalbediensteten zu begleiten.

»Es sind aber noch nicht alle da. Mein Vorgesetzter, der Herr Anstaltsarzt Doktor Varrentrapp, kommt meistens erst um die Mittagszeit, weil er am Vormittag Hausbesuche macht. Und unser Kastenamtschirurg, Doktor Kropp, ist nur an drei Nachmittagen in der Woche hier. Das Gleiche gilt auch für unseren Krankentröster und Seelsorger, Pfarrer Juch. Der kommt nur am Freitag und am Sonntag«, informierte Antoni den Inspektor.

»Gut, die können wir auch zu einem späteren Zeitpunkt noch befragen. Wie viele Wärter sind denn momentan im Dienst?«, erkundigte sich Brand.

»Meine Frau ist für den häuslichen Bereich der Anstalt zuständig. Sie hat die Aufsicht über das Wärter-Ehepaar und das andere Gesinde.« Antoni wies auf seine Gattin, eine kleine, drahtige Frau mit streng im Nacken zusammengesteckten grauen Haaren und einem stechenden Blick. Sie besann sich kurz und antwortete wie aus der Pistole geschossen.

»Da haben wir das Wärterehepaar Seeger, die ebenso wie mein Mann und ich in der Anstalt wohnen und deswegen immer im Dienst sind. Sie beaufsichtigen die Arbeit der Krankenmägde und Hausknechte im ganzen Haus. Den Tagesdienst bei den Blödsinnigen versehen diese Woche die Krankenmägde Margot Spahn und Elfriede Appel. Das sind die zwei Etagen hier im Hauptgebäude. Bei den Tobsüchtigen in den Seitenflügeln befinden sich momentan die Hausknechte Philipp Rupp und Klaus Steinhilber, und bei den Unruhigen und den Unreinlichen sind der Hausknecht Manfred Vogel und die Krankenmagd Waltraud Schneider. Bei den Fallsüchtigen führt heute der Hausknecht Robert Blum die Aufsicht. Ich schlage vor, wir gehen zuerst zu dem Wärterehepaar Seeger, die haben ihre Dienstwohnung im Dachgeschoss. Wenn Sie mir also bitte folgen wollen.« Die grauhaarige Hospitalmeisterin, gewandet in einen knöchellangen, mausgrauen Hauskittel mit einem gestärkten, blütenweißen Kragen, wandte sich energisch zur Tür, während Klein und Wilde ihr mit betretenen Gesichtern auf den Flur folgten.

Hospitalmeister Antoni nahm eine Karteikarte aus dem Kasten und erläuterte dem Inspektor, was darauf alles verzeichnet war.

»Sie sehen hier den Vor- und Zunamen des Patienten sowie Geschlecht und Geburtsdatum, falls bekannt. Des Weiteren den Geburtsort, ob ledig oder verheiratet, das Gewerbe oder den ausgeübten Beruf und die Konfession. Auf der linken Seite steht das Aufnahmedatum und auf wessen Verordnung diese erfolgt ist. Hier ist vermerkt, wer die Aufenthaltskosten in der Anstalt übernimmt und schlussendlich das Datum der Entlassung. Das große ›A‹ auf dem linken oberen Rand macht deutlich, dass es sich bei diesem entlassenen Patienten um einen Blödsinnigen handelte. Wir unterscheiden hier in vier Kategorien: ›A‹ steht für harmlosere Fälle, zumeist sind das Blödsinnige und Minderbemittelte. Zur Kategorie ›B‹ gehören die Unruhigen und die Unreinen, die ins Bett machen und gefüttert werden müssen, weil sie sonst mit den Speisen sich selbst und die Wände beschmieren würden. Dann haben wir die Kategorie ›C‹. Das sind die Maniaci, gefährliche Irre oder Rasende, die sich selbst und ihren Mitmenschen Schaden zufügen würden, wenn man sie denn ließe. Und das ›F‹ steht für die Fallsüchtigen, die in einem gesonderten Bau untergebracht sind.«

»Dann wäre es am Sinnvollsten, wenn wir uns in der Hauptsache auf die Kategorien ›B‹ und ›C‹ beschränken würden, weil es naheliegend ist, dass der Mörder als gefährlicher Irrer dieser Klientel zugeschlagen werden muss«, bemerkte Brand. »Eine Frage noch. Erinnern Sie sich an die einzelnen Fälle, wenn Sie die jeweilige Karteikarte vor Augen haben?«

»Durchaus. Ich kann behaupten, ein hervorragendes Gedächtnis zu haben, was unsere Patienten anbetrifft. Im Laufe vieler Dienstjahre eignet man sich so etwas an.«

»Dann darf ich noch einmal zusammenfassen, nach welchem Mördertyp wir suchen: Der Mörder ist gut gekleidet und entstammt wahrscheinlich den besseren Kreisen. Er kennt sich mit Giften gut aus, könnte demnach möglicherweise Arzt, Apotheker oder Chemiker sein. Nach Meinung von Doktor Hoffmann ist er hochintelligent, aber auch zutiefst gestört und hat einen Hass auf das weibliche Geschlecht, von dem er wahrscheinlich schwere Kränkungen erfahren hat. Vielleicht können Sie sich diese Gesichtspunkte vergegenwärtigen, wenn wir uns gleich die entlassenen Fälle vornehmen und dabei schon eine Vorauswahl treffen, wer von denen in den Kreis der Verdächtigen gehört.«

»Also Ärzte, Apotheker oder Chemiker hatten wir meines Wissens noch nie im Haus. Außer einem alten Kurpfuscher, der süchtig nach Laudanum war und gewindelt werden musste wie ein Säugling. Der ist aber schon lange verstorben. Wir hatten sogar mal einen ›Giftmörder‹ hier. Das war so ein armer Teufel, der seinem versoffenen Vater Rattengift in den Branntwein gemischt hat, weil der im Suff immer die Mutter und die Kinder halb tot geprügelt hat. Ist halt durchgedreht und musste drüben bei den Manischen weggesperrt werden. Doch der lebt auch nicht mehr. Wurde nach einem Jahr als geheilt entlassen und ist kurze Zeit später in den Main gesprungen. Aber warten Sie, mir kommt da ein Gedanke. Vor ungefähr zwei Jahren gab es bei uns ein sehr unerfreuliches Vorkommnis. Da hat einer der männlichen Patienten unserer damaligen Wärterin Rizinusöl unters Essen gemischt. Das ist im eigentlichen Sinne kein Gift, aber der Armen ging es entsetzlich schlecht und es kam daraufhin zu einem schlimmen Eklat. Ich erinnere mich noch genau an den Patienten, Fridolin Brack hieß der. Der wurde daraufhin vor die Tür gesetzt und das Wärterehepaar, das selbst gehörig Dreck am Stecken hatte, wie sich im Nachhinein leider erwiesen hatte, musste ebenfalls die Anstalt verlassen. Meine Frau kann Ihnen dazu bestimmt noch mehr sagen, denn die ist für das Hauspersonal verantwortlich. Aber gucken wir uns doch schon mal die Karteikarte von dem Brack an«, schlug der Verwalter vor und suchte rasch die entsprechende Karte heraus, deren Eintragungen er gemeinsam mit dem hellhörig gewordenen Inspektor durchging und dazu Erläuterungen abgab: »Also, Fridolin Brack wurde am 26. Dezember 1806 in Frankfurt am Main geboren. Er ist unverheiratet, als Gewerbe wurde hier ›Artist‹ angegeben und er ist römisch-katholisch. Er wurde am 10. April 1833 hier eingeliefert. Die Einlieferung wurde vom Hausarzt der Familie Brack, einem gewissen Doktor Vollmer, veranlasst, weil Brack sich großen Schaden zugefügt hatte – dazu werde ich Ihnen gleich noch Genaueres sagen. Herr Johann Brack, das ist der Vater, übernahm die gesamten Unterbringungskosten. Am 19. Mai 1834 wurde Brack der Anstalt verwiesen. Anhand des Buchstabens ›B‹ auf der linken oberen Seite sehen wir, dass es sich bei dem Patienten um einen Unruhigen handelte. So, jetzt werde ich Sie über die Hintergründe informieren, so sie mir noch bekannt und präsent sind: Brack war ein Invertierter, der unter dem schlimmen Wahn litt, im falschen Körper geboren worden zu sein. Das heißt, er fühlte sich mehr als Frau denn als Mann, trug im Verborgenen gerne Frauenkleider, ondulierte sich die Haare, parfümierte sich und schminkte sich das Gesicht wie eine Weibsperson. Seine Familie, die sehr wohlhabend ist, ihr gehört das bekannte Kaufhaus Knopf & Brack auf der Zeil, litt sehr unter seiner Geistesverwirrung und nachdem sie alles Erdenkliche unternommen hatte, um den Verirrten zu kurieren, ließ sie ihn schließlich fallen, nicht ohne ihm eine bescheidene Leibrente auszusetzen, damit er sein Auskommen hatte. Um die Zeit seiner Einlieferung muss Brack unter dem Künstlernamen ›Fräulein Rosalind‹ in einer Art Varieté aufgetreten sein, das in der Hauptsache von Invertierten und Perversen frequentiert wird. Abscheulicherweise verirren sich aber hin und wieder auch normal empfindende Herren dorthin, denn Brack hat einen dieser unmoralischen Lebemänner kennengelernt, für die es ein frivoles Vergnügen darstellt, sich unter Päderasten zu mischen, ohne dass sie selbst deren Abartigkeit teilen. Kurzum, Brack verliebte sich in einen dieser Herren, der ihm gegenüber wohl keinen Hehl daraus machte, dass er das weibliche Geschlecht bevorzugt, und zwar im Original und nicht als schändliches Plagiat, und zeigte sich von Bracks Annäherungsversuchen hochgradig abgestoßen. Daraufhin verfiel Brack, der dem Angebeteten mit Haut und Haaren verfallen gewesen sein muss, in eine tiefe Schwermut, die fatalerweise darin mündete, dass er in seinem Wahn versuchte, sich mithilfe eines Rasiermessers seines ohnehin verhassten männlichen Geschlechtsteiles zu entledigen. Nachdem unser Chirurg die Blutung gestillt und die Wunde genäht hatte, blieb uns nichts anderes zu tun, als den Delirierenden in die Zwangsjacke zu stecken, um ihn dadurch vor sich selbst zu schützen. Er war im Flügelbau bei den Unruhigen untergebracht. Nach zwei, drei Monaten muss sich dann sein Zustand langsam gebessert haben und er wurde, wie alle arbeitsfähigen Irren, in die tägliche Hospitalarbeit miteinbezogen. Denn außer der medizinischen und seelsorgerischen Fürsorge unserer Patienten hat sich Arbeit als das sicherste Mittel bewährt, die Irren zu zerstreuen und von der Verfolgung ihrer fixen Ideen abzuhalten. Sie ist als ein wesentliches Beförderungsmittel ihrer geistigen Gesundheit zu betrachten und erhält sie zugleich in der Ordnung des bürgerlichen Lebens. Das Kastenamt legt großen Wert auf die Beschäftigung der Geisteskranken und hat mich sogar dazu angehalten, die Irren dahingehend zur Arbeit zu ermuntern, indem ihnen dafür ›Prämien‹ in Form von Sonderrationen und andere kleine Privilegien gewährt werden. Jedenfalls war Brack von dem damaligen Wärterehepaar mit Putz- und Reinigungsarbeiten betraut worden, die er in regelmäßigem Wechsel mit anderen, arbeitsfähigen Patienten auf seiner Station zu verrichten hatte. Das schien auch gut zu funktionieren, Brack erwies sich als sehr sauber und gründlich und achtete auch sehr auf seine eigene Reinlichkeit. Im Gegensatz zu vielen anderen Irren war er immer sauber angezogen und sorgfältig gekämmt, wirkte selbst in der Anstaltskleidung immer wie aus dem Ei gepellt. Überdies war er ein bildhübscher junger Mann mit einem zarten Engelsgesicht und ausdrucksvollen, veilchenblauen Augen. Obgleich sein Äußeres und auch sein Verhalten einwandfrei waren, ließ die Wärterin, Frau Guddath, kein gutes Haar an Brack und striezte und züchtigte ihn nach Leibeskräften. Bis das schließlich meiner Frau auffiel und sie die Guddath daraufhin zur Rede stellte. Sie müssen wissen, dass es den Wärtern streng genommen gar nicht erlaubt ist, körperliche Züchtigungen der Irren nach eigenem Ermessen vorzunehmen. Boshafte Geisteskranke, bei denen die Güte nicht fruchten will, dürfen zwar disziplinarisch bestraft werden, aber nur nach Absprache des Kastenhospitalmeisters mit dem Kastenamtsarzt. Bei augenscheinlicher Bosheit oder beharrlicher Verweigerung der Arbeit ohne Grund kann der Patient auf Anordnung des Arztes für eine bestimmte Zeit auf Wasser und Brot gesetzt werden. Das ist aber auch schon das Höchste der Gefühle. Früher war das nicht ganz so streng. Da hatte auch noch der Hospitalmeister im Kastenhospital das Sagen und nicht der Arzt«, erläuterte Antoni und konnte seine Verärgerung über diese Veränderung nur schlecht verhehlen. »Aber seitdem Doktor Varrentrapp unser Anstaltsarzt ist, wird bei uns mit Züchtigungen ganz pedantisch verfahren. Wenn es nach ihm ginge, dürfte es sie überhaupt nicht mehr geben und den Irren würde nur noch Puderzucker hinten rein geblasen!«, platzte es aus dem Hospitalmeister heraus. »Seit 1829 hat mir das Kastenamt nämlich neue Instruktionen erteilt und das habe ich allein Doktor Varrentrapp zu verdanken. Ich darf keine Züchtigungen mehr verfügen und soll es auch nicht mehr dulden, dass ein Wärter oder eine Wärterin sich harte Worte oder Tätlichkeiten gegen einen Irren erlaubt, selbst wenn es unter dem Vorwand der Gegenwehr geschieht. Das muss man sich mal überlegen. Da wird man von so einem Berserker angegriffen und darf sich noch nicht einmal zur Wehr setzen. Wenn der einem eine runterhaut, soll man auch noch die andere Wange hinhalten. Die haben keine Ahnung vom Umgang mit Geisteskranken, die feinen Herren. Wie renitent die sein können und wie boshaft. Ganz egal, was die sich erlauben, wir haben sie in jedem Fall mit größter Sanftmut zu behandeln. Punkt, aus. So will es zumindest unser lieber Herr Doktor. Aber genug davon, wo waren wir stehen geblieben? Ach ja, die Wärterin Guddath hat den armen Brack ziemlich gestriezt und dafür hat er sich dann gerächt, indem er ihr Rizinusöl unters Essen gemischt hat. Daraufhin ist es zum Eklat gekommen und Brack wurde der Anstalt verwiesen.«

»Den müssen wir uns unbedingt mal vorknöpfen! Wissen Sie denn, was der heute macht? Ist Ihnen seine Anschrift bekannt?«, erkundigte sich Inspektor Brand eifrig, dessen berufliche Neugier durch Antonis Informationen über den ehemaligen Patienten Brack kaum noch zu bremsen war. Vor seinem geistigen Auge formte sich mehr und mehr das Bild eines geisteskranken Päderasten, der, weil er selbst kein richtiges Weibsbild sein konnte, alle echten Frauen hasste. Er kam aus gutem Hause, auch das passte, und war bereits wegen Panschereien aufgefallen. ›Er wirkte immer wie aus dem Ei gepellt!‹ Hatte das nicht auch dieser Gassenbengel bei seiner Zeugenaussage erwähnt?

»Das ist mir leider nicht bekannt. Aber das kann Ihnen sicher Doktor Varrentrapp sagen. Ich weiß, dass der den Brack noch eine ganze Weile nach seiner Entlassung aus der Anstalt zu Hause aufgesucht und behandelt hat.«

Der Verwalter machte schließlich den Vorschlag, noch weitere Karteikarten zu sichten. Vielleicht ließen sich unter den entlassenen Fällen weitere Verdächtige finden, was von Brand, der sich längst auf Fridolin Brack eingeschossen hatte, widerstrebend akzeptiert wurde. Während die beiden Männer noch solcherart im Trüben fischten, wurde die Tür geöffnet und Frau Antoni betrat das Zimmer.

»Ich habe Ihre Assistenten mit den Seegers bekannt gemacht. Die kümmern sich nun um die Angelegenheit und führen die Herren zu den verschiedenen Hospitalbediensteten«, wandte sie sich gleich nach ihrem Eintreffen an den Inspektor.

»Gut, dass du da bist, Elfriede. Du kannst dich doch bestimmt noch an den Brack erinnern, dieses weibische Bürschchen, das der Guddath damals das Rizinusöl untergemischt hat?«, richtete sich Antoni an seine Ehefrau.

»Ach, diese Geschichte. Und ob ich mich an den erinnern kann. Mich hat es von Anfang an gegraust vor diesem Abartigen. Sah zwar aus wie der reinste Unschuldsengel, dieses Milchbübchen, und hat immer so artig gegrüßt mit seinem glockenhellen Stimmchen, wenn ich meinen Kontrollgang über die Station gemacht habe, aber ich konnte den nie ausstehen, diesen Fetischisten! Und wie man im Nachhinein gesehen hat, hat der es faustdick hinter den Ohren gehabt. Doch die Wärterin Guddath war auch ein ganz schönes Aas«, schwadronierte die Hospitalmeisterin und Brand konnte sich des Eindrucks nicht erwehren, dass sie dabei ganz in ihrem Element war.

»Na ja, das war schon eine schlimme Geschichte, was damals passiert ist. Der Herr Doktor war entsetzt darüber und hat gleich dem Kastenamt Meldung erstattet. Und das ist dann natürlich auch wieder auf uns zurückgefallen. Wo wir doch vom Kastenamt ausdrücklich angewiesen sind, besonders darauf zu achten, dass die Wärter einen sittsamen Lebenswandel führen«, fuhr sie mit gesenkter Stimme fort und schlug verschämt die Augen nieder. Als der Inspektor sie daraufhin begriffsstutzig anschaute, rückte sie schließlich, auf einmal erstaunlich kleinlaut, mit der Wahrheit raus: »Es geht mir immer wieder sehr schwer über die Lippen, weil sich das ein gesund empfindender, gottesfürchtiger Mensch eigentlich gar nicht vorstellen kann und weil es halt auch eine große Schande für unsere Anstalt war, aber die beiden hatten was miteinander.«

»Wer, die Wärterin Guddath und der Brack? Wie soll denn das vor sich gegangen sein, wo der doch Päderast ist?«, erwiderte Brand erstaunt.

»Nein, nicht *die* Guddath! Ihr Mann! Der *Peter* Guddath hatte ein Techtelmechtel mit dem Brack! Ich muss mich hinsetzen. Anton, bring mir bitte schnell ein Glas Wasser. Mir wird jedes Mal übel, wenn ich nur daran denke«, keuchte Frau Antoni und war tatsächlich etwas bleich um die Nase geworden. Selbst dem Inspektor fehlten ob dieser schockierenden Eröffnung für kurze Zeit die Worte und er musste schwer schlucken, fasste sich aber nachgerade.

»Erzählen Sie mir bitte ganz genau, was sich damals ereignet hat und genieren Sie sich nicht. Es handelt sich hier um eine wichtige polizeiliche Ermittlung und alles, was Sie uns verschweigen, könnte schlimme Folgen haben«, raunzte Brand bedrohlich und fixierte die Hospitalmeisterin mit unbeugsamem Blick.

»Für meinen Mann und mich, und auch für das Wärter-Ehepaar, das ja genauso wie wir hier in der Anstalt lebt, gelten strenge Vorschriften. Größten Wert wird auf einen sittsamen Lebenswandel gelegt. Es ist uns nicht erlaubt, über Nacht auszubleiben, wir haben uns des Tabakrauchens zu enthalten und weder durch Trunksucht noch durch andere Laster wie Koketterie, Zanksucht, Fluchen oder Glücksspiel den Kranken ein übles Beispiel abzugeben. Na ja, die Guddaths haben eigentlich kaum eine dieser Vorschriften eingehalten, im Gegenteil, sie haben sich noch schlimmerer Verstöße schuldig gemacht. Die sind ein- und ausgegangen, wie es ihnen beliebte. Nicht selten auch während ihrer Dienstzeiten. Und dann ist ruchbar geworden, dass der Guddath mit dem Brack am späten Abend regelmäßig ins Wirtshaus gegangen ist. Die beiden waren oft stundenlang weg und dadurch blieben manchmal ganze Stationen ohne Aufsicht. Unserem Hausknecht, Klaus Steinhilber, das ist der Mann, der Sie am Eingang empfangen hat, ist das schließlich aufgefallen und er hat es uns gemeldet. Sie müssen wissen, dass Steinhilber ein sehr zuverlässiger Mann ist, der schon lange hier im Hause ist und sich vor keiner Arbeit drückt. Jedenfalls habe ich den Guddath daraufhin zur Rede gestellt. Der hat nur rumgedruckst und versucht, sich rauszuwinden. Von wegen, dass er mit dem Brack nur deswegen ins Wirtshaus gegangen wäre, weil der so großen Durst gehabt und er den Patienten ja schlecht ohne Aufsicht hätte lassen können. Ich habe den Guddath wegen dieser Vergehen auf Schärfste verwarnt und ihm damit gedroht, dass ich im Falle, wenn so etwas wieder vorkommt, umgehend den Kastenamtsarzt darüber in Kenntnis setzen würde. Der

Guddath hat mir das Blaue vom Himmel versprochen, dass er so was nicht mehr machen wird, und hat versucht, mir Honig ums Maul zu schmieren, der alte Schlawiner. Aber ich habe dem Braten nicht so ganz getraut und dem Steinhilber ans Herz gelegt, auf den Guddath weiterhin ein wachsames Auge zu haben. Und dann kam alles Knall auf Fall: Die Guddath war immer häufiger unpässlich und musste das Bett hüten. So hatten die zwei perversen Mannsbilder die beste Gelegenheit, ungestört ihrem abscheulichen Laster nachgehen zu können. Der Steinhilber hat sich darüber gewundert, warum der Guddath immer so lange in Bracks Kammer geblieben ist und dass die Tür immer abgeschlossen war, wie das auch Vorschrift bei den Unruhigen ist. Aber kein Wärter bleibt so lange bei einem Irren im Zimmer und schließt von innen die Tür ab. Und als das wieder mal so war, hat der Steinhilber meinen Mann und mich verständigt und wir haben uns Zugang zu Bracks Zelle verschafft. Bitte ersparen Sie es mir, Ihnen das Bild zu schildern, das sich uns dort geboten hat. Es war einfach viehisch!« Elfriede Antoni kramte unter ihrem Dienstkittel hastig ein Riechfläschchen hervor und hielt es sich unter die Nase. Ein starker Kampfergeruch lag im Raum.

»Sie haben also die beiden beim Geschlechtsakt angetroffen?«, erkundigte sich Brand ungerührt. Anstelle einer Antwort konnte Frau Elfriede nur noch aufstöhnen.

»Herr Inspektor, jetzt schonen Sie bitte meine Frau. Sie sehen doch, dass es ihr schlecht geht«, richtete sich der Hospitalmeister ungehalten an den Inspektor und entschied sich schließlich, im Namen seiner Gattin zu antworten: »Wenn Sie es genau wissen wollen: Der Brack hatte dem Guddath seinen Schwengel bis zum Anschlag im Mund! – So, und jetzt reicht's mir! Man hat ja hier bei uns in der Anstalt weiß Gott genug Scheußlichkeiten gesehen. Aber das war bei Weitem das Widerwärtigste, was ich je erblickt habe, das dürfen Sie mir glauben.« Herr Antoni wischte sich mit einem großen, weißen Sacktuch die Schweißperlen von der Stirn und schnaubte vernehmlich.

»Das ist harter Tobak, das muss ich schon sagen«, bemerkte Brand und verzog angewidert das Gesicht. »Seien Sie versichert: Ihre Offenheit, auch wenn es Ihnen verständlicherweise schwer gefallen ist, hat uns ein ganzes Stück weitergebracht. Liebe Frau Antoni, hatten Sie nicht vorhin beiläufig erwähnt, dieser Brack hätte so eine helle Stimme gehabt?«

»Ja, der hat immer so hell gelispelt wie ein Mädchen. Und sein ganzes Getue war so, so – weibisch und affektiert, wie man es denen vom anderen Ufer ja auch nachsagt. Ich hab mich vor dem jedenfalls mehr geekelt als vor allen unseren Windelträgern zusammen.« Frau Antoni schien sich zwischenzeitlich erholt zu haben und verfiel wieder in ihre alte Redseligkeit. »Der war mir sogar noch mehr zuwider als unser Zoophiler, der drüben im Seitenflügel weggesperrt ist. Das ist einer, der sich daheim immer mit seinen Haustieren vergnügt hat. Na ja, bei uns ist halt alles vertreten, müssen Sie wissen. Aber so was, wie der Brack. Grauenhaft. Und diese Guddaths, das war vielleicht eine Bagage, sag ich Ihnen! Was da noch alles an den Tag getreten ist. Die Guddath hatte noch drüben im Westend eine Putzstelle, für die sie kassiert hat. Hat sich hier während ihrer Dienstzeit heimlich verdrückt. Die hatte auch ein ganz freches Mundwerk, vulgär wie ein Gassenmensch, und hat es uns gegenüber, wo wir doch ihre Vorgesetzte waren, mehr als einmal am schuldigen Respekt mangeln lassen. Mit den Irren ist sie immer ziemlich grob umgesprungen und dafür wurde sie auch von Doktor Varrentrapp ein paarmal gerügt. Hat laut und unflätig mit denen geschimpft und unanständige Worte gegen sie verwendet. Das hat der Doktor einmal mitgekriegt und der Guddath daraufhin eine ordentliche Strafpredigt gehalten. Doch das hat bei der alles nichts gefruchtet. Arbeit, die ihr nicht gepasst hat, hat sie immer gerne den Kranken aufgebürdet. Das haben mir verschiedene Krankenmägde und Hausknechte bestätigt. Die mochten sie alle nicht und waren letztendlich froh, dass sie weg ist. Von dem schmutzigen Verhältnis ihres Mannes mit dem Brack muss sie etwas geahnt haben und hat den Brack deswegen ganz schön drangsaliert. Und der hat sich dafür gerächt und ihr ein Abführmittel untergejubelt. Nicht wenige von unserem Anstaltspersonal haben sich darüber gehörig mokiert und manch einer hat für sich gedacht, dass ihr das ganz recht geschieht, diesem Aas!«

»Gegen wen eifern Sie denn nur wieder, meine Liebe? Denken Sie doch bitte an Ihre Galle.« In der Tür stand ein distinguiert aussehender älterer Herr mit Gehrock und Zylinder und bedachte die Anwesenden, vor allem Frau Antoni, mit einem ironischen Lächeln.

»Sie sind ja schon da, Herr Doktor! Wir hatten Sie eigentlich erst um die Mittagszeit erwartet«, richtete der Kastenhospitalmeister erstaunt das Wort an seinen Vorgesetzten und stellte ihn dem Inspektor als den Anstaltsarzt, Johann Konrad Varrentrapp, vor.

»Enchanté, Herr Oberinspektor«, grüßte der Kastenamtsarzt weltmännisch. »Mir wurde Ihr Erscheinen ja seitens des Kastenamts angekündigt und da wollte ich Sie nicht zu lange warten lassen. Obgleich ich davon ausgehe, dass meine Mitarbeiter Sie gewiss ausführlich informiert haben«, bemerkte er mit leichtem Spott. »Nun, was kann ich noch für Sie tun?«

»Ihnen ist bekannt, warum wir unsere polizeilichen Ermittlungen momentan auf die Anstalt für Irre und Epileptische konzentrieren?«, erkundigte sich Brand, dem der elegante, gepflegt wirkende Irrenarzt irgendwie nicht ganz geheuer war, in amtlichem Tonfall.

»Wie mir vom Kastenamt sowie von meinem alten Freund und Vereinsbruder Heinrich Hoffmann mitgeteilt wurde, erhoffen Sie sich, hier bei uns aufschlussreiche Hinweise auf einen geistesgestörten Giftmörder zu finden.«

Aha, von daher weht der Wind! Ein Spezi von Hoffmann also und von dem bereits entsprechend präpariert. Auch so ein reformerischer Freigeist, der sich den Anstrich von Gutbürgerlichkeit gibt, ging es dem Inspektor bei Varrentrapps Worten durch den Sinn.

»So ist es. Und wie sich erwiesen hat, sind wir dabei auch schon auf eine verheißungsvolle Spur gestoßen«, entgegnete Brand mit unverhohlener Genugtuung.

»Was soll denn das heißen? Wollen Sie mir jetzt etwa erzählen, Sie hätten unter meinen Patienten den vermeintlichen ›Dienstmädchen-Mörder‹ ausgemacht? Mit Verlaub, aber das erscheint mir jetzt doch ein wenig aus dem Ärmel geschüttelt. Lassen Sie uns doch in mein Sprechzimmer gehen, dort können wir uns ungestört unterhalten«, schlug der Anstaltsarzt mit kühler Höflichkeit vor und streifte das Ehepaar Antoni, anhand deren betretener Mienen ihm nichts Gutes schwante, mit indigniertem Blick. Sichtlich verlegen wandte sich Herr Antoni daraufhin wieder den Karteikarten zu, während seine Gattin Elfriede sich bemüßigt fühlte, dem Kastenamtsarzt eine Erklärung abzugeben: »Wir haben mit dem Herrn Polizeiinspektor über diesen Invertierten, Fridolin Brack, gesprochen, weil der Herr Inspektor wissen wollte, ob es bei den entlassenen Fällen vielleicht einen gegeben hätte, der Frauen nicht mag und schon mal was mit Gift zu tun hatte. Und da ist uns halt der Brack eingefallen, weil der der Wärterin Guddath damals was unters Essen gemischt hat«, äußerte Frau Antoni beschämt und trotzig zugleich.

»Fridolin Brack war aber kein Frauenhasser! Ein transsexueller Mann wie Herr Brack muss nicht zwangsläufig ein Frauenfeind sein. Sie sollten es besser wissen, warum der arme Kerl der Wärterin Guddath das Abführmittel verabreicht hat! Der hatte eine Abneigung gegen diese Person, weil sie ihn immerzu gequält hat, und wollte ihr im wahrsten Sinne des Wortes einen reinrühren. Überdies handelte es sich dabei nur um harmloses Rizinusöl und keineswegs um ein gefährliches Gift! Außerdem hegten auch Sie, meine Liebe, eine tiefe Abneigung gegen Frau Guddath, und konnten seinerzeit ihre Schadenfreude über diesen Schabernack nur schwer verhehlen«, entgegnete der Arzt.

»Das war ein ganz schönes Luder, diese Guddath. Mit der war auch kein Auskommen!«, empörte sich Frau Antoni.

»Das Gleiche hat Frau Guddath übrigens auch über Sie gesagt!«, konterte Doktor Varrentrapp.

»Was untersteht die sich, diese Kanaille. Und so einer schenken Sie Glauben? Mir hat in all den Jahren jedenfalls noch niemand am Zeug flicken können.«

»Nun, Frau Guddath hat dem Kastenamt und mir gegenüber geäußert, dass man Ihnen niemals etwas recht machen könne, dass Sie das ganze Personal gegen sie aufgehetzt und sie vor versammelter Mannschaft abgekanzelt und ›Lumpenpack‹ gescholten hätten, was nicht gerade die feine englische Art war!«, fuhr der Arzt ihr übers Maul und verließ daraufhin grußlos, in Begleitung von Inspektor Brand, das Büro des Kastenhospitalmeisters.

Später, in seinem Sprechzimmer, bei einem Gespräch unter vier Augen, erklärte Doktor Varrentrapp dem Inspektor noch einmal in aller Eindringlichkeit, dass er Fridolin Brack auf keinen Fall für den möglichen Giftmörder hielt: »Vergessen Sie es. Der war es nicht. Glauben Sie mir, da hat Ihnen jemand einen Floh ins Ohr gesetzt. Ich möchte nur ungern etwas Nachteiliges über meine Mitarbeiter sagen. Herr Antoni ist aufgrund seiner kaufmännischen Vorkenntnisse ein ausgezeichneter Verwalter und seiner Frau ist es zu verdanken, dass sich die ehemals sehr unzureichenden hygienischen Bedingungen innerhalb der Anstalt deutlich gebessert haben und dass es jetzt überall blitzsauber ist, doch von der fachgerechten Behandlung Geisteskranker verstehen sie recht wenig. Das gilt im Übrigen auch für unser gesamtes Personal. Aber es ist in den heutigen Zeiten nun einmal schwierig, wenn nicht gar unmöglich, ein fachlich gut ausgebildetes Wärterpersonal für die Pflege seelisch Kranker zu bekommen. Ich betreue diese Anstalt als vorstehender Arzt seit dem Jahre 1814 und ich habe in dieser Zeit schon unzählige Krankenwärter vor die Tür setzen müssen, weil sie den uns anvertrauten Pfleglingen das Essen vorenthielten, um es selbst zu vertilgen, weil sie die armen Unglücklichen schlugen und misshandelten oder sie aufs Übelste beschimpften. Damit nicht genug kam es immer wieder vor, dass Wärter mit den ohnehin geplagten und von Anfechtungen gepeinigten Geschöpfen auch noch Unzucht trieben. Einmal musste ich sogar einen Candidatus theologiae entlassen, der vom Kastenamt eigens dafür eingestellt war, den kranken Seelen Trost und Zuspruch zu spenden. Stattdessen hat dieser Mann der Kirche eine Patientin mit einem Rohrstock gezüchtigt, weil sich die Unsinnige in ihrer geistigen Umnachtung geweigert hatte, zum Beten niederzuknien. Ich tue mein Bestes, versuche, während der Mahlzeiten anwesend zu sein, um darauf zu achten, dass unsere Unglücklichen ordentlich ernährt werden, lege unserem Personal ans Herz, den Geisteskranken immer freundlich und liebreich zu begegnen, weil man anders keinen Zugang zu ihnen bekommt, doch man fühlt sich dabei immer wie der Rufer in der Wüste. Bitte verzeihen Sie diesen kleinen Exkurs, aber ich wollte Ihnen damit nur klarmachen, was Sie vom fachlichen Urteil eines Krankenaufsehers in Bezug auf einen ehemaligen Patienten zu halten haben. Ich, der ich mit dem Fall Brack Jahrelang betraut war, weil ich den jungen Mann auch nach seiner Entlassung aus der Anstalt noch ambulant behandelt habe, kann Ihnen versichern, dass Fridolin Brack für die Morde an den beiden Dienstmädchen ganz gewiss nicht infrage kommt.«

»Wie können Sie da so sicher sein?«, fragte Brand skeptisch. »Irre genug war er doch dafür!«

»Eben nicht. Fridolin Brack war kein Wahnsinniger und er litt auch nicht an närrischen Paroxysmen oder manischen Zuständen«, widersprach Doktor Varrentrapp.

»Wenn das nicht hochgradig närrisch ist, als Mann in Frauenkleidern herumzulaufen und sich zu kastrieren, dann weiß ich's nicht!«, versetzte der Inspektor aufgebracht. »Außerdem war er ja auch bei den schweren Fällen im Seitenflügel untergebracht, wie mich der Herr Hospitalmeister wissen ließ, also kann er doch so harmlos, wie Sie mir glauben machen wollen, gar nicht gewesen sein.«

»Der unglückselige junge Mann war seines Lebens überdrüssig und musste davor bewahrt werden, sich selbst Schaden zuzufügen. Aber das interessiert Sie alles gar nicht. Sie brauchen einen Täter und glauben, ihn in Brack gefunden zu haben. Aber Sie täuschen sich. Brack ist viel zu gutartig, um derart grausame Giftmorde zu begehen«, versuchte Varrentrapp seine Überzeugungsarbeit fortzusetzen, obgleich er sehr wohl merkte, dass er bei dem vernagelten Oberinspektor nur auf taube Ohren traf.

»Davon möchte ich mir selbst ein Bild machen und benötige deshalb die Anschrift von diesem Brack. Teilen Sie mir diese sogleich mit und Sie sind mich umgehend los. Auf Ihre fachlichen Ausführungen kann ich vorerst verzichten«, erwiderte Brand barsch, nicht mehr länger darum bemüht, eine gute Miene zu machen.

»Ich kenne die Adresse nicht. Es ist schon einige Zeit her seit meinem letzten Hausbesuch und Brack ist in der Zwischenzeit umgezogen«, beschied ihn der Anstaltsarzt abweisend.

»Nennen Sie mir jetzt gefälligst die Anschrift von Brack, oder ich lasse Sie wegen Behinderung der Ermittlungen auf der Stelle arretieren!« Der Inspektor bebte vor Wut und wischte sich fahrig über die Stirn.

»Es wird Zeit für das nächste Gläschen, nicht wahr? Müssen Sie schon morgens Ihr Pensum trinken, um ruhige Hände zu kriegen? Krabbelt und huscht es denn manchmal an den Wänden? Es wird Zeit, dass Sie entgiften und zum Temperenzler werden, sonst ereilt Sie bald der Säuferwahn und Sie landen hier im Irrenhaus!« Doktor Varrentrapp fixierte Brand plötzlich mit dem besorgten Blick des erfahrenen Arztes, der frei von jeder Böswilligkeit war und der Inspektor kam sich auf einmal vor wie ein kleiner Junge mit heruntergelassenen Hosen. Ihm brach der kalte Schweiß aus und er begann, stoßweise zu atmen. Doktor Varrentrapp öffnete die obersten Knöpfe von Brands engem Stehkragen, injizierte ihm eine schwache Bromlösung in den Arm. Er redete beruhigend auf den Inspektor ein, der unversehens zu seinem Patienten geworden war, legte ihm nahe, im Lauf des Tages keinen Alkohol mehr zu trinken und versprach ihm voll väterlicher Güte, ihn am Abend aufzusuchen und ihm beizustehen. Brand fing an zu heulen wie ein Schlosshund und stammelte, wie einsam er sich hier in Frankfurt fühle und dass es keine Frau länger mit ihm aushalte. Der Doktor sprach mit ihm wie mit einem kranken Pferd und als es Brand wieder besser ging und sich dieser, um einiges höflicher, erneut nach der Anschrift von Fridolin Brack erkundigte, schlug ihm der Arzt vor, er werde ihm am Abend, wenn er nach ihm schauen komme, Bracks Adresse mitteilen, dann könnten sie am morgigen Tag gemeinsam dort vorstellig werden. Es sei ohnehin besser, wenn er als Vertrauensperson des Patienten bei der Befragung zugegen sei. Brand willigte ein und machte sich zum Aufbruch bereit. Als er schon an der Tür stand, erkundigte er sich mit noch leicht benommener Stimme, welchem Verein Doktor Varrentrapp, gemeinsam mit Doktor Hoffmann, denn angehörte.

»Der sogenannten ›Gesellschaft der Tutti-Frutti und ihre Bäder am Ganges‹. Heinrich Hoffmann hat sie gegründet, das ist eine Liebhaberei von ihm. Ebenso, solcherart Vereinigungen absurde, spaßige Namen zu geben. Der Gesellschaft der Tutti-Frutti gehören die berühmtesten Künstler, Schriftsteller und Gelehrte der Stadt Frankfurt an. Viele der Mitglieder haben ellenlange, hochtrabende Titel. Um das zu umgehen, muss sich jedes Mitglied den Namen einer Frucht zulegen, mit dem er fortan angeredet wird. Ich bin die Himbeere, Heinrich Hoffmann nennt sich Mirabelle. Möchten Sie auch beitreten, mein Guter?«

Um die Mittagszeit verließen die drei Polizeibeamten die Anstalt für Irre und Epileptische in der Kastenhospitalgasse und fuhren in Richtung Hauptwache. Der Oberinspektor war recht schweigsam und schien intensiv nachzudenken. Nur mit einem Ohr folgte er dem Rapport seiner Mitarbeiter zu den Befragungen des Anstaltspersonals, die allesamt keine bedeutenden Anhaltspunkte ergeben hatten.

Anfangs noch etwas verhalten, berichtete er seinen Assistenten schließlich von dem Fall Brack. Färbte ein, hob hervor, bog zurecht und am Ende waren die beiden jungen Beamten regelrecht verblüfft und genauso wie Brand der Meinung, dass der invertierte Franz Brack hochgradig verdächtig war. Während sie vor der Hauptwache vorfuhren, warf der Inspektor einen Blick auf seine Taschenuhr und erteilte Wilde die Anweisung, das Kaufhaus Brack auf der Zeil aufzusuchen, um sich bei dem Inhaber, Johann Brack, nach der Anschrift seines Sohnes zu erkundigen. Anschließend könne er Mittagspause machen und man werde sich um drei Uhr wieder auf der Wache treffen, um die weitere Vorgehensweise zu besprechen.

Als Wilde außer Hörweite war, klopfte der Inspektor Alfons Klein jovial auf die Schulter und bemerkte, nach diesem anstrengenden Vormittag hätten sie sich doch eigentlich einen guten Schoppen verdient, und so machten sich die beiden Männer in aufgeräumter Stimmung auf den Weg zum nahegelegenen Gasthaus ›Weidenhof‹.

Nachdem Brand seinen ersten Krug Bier geleert und sich seine Pfeife angezündet hatte, ließ er sich höhnisch über Doktor Varrentrapp aus: »Dass Irrenärzte einen Hau haben, ist ja hinlänglich bekannt, aber dieser Doktor Varrentrapp bricht alle Rekorde. Stell dir vor, er nennt sich ›Himbeere‹ und gehört einem ganz illustren Verein an, der sich die

›Gesellschaft der Tutti-Frutti und ihre Bäder am Ganges‹ nennt.« Klein brach daraufhin in blökendes Gelächter aus, in das Brand einstimmte und die beiden Gendarmen lachten, von den übrigen Gästen des Lokals mit irritierten Blicken bedacht, bis ihnen das Zwerchfell bebte und die Tränen kamen. Als sie sich wieder beruhigt hatten, tauschten sich die beiden Männer weiter über ihren Besuch im Irrenhaus aus. Klein berichtete von dem Wärter, Klaus Steinhilber, und konnte dabei seine Bewunderung für den Hünen kaum verhehlen: »Der hat seine Kundschaft jedenfalls im Griff, das muss man ihm lassen. Der lässt sich von diesen Tollen nicht auf der Nase rumtanzen. Wenn einer von denen renitent wird und anfängt zu kreischen, macht der gleich kurze Fuffzehn mit denen. Dann packt er sie am Wickel und sperrt sie in so einen Kasten und da bleiben sie dann drin, bis sie wieder Ruhe geben. Das ist so ein Stuhl mit dicken Brettern und Eisenverschlägen drum und oben sind noch ein paar Luftlöcher drin. Heißt ›Narrenstuhl‹, das Ding. Davon haben die einige bei sich rumstehen. Sind ganz gut, diese Dinger, davon könnten wir auch ein paar gebrauchen. Wenn wieder einer ausfallend wird, dann heißt es ›ab dafür!‹. Klappe zu, Affe tot, und Ruh ist!«, grölte Klein begeistert und erwähnte, dass er sich demnächst mit Steinhilber einmal treffen werde. Steinhilber wohne drüben in Sachsenhausen und da wollten sie zum Sonntag hin mal eine Kneipentour unternehmen. »So ein Mannsbild wie der könnte uns in der Hauptwache gute Dienste tun! Der wär eher zu was nutze als unser Herr ›Neunmalklug Wilde‹, der einem mit seiner Besserwisserei nur auf den Senkel geht. Wenn wir den Steinhilber bei uns hätten, das würd schon was her machen. Bei so einem Kleiderschrank riskiert nämlich so leicht keiner von dem Gaunerpack eine dicke Lippe«, ereiferte sich Klein ingrimmig und nahm einen tiefen Schluck von seinem dritten Bier, um mit seinem Vorgesetzten, der bereits derer fünf getrunken hatte, halbwegs mithalten zu können.

Nachdem sich die beiden Gendarmen solcherart noch ein wenig gestärkt und sich verschiedentlich über Insassen und Bedienstete der städtischen Irrenanstalt lustig gemacht hatten, beschlossen sie, dass es allmählich an der Zeit war, zur Hauptwache zurückzukehren, denn für den heutigen Nachmittag, so verkündete Brand unterwegs aufgekratzt, stünde ihnen ja womöglich noch eine wichtige Arretierung ins Haus.

11

Fridolin Brack, von der Natur mit einem schlanken, fragilen Körper, einem porzellanhaften Teint und feinen Gesichtszügen bedacht, hatte sich von klein auf als Mädchen gefühlt. Er spielte mit den Puppen seiner Schwestern und hätte gerne Rüschenkleider getragen, was ihm jedoch von gestrengen Gouvernanten und wenig einfühlsamen Eltern nicht gestattet wurde. So begann sein Leidensweg, ihn immer wieder gewaltsam in eine Form pressen zu wollen, die ihm einfach nicht entsprach, schon sehr früh. Bei aller Drangsal, der er sich zeitlebens ausgesetzt sah, war er dennoch seiner tiefen Überzeugung treu geblieben, von seiner wahren Bestimmung her ein weibliches Wesen zu sein, auch wenn ihn ein grausamer Irrtum der Schöpfung mit dem falschen Geschlecht ausgestattet hatte.

Als seine immerzu auf Prestige bedachte großbürgerliche Familie den schandbaren wie unverbesserlichen Sprössling im jungen Erwachsenenalter schließlich fallen ließ, glaubte Fridolin, nun endlich seine eigentliche Natur frei von jeglicher Gängelung ausleben zu können. Er trug Damenkleider, schminkte und frisierte sich wie eine Frau und legte sich den weiblichen Vornamen Rosalind zu.

So kam es, dass Fräulein Rosalind in duftigen, pastellfarbenen Spitzenkleidern durch die sommerlichen Parkanlagen flanierte, in den zierlichen, behandschuhten Händen kokett einen Sonnenschirm haltend. Mit ihren feenhaften Gesichtszügen, der zarten Gestalt, dem graziösen Gang war Rosalind ein Ausbund an Liebreiz und mit Abstand eines der hübschesten Mädchen, darin waren sich ihre zahlreichen Bewunderer einig, das jemals in den Frankfurter Promenaden gesichtet wurde. Daher mangelte es auch nicht an Herren, die ihr den Hof machten. Es kam zu ersten Rendezvous mit zärtlichen Annäherungsversuchen. Doch mochten sich die Herren Verehrer auf Dauer nicht mit verliebten Tändeleien begnügen und begaben sich, entfacht von der Leidenschaft, auf engere Tuchfühlung – was für Rosalind durchweg tragisch endete. Nicht selten wurde sie danach von einem sich geprellt fühlenden Galan aufs Schmählichste beschimpft, mitunter sogar grün und blau geprügelt. Eines Tages ereignete es sich gar, dass sie während eines sonntäglichen Spaziergangs durch die Promenaden, auf Hinweis eines ehemaligen Liebhabers, von der Polizei verhaftet und unter großem Aufsehen abgeführt wurde. Die Gesetzeshüter bezichtigten sie, als Transvestit in den Anlagen auf Kundenfang zu gehen. Rosalind alias Fridolin verbüßte daraufhin eine Haftstrafe von zehn Monaten. Vor dem Auge des Gesetzes galt Fridolin Brack offiziell als homosexuell, das Wort ›Homosexualität‹ war im Jahre 1809 erstmals öffentlich verwendet worden. Im Volksmund aber pflegte man Homosexuelle weiterhin als Päderasten oder Invertierte zu bezeichnen, wobei das bei Weitem noch die harmlosesten Begriffe darstellten. Von Gefängniswärtern und anderen Gefangenen in der Hauptwache bekam der junge Fridolin Brack noch ganz andere Wörter zu hören. Musste aufgrund seiner Andersartigkeit die unflätigsten Beschimpfungen über sich ergehen lassen, wurde mit den widerwärtigsten Arbeiten betraut und grausam gepeinigt und missbraucht.

Die breite Masse der Bevölkerung hasste die Homosexuellen. Nicht selten kam es vor, dass vermeintliche Homosexuelle vom Pöbel halb totgeschlagen wurden. Strichjungen und Transvestiten lebten gefährlich. Wer allzu offen auf Kundenfang ging, wurde mit Gefängnishaft bis zu zwei Jahren bestraft. Seit dem Jahre 1834 war die Frankfurter Gendarmerie dazu übergegangen, an den Treffpunkten von Homosexuellen scharfe Razzien zu veranstalten, denn Homosexualität an sich war strafbar und wurde mit schwerer Kerkerhaft geahndet.

Da half es wenig, dass der so beschuldigte Fridolin Brack immer wieder verzweifelt beteuerte, er sei nicht homosexuell. Er sei von seiner wahren Natur her eine Frau und er empfinde auch so. Da sei es doch ganz natürlich, dass er sich zu Männern hingezogen fühle, was wiederum nur für Spott und weitere Beschimpfungen sorgte. Die für ihn so verhasste, weil unzutreffende Etikettierung ›homosexuell‹ wurde Fridolin Brack sein ganzes Leben lang nicht los.

Nach ihrer Haftstrafe und den schlimmen Erfahrungen mit den sogenannten ›normal empfindenden‹ Männern wandte sich das traumatisierte Fräulein Rosalind mehr und mehr Frankfurts geheimen homoerotischen Zirkeln zu, darauf hoffend, in der Gemeinschaft von Andersartigen vielleicht Akzeptanz zu finden.

Was sich anfänglich auch zu erfüllen schien. Die grazile Schönheit wurde bald von allen Seiten umschmeichelt und hofiert und trat schließlich unter dem Künstlernamen ›Fräulein Rosalind‹ als gefeierte Soubrette auf. Sie wurde mit galanten Anträgen förmlich überhäuft und hatte in dieser Zeit auch einige Amouren mit homosexuellen Männern, die für Rosalind allerdings wenig befriedigend waren. Zwar kam es während dieser Intimitäten nicht zum üblichen Eklat, im Gegenteil, ihr männliches Accessoire, das von Rosalind selbst immer als störend und überflüssig empfunden wurde, erfuhr seitens ihrer Liebhaber stets rege Beachtung. Mehr Beachtung, als ihr lieb war, ersehnte sie es doch nach wie vor, einzig als Frau betrachtet zu werden. Mit der Weiblichkeit indes hatten die dem eigenen Geschlecht zugetanen Herren wenig am Hut. So konzentrierte sich Rosalind wieder mehr auf Frauenliebhaber und verliebte sich schließlich in einen jungen Künstler, der, obgleich er nicht homosexuell war, dennoch gelegentlich deren Lokalitäten aufsuchte. Die Affäre endete in einem unheilvollen Fiasko, welches das liebende Fräulein Rosalind bis auf ihre Grundfesten erschütterte und sie zu der verhängnisvollen Verzweiflungstat bewog, der sie schließlich ihre Einlieferung ins Irrenhaus verdankte.

Seit ihrer Entlassung aus der Anstalt für Irre und Epileptische war Rosalind sehr vorsichtig geworden. Die inzwischen 30-jährige hatte große Angst vor weiteren Enttäuschungen und Schicksalsschlägen, von denen sie mehr als genug hatte hinnehmen müssen und versuchte, ein unauffälliges Leben zu führen und in keiner Weise anzuecken. Sie lebte sehr zurückgezogen und außer einer lieben Freundin und Vertrauten, einem alleinstehenden Fräulein, das als Bibliothekarin in der Stadtbibliothek arbeitete, hatte sie keine gesellschaftlichen Kontakte. Angeregt von ihrer Bekannten, vertiefte sich Rosalind in ihrer Freizeit in Studien über Hermaphroditen in den Mythen der alten Völker, was ihr große Freude bereitete und ihr Trost spendete. Nach außen hin spielte sie die Rolle des Fridolin Brack, eines zierlichen jungen Mannes mit engelhaften Gesichtszügen und streng gescheitelten blonden Haaren, der großen Wert auf korrekte Kleidung legte. Unlängst hatte sie eine Stellung als Kellner in dem beliebten Ausflugslokal ›Mainlust‹ angenommen, wo sie von Vorgesetzten und Kollegen wegen ihrer Zuverlässigkeit und Hilfsbereitschaft gleichermaßen geschätzt wurde.

Nur zu Hause in ihrem stillen Kämmerlein gestand sie sich noch zu, Fräulein Rosalind zu sein und hatte sich so mit ihrem schweren Geschick nach besten Kräften arrangiert.

Als Fridolin Brack an diesem Nachmittag um halb vier seine Wohnung verließ, die blonden Haare unter dem Zylinderhut sorgfältig mit Pomade gestrählt, und sich auf den Weg zur Arbeit machte, ahnte er nicht, welches Unheil sich erneut über ihm zusammenbraute und dass er seinen Häschern nur knapp entronnen war, einstweilen zumindest.

Gerade einmal 15 Minuten später passierte die Polizeikutsche den Weinmarkt am Mainkai und bog in die Brunnengasse ab. Vor dem Haus Nummer 3 hielt sie an und Oberinspektor Brand, gefolgt von seinen Assistenten Klein und Wilde, eilte zielstrebig auf das dreistöckige Mietshaus zu und betätigte den eisernen Türklopfer der Haustür. Nach geraumer Zeit öffnete ihnen eine mürrisch dreinblickende Hauswirtin die Tür, deren Miene aber, sobald sie der drei Gendarmen gewahr wurde, deutlich umgänglicher wurde. In amtlichem Tonfall forderte der Inspektor die Hausmeisterin auf, ihn und seine Mitarbeiter umgehend zu der Wohnung eines gewissen Fridolin Brack zu führen. Dienstbeflissen erklärte ihm die Aufwärterin, dass sie gerne bereit sei, die Herren dorthin zu begleiten, sie sei sich allerdings ziemlich sicher, dass Herr Brack nicht zu Hause sei. Ob er denn etwas verbrochen habe, fragte die ältere Frau neugierig. Um das genauer zu überprüfen, wären sie ja hier, entgegnete Brand ausweichend und fragte sie, was sie denn über Brack so sagen könne. »Eigentlich nicht viel«, erwiderte die Frau vorsichtig. »Er ist ein ruhiger, unauffälliger Mieter. Immer höflich, immer korrekt, auch was seine Kleidung anbetrifft. Aber, wie soll ich das sagen? Er ist auch ein ziemlicher Leisetreter, hat so was Verdruckstes an sich. Sehr zurückhaltend, gibt nicht viel von sich preis. Manchmal hab ich mir gedacht, der hält doch was in der Hinterhand. Der war mir jedenfalls nicht so ganz geheuer. Man sagt ja, stille Wasser sind tief. Und irgendwas muss der auf dem Kerbholz haben, sonst wären Sie jetzt nicht hier«, bemerkte die Aufwärterin spitzfindig und stierte die Gesetzeshüter mit sensationsgierigen Augen an.

»Können Sie uns etwas über seinen Umgang berichten? Mit wem verkehrt er? Wer besucht ihn?«, hakte der Inspektor nach.

»Außer dem Fräulein Schmidt, die hat er mir mal als seine Verlobte vorgestellt hat, ist mir da niemand aufgefallen. Aber ich krieg nicht alles mit. Man kann nicht immer auf der Lauer liegen, schließlich hat man auch noch seine Arbeit zu machen, und das nicht zu knapp, das können Sie mir glauben!« Die kleine, gedrungene Concierge verzog wehleidig das Gesicht und stand im Begriff, weiter zu schwadronieren, als der Inspektor sie barsch unterbrach: »Moment mal! Sie haben eben gesagt, der Kerl wäre verlobt? Mit einer *Frau*? Sind Sie sich da sicher?«, fragte er bass erstaunt.

»Eigentlich ja. So hat er mir das damals gesagt. Stimmt das vielleicht nicht? Na ja, ein bisschen komisch ist mir das mit denen schon vorgekommen. Wo die Schmidt ja auch älter ist als der. Die sind vielleicht ein sonderbares Paar! Der Brack mit seinem hübschen Frätzchen, und immer so schick angezogen, und die Schmidt kommt daher wie ein Blaustrumpf. Sieht ein bisschen aus wie eine alte Jungfer, mit ihrem Haarknoten und der Brille. Die schafft in der

Stadtbibliothek an der Schönen Aussicht als Bibliothekarin. Und genauso sieht die auch aus, halt so ein richtiger Bücherwurm.«

»Seltsam, seltsam«, murmelte der Inspektor. »Und Sie meinen, der Brack wäre nicht zu Hause?«

»Da bin ich mir eigentlich ganz sicher. Ich hab den vorhin weggehen sehen, kurz bevor Sie gekommen sind. Der ist bestimmt auf die Arbeit gegangen. Geht immer so gegen halb vier weg und kommt erst spätnachts heim. Der schafft drüben in der ›Mainlust‹ als Kellner. Aber Sie können mal probieren, ob der da ist. Der wohnt oben im zweiten Stock.«

Als die Beamten in Begleitung der Hausmeisterin vor der Wohnungstür von Fridolin Brack angelangt waren, pochte Klein, auf einen Wink seines Vorgesetzten hin, lautstark gegen die Tür. Nachdem von drinnen kein Laut zu vernehmen war, klopfte er nochmals und Brand erteilte mit erhobener Stimme den Befehl, umgehend die Tür zu öffnen, doch auch diesmal regte sich nichts.

»Gut, dann knöpfen wir uns den halt auf der Arbeit vor«, beschloss Brand verdrießlich. »In der ›Mainlust‹ arbeitet der? Nie gehört. Was ist denn das für eine Kaschemme?«, grummelte er gereizt. Die Hausmeisterin schaute Brand erstaunt an und beschrieb ihm den Weg dorthin: »Zum Main runter und dann immer rechts halten. Ist nicht weit von hier, vielleicht gerade einmal fünf Minuten zu Fuß.«

Die Polizisten, die sich für ihren Einsatz gut bewaffnet hatten, galt es doch, einen gefährlichen Geisteskranken dingfest zu machen, fuhren sofort los.

»Wer weiß, auf was für ein Gesindel wir da treffen. Gut, dass wir unsere Büchsen dabei haben«, wandte sich Klein, der ein Waffennarr war und dem Schützenverein angehörte, während der Fahrt an seinen Vorgesetzten. Brand nickte zustimmend und tastete sicherheitshalber noch einmal nach seinem Pistolenhalfter.

Kurze Zeit später erreichten sie ein feudales Bauwerk mit der Aufschrift ›Restaurant Mainlust‹.

»Scheint ein vornehmer Laden zu sein. Was, und hier soll der arbeiten?«, bemerkte Brand ungläubig und blickte sich erstaunt um.

Die sogenannte ›Mainlust‹, eine weitläufige, breite Uferpromenade am Untermainkai, war nach Bekunden des französischen Dichters Alexandre Dumas ebenso elegant bebaut wie die vielen großzügig angelegten Quais am Ufer der Seine in Paris. In der warmen Jahreszeit wimmelte der idyllische Ort, an dem es immer ein paar Grad wärmer war als an anderen Plätzen der Stadt, von illustren Gästen. Im Schatten exotischer Bäume, umgeben von duftenden Blumenrabatten, konnten die Besucher umherschlendern oder auch verweilen, um eine gehobene Gastlichkeit zu genießen. Das ganze Jahr über wurden Konzerte und Aufführungen gegeben, die in der kalten Jahreszeit in das langgezogene, klassizistische Gebäude verlegt wurden.

Wie an jedem Mittwochnachmittag, so fand auch am heutigen Tag im großen Spiegelsaal des Restaurants ein Tanztee statt. Ein farbiges Plakat am Eingangsportal kündigte an, dass für heute beliebte Walzermelodien des Komponisten Meyerbeer vorgesehen waren. Ein livrierter Türsteher öffnete den drei Beamten zuvorkommend das prunkvolle Flügelportal. Etwas steif betraten sie eine weitläufige Marmorhalle mit funkelnden Kristalllüstern an der hohen Stuckdecke und goldgerahmten Spiegeln an den Wänden. Linker Hand befand sich ein langer Garderobe-Tresen, hinter dem vier Garderobefrauen auf Kundschaft warteten. Als sie die drei Polizeibeamten kommen sahen, grüßten sie höflich zu ihnen herüber. Brand steuerte, mit seinen Assistenten im Schlepptau, auf sie zu und bat eine der Damen, den Geschäftsführer zu rufen. Es handele sich nämlich um eine dringliche polizeiliche Angelegenheit, fügte er gewichtig hinzu, was erschrockene Gesichter bei den Garderobieren hervorrief und dazu beitrug, dass seinem Ansinnen hastig Folge geleistet wurde. Kurze Zeit später traf der Restaurant-Chef, Robert Kissel, im Foyer ein und erkundigte sich höflich bei den Gendarmen, womit er dienen könne. Brand kam gleich zur Sache und fragte nach, ob es zutreffe, dass ein gewisser Fridolin Brack bei ihm als Kellner arbeite. Nachdem der Restaurantleiter dies erstaunt bejaht hatte, beschied ihn der Inspektor, dass sie gekommen seien, besagten Herrn Brack in polizeilichen Gewahrsam zu nehmen. Der weltmännisch und gepflegt wirkende Geschäftsführer hatte an dieser unheilvollen Mitteilung offensichtlich schwer zu kauen.

»Herr Brack soll verhaftet werden?«, erwiderte er betroffen. »Lieber Gott, was wirft man ihm denn vor?«

»Um die Schuldfrage ausreichend zu klären, müssen wir ihn erst noch genauer überprüfen. Möglicherweise werden wir auch Sie und Ihre Angestellten über ihn befragen müssen«, entgegnete der Inspektor ausweichend.

»Und es ist wirklich unerlässlich, dass Sie ihn auf der Stelle mitnehmen? Immerhin ist er im Dienst und wir haben momentan ein gut besuchtes Haus. Wie soll ich so schnell einen Ersatz für ihn bekommen?« Herr Kissel verzog ungehalten sein distinguiertes Herrengesicht und war gleichzeitig auch darum bemüht, den Gesetzeshütern gegenüber die Contenance zu wahren.

»Das soll nicht unsere Sorge sein. Schließlich geht es um kein Kavaliersdelikt. Wir ermitteln immerhin in einem

Mordfall«, äußerte Brand schroff und grinste ob der alarmierten Miene seines Gegenübers verhalten.

»Großer Gott, Mord! Wollen Sie am Ende gar den guten Brack des Mordes bezichtigen? Ich weiß ja nicht, um was es geht, aber mit Verlaub, Herr Brack ist einer der umgänglichsten, kultiviertesten Menschen, der mir jemals begegnet ist und zudem noch äußerst friedfertig. Dass er in einen Mord verwickelt sein soll, kann ich mir beim besten Willen nicht vorstellen.« Herr Kissel schüttelte zweifelnd den Kopf.

»Guter Mann, ich glaube, Sie können sich so manches nicht vorstellen«, schnarrte Brand herablassend. »Oder ist es Ihnen etwa bewusst, dass Sie im Falle Ihres ach so braven Herrn Brack einen vorbestraften Päderasten eingestellt haben? Das sollte mich doch sehr wundern!«

Herr Kissel war ob dieser neuerlichen Eröffnung blass geworden. Sie schien ihn erheblich mehr zu schockieren als die vorhergehende. »Herr im Himmel, davon hatte ich nun wirklich keine Ahnung. Bitte, glauben Sie mir das«, presste er mit belegter Stimme hervor, senkte peinlich berührt den Blick und schien konzentriert nachzudenken, bevor er anhob, erneut das Wort an den Inspektor zu richten: »Meine Herren, ich bin bereit, Ihnen in dieser höchst unerfreulichen Angelegenheit in jeder Weise entgegen zu kommen. Nur habe ich eine große Bitte an Sie: Wäre es Ihnen denn möglich, bei Ihrem Vorgehen Diskretion walten zu lassen? Es sollte unter unseren Gästen auf keinen Fall ruchbar werden, dass einer der Angestellten verhaftet wird. Bitte verzeihen Sie, meine Herren, aber es wäre überdies auch dem guten Renommee unseres Hauses sehr abträglich, wenn das Publikum Ihrer ansichtig würde. Darf ich Ihnen daher einen Vorschlag unterbreiten?«, fragte der inzwischen sichtlich um Konzilianz bemühte Restaurantleiter in servilem Tonfall.

»Sie dürfen, mein Lieber, Sie dürfen!«, antwortete Brand mokant.

»Wenn mir die Herren Gendarmen vielleicht in mein Kontor folgen möchten. Sie könnten dort einstweilen Platz nehmen und warten, während ich Herrn Brack herbeihole. Das wird nicht lange dauern, und Sie würden sich anschließend mit dem Verhafteten hinten über die Parkseite entfernen, denn mein Büro befindet sich auf der rückwärtigen Seite des Gebäudes. Wenn Sie gestatten, gehen wir vielleicht besser außen herum, ich darf vorangehen, die Herren?«, flüsterte Kissel mit gesenkter Stimme.

»Von mir aus. Aber sind Sie sich auch sicher, dass der Kerl nicht am Ende noch Lunte riecht und sich auf und davon macht?«, wendete der Inspektor ein.

»Ich werde ihm selbstverständlich nichts von Ihnen verraten. Ich habe etwas mit ihm zu besprechen, und fertig. Seien Sie versichert, Herr Oberinspektor, ich werde mir nicht das Geringste anmerken lassen.«

»Das will ich auch hoffen. Denn wenn uns der Kerl durch die Lappen geht, weil Sie gepatzt haben, mache ich Sie dafür verantwortlich.« Während sich die Herren Gendarmen bald darauf in Kissels Büro an köstlichen Kanapees und feinem indischem Tee labten, die der Restaurant-Chef für sie hatte kommen lassen, um ihnen die Wartezeit so erquicklich wie möglich zu gestalten, waren die drei Beamten in Gedanken schon ganz auf Fridolin Brack und seine anstehende Arretierung eingestellt.

Brand, und seine beiden Mitarbeiter nicht minder, gingen davon aus, dass jeden Augenblick die Tür aufgehen konnte, und ihnen in der Person des Fridolin Brack eine hoffnungslose Degeneration der Natur entgegentreten würde. Ein abscheuliches Mischwesen, das etwas von einem Tier an sich hatte. Womöglich etwas Hündisches, denn wie man wusste, trieben es die Päderasten ja wie die Hunde. Genau wie diese, waren sie ihrer ganzen Natur nach dem Kot verbündet und suchten den Gestank öffentlicher Bedürfnisanstalten. Sie waren genauso krank und pervers wie der Exhibitionist, der Fetischist und der Pädophile, aber noch um einiges niederträchtiger: Eine ekelhafte Monstrosität waren sie …!

In nächster Minute wurde sachte an die Tür geklopft und der Restaurantleiter erschien in Begleitung eines jungen Mannes, den er den anwesenden Polizisten etwas verlegen als Fridolin Brack vorstellte.

Die Beamten konnten es nicht fassen: Vor ihnen stand ein kleiner, zierlicher Mann in schwarzer Kellner-Livree, mit blütenweißen Glacéhandschuhen an den Händen und einem sorgsam gefalteten Serviertuch über dem linken Unterarm. Die goldblonden, pomadisierten Haare, das feine, bleiche Gesicht mit den fein geschwungenen Brauen, erst recht aber die strahlend blauen Augen des Mannes, waren überaus attraktiv. Sein Blick, obgleich überrascht und verängstigt, als er die Uniformierten wahrnahm, war von fast kindlicher Arglosigkeit.

»Sehr erfreut, die Herren. Sind Sie meinetwegen gekommen?«, erkundigte er sich leicht beklommen.

»Das kann man wohl sagen!«, blaffte der Inspektor unfreundlich und legte sogleich nach: »Fridolin Brack, wir sind gekommen, Sie zu den Giftmorden an den beiden Gesindemägden, Gerlinde Dietz und Gertrud Jäger, zu verhören und fordern Sie daher auf, uns umgehend auf die Wachstube zu begleiten.«

Obgleich die stundenlangen Verhöre von Fridolin Brack bei aller angewandten Schärfe nicht dazu beitrugen, auch nur einen Verdachtsmoment gegen den Verdächtigen zu erhärten, konnte sich Oberinspektor Brand nicht dazu entschließen, Brack wieder laufen zu lassen. Noch am Abend seiner Festnahme konnte der Inhaftierte glaubhaft belegen, dass er sowohl am 25. August als auch am 19. September, den beiden Samstagen, an denen die Giftmorde verübt worden waren, jeweils von vier Uhr nachmittags bis ein Uhr nachts im Restaurant ›Mainlust‹ gekellnert hatte.

Auch die Durchforstung von Bracks Wohnung nach etwaigen Giftstoffen und gefährlichen Chemikalien hatte nicht den geringsten Anhaltspunkt ergeben. Die im Senckenbergischen Institut durchgeführten Analysen der zahlreichen Tiegel, Dosen und Fläschchen, die ein ganzer Stab von Gendarmen in Bracks Waschraum gefunden hatte, brachten lediglich das Ergebnis, dass es sich bei den verschiedenen Inhaltsstoffen überwiegend um Kosmetika handelte. Als Brand der entsprechende Bericht des Instituts zuging, in welchem nacheinander Lavendel-Riechsalz, Mandelmilch, Teerosenöl, Mottenkugeln, Reis- und Körperpuder, Fußbalsam, Badesalz, Pomade, Aurora-Haarwasser für Goldglanz im Haar aufgelistet waren, bekam er vor Erbitterung einen Wutanfall.

Längst dämmerte ihm im Hinterkopf, dass er sich hoffnungslos verrannt hatte und Brack dem Bild des niederträchtigen Invertierten, das er sich von ihm gemacht hatte, so gar nicht entsprach. Ebenso soufflierte ihm ein Rest an gesundem Menschenverstand, in dem harmlos und friedfertig wirkenden Mann mitnichten einen gefährlichen Meuchelmörder vor sich zu haben. In seiner gesamten polizeilichen Laufbahn hatte er selten einen fügsameren

Gefangenen erlebt als Fridolin Brack, der doch, obwohl die Beamten wenig zimperlich mit ihm umsprangen, stets darum bemüht war, ihnen mit gleichbleibender Höflichkeit zu begegnen.

Gerade aber die Brack innewohnende Sanftmut stachelte den Inspektor dazu an, dem gutartigen Mann noch weiter zuzusetzen. Derart getrieben gelangte er zwei Tage vor Beginn der Frankfurter Herbstmesse zu dem Entschluss, einen letzten Vorstoß zu wagen und Brack den beiden Augenzeugen vorzuführen. Mit dem Herannahen der Messe und dem Ultimatum des Bürgermeisters, spätestens bis dahin den Mörder hinter Schloss und Riegel zu wissen, machte sich bei Brand eine immer stärker werdende Versagensangst bemerkbar. So rang er sich in trotziger Verzweiflung schließlich dazu durch, die Kröte zu schlucken und Fräulein Sidonie um Namen und Adresse der Frau zu ersuchen, die Gerlinde Dietz noch vor ihrem Tod in männlicher Begleitung in dem Weingarten gesehen hatte.

Um sich die Beschämung zu ersparen, die von ihm wenig geschätzte Besserwisserin auch noch um einen Gefallen bitten zu müssen, schickte Brand seinen Assistenten, Max Wilde, zu Sidonie Weiß, die sich als entgegenkommend erwies und so konnten die Zeugen Rudi Schickel und Irmgard Stocklossa gleich für den nächsten Morgen auf der Hauptwache vorgeladen werden.

Fridolin Brack war vom Inspektor angewiesen worden, sich für die Gegenüberstellung in seinen Gehrock zu kleiden und den Zylinder aufzusetzen, wie sie der vermeintliche Mörder getragen hatte.

Unmittelbar nach Bracks Vorführung erklärten die Zeugen übereinstimmend, in ihm nicht den Mann zu erkennen, den sie im Zusammenhang mit dem Mord an Gerlinde

Dietz gesehen hatten. Unabhängig voneinander versicherten sie, der Vorgeführte sei mindestens zwei Köpfe kleiner als der Verdächtige.

Der zwölfjährige Rudi Schickel, der mit dem vornehmen Herrn damals auf dem Roßmarkt direkten Kontakt hatte, bemerkte noch, der Mann, mit dem er es zu tun gehabt hätte, sei auch sonst ganz anders gewesen. Befragt, wie er das meinte, entgegnete er: »Na ja, der Mann vom Roßmarkt war mir irgendwie unheimlich. Der kam mir vor wie so 'ne Drahtpuppe. So steif und unecht, als ob da kein Leben drin wär.«

12

Die 21-jährige Lisbeth Orth warf noch einen letzten Blick in den Spiegel, sprühte sich mit Maiglöckchen-Parfüm ein, legte einen fliederfarbenen Kaschmirschal um und verließ ihre Dachstube im Hause des Ehepaars Feigenspahn in der Großen Eschenheimergasse.

Seit fünf Jahren war sie nun schon bei den Feigenspahns in Stellung. Tagsüber arbeitete sie in der familieneigenen Parfümerie mit und verkaufte wohlriechende Wässerchen an die vornehme Kundschaft – zuweilen auch ›Controns‹* – dezent, versteht sich, denn darauf wurde im Hause Feigenspahn größten Wert gelegt. Man wollte sich nichts nachsagen lassen und am Ende noch seinen guten Ruf verlieren. Den guten Ruf, eine der ersten Parfümerien Frankfurts zu sein und eines der gefragtesten heimlichen Bordelle in der Stadt. Die Eheleute Feigenspahn beherbergten nämlich im Dachgeschoss ihres Hauses in der Großen Eschenheimergasse Nummer 11 insgesamt sechs Freudenmädchen, die ihnen vorderhand als Hausmägde dienten, daneben aber von dem geschäftstüchtigen Kupplerehepaar gewinnbringend an gutsituierte Herren vermittelt wurden. Die Mädchen im Alter von 14 bis 24 Jahren sahen alle frisch und unverbraucht aus. Keine von ihnen wirkte nur im Entferntesten halbseiden oder vulgär. Auch darauf legten die Feigenspahns großen Wert, denn man hatte schließlich Niveau. Wenn eine einen verlebten Eindruck machte, dann trennte man sich eben von ihr.

---

* Kondome.

Im Hause wie im Geschäft war Frau Feigenspahn die treibende Kraft. Inzwischen längst wohlhabend genug, sich aufs Feinste auszustaffieren, gab sie jedoch einer einfachen, hausbackenen Garderobe weiterhin den Vorzug. Klein und korpulent mit einem runden, rotbackigen Gesicht, welches, obgleich frei von jeglicher Anmut, dennoch auf jede kosmetische Verschönerung verzichtete, war Frau Feigenspahn der Inbegriff einer biederen Matrone. Was ihr geschäftlich aber durchaus nicht abträglich war. Denn die einfachen, jungen Dinger vom Land, die sich häufig auf der Suche nach einer Anstellung auf den Obst- und Gemüsemärkten Frankfurts herumdrückten, vertrauten ihr als einer Frau, die sie von ihrem Aussehen stark an ihre Mütter und Tanten zu Hause erinnerte.

So war es damals auch Lisbeth ergangen, als sie frühmorgens mit rotgeweinten Augen auf den Bockenheimer Gemüsemarkt kam, von ihrer böswilligen Herrin so mir nichts, dir nichts vor die Tür gesetzt, und sich von ihren letzten paar Kröten eine Semmel kaufen wollte. Kurze Zeit später wurde sie von Frau Feigenspahn angesprochen und gefragt, ob sie Sorgen habe. Lisbeth schüttete daraufhin dem vermeintlich lieben, alten Muttchen ihr Herz aus, das ihr gutmütig zuhörte und schließlich sogar anbot, sie in ihre Dienste zu nehmen. Am Anfang dachte Lisbeth noch, sie habe mit ihrer Anstellung im Hause Feigenspahn das große Los gezogen. Die Arbeit in der Parfümerie machte ihr Spaß, das Essen war gut und reichhaltiger, als sie es jemals zuvor in ihrem Leben erfahren hatte. Besonders entzückt war das aus ärmlichen Verhältnissen stammende junge Mädchen über die schönen Kleider, die ihr Frau Feigenspahn schenkte. Und damit nicht genug, wurde sie auch noch hübsch frisiert, erhielt nette, kleine Geschenke und wurde bald darauf von ihrer ach so herzensguten Herrin zur Prostitution gezwungen.

Am Anfang war das schlimm und sie hatte jede Nacht in ihr Kopfkissen geweint.

Jetzt heulte sie schon lange nicht mehr und hatte sich, wenn auch nicht daran gewöhnt, so doch wenigstens damit arrangiert. Womöglich kann man sich an so was auch nicht gewöhnen …

Aber alles hatte nun mal seinen Preis. Und sie war einfach nicht bereit, auf das gewisse Wohlleben und ihren geliebten Flitterstaat zu verzichten, an die sie sich im Hause Feigenspahn sehr wohl gewöhnt hatte. Daheim, bei ihren Leuten, da gab's doch kaum was auf dem Teller und sie musste immer die alten Lumpen von ihren Schwestern auftragen.

Doch diese Zeiten waren längst vorbei und wenn heute einer von diesen Bauernlümmeln sehen könnte, wie sie daherkam, der würde vor Staunen das Maul nicht mehr zukriegen!

Tatsächlich war Lisbeth mit ihren kastanienbraunen Schillerlocken und den samtigen Rehaugen überaus attraktiv, was ihr indessen sehr wohl bewusst war und sie war stets darum bemüht, ihre körperlichen Vorzüge vorteilhaft zur Geltung zu bringen. Auch an diesem milden Oktoberabend war sie herausgeputzt und während sie durch die belebten Straßen der Frankfurter Innenstadt trippelte, an den zierlichen Füßen winzige Slipper aus rosafarbenem Glacéleder, flogen ihr die Männerblicke nur so hinterher. Mehrfach wurde sie sogar angesprochen und erhielt eindeutige Angebote, die sie aber zu ihrem Bedauern alle ablehnen musste, denn sie hatte bereits eine Verabredung mit einem gut betuchten Freier.

In der Stadt wimmelte es von Messefremden aus ganz

Europa und auch von einheimischen und fremden Huren, die zur Frankfurter Herbstmesse aus allen Landesteilen angereist waren.

Als Lisbeth auf das Fahrtor zusteuerte, herrschte dort überall ein großes Gedränge. Alle wollten auf eines der Weinschiffe, die aus Wertheim, Miltenberg, Bacharach oder Rüdesheim gekommen waren und während der Messe am Mainkai ankerten. Endlich war sie an der Reihe, zahlte die vier Kreuzer Auslass-Geld und eilte durch die Fahrtor-Pforte herunter an den Main. Auf den großen, mit Weinlaub und farbigen Girlanden geschmückten Schiffen herrschte lautes Getöse und ein ständiges Kommen und Gehen. Lisbeth musste sich erst orientieren, damit sie auch das richtige Schiff fand. Frau Feigenspahn hatte gesagt, sie solle sich um Punkt 7 auf dem Weinschiff ›Wappen von Rüdesheim‹ in einer eigens auf den Namen ›Müller‹ angemieteten Kabine einfinden. Der Wirt wisse Bescheid.

Nachdem Lisbeth schließlich das Schiff entdeckt hatte, überquerte sie einen mit Weinlaub geschmückten Steg und gelangte an Bord. Der große Gastraum war zum Bersten voll von ausgelassenen, mehr oder weniger betrunkenen Gästen, die auf langen Holzbänken zu den Klängen eines Gassenhauers schunkelten oder sich auf dem Tanzboden drängten. Lisbeths taxierenden Blicken entging nicht, dass hier nahezu alles vertreten war, was die Männerwelt zu bieten hatte: Gutbetuchte Kaufleute und Händler amüsierten sich mit ihren Damen, die meisten davon Freudenmädchen. Genauso handhabten es auch Soldaten, Handlungsreisende und Friseurgehilfen. Manche Paare waren so betrunken, dass sie auf den Tischen und Bänken tanzten. Lisbeth blieb am Rande des Getümmels stehen und hielt Ausschau nach dem Wirt.

»Suchen Sie mich, schöne Dame?«, grölte ein Betrunkener von einem der Tische zu ihr herüber.

»Halt's Maul, Bodo! Die sucht doch bestimmt, wer den Dicksten hat. Den dicksten Geldbeutel, mein ich!«, kreischte daraufhin eine gleichermaßen alkoholisierte Frau, was in ihrer Umgebung für brüllendes Gelächter sorgte.

Erleichtert konnte Lisbeth direkt in ihrer Nähe den Wirt ausmachen. Sie ging auf ihn zu und erkundigte sich nach der reservierten Kabine.

»Kabine Nummer 19, Gnädigste. Der Herr Kavalier ist schon da und erwartet Sie. Was für ein Glückspilz«, konnte sich der Wirt bei Lisbeths Anblick nicht verkneifen, mit anzüglichem Grinsen hinzuzufügen. Lisbeth machte sich sofort auf den Weg. Sie musste ein ganzes Stück die Reling entlanggehen, bis sie vor der Kabinentür stand. Sie klopfte an und ihr wurde gleich darauf geöffnet. Ein vornehm gekleideter Herr begrüßte sie formvollendet mit Handkuss und bat sie einzutreten. Die Schiffskabine, die eindeutig zur gehobenen Kategorie gehörte, wirkte behaglich. Auf dem Tisch befanden sich ein Kerzenleuchter, ein silberner Champagner-Kübel mit einer Flasche und zwei Champagnerkelche. Der Mann entkorkte die Flasche, schenkte ein und prostete Lisbeth zu. Er kam ihr irgendwie bekannt vor, aber in dem schummrigen Kerzenlicht konnte sie sein Gesicht nicht richtig erkennen. Außerdem trug er einen dichten Backenbart und eine Brille mit getönten Gläsern. Lisbeth fühlte sich von dem Champagner seltsam aufgedreht und unruhig. Routiniert begann sie sich auszuziehen und nahm wahr, dass es sie immer wieder eiskalt überlief. Die Kopfhaut begann zu kribbeln und sie bekam am ganzen Körper eine Gänsehaut.

»Ganz schön kalt hier. Wird langsam Zeit, dass wir uns mal ein paar warme Gedanken machen, meinst du nicht auch, mein Süßer!«, versuchte sie gurrend von sich zu geben, was aber eher einem Krächzen gleichkam.

»Wart's ab, dir wird's schon noch heiß genug werden«, entgegnete der Freier und kicherte kurz auf. Anstatt aber, wie Lisbeth es sonst bei ihren Kunden gewöhnt war, auch gleich zur Tat zu schreiten, blieb der Mann weiterhin teilnahmslos auf seinem Stuhl sitzen und musterte sie mit einem merkwürdigen Blick.

Der ist ja der reinste Eisblock! Mit dem stimmt doch was nicht!, ging es Lisbeth durch den Sinn und ihr wurde es immer kälter, sodass sie bald anfing, zu schlottern und mit den Zähnen zu klappern.

»Das geht bestimmt bald vorüber«, entgegnete der Mann salbungsvoll, während sich ihm wieder ein kurzes, schrilles Kichern entrang, das in seltsamem Kontrast zu seiner unbeteiligten Miene stand.

Inzwischen hatte Lisbeth das Gefühl, von tausend Nadeln gestochen zu werden und ihre Haut brannte wie Feuer. Langsam stieg Panik in ihr auf. »Bitte helfen Sie mir doch, mir geht es nicht gut«, wandte sie sich mit zitternder Stimme an ihren Begleiter.

»Das geschieht dir recht, du dreckige Hure!«, zischte der Mann gehässig, als sich über sein hageres Gesicht nach und nach ein zufriedenes Lächeln ausbreitete. Aus der Innentasche seines eleganten Gehrocks holte er schließlich ein Notizbuch hervor und fing an, während er gut gelaunt ein Liedchen trällerte, eifrig Notizen zu machen.

Von heftigen Leibkrämpfen heimgesucht, erbrach sich Lisbeth neben das Bett. Die Krämpfe wurden immer schlimmer und sie hatte zunehmend das Gefühl, zu ersticken und plötzlich wusste sie, wer der Mann war. Röchelnd flüsterte sie seinen Namen. Doch der Angesprochene zuckte mit keiner Wimper und fixierte sie hinter seinen Brillengläsern weiterhin mit dem starren, leeren Blick eines ausgestopften Vogels.

Lisbeths Todeskampf dauerte 50 Minuten. Nachdem sie verschieden war, trank der Mörder geruhsam den restlichen Champagner, rauchte eine Zigarre und legte dabei entspannt die Beine auf den Tisch, ganz so, als würde er soeben den Feierabend genießen.

13

Tote Dienstmagd auf Weinschiff gefunden – Dienstmädchen-Mörder hat wieder zugeschlagen!

In den frühen Morgenstunden des 3. Oktober wurde auf einem am Mainkai ankernden Weinschiff die Leiche einer jungen Frau aufgefunden. Nach Angaben des Schiffsbetreibers, Anton S. aus Rüdesheim, werden die Schiffskabinen gerade während der Frankfurter Messe häufig von Liebespaaren angemietet, und nicht selten auch von liederlichen Weibspersonen für galante Abenteuer genutzt. Herr S. mochte es nicht in Abrede stellen, dass die Tote ebenfalls diesem Personenkreis angehörte.

Die polizeilichen Ermittlungen ergaben, dass es sich bei der jungen Frau um die 21-jährige Dienstmagd Lisbeth O. handelte, die im Dienste der Eheleute F. stand, den Eigentümern einer alteingesessenen Frankfurter Parfümerie in der Großen Eschenheimergasse. Dem Frankfurter Intelligenzblatt gegenüber zeigten sich Herr und Frau F. in höchstem Maße betroffen über den Mord an ihrer Dienstmagd, die für die kinderlosen, älteren Leute, wie sie beide mehrfach versicherten, fast wie eine Tochter gewesen war. Die Frage, ob ihnen bekannt gewesen sei, dass die Jungfer einen lockeren Lebenswandel führte, verneinten sie mit großem Nachdruck.

Ob die Ermordete tatsächlich ein so schändliches Doppelleben führte, werden die polizeilichen Ermittlungen gewiss bald ans Licht bringen. Oberinspektor Brand äußerte dieser Zeitung gegenüber, dass er keinen Grund sehe, an der Redlichkeit der Eheleute F. zu zweifeln. Seine langjährige Polizeiarbeit habe ihn gelehrt, wie raffiniert es gewisse Frauenpersonen verstünden, ihrer Umgebung Sand in die Augen zu streuen und eine falsche Fassade vorzutäuschen. Was sich ja im Falle der beiden anderen Mordopfer leider auch als zutreffend erwiesen habe. Laut Oberinspektor Brand müsse aufgrund der Übereinstimmungen zu den anderen Dienstmädchen-Morden davon ausgegangen werden, dass die Tote ebenfalls vergiftet wurde. Genaueres werde die Obduktion der Leiche ergeben.

Sidonie Weiß legte das Frankfurter Intelligenzblatt zur Seite und starrte betroffen vor sich hin.

Nach ihrem falschen Verdacht gegen den Apotheker, Peter Saltzwedel, dem früheren Dienstherrn des ersten Mordopfers Gerlinde Dietz, hatte Sidonie beschlossen, ihre privaten Ermittlungen vorläufig einzustellen. Der Grund dafür lag vor allem in der für die Dichterin alarmierenden Erkenntnis, wie leicht man sich einem anderen Menschen gegenüber in trügerische Mutmaßungen versteigen konnte, was ihr im Falle Saltzwedel auch unterlaufen war. Ihre persönliche Anteilnahme an dem Mordfall blieb indessen ungemindert und als es im September zu dem zweiten Giftmord an der stellungslosen Dienstmagd, Gertrud Jäger, kam, suchte sie umgehend Heinrich Hoffmann auf, um sich mit ihm über das schreckliche Geschehnis zu beraten. Doktor Hoffmann hatte sie es auch zu verdanken, dass sie über den aktuellen Stand der polizeilichen Ermittlungen auf dem Laufenden gehalten wurde. Auch die Hintergründe der Verhaftung von Fridolin Brack waren ihr bekannt und sie wusste, wie empört Doktor Hoffmann und der Anstaltsarzt Doktor Varrentrapp über das unselige Gebaren des Inspektors waren.

Und dann suchte sie vor ein paar Tagen dieser sympathische, junge Gendarm auf, der so ganz anders war als sein grobsinniger Vorgesetzter und erkundigte sich bei ihr nach der Zeugin, Irmgard Stocklossa. Am Anfang verhielt sich Sidonie noch reserviert, ließ durchblicken, wie sehr es sie erstaunte, dass der Inspektor, der all ihren Überlegungen zu dem Mordfall bislang stets mit großer Ablehnung begegnet war, ein so plötzliches Interesse an den Augenzeugen zeigte. Obergendarm Wilde hatte daraufhin nur verlegen den Blick gesenkt und Sidonie entschied, während sie im Stillen Wildes dichte, schwarze Wimpern bewunderte, dem jungen Mann fürderhin eine freundlichere Behandlung zukommen zu lassen. Gefolgt war eine anregende Debatte über die Giftmorde und Wilde hatte dem Fräulein gegenüber unumwunden zugegeben, dass er Fridolin Brack mitnichten für den Mörder der beiden Dienstmädchen hielt. In Bezug auf seinen Vorgesetzten, der sich so hoffnungslos auf den Bedauernswerten eingeschossen hatte, schien bei Wilde eine große Ratlosigkeit vorzuherrschen.

Sidonie erinnerte sich noch genau daran, wie sie den gutaussehenden Polizeibeamten persönlich zur Tür begleitet hatte und sich währenddessen bei dem Gedanken ertappte, dass sie sich durchaus für den zurückhaltenden, dunkelhaarigen Mann hätte erwärmen können – wäre sie noch 20 Jahre jünger gewesen und nicht so ein altes Mädchen.

Sie war an das kleine Flurfenster getreten und hatte dem Entschwindenden versonnen hinterher geblickt.

»Was bist du doch für ein törichtes Geschöpf, meine Liebe«, schalt sie sich selbst ungehalten und richtete ihre Gedanken wieder auf den Zeitungsartikel. Eines steht jedenfalls fest, dachte sie grimmig. Der arme Brack kommt als Mörder nicht mehr länger in Betracht!

Einzig dieser Gesichtspunkt vermochte es momentan, Sidonie eine gewisse Erleichterung zu verschaffen. Ansonsten war sie von der grausigen Tat bis ins Mark aufgewühlt. Im Bruchteil von Sekunden fällte sie die Entscheidung, in ihren Ermittlungen wieder aktiv zu werden. Sie ließ, sehr zum Verdruss von Tante Tilla, das Abendbrot ausfallen, leerte stattdessen nur hastig ein Glas Wein und eilte durch das abendliche Messegetümmel hindurch zum großen Kaffeehaus in der Bleidenstraße, inständig darauf hoffend, dort noch ihren Freund Johann Konrad Friedrich vorzufinden. Und sie hatte Glück: In seinen Gewohnheiten zuverlässig wie das Laufwerk einer Schweizer Taschenuhr, saß der gealterte Lebemann an seinem eigens für ihn reservierten Kaffeehaustisch und war mit dem Manuskript seiner Memoiren beschäftigt.

Als er Sidonie bemerkte, blickte er kurz auf und äußerte lapidar: »Gut, dass du kommst, Sido, dann kann ich dir gleich die Anekdote über Samuel Rapp vorlesen.«

»Erst erzählst du mir, was du über die Feigenspahns weißt. Wenn ich mich recht erinnere, bist du doch Stammkunde in dieser Parfümerie.« Sidonie hatte sich auf dem einzigen Stuhl an Johanns Tisch niedergelassen, der nicht von einem Wust aus Zeitungen und Papierstapeln übersät war, winkte energisch nach dem Kaffeehauskellner und bestellte sich einen halben Schoppen Spätburgunder. In der Eile hatte sie ganz vergessen, einen Hut aufzusetzen und daher waren ihre kupferroten Haare unterwegs vom Herbstwind gehörig zerzaust worden und verliehen ihr ein abenteuerliches Aussehen. Nicht wenige der Herren an den umliegenden Tischen streiften ihre wilde Frisur mit indignierten Blicken, die sie aber beim Zusammentreffen mit Sidonies trotzigen, grünen Augen sogleich wieder in andere Bahnen lenkten.

Mit der ist bestimmt nicht gut Kirschen essen, besann sich der eine oder andere von ihnen, die sieht ja aus wie eine Wilde auf dem Kriegspfad!

Genau so fühlte sich das Fräulein auch und wäre sie nicht eine wohlerzogene Frankfurter Dichterin im gesetzten Alter, sondern eine stolze Apachen-Kriegerin aus dem fernen Amerika, hätte sie am heutigen Abend eine sorgfältige Kriegsbemalung aufgelegt. Auch Johann schien die Sachlage mittlerweile richtig einzuschätzen. »Ach, du hast doch bestimmt wieder Blut geleckt«, bemerkte er trocken und rollte mit den Augen. »Wo doch gestern der dritte Mord passiert ist. Es stand ja heute in allen Frankfurter Zeitungen, sogar die auswärtigen haben darüber berichtet: ›Der berüchtigte Frankfurter Dienstmädchen-Mörder hat wieder sein Unwesen getrieben! Angst und Schrecken unter den Besuchern der Frankfurter Herbstmesse! Besorgte Eltern fürchten um das Wohl ihrer Töchter: Erste Abreisewelle von Messegästen zu verzeichnen!‹«, tönte er mit dramatischem Unterton.

»Das ist doch beileibe schon schlimm genug. Und du mokierst dich auch noch darüber. Wie degoutant von dir!«, rief das Fräulein empört und bedachte Johann mit einem ungnädigen Augenaufschlag. »Aber um es mit deinen feinsinnigen Worten zu sagen: Ja, ich habe wieder Blut geleckt.

Vernünftig ausgedrückt bedeutet das, ich habe mich entschieden, meine privaten Ermittlungen fortzuführen. In Anbetracht der Dringlichkeit sogar noch weitaus stringenter als bisher.«

»Oha, da muss sich der Mörder aber warm anziehen«, spöttelte Johann.

»Auch wenn du und der Rest der Welt sich darüber lustig machen: Ich werde diesem kranken Schurken schon noch das Handwerk legen. Darauf kannst du dich verlassen. Und bitte entschuldige, dass ich dich soeben belästigt habe. Ich wünsche dir noch einen vergnüglichen Abend.« Das Fräulein zählte hastig einige Münzen auf den Tisch und erhob sich mit eisiger Miene von ihrem Platz, um aufzubrechen. Johann sprang auf und versuchte sie am Handgelenk zurückzuhalten.

»Lass mich!«, fauchte sie giftig und entwand sich ruckartig seinem Griff. Tränen der Wut waren ihr in die Augen getreten, als sie hektisch dem Ausgangsportal zustrebte. Johann, obgleich er auf seine alten Tage längst kein Freund von spektakulären Auftritten mehr war, eilte ihr hinterher und stellte sich dem furiosen Fräulein tollkühn in den Weg. Die allgemeine, deutlich gesteigerte Aufmerksamkeit des Kaffeehauspublikums ignorierend, bat er Sidonie unter Aufbietung seines ganzen Charmes immer wieder um Verzeihung. Nachdem sie ihn zur Strafe noch eine angemessene Zeit auf die Folter gespannt hatte, gelang es ihm tatsächlich, die zutiefst Gekränkte wieder für sich einzunehmen. Nach angemessenem Zögern ergriff sie schließlich Johanns dargebotenen Arm und ließ sich von ihm zurück zum Tisch geleiten. Rasch bemerkte die alte Füchsin, dass ihr rigides Verhalten durchaus gefruchtet hatte und sie den Freund genau da hatte, wo sie ihn eigentlich hatte haben wollen.

»Also, meine Liebe, selbstverständlich kannst du in Bezug auf deine Nachforschungen wieder voll und ganz auf mich zählen. Darf ich dich für den Verdruss, den ich dir vorhin bereitet habe, wenigstens zum Essen einladen? Dann können wir in Ruhe alles Weitere besprechen und ich kann dir auch über das Ehepaar Feigenspahn so manches sagen«, richtete Johann das Wort an Sidonie und strich ihr noch einmal versöhnlich über die cremefarben behandschuhte Hand.

»Dagegen habe ich nichts einzuwenden«, stimmte das Fräulein, dem inzwischen gehörig der Magen knurrte, huldvoll zu.

Johann bestellte für sie beide Aal mit Gelée, polnischen Salat, knusprigen Hahnenbraten mit Backkartoffeln und zum Nachtisch noch ein köstliches Birnenkompott mit Schlagsahne. Während sie die wohlschmeckenden Speisen genossen und sich dazu noch einen guten Rotwein schmecken ließen, berichtete Johann nach und nach von seinen Erfahrungen in der Parfümerie Feigenspahn: »Na ja, das liegt schon eine ganze Weile zurück, als ich das letzte Mal dort war«, begann er zurückhaltend.

»Woran liegt das denn, mein Lieber? Du willst mir doch nicht etwa weismachen, dass du auf deine alten Tage weniger auf deine Körperpflege achtest, als dies früher der Fall war? Denn wie ich weiß, legst du doch nach wie vor noch großen Wert auf deine äußere Erscheinung«, flachste Sidonie.

»Nun ja, das trifft wohl zu. Aber alles, was ich für meine bedauerlicherweise immer aufwendiger werdenden Schönheitsrezepturen benötige, erhalte ich inzwischen auch in Rödelheim in der Drogerie Blümel. Und andere Dinge brauche ich nicht mehr.«

»Das verstehe ich nicht. Was brauchst du nicht mehr?«, hakte Sidonie nach und runzelte begriffsstutzig die Stirn, was Johann offensichtliches Unbehagen bereitete.

»Na ja, über solche Sachen spricht man eigentlich nicht mit einer Dame«, erklärte er ausweichend und stocherte verlegen in seinem Dessert.

»Mein lieber Johann, du solltest eigentlich wissen, dass ich wenig zimperlich bin und man mit mir über alles sprechen kann!«

»Durchaus, meine Liebe, durchaus«, beeilte sich Johann zu entgegnen. »Aber wie soll ich sagen, hierbei handelt es sich doch um ein … sehr schlüpfriges Thema.«

»Also, du zierst dich schlimmer als eine Betschwester. So prüde kenne ich dich gar nicht. Komm, jetzt rück schon raus damit. Schlüpfrige Dinge können manchmal sehr interessant sein, das weiß selbst eine alte Jungfer wie ich. Außerdem, nur weil ich unverheiratet geblieben bin, glaube ich trotzdem nicht mehr an den Klapperstorch!«, feixte das Fräulein und knuffte Johann in die Seite.

»Also gut. Wenn du es denn unbedingt wissen willst: Ich bin früher immer in die Parfümerie Feigenspahn gegangen, um Kondome zu kaufen«, presste er hervor und errötete wie ein Chorknabe. Das Fräulein konnte sich nicht mehr halten und brach ob dieser Offenbarung in schallendes Gelächter aus.

»Erzähl doch mal, wie hast du das immer gehandhabt?«, erkundigte sie sich neugierig, »denn ich muss gestehen, mit dergleichen Gegenständen habe ich nun wirklich keine Erfahrungen.«

»Das war alles noch während meiner bewegten Jahre. Du weißt doch, dass ich damals alles andere als ein Kostverächter war. Und um mich vor der Franzosenkrankheit zu schützen und keine Bastarde in die Welt zu setzen, benötigte ich eben solche Artikel. Man bekommt sie längst nicht überall. Es gibt ein paar Friseurläden und Parfümerien in der Stadt, wo sie dezent unter der Ladentheke durchgereicht werden. Dazu gehörte auch die Parfümerie Feigenspahn. Man machte dort seine Besorgungen, ließ sich in Bezug auf Duftwässerchen beraten und im Bedarfsfall fügte man mit gesenkter Stimme hinzu, dass man noch ›Controns‹ wünsche. Die bekam man dann von den Inhabern oder ihren Angestellten unauffällig mit in die Einkaufstasche gepackt. Man wurde von den Feigenspahns immer sehr zuvorkommend beraten und bedient. Ich kann mich noch gut an die beiden erinnern. Das war vielleicht ein Gespann! Er so ein langes, dürres Elend und immer in allem so korrekt und etepetete. Der trug nie einen Kittel oder Ärmelschoner, wie das andere Ladeninhaber tun. Selbst bei der größten Hitze hatte der alte Feigenspahn immer seinen dunklen Gehrock mit Weste und Vatermörderkragen an. Und sie war klein und dick und kam daher wie Tante Bertha vom Lande. Kein bisschen schick oder elegant. Wo doch die meisten Parfümerie-Damen und Drogistinnen sonst so großen Wert auf ihr Äußeres legen. Gut, manche übertreiben es ein wenig und sind angepinselt und parfümiert, dass man den Eindruck gewinnen kann, sie sind ihre besten Kunden. Aber Frau Albertine, wie sie von ihren Stammkunden genannt wurde, war das absolute Gegenteil. Nicht die Spur von Liebreiz, aber das, was man im landläufigen Sinne als einen ›echten Kerl‹ bezeichnet. Hinter vorgehaltener Hand hieß es sogar immer, sie hätte es faustdick hinter den Ohren und würde dem geneigten Herrn gegen einen entsprechenden Aufpreis gerne auch ein galantes Abenteuer vermitteln.«

»Das ist ja interessant! In der Zeitung war zu lesen, dass die Feigenspahns von der Tugendhaftigkeit ihrer ermordeten Dienstmagd absolut überzeugt gewesen wären. Das kommt mir irgendwie komisch vor. Sie selbst verkaufen unter der Ladentheke Kondome, betreiben möglicherweise sogar Kuppelei und schwören dann Stein und Bein, ihr Dienstmädchen sei die reinste Heilige gewesen. Wo es doch heutzutage gang und gäbe ist, dass sich die jungen Leute auch schon vor der Hochzeit gerne miteinander vergnügen. Die Tote befand sich immerhin in der Kabine eines Vergnügungsschiffes, die nach Aussage des Betreibers oftmals auch als Liebesnester genutzt werden. Also, zum Rosenkranzbeten ist die doch bestimmt nicht dahingegangen! Ich will mich jetzt nicht gleich wieder in falsche Mutmaßungen ergehen, aber irgendwie kommt mir das Verhalten dieser Feigenspahns scheinheilig vor.« Um dieses Urteil noch zu untermalen, schlug Sidonie mit den Fingerkuppen ihrer kleinen, behandschuhten Hand energisch auf die Tischkante und blickte Johann eindringlich in die Augen.

»Damit magst du recht haben. Was soll ich also machen?«, erkundigte sich dieser schicksalsergeben und orderte beim Kaffeehauskellner noch eine Flasche Rotwein.

14

»Ach, der Herr Friedrich. Sie haben uns ja schon lange nicht mehr mit ihrem Besuch beehrt. Womit kann ich dienen, der Herr?« Frau Albertine Feigenspahn ging auf Johann Konrad Friedrich zu und schüttelte ihm leutselig die Hand. Am Revers ihres grauen Kattunkittels war ein Trauerflor angebracht.

»Sie sind in Trauer? Darf ich Ihnen mein Beileid aussprechen?«, erkundigte sich Johann mit gebührender Anteilnahme.

»Eine unserer Dienstmägde ist doch auf tragische Weise ums Leben gekommen. Sie haben sicherlich davon gehört. Das Mädchen war wie eine Tochter für uns«, erwiderte die Ladeninhaberin in weinerlichem Tonfall und verzog leidvoll das feiste Gesicht, während ihre kleinen, mausgrauen Augen wachsam auf Johann gerichtet waren.

»Ich habe es in der Zeitung gelesen. Welch schreckliche Tat. Ich möchte Ihnen noch einmal mein tiefstes Beileid aussprechen.« Johann verbeugte sich vor der Matrone.

»Meinen aufrichtigen Dank, Herr Friedrich. Wahrhaftig ein schwerer Schlag für meinen Gatten und mich, auch für unsere anderen Mägde. Wir sind alle wie eine große Familie, müssen Sie wissen. Aber das Leben muss schließlich weitergehen, auch wenn es uns so schmerzlich derer beraubt, die uns am Herzen liegen! Was darf's denn sein, der Herr?«, fragte Frau Albertine geschäftstüchtig und war wieder ganz im Hier und Jetzt.

»Ich benötige ein Parfüm für eine liebe Freundin«, entgegnete Johann.

»Welche Duftnote soll es denn sein?«

»Offen gestanden, das weiß ich nicht so recht. Könnten Sie mich dahingehend vielleicht ein wenig beraten?«

»Selbstverständlich, Herr Friedrich. Dafür sind wir da. Können Sie die Dame beschreiben? Hat sie einen hellen oder eher einen dunklen Teint? Welche Haarfarbe hat sie?«

»Sie hat hellrote Haare und eine sehr blasse Haut. Von ihrer Statur her sehr filigran …«

»Dann würde ich in jedem Fall eine frische Zitrusnote oder einen leichten, blumigen Duft empfehlen. Hier habe ich eine Mischung aus Bergamotte, Orangenblüten, Vetiver und Jasmin. Warten Sie, ich tupfe Ihnen etwas davon auf ein Riechtüchlein.« Frau Feigenspahn träufelte ein paar Tropfen eines hellgrünen Flakons auf ein weißes Taschentuch und reichte es Johann, der den Duft inhalierte.

»Durchaus angenehm, aber ein wenig zu süß, zu lieblich«, konstatierte der.

»Hier habe ich noch eine orientalisch-blumige Mischung, die momentan in der eleganten Damenwelt sehr gefragt ist. Sie besteht aus Rosenöl und Ambra, versehen mit einem Hauch von Sandelholz«, erklärte die Inhaberin und reichte Johann eine weitere Duftprobe. »Es heißt ›Königin der Nacht‹«, erläuterte sie.

»Riecht geheimnisvoll und auch irgendwie verrucht. Ich denke, das nehme ich.«

»Gerne, Herr Friedrich. Ich verpacke es Ihnen gleich noch in Seidenpapier und mache eine hübsche Schleife drum. Haben Sie sonst noch Wünsche?«

»Ich hätte gerne noch ein Duftwasser für mich.«

»Hatten Sie nicht früher immer den klassischen Herrenduft ›Irish Rain‹ bevorzugt?«

»Ja, aber es kann durchaus etwas anderes sein.«

»Da habe ich etwas ganz Raffiniertes. Ein sehr aromatisch-würziges Herrenparfüm mit Zedernauszügen, Zimt und Gewürznelke, Eichenmoos und einer feinen Moschusnote. Es nennt sich ›Matador‹ und duftet einfach unwiderstehlich. Überzeugen Sie sich selbst.« Frau Feigenspahn hielt Johann eine Probe unter die Nase. »Tupfen Sie sich das an die Schläfen und die Damenwelt wird Ihnen zu Füßen liegen«, bemerkte sie neckisch.

»Geradezu teuflisch gut«, befand Johann, als er an dem Riechtüchlein schnüffelte. »Packen Sie mir das bitte noch dazu. Und apropos Damenwelt: Hätten Sie nicht vielleicht auch diesbezüglich eine Empfehlung für mich?«, fügte Johann mit gedämpfter Stimme hinzu und lächelte verschwörerisch.

»Ich verstehe nicht ganz, was Sie meinen, Herr Friedrich! In unserem Hause herrscht momentan Trauer und ich muss zugeben, dass mich ein derartiges Ansinnen doch mit einigem Befremden erfüllt.« Frau Albertine gab sich mit einem Mal reserviert und begann konzentriert damit, die beiden Flakons in mehrere Schichten aus Seidenpapier zu hüllen. Nach einer Weile betretenen Schweigens beugte sie sich plötzlich vor und flüsterte ihm ins Ohr: »Als alten Stammkunden unseres Hauses möchte ich Sie aber auch nicht vor den Kopf stoßen. Heute Abend findet bei uns eine kleine, intime Trauerfeier für die arme Verblichene statt. Im Anschluss daran haben Sie die Möglichkeit, sich mit einem der Mädchen zurückzuziehen. Aufrichtende Worte und Kranzspenden sind ausdrücklich erwünscht. Letztere können auch gleich entgegengenommen werden.« Frau Albertines Äuglein fixierten Johann mit unverblümtem Zynismus. Er schluckte über so viel Unverfrorenheit, nestelte aber sogleich einige Silbermünzen aus seinem Portemonnaie und übergab sie ihr: »Ich hoffe, das ist genug«, murmelte er tonlos.

»Jeder gibt, was er geben kann und geben möchte. Es handelt sich hierbei schließlich um eine freiwillige Gabe. Für die beiden Duft-Flakons bekomme ich dann noch drei Gulden und 40 Kreuzer, wenn es beliebt, Herr Friedrich! Danke vielmals, der Herr! Und seien Sie bitte pünktlich, um sechs Uhr fangen wir an!«

In dem großen, komfortabel ausgestatteten Salon der Feigenspahns befand sich eine Handvoll Herren in Johanns Alter, das Gastgeber-Ehepaar, fünf junge Dienstmägde sowie ein eigens für den Abend engagierter Trauerredner. Nach einem etwa halbstündigen, pietätvollen Nachruf auf die Verblichene begab sich der Leichenbitter an den Klavierflügel und intonierte das Kirchenlied ›Ich bin ein Gast auf Erden‹*. Mit monotoner Stimme fing er an zu singen:

»Ich bin ein Gast auf Erden
Und hab' hier keinen Stand;
Der Himmel soll mir werden,
Da ist mein Vaterland.
Hier reis' ich bis zum Grabe;
Dort in der ew'gen Ruh'
Ist Gottes Gnadengabe,
Die schleußt all Arbeit zu.
Was ist mein ganzes Wesen
Von meiner Jugend an
Als Müh und Not gewesen?

* Text von Paul Gerhardt, 1607–1676.

…
…
…
Da will ich herrlich singen
Von deinem großen Thun
Und frei von schnöden Dingen
In meinem Erbtheil ruhn.«

Als die letzte der 14 Liedstrophen endete, herrschte allenthalben so etwas wie Erleichterung unter den Trauergästen. Dennoch brach sich auch die Schwermut Bahn und die fünf jungen Frauen, die schon während des Liedes stille Tränen vergossen hatten, schluchzten nun laut. Selbst Albertine Feigenspahn schnäuzte in ihr Taschentuch und die Herren hüstelten ergriffen. Johann, der sicher war, dass es sich im Falle von Frau Feigenspahn um Krokodilstränen handelte, konstatierte bei den Mägden echte Trauer.

Ungeachtet ihres Trübsinns erhielten die Hausangestellten von ihrer Herrschaft wenig später einen Wink, worauf sie allesamt den Raum verließen und bald mit Kaffee und Gebäck zurückkehrten, welche sie der übrigen Trauergesellschaft kredenzten. Beim Anblick der geröteten Augen der Mädchen empfand Johann Mitleid. Ihm taten die jungen Frauen leid und er fragte sich, wie gefühllos man sein musste, um sie in einem solchen Zustand der käuflichen Lust anheimzugeben.

Doch nach dem Kaffeetrinken vollzog sich das Menschenverachtende, einem unheilvollen Mechanismus gleich, dem sich die jungen Geschöpfe wehrlos fügten, indem sie sich nach und nach in Herrenbegleitung in die oberen Räume zurückzogen. Auch Johann schloss sich einer der Bedauernswerten an und folgte ihr schweigend in ein kleines Zimmer im Obergeschoss. Das junge Dienstmädchen stellte sich ihm als Dorothea vor und machte, kaum dass sie das Kämmerchen betreten hatten, Anstalten, sich zu entkleiden, was Johann rasch verhinderte: »Mein Kind, es ist nicht nötig, dass Sie so etwas tun, mir liegt es fern, Sie in Ihrem Kummer auch noch auf irgendeine Weise zu bedrängen. Lassen Sie ruhig Ihrer Wehmut freien Lauf, ignorieren Sie mich, oder sprechen Sie über Ihre Bedrängnis. Egal, wonach Ihnen gerade ist, ich werde es in jedem Fall respektieren und glauben Sie mir bitte: Ich bin nicht hier, um mich an Ihnen zu vergehen.«

Johanns einfühlsam geäußerte Worte schienen das Mädchen zu verunsichern. Verwundert und skeptisch schaute sie ihn an.

»Warum sind Sie denn dann hier?«, fragte sie verstört.

»Ich möchte ganz offen zu Ihnen sein: Ich bin hier, um mich mit Ihnen über Ihre ermordete Kollegin zu unterhalten. Keine Angst, ich bin kein Polizeispitzel, sondern nur ein harmloser Privatier, dem sehr daran gelegen ist, zur Aufklärung der Giftmorde beizutragen.« Johann hatte sich unter Wahrung eines angemessenen Abstands neben sie auf das Bett gesetzt. Das Mädchen schwieg beklommen und wippte nervös mit dem Fuß.

»Hatten Sie Lisbeth denn gerne?«, erkundigte er sich.

»Schon«, entgegnete Dorothea ausweichend und senkte den Blick.

»Ich möchte Ihnen ja nicht zu nahe treten, aber das klingt nicht sehr überzeugend.«

Anstelle einer Erwiderung zuckte das Mädchen nur gleichgültig mit den Schultern.

»Sind Sie schon lange bei den Feigenspahns?«

»Ein Jahr«, erwiderte sie einsilbig.

»Kann ich Ihnen irgendwie helfen? Möchten Sie weg von hier?«

»Nein.«

»Zwingt man Sie etwa, hierzubleiben? Wird Ihnen vielleicht Gewalt angetan?«

»Nein, ich bin gern hier!«, entgegnete die junge Frau trotzig und wirkte wie ein in die Enge getriebenes Reh.

»Ich habe den Eindruck, dass Sie hier sehr unglücklich sind und es Ihnen überhaupt nicht gut geht.«

Das Mädchen schwieg und bemühte sich weiterhin, eine unbeteiligte Miene beizubehalten.

»Gut, dann danke ich Ihnen, Dorothea, und möchte auch Ihre Zeit nicht länger beanspruchen. Schade, dass Sie nicht bereit waren, mir mehr über Lisbeth zu erzählen. Vielleicht hätte uns das helfen können, den Mörder zu fassen. Jeder Hinweis kann dabei von großer Bedeutung sein und manchmal ist es nur eine scheinbar unbedeutende Einzelheit, die schlussendlich zu einer Verhaftung beitragen kann. Und das wäre auch in Ihrem Sinne, denn schließlich wollen Sie ja nicht die Nächste sein, die heimtückisch vergiftet wird.«

Johann stand schon vor der Mansardentür, als er vernahm, wie das Mädchen mit tonloser Stimme murmelte: »Das wär mir auch egal.«

Er wandte sich abrupt zu ihr um und sah, wie sie ihr Gesicht in tiefer Verzweiflung in das Kopfkissen vergraben hatte. Dem bebenden Körper entrang sich ein gedämpftes, aber derart klägliches Wimmern, dass dem altgedienten Soldaten unwillkürlich die Tränen in die Augen schossen. Er setzte sich neben die Unglückliche und versuchte ihr Trost zu spenden: »Das darf Ihnen aber nicht egal sein, mein Kind. Sie sind so jung und haben das Leben noch vor sich.«

»Was denn für ein Leben?«, stammelte Dorothea unter Tränen, »das ist doch kein Leben hier. Am liebsten wär ich tot. Genauso wie die Lisbeth.« Die junge Frau wurde von heftigen Weinkrämpfen geschüttelt und jammerte dabei immer wieder nach ihrer Mutter.

»Wo ist denn Ihre Mutter? Wenn Sie es wünschen, bringe ich Sie zu ihr!«, bot ihr Johann, in der Hoffnung, sie damit aufzurichten, an. Doch das Wehklagen des Mädchens wurde noch verzagter.

»Da kann ich doch jetzt nicht mehr hin«, winselte sie mutlos. »Wo ich so schändlich geworden bin.«

»Ich habe den Verdacht, mein Kind, daran tragen ganz andere Leute die Schuld«, äußerte Johann mit belegter Stimme. »Möchten Sie mir nicht anvertrauen, wie es dazu gekommen ist? Ich gebe Ihnen mein Wort, dass die Feigenspahns nichts von alledem erfahren, was wir besprechen. Fräulein Dorothea, so glauben Sie mir doch bitte, ich bin auf Ihrer Seite und möchte Ihnen helfen.«

Zum ersten Mal blickte das Mädchen Johann direkt in die Augen und schien tatsächlich so etwas wie Vertrauen zu ihm zu empfinden. Sie erzählte ihm, dass ihre Mutter Gesindemagd auf einem großen Hofgut in der Wetterau sei. Dorothea war von unehelicher Geburt und hatte bis zu ihrem 15. Lebensjahr ebenfalls dort als Magd gearbeitet. Von anderen jungen Mägden hatte sie gehört, dass das Leben in der Stadt weniger beschwerlich sei als auf dem Lande und die Mägde dort lange nicht so hart arbeiten müssten und besser verdienen würden. Als Kammerzofe oder Dienstmädchen in einem vornehmen Haushalt trage man Kleider aus feinem Linnen, bekäme gut zu essen und genug Lohn, dass man sich davon etwas zurücklegen könne. Dorothea hatte daraufhin mit ihrer Mutter, der sie sich mit allem anvertrauen konnte, darüber gesprochen und sie waren übereingekommen, dass Dorothea mit der Postkutsche nach Frankfurt fahren und sich dort nach einer geeigneten Stellung umschauen sollte. Die Mutter hatte ihr vor der Abreise noch ihre Notgroschen übergeben, sie vor den Gefahren der Großstadt gewarnt und ihr unter Abschiedstränen zugeflüstert, sie solle anständig bleiben. So wäre sie schließlich nach Frankfurt gekommen, doch die große Stadt und die vielen fremden Menschen hätten ihr Angst gemacht. Sie wäre doch vorher höchstens mal in Vilbel gewesen, das könne man aber mit Frankfurt nicht vergleichen. Sie hätte sich ganz verloren gefühlt und wäre am Liebsten wieder heimgefahren. »Wenn ich das doch bloß gemacht hätte«, flüsterte Dorothea flehentlich.

Und dann sei sie wie ein verlorenes Schaf eine Zeitlang verzweifelt durch die Stadt geirrt. Plötzlich wäre sie an einem großen Platz vorbeigekommen mit ganz vielen Obst- und Gemüseständen und Bauern, die die Waren verkauften. Die hätten sie alle an die Leute daheim erinnert und sie wäre dorthin gegangen und hätte sich stundenlang herumgedrückt. Plötzlich hätte sie eine ältere Frau angesprochen, die wäre so nett zu ihr gewesen und sie wären ins Gespräch gekommen. Die Frau hätte ihr dann sogar eine Stellung angeboten und Dorothea hätte damals ihr Glück gar nicht fassen können.

»Die Frau war Frau Feigenspahn und hat mich zur Hure gemacht!«, endete sie bitter. »Bei den anderen hier war es genauso. Das sind alles arme Dinger vom Land, die sie unter falschen Versprechungen hierher gelockt hat, die alte Hexe.« Dorotheas braune Augen funkelten hasserfüllt. »Nur bei der Lisbeth war es anders. Die war nicht ganz so dumm und blauäugig wie wir anderen. Hatte auch schon vorher was mit Mannsbildern gehabt und so. Die war auch schon länger hier in der Stadt. War vorher in Stellung bei so feinen Pinkeln. Doch mit ihrer Gnädigsten ist sie nicht so zurechtgekommen, glaub ich, und die hat sie vor die Tür gesetzt. Dann hat sie hier angefangen. Das muss so vor vier Jahren gewesen sein, glaub ich. Jedenfalls war sie länger hier als wir alle. Nur die Lydia nicht, aber die hat die Alte ja rausgeschmissen. Vor einem halben Jahr war das. Ist in der Gosse gelandet, das arme Mensch. Geht jetzt draußen auf der ›Saualleee‹ anschaffen. Na ja, das blüht uns eines Tages auch noch, wenn wir mal zu ›verlebt‹ aussehen, wie die Alte immer zu der Lydia gesagt hat. Und die Lydia, das war doch der Lisbeth ihre Busenfreundin. So richtig Freundin kann man da vielleicht nicht sagen«, fuhr sie nachdenklich fort. »Denn so Freundinnen, wie man sie früher mal gehabt hat, denen man alles erzählen konnte, mit denen man gelacht und beim Heumachen immer in den hellsten Tönen gesungen hat, so was gibt's hier nicht. Man weiß, dass es den anderen genauso dreckig geht wie einem selbst. Aber letztendlich sind einem alle egal. Alles wird einem egal, wenn man hier ist. Aber für die Lydia muss die Lisbeth wirklich was übrig gehabt haben, sonst hätte sie der doch nicht geholfen. Die ist immer heimlich zu der hingemacht, da unten, ans Fischerfeld, und hat der Geld zugesteckt oder was zu essen. Die Alte durfte das nicht wissen, aber von uns hier hat das jede gewusst und manchmal, wenn man konnte, hat man der Lisbeth auch mal was mitgegeben für das arme Ding, weil man sich gedacht hat, dass es einem auch so gehen kann und dann ist man froh um jede Hilfe. Ich konnte nicht so oft was spenden, weil ich immer meiner Mutter was schicken tu. Wenn ich sie schon nicht mehr sehen kann, so will ich ihr doch wenigstens so noch was Gutes tun.« Dorothea wischte sich wieder über die Augen. Johann hatte ihr die ganze Zeit schweigend und sichtlich bewegt zugehört.

»Warum können Sie sie denn nicht mehr sehen? Sie ist doch nicht aus der Welt und die Wetterau ist gar nicht so weit weg. Fahren Sie doch einfach mal zu ihr hin.«

»Ich kann ihr doch jetzt, wo ich eine Hure geworden bin, nicht mehr unter die Augen treten«, erwiderte Dorothea leise und starrte mit leerem Blick vor sich hin.

»Also, nach allem, was du mir erzählt hast, muss der Inspektor ja taub und blind sein, wenn er ein so abgekochtes Gespann wie die Feigenspahns für rechtschaffen hält.« Sidonies sommersprossiges Gesicht war vor Erbitterung gerötet, über der Nasenwurzel zeichnete sich immer deutlicher eine Zornesfalte ab. »Wir müssen unbedingt was für die armen Dinger tun. Ich werde heute noch zu Paulus gehen und dafür Sorge tragen, dass dieses heimliche Bordell endlich auffliegt und das saubere Ehepaar hinter Schloss und Riegel kommt, wo es hingehört!«, schnaubte sie wütend.

»Und was wird dann aus den Mädchen? Am Ende werden die auch noch bestraft und kommen in ein Besserungshaus. Und das würde mir doch sehr leidtun, wo die ohnehin schon genug mitgemacht haben und vollkommen unschuldig in diesen ganzen Sündenpfuhl hineingeraten sind«, gab Johann zu bedenken.

»Das werde ich Paulus gegenüber schon ins rechte Licht rücken und mir ausbedingen, dass sie angemessen betreut werden. Der Bürgermeister ist schließlich ein vernünftiger Mann, mit dem man reden kann.«

»Mit Verlaub, meine Liebe, aber überschätzt du da nicht ein wenig deinen Einfluss? Ich glaube nicht, dass Paulus sich da groß was ›ausbedingen‹ lässt. Schließlich handelt es sich hier um gefallene Mädchen und für die gibt es eben nun mal bestimmte Häuser. Die sind allesamt in kirchlicher Hand und was ich so darüber gehört und gelesen habe, wird dort nicht besonders zartfühlend mit den Frauen umgesprungen. In erster Linie betrachtet man sie als ›Sünderinnen‹ und erwartet von ihnen Reue und Bußfertigkeit.«

»Da muss ich dir ausnahmsweise einmal recht geben«, erwiderte Sidonie nachdenklich. »Aber man muss diesen Feigenspahns doch das Handwerk legen. Das geht doch nicht, dass diese armen Geschöpfe weiterhin missbraucht werden! Da sind doch diese Magdalen-Häuser wirklich noch das kleinere Übel. Aber ich muss zugeben, so ganz glücklich macht mich eine solche Lösung auch nicht. Durch meine Wohltätigkeitsbemühungen hatte ich das eine oder andere Mal mit Diakonissen oder Klosterfrauen zu tun und weiß deshalb, dass das mitunter ganz schöne Drachen sein können. Wie viele Mädchen sind das denn insgesamt? Fünf sagtest du, glaub ich?«

Johann nickte und zog ein mürrisches Gesicht.

»Und wenn wir die einstweilen bei uns beherbergen? Du hast doch so viel Platz in deinem Haus in Rödelheim, du könntest doch ohne Weiteres drei der Mädchen bei dir aufnehmen und ich könnte zwei im früheren Schlafzimmer meiner Eltern unterbringen. Paulus muss mir natürlich unbedingt Straffreiheit für sie zusichern und wir könnten dann in aller Ruhe eine geeignete Stellung für alle suchen. Solange wären sie dann halt unsere Gäste.«

»Das dürfte nicht so einfach werden, Sido. Du weißt

doch, wie die Leute sind, da will sich doch keiner ein ehemaliges Freudenmädchen ins Haus holen.«

»Es sind aber auch nicht alle so. Den Heinrich könnte man zum Beispiel mal fragen und mir fallen bestimmt noch mehr Leute ein, die keine selbstgerechten Frömmler sind und das Herz auf dem rechten Fleck haben. Schließlich gibt es nicht *nur* feige Pharisäer in Frankfurt, sondern auch noch ein paar anständige Menschen! Also, ich fasse noch mal zusammen, was jetzt so alles ansteht: Erstens, ich gehe zum Bürgermeister und veranlasse, dass dieses Freudenhaus geschlossen wird. Zweitens, ich schaue mir die Dienstbotenkartei an, um zu sehen, wo Lisbeth Orth vorher in Stellung war. Je mehr Informationen wir zusammentragen können, desto besser. Und drittens, denke ich, sollten wir unbedingt diese Lydia ausfindig machen. Wenn die mit der Lisbeth Orth befreundet war, kann die uns bestimmt einiges über sie sagen, was uns vielleicht zum Mörder führt. Wo ist denn diese ›Saualllee‹? Mein Gott, was für ein schrecklicher, vulgärer Name.« Sidonie rümpfte die lange, schmale Nase.

»Das ist draußen auf dem Fischerfeld, wo die zwei Stadtkanäle verlaufen. Da gibt es so eine Baumallee, die heißt ›Metzger Bruch‹. Und weil es sich traditionell so eingebürgert hat, dass hier die Straßendirnen der untersten Chargen gerne auf Kundenfang gehen, nennt man diesen Weg im Volksmund halt die ›Sauallee‹«, wusste Johann zu berichten.

»Nun denn, da sollten wir sobald wie möglich einmal vorstellig werden«, bemerkte das Fräulein entschieden und schaute Johann herausfordernd an.

»Nun mal langsam mit den jungen Pferden. Eins nach dem anderen. Geh du zuerst mal ins Rathaus und schau dir diese Dienstbotenkartei an. Dann sehen wir weiter. Ich habe fürs Erste jedenfalls mein Pensum erfüllt. Und glaube mir, das war nicht besonders vergnüglich im Hause Feigenspahn. Jetzt muss ich erst mal Luft schnappen. Man ist schließlich *auch* nicht mehr der Jüngste. Du findest mich, meine Liebe, wie immer im Kaffeehaus. Madame!« Johann hatte sich erhoben und hauchte dem Fräulein formvollendet einen Handkuss auf den behandschuhten Handrücken.

»Charmant, charmant«, mokierte sich Sidonie.

»Nun ja, man weiß ja schließlich, was sich gehört!«

»Ich meinte nicht den Handkuss, mein Lieber.«

»Sondern?« Johann runzelte fragend die Stirn.

»Ein wahrer Kavalier hätte es weggelassen.«

»Was meinst du?«, brummelte Johann begriffsstutzig.

»Das ›auch‹ meine ich!«

Am nächsten Morgen eilte Sidonie zum Rathaus und betrat nach kurzem Anklopfen das Meldebüro. Ein älterer, sauertöpfisch dreinblickender Amtmann, dem der Amtsschimmel nur allzu deutlich ins Gesicht geschrieben stand, erkundigte sich nach ihrem Begehr.

»Ich hätte gerne Einsicht in die Dienstbotenkartei«, erwiderte sie.

»Worum geht es denn?«, fragte der Beamte und musterte skeptisch ihre roten Lockenkringel, die ungebändigt aus ihrem haubenartigen Hut herausragten.

Sidonie holte tief Luft und entgegnete mit fester Stimme: »Ich würde mir gerne die Arbeitszeugnisse einer gewissen Lisbeth Orth ansehen.«

»Und was interessiert Sie daran? Das ist doch die ermordete Dienstmagd, die unlängst auf dem Weinschiff gefunden worden ist. Von der Gendarmerie sind Sie ja wohl nicht«, schnarrte der Amtmann schroff.

»Durchaus nicht. Aber ich bin Schriftstellerin und beabsichtige, eine Abhandlung über den Mordfall zu schreiben. Sidonie Weiß mein Name. Falls es dahingehend Probleme geben sollte, der Herr Bürgermeister ist ein guter Freund von mir. Ich kann ihn gleich aufsuchen, um seine Zustimmung einzuholen«, beschied ihn Sidonie mit kühlem Hochmut und hoffte darauf, dass ihr Bluff nicht aufflog.

»So, so, die berühmte Sidonie Weiß sind Sie. Ich kenne Ihr Buch ›Das Gespenst vom Römerberg‹. Hat mir meine Frau mal zu Weihnachten geschenkt. Hat mir gut gefallen. Das war so schaurig, dass ich es gar nicht mehr weglegen konnte.« Der Beamte verzog den schmallippigen Mund zu der Andeutung eines Lächelns.

»Wenn Ihnen das so gut gefallen hat, dann wird Ihnen bestimmt auch ›Der Mord im Siechenhaus‹ Freude bereiten. Ich bringe es Ihnen gleich nachher vorbei. Ich wohne nur ein paar Straßen weiter und habe noch einen ganzen Stapel davon zu Hause liegen«, entgegnete Sidonie und strahlte ihn mit ihren meergrünen Augen entwaffnend an.

»Das kann ich doch nicht annehmen.« Der Büroangestellte schüttelte verschämt den Kopf.

»Bitte erlauben Sie mir, dass ich es Ihnen schenke! Sonst bin ich brüskiert«, drohte das Fräulein in gespielter Empörung und verzog schmollend die rosarot geschminkten Lippen.

»Na gut, aber nur, wenn Sie mir auch eine Widmung reinschreiben.«

Das Eis war nun vollends gebrochen und der Amtmann bot dem Fräulein zuvorkommend einen Stuhl an. Als er ihr wenig später das gewünschte Zeugnis vorlegte, stockte Sidonie vor Anspannung der Atem.

In dem Zeugnis, welches der jungen Frau vor rund vier Jahren von ihrer damaligen Herrschaft, Claudia von Breuberg, ausgestellt worden war, war nichts Nachteiliges vermerkt. Am Ende stand der lapidare Satz, das Dienstverhältnis sei in beiderseitigem Einvernehmen aufgelöst worden. Sidonie war verblüfft. Schon mehrfach war sie bei den Breubergs, die dem alten Frankfurter Geldadel angehörten, zu Abendgesellschaften eingeladen, und sie erinnerte sich dunkel, dass es auch einen Sohn des Hauses geben musste.

Obgleich ihr die affektierte Claudia von Breuberg wenig lag, hatte sich die Dame doch wohltätigen Zwecken gegenüber stets als aufgeschlossen erwiesen, was für das Fräulein Grund genug war, die gesellschaftlichen Kontakte zu pflegen.

Sidonie beschloss, schon am nächsten Tag im Hause Breuberg vorzusprechen, um dort behutsame Nachforschungen anzustellen.

15

Entgegen ihrer sonstigen Gewohnheit, Wege und Erledigungen in der Stadt größtenteils zu Fuß zurückzulegen, mietete das Fräulein an jenem goldenen Oktobermorgen am Liebfrauenberg eine Droschke, denn ein Fußmarsch bis nach Bockenheim war ihr doch ein wenig zu weit. Sidonie genoss die Fahrt. Am Steinweg und Komödienplatz vorbei ging es die langgezogene Große Bockenheimergasse entlang, durch das Mainzertor hindurch, zur angrenzenden, breit und großzügig angelegten Bockenheimer Chaussee. Der Blick auf die weit von der Straße zurückliegenden Wohnpaläste mit ihren ausgedehnten Parkanlagen und gepflegten englischen Gärten machte dem Fräulein wieder einmal deutlich, dass man hier im vornehmen Frankfurter Westend nicht einfach nur wohnte – man residierte.

Das eine oder andere Mal war die Dichterin in einer der luxuriösen Villen zu Gast gewesen, um ihre Gedichte vorzutragen, seltener auch, um aus ihren Kriminal- und Schauergeschichten zu lesen, die einem elitären Publikum eher als trivial anmuteten. Was Sidonie, die keine Probleme damit hatte, neben anspruchsvoller Poesie auch unterhaltsame Spannungsromane zu verfassen, nicht davon abhielt, weiterhin mit großer Leidenschaft beides zu schreiben. Eigensinnig, wie sie war, fühlte sie sich weder einer hochtrabenden Schöngeisterei noch einer seichten Oberflächlichkeit verpflichtet, sondern einzig nur den geneigten Lesern und sich selbst. Sie mochte sich nicht festlegen lassen und liebte als Schriftstellerin wie als Mensch die Vielseitigkeit.

Nachdem die Droschke die gewundene, weißgekieste Auffahrt des Anwesens in der Bockenheimer Chaussee Nummer 14 entlanggefahren war und Sidonie vor der pompösen, marmornen Freitreppe ausstieg, schritt sie die Stufen hinauf und läutete am Portal. Dem adrett gekleideten Dienstmädchen gegenüber, das ihr gleich darauf öffnete, gab sie sich als Fräulein Weiß zu erkennen und bat darum, Frau von Breuberg zu sprechen. Die Bedienstete forderte sie höflich auf, einstweilen im Vestibül Platz zu nehmen, sie werde sie sogleich bei der gnädigen Frau anmelden.

Etwa zehn Minuten später erschien das Dienstmädchen wieder in der Halle, knickste artig und verkündete: »Die gnädige Frau empfängt.«

Als das Fräulein anschließend den Salon betrat, glitt ihr Claudia von Breuberg auch schon entgegen und reichte ihr die grazile, rosafarben behandschuhte Hand in einer Weise, als erwarte sie von Sidonie einen Handkuss. Dessen ungeachtet ergriff Sidonie das dargereichte Händchen und drückte es energisch, während sie unmerklich in sich hineingrinste. Alle Achtung, gelernt ist gelernt, dachte sie mit spöttischer Bewunderung für die Geziertheit, mit der sich die Dame des Hauses bewegte. Sidonie wusste aus eigener Erfahrung, dass man jungen Damen der Gesellschaft früh beibrachte, immer und überall eine gute Figur zu machen. Dazu gehörte es, sich hübsch gerade zu halten, gewinnend zu lächeln, und zu gehen, ohne dass man die Schritte bemerkte. Ganz so, als laufe man auf unsichtbaren Rollen.

Diese hohe Kunst beherrschte Claudia von Breuberg meisterlich.

»Mein liebes Fräulein Weiß, wie schön, Sie zu sehen«, tönte sie mit glockenheller Singstimme und bat Sidonie, Platz zu nehmen.

»Was macht Ihre Dichtkunst? Haben Sie denn wieder etwas Wunderbares ersonnen? Lassen Sie es mich doch bitte wissen, denn ich liebe die Poesie«, hauchte sie entzückt. Auf ihren Wink hin eilte die junge Kammerzofe, die sich die ganze Zeit über nahezu unsichtbar in einem Winkel des Salons aufgehalten hatte, herbei und goss der Besucherin aus einer silbernen Teekanne duftenden Earl Grey in eine Tasse aus hauchdünnem chinesischem Porzellan.

»Liebe Frau von Breuberg, ich muss gestehen, dass es bedauerlicherweise weniger die Poesie ist, die mich heute zu Ihnen führt, sondern eher die raue, in diesem Fall sogar grausame Wirklichkeit. Ich plane nämlich, demnächst eine Abhandlung über die schrecklichen Giftmorde zu schreiben, die seit geraumer Zeit in unserer Heimatstadt verübt werden. Sicherlich haben Sie davon gehört und sind ebenso bestürzt wie ich. Wenn Sie gestatten, würde ich mich daher gern mit Ihnen über Ihr ehemaliges Dienstmädchen Lisbeth Orth unterhalten.« Sidonie hatte eigentlich nicht vor, gleich derart mit der Tür ins Haus zu fallen. Sie wollte zunächst vorgeben, wieder einmal für einen guten Zweck zu sammeln, in diesem Fall die Errichtung von Milchbüdchen in den Armenvierteln, und dann ganz beiläufig auf die Dienstmädchen-Morde zu sprechen kommen, um anschließend geschickt auf Lisbeth Orth überzulenken. Jedoch hatte sie sich spontan für eine andere Vorgehensweise entschieden. Zum einen, weil ihr Frau von Breubergs Getue entsetzlich auf die Nerven ging, zum anderen, um mit diesem Überraschungsangriff Claudias meterdicken Panzer aus Charme und Liebreiz ein wenig ins Wanken zu bringen. Was ihr scheinbar auch gelungen war, denn Frau von Breubergs blasses Porzellanpuppengesicht wurde noch eine Nuance bleicher und ihre ohnehin kalten, blassblauen Augen schienen plötzlich wie zu Eis erstarrt.

Eiskalt erwischt! Jetzt weiß ich, warum man das sagt, dachte das Fräulein ingrimmig und setzte ein harmloses Lächeln auf, das ihr indessen wohl nicht abgenommen wurde …

»Meine Liebe, es tut mir außerordentlich leid, Ihnen mitteilen zu müssen, dass ich mich schon seit Tagen unpässlich fühle und mich wieder hinlegen möchte. Sie werden es mir daher hoffentlich nachsehen, wenn ich mich in Bezug auf Ihr Anliegen kurz fassen möchte: Ja, das besagte Mädchen hat mir mehrere Jahre als Kammerzofe gedient. Wie das gute Zeugnis belegt, welches ich ihr ausgestellt habe, war ich mit ihr recht zufrieden und das Dienstverhältnis endete in beiderseitigem Einvernehmen. Ich bedaure es zutiefst, dass es mit dem Mädchen ein so schlimmes Ende genommen hat, aber Weiteres ist mir nicht bekannt«, endete die Dame unterkühlt und gab dem Fräulein deutlich zu verstehen, dass somit das Thema für sie erledigt war, was Sidonie geflissentlich ignorierte.

»Wenn Sie so zufrieden mit ihr waren und es keinen Grund gab, Ihrer Dienstmagd zu kündigen, dann lag die Entscheidung, Ihr Haus zu verlassen, also bei dem Mädchen selbst. Eine gute Stellung gibt man aber doch nicht so ohne Weiteres auf. *Wieso* hat Lisbeth Orth das getan?«, forschte das Fräulein.

»Was weiß ich? Sie hatte wohl andere Pläne«, entgegnete Frau von Breuberg ungeduldig und massierte sich mit sanftem Druck die Schläfen. »Oh Gott, diese Migräne«, seufzte sie und hoffte, dass dieser Wink mit dem Zaunpfahl bei ihrer Besucherin ankam und sie sich endlich zum Abschied bereit machen würde. Doch Sidonie dachte nicht daran, der blasierten Dame diesen Gefallen zu erweisen.

»Wie war sie denn so, diese Lisbeth Orth? Ich meine, was für ein Mensch war sie? Sie können sich doch bestimmt noch an das eine oder andere erinnern?«

»Da muss ich leider passen, meine Liebe. Ich glaube, ich würde sie noch nicht einmal mehr wiedererkennen, wenn sie vor mir stünde. Für mich sehen diese Domestiken alle gleich aus. Und irgendwelche Eigenarten von ihr sind mir gleichfalls nicht im Gedächtnis geblieben. Man gibt sich mit diesen Leuten auch nicht ab, nicht wahr? Ich sage immer, gutes Personal zeichnet sich dadurch aus, dass es fleißig und unauffällig seiner Arbeit nachgeht. Und diesbezüglich hatte ich bei besagter Lisbeth keinen Grund zur Klage.« Claudia von Breuberg hielt sich mit anmutiger Geste die Hand vor den Mund und gähnte gelangweilt, um dem Fräulein dadurch zu signalisieren, dass es für eine Dame der Gesellschaft nicht gerade erbaulich ist, sich über Dienstboten zu unterhalten.

»Bitte verzeihen Sie mir, wenn ich noch einmal insistiere, liebe Frau von Breuberg, aber eine Frage hätte ich noch. Dann aber gelobe ich, Sie nicht weiter zu behelligen«, entgegnete Sidonie.

»Wo denken Sie hin, liebe Freundin! Sie *behelligen* mich doch nicht! Ich würde Ihnen ja liebend gerne bei Ihrer Recherche behilflich sein, erst recht, wo ich Ihre schriftstellerische Arbeit so über die Maßen schätze, allein, es mangelt mir an Informationen. Aber fragen Sie mich doch bitte. Was immer ich zu sagen vermag, werde ich Ihnen nicht vorenthalten«, beeilte sich Claudia von Breuberg mit reizender Singstimme auszurufen und war wieder die Liebenswürdigkeit in Person.

»Ich danke Ihnen ganz herzlich für Ihr wunderbares Entgegenkommen, meine Liebe, und wenn Sie gestatten, werde ich Sie auch gerne dankend erwähnen, wenn mein Roman dereinst abgeschlossen sein wird«, säuselte das Fräulein nicht minder holdselig. »Nun, ich gebe zu, der Gegenstand meiner Frage ist ein wenig pikant. Ich hoffe auch, damit nicht allzu sehr Ihr Schamgefühl zu verletzen. Aber war Ihnen seinerzeit vielleicht bekannt, ob die Jungfer zu irgendeinem Mannsbild ein amouröses Verhältnis unterhielt? Möglicherweise sogar zu einem jungen Herrn der Gesellschaft? Bitte verzeihen Sie mir diese anstößigen Erwägungen.« Sidonie wand sich in altjüngferlicher Verlegenheit, beobachtete aber die Reaktion ihrer Gesprächspartnerin sehr genau. Frau von Breuberg zog fast unmerklich Luft durch ihre feinen Nüstern, ihre blassblauen Augen erstarrten für den Bruchteil von Sekunden zu Glasmurmeln, während sie sich gleichzeitig um ein nachsichtiges Lächeln bemühte.

»Über das etwaige Liebesleben meines Personals bin ich natürlich nicht im Bilde. Obgleich ich stets darum bemüht bin, der Ausschweifung schon dahingehend einen Riegel vorzuschieben, indem ich jegliches Geplänkel unter Dienstboten mit sofortiger Kündigung ahnde. Ebenso lege ich größten Wert darauf, nur anständige Leute in den Dienst zu nehmen. Jegliche Koketterie und Gefallsucht unter den weiblichen Hausangestellten sind strengstens untersagt. Ich dulde bei meinen Dienerinnen weder Putz noch Schminke. Wo kämen wir denn da auch hin?« Frau von Breuberg hob indigniert die goldfarbenen Brauen.

»Nichts anderes habe ich erwartet. Ich danke Ihnen noch einmal sehr für Ihr freundliches Entgegenkommen, liebe Frau von Breuberg. Und bitte verzeihen Sie mir meine Aufdringlichkeit. Nun habe ich aber Ihre Zeit lange genug in Anspruch genommen. Wo Sie auch noch unpässlich sind. Ich bitte vielmals um Entschuldigung. Und sehen Sie es mir nach, aber auf der Jagd nach einer spannenden Geschichte gebärde ich mich zuweilen wie der reinste Spürhund und verliere jedes Maß!«

»Eben das macht Sie so bedeutend, liebe Freundin. Bitte leisten Sie mir doch noch ein wenig Gesellschaft. Ihre Gegenwart tut mir gut, meine Kopfschmerzen sind wie weggeblasen. Ich glaube, Sie sollten mich häufiger besuchen kommen.« Frau von Breuberg winkte dem Dienstmädchen und ließ dem Fräulein noch Tee nachschenken.

»Zu freundlich, meine Liebe. Darf ich fragen, wie es Ihrer Familie geht?«, erkundigte sich das Fräulein höflich, als sie bewusst die Konversation in unverfänglichere Bahnen lenkte. Worüber Claudia von Breuberg auch erleichtert zu sein schien, denn ihre Züge entspannten sich merklich.

»Danke der Nachfrage. Unseren drei Töchtern Sofia, Konstanze und Viktoria geht es gut. Viktoria kommt mit ihren 13 Jahren langsam in das schwierige Alter und hat allerlei Flausen im Kopf. Zurzeit träumt sie von einer Karriere als Balletttänzerin und ihr großes Vorbild ist keine Geringere als die berühmte Fanny Elßler«, bemerkte Frau von Breuberg mit amüsiertem Lächeln. »Und mein lieber Herr Gemahl ist immer noch tagein, tagaus bis zum späten Abend in seiner Kanzlei.«

Nachdem Sidonie und Frau von Breuberg noch weitere Nettigkeiten ausgetauscht und sich, wie es in besseren Kreisen üblich ist, in nichtssagender Konversation ergangen hatten, bedankte sich das Fräulein noch einmal höflich für die Audienz und verabschiedete sich. Frau von Breuberg erteilte dem Dienstmädchen die Anweisung, die Besucherin hinauszugeleiten. Als sie schon an der Tür war, hielt Sidonie kurz inne und wandte sich noch einmal um: »Verzeihen Sie, meine Liebe, aber haben Sie nicht auch einen Sohn? Ich meine, in Ihrem Hause einmal einen Knaben gesehen zu haben. Bitte sehen Sie es mir nach, wenn ich mich täusche, das ist das Alter.«

Den wachsamen Augen des Fräuleins entging nicht, dass Claudia wieder diesen starren Glasmurmelblick bekam und eine Nuance bleicher wurde.

»Nun ja, mein Stiefsohn Konrad ist ja inzwischen schon ein erwachsener Mann, der sein eigenes Leben führt. Deswegen habe ich ihn wohl auch unterschlagen, was so gar nicht meine Absicht war«, erwiderte sie leicht betreten. »Er ist ein überaus tüchtiger junger Mann und studiert in Gießen, wo er auch sein Domizil hat, genau wie ehedem sein Vater, die Jurisprudenz. Seine Leistungen sind hervorragend und, danke der Nachfrage, er erfreut sich bester Gesundheit. Leider erlaubt es ihm seine Zeit nur noch ganz selten, uns einen Besuch abzustatten.«

Warum nur hat sie ihn denn vorher so elegant verschwiegen?, ging es dem Fräulein durch den Sinn, doch sie bemühte sich, ihren Argwohn zu kaschieren und entbot Claudia von Breuberg beste Grüße an ihre Lieben.

Während sie dem Dienstmädchen durch die Halle folgte, erkundigte sie sich bei der jungen Frau, ob ihr der Sohn des Hauses bekannt sei. Das Dienstmädchen antwortete verlegen, dass man den jungen Herrn von Breuberg nur selten zu Gesicht bekäme, weil er ja in Gießen studiere. In ihrem kriminalistischen Spürsinn angestachelt, hätte ihr Sidonie am liebsten noch weitere Fragen gestellt, aber sie ermahnte sich selbst zur Gelassenheit. Die Hausangestellte über ihre Herrschaften auszuhorchen, wäre viel zu plump gewesen und würde Claudia von Breuberg nur misstrauisch machen.

Als Sidonie wenig später wieder in der Droschke saß und die vornehme Villa hinter sich ließ, hatte sie das untrügliche Gefühl, dass hinter der glanzvollen Fassade einiges faul war.

16

Am später Abend des gleichen Tages erhielt die Polizei von einer Wäscherin namens Stephanie Waltz einen Hinweis, der eine Wende bezüglich der Mordfälle einläutete.

Die junge Frau und ihre drei kleinen Kinder wurden zu nachtschlafender Zeit in ihrer Wohnung in der Schnurgasse von ihrem Liebhaber, der gleichzeitig auch der Vater ihrer Kinder war, aufs Übelste misshandelt. Dabei ging es so lautstark zu, dass die besorgten Nachbarn die Gendarmerie verständigten. Der volltrunkene, gewalttätige Kindsvater wurde in polizeilichen Gewahrsam genommen. Die anschließende Befragung der in Tränen aufgelösten Wäscherin ergab, dass ihr Geliebter Anton Kunzfeld, ein arbeitsloser Apothekergehilfe, sie schon seit Monaten zur Prostitution nötigte.

»Ich mache doch die Wäsche für die Wirtschaften in der Nachbarschaft und auch für ein paar Privatleute. Da sind auch viele ledige Männer dabei. Mit einigen von denen hat mein Freund ausgemacht, dass ich mich mit ihnen auf ein Schäferstündchen einlassen würde und hat dafür abkassiert«, brachte die Wäscherin verlegen zur Aussage. »Am Anfang habe ich mich noch dagegen gesträubt, und da hat er mich geschlagen und mir vorgehalten, dass wir von meinem Hungerlohn als Wäscherin nun mal nicht leben könnten, wo er ja unverschuldet um seine Stellung gekommen wäre. Was so nicht stimmt, denn trinksüchtig wie er ist, hat ihn der Apotheker dabei erwischt, wie er den Weinspiritus getrunken hat und ihn dann rausgeschmissen. Von dem Geld, das ich dazuverdient habe, ist mir und den Kindern kaum was geblieben. Das hat der fast alles für sich gebraucht. Hat sich davon neu eingekleidet und ist einher stolziert in Gehrock und Zylinder wie ein Pfau. Den ganzen Tag hat er in der Wirtschaft gesessen und mein schwer verdientes Geld versoffen und verspielt. Und neuerdings hat er auch noch was mit einem anderen Weibsbild angefangen. Das hat bei mir dann das Fass zum Überlaufen gebracht und ich habe ihm deswegen Vorhaltungen gemacht. Daraufhin hat er einen Wutanfall gekriegt und uns verdroschen, aber das wissen Sie ja längst«, erläuterte die junge Frau niedergeschlagen.

Oberinspektor Brand war der Überzeugung, im Falle des stellungslosen Apothekergehilfen Anton Kunzfeld auf eine heiße Spur gestoßen zu sein und entwickelte darum einen Ehrgeiz, der ihm bislang fremd gewesen war. Noch in derselben Nacht ließ er in Kunzfelds Stammkneipe eine Razzia vornehmen. Es handelte sich um das ›Alte Laternsche‹, in der unweit der Vilbelergasse gelegenen Hammelsgasse. Der Wirt war ein gewisser Georg Schaller, der bereits mehrfach wegen Hehlerei vorbestraft war. Die Wirtschaft galt als verrufen und der Inspektor hatte deshalb außer seinen Assistenten Wilde und Klein noch zehn weitere Männer des Gendarmerie-Korps für diesen Einsatz mobilisiert. Alle Polizisten waren mit Pistolen bewaffnet. Im ›Alte Laternsche‹ verkehrten Kuppler, Zuhälter und kleine Ganoven. Nicht selten wurden hier krumme Dinger eingefädelt, in einem der Hinterzimmer zuweilen auch Diebesgut verschoben. Daneben frönte man hauptsächlich dem Glückspiel.

Als die Beamten kurz nach Mitternacht in das Lokal eindrangen, war der größte Teil der Gäste beim Spiel. Umgeben von dichten Tabakrauchschwaden sowie Bier- und Branntweinausdünstungen saßen ein paar vierschrötige Soldaten, zwei heruntergekommene Stadtbüttel, ein dem Spielteufel verfallener Kaufmannsgehilfe und mehrere abgekochte Berufsspieler und Ganoven jeglicher Couleur an insgesamt vier Spieltischen. Brand, der zuvor die Ausgänge hatte sichern lassen, mutmaßte, dass es sich bei den Spieleinsätzen überwiegend um gestohlenes Geld handelte und ließ auf der Stelle alle Spieler, einschließlich des Wirts, verhaften und zur Hauptwache abtransportieren. Die anschließenden Verhöre ergaben, dass Kunzfeld tatsächlich noch eine weitere Geliebte hatte. Es handelte sich hierbei um eine gewisse Rosemarie Fischbach, die in mehreren Frankfurter Wirtschaften als Scheuermagd arbeitete und in der Allerheiligengasse Nummer 3 zur Untermiete wohnte. Der Oberinspektor ließ die junge Frau sofort arretieren und unterzog sie gemeinsam mit seinem Assistenten Alfons Klein noch um drei Uhr in der Früh einer Befragung.

Rosemarie Fischbach war spindeldürr und zitterte wie Espenlaub. Brands Kennerblick erschloss sich gleich, dass er es hier mit einer Trinkerin zu tun hatte.

»So, jetzt rück endlich damit raus, was weißt du über diesen Kunzfeld?«, blaffte er sie an.

»Was soll ich schon groß über den wissen? Man kennt sich aus der Wirtschaft und trinkt halt mal einen zusammen. Das ist alles«, stammelte die junge Frau, während ihr die Schweißperlen über das teigige, aufgedunsene Gesicht rannen.

»Jetzt mach aber mal halblang, du Aas. Oder glaubst du, wir lassen uns von dir für blöd verkaufen? Uns ist sehr wohl bekannt, dass du mit dem Kunzfeld was am Laufen hast. Also sag uns jetzt gefälligst alles, was du über den weißt, oder wir sperren dich ein paar Tage ins Kabuff!«, brüllte ihr Klein so dicht ins Gesicht, dass sie seine Speicheltröpfchen abkriegte. Vor schierer Verzweiflung fing die Frau an zu schluchzen. Brand entschied bei ihrem jammervollen Anblick kurzfristig, eine andere Taktik anzuwenden. Er rückte einen Schemel zu ihr hin, setzte sich neben sie und legte den Arm um ihre zuckenden Schultern.

»Mädchen, das bringt doch nichts«, brummelte er gutmütig. »Du kommst wegen dem Drecksack noch in Teufels Küche. Das ist der doch gar nicht wert. Komm, jetzt sag uns, was du über den weißt. Dann kriegst du von mir auch was zur Stärkung und wir lassen dich wieder laufen«, fuhr er fort, tätschelte sie väterlich auf den knochigen Oberarm und gab gleichzeitig Klein ein Zeichen, die Branntweinpulle aus dem Aktenschrank zu holen. Nachdem er sich selbst einen guten Schluck davon in ein Glas geschenkt hatte, hob die Frau den Kopf und blickte wie gebannt auf den Branntwein.

»Kann ich auch was haben?«, fragte sie flehend.

»Erst die Arbeit, dann das Vergnügen. Du erzählst uns jetzt mal in aller Ruhe, was du über den Kunzfeld weißt und dann gibt's auch was zur Belohnung«, säuselte Brand mit hämischem Grinsen. Zur Untermalung seines Angebots schüttelte Klein die Branntweinflasche, während seine Augen vor Tücke und Vergnügen aufleuchteten.

»Also gut«, erwiderte die Scheuermagd resigniert und musterte die beiden Polizisten mit abgeklärtem Blick. »Es ist auch nicht wirklich schad um den«, flüsterte sie wie zu sich selbst. »Wo der mich doch oft genug verdroschen hat, wenn's nicht so gelaufen ist, wie er wollt. Na ja, ich musst mich halt immer mit Mannsbildern abgeben und er hat das Geld dafür kassiert. Hat in Kneipen oder auf der Straße Kerle angesprochen und sie gefragt, ob sie nicht Lust auf ein schnelles, billiges Schäferstündchen hätten und die dann zu mir heimgeschickt. Von den Mäusen hat unsereins kaum was zu sehen gekriegt. Er hat mir immer mal 'ne Pulle Fusel hingestellt und das war's auch schon. Hat gemeint, für solche wie mich müsst er eher noch was draufzahlen, dass mich einer nehmen tät. Weil ich doch so dürr bin und nix auf den Rippen hab und auch sonst, mein ich. Des war'n oft Soldaten und Bauarbeiter, oder welche vom Hafen, die zu mir gekommen sind. Bei denen war sowieso nicht viel zu holen. Und das ging dann meistens auch immer hoppla hopp. Der eine ist drüber gemacht und dann kam auch schon der Nächste. Der hat die manchmal scharenweise angeschleppt, die Locke. Das war sein Spitzname, wegen seinem Lockenkopf halt. Hat gemeint, bei mir macht's die Masse. Ich hab mir dann vorher immer ordentlich die Kanne gegeben, damit ich net so viel mitkrieg und so. Die war'n ja auch immer ganz schön dreckig, die Kerle, und grob.« Die junge Frau fuhr sich fahrig durch die strähnigen, blonden Haare und starrte sehnsüchtig auf die Schnapsflasche, die zum Greifen nah auf der Tischplatte stand.

»Der war also oft gewalttätig zu dir und hat dich bei jeder Gelegenheit verprügelt?«, erkundigte sich Brand.

»Das kann man so sagen. Der ist ganz schön brutal, der Anton. Von Haus aus, mein ich. Wenn das Geschäft mal net so lief, oder wenn er beim Spielen verloren hat, dann hab ich das immer abgekriegt. Und manchmal, wenn er besoffen war, hat er mich auch mal mit Gewalt genommen. Hier, da können Se gucken, wie ich wieder aussehe.« Die junge Frau streifte ihren Ärmel hoch und entblößte ihren abgemagerten Arm, der am Handgelenk und Oberarm von dunklen Blutergüssen übersät war.

»Gerät er in Rage? Ich meine, dreht er dabei regelrecht durch? Wie einer, der nicht ganz bei Trost ist?«, fragte der Inspektor.

»Der *ist* nicht ganz bei Trost! Das hab ich mir schon immer gedacht, wenn der wieder mal den wilden Mann markiert hat. Da ging mir manchmal ganz schön der Stift, weil ich gedacht hab, Mensch, der bringt dich ja noch um.« Rosemarie Fischbachs klappriger Körper bebte immer stärker. Brand schien so etwas wie Mitgefühl zu empfinden, füllte schließlich ein ordentliches Quantum Branntwein in ein Wasserglas und reichte es der jungen Frau, die den Inhalt gierig herunterstürzte. Sogleich legte sich das Zittern und sie wurde ruhiger.

»Sag mal, der Kunzfeld war doch Apothekergehilfe. Da hat der sich doch sicher mit Giften und Chemikalien gut ausgekannt? Ist dir diesbezüglich vielleicht was aufgefallen?«, richtete der Inspektor das Wort erneut an die Frau.

»Schon«, bemerkte die Frau und lächelte betreten. »Ich dachte eigentlich, Sie wüssten das. Ich mein, das wussten doch alle, dass die Locke nebenbei mit Laudanum gehandelt hat. Der hat früher, als er noch in der Apotheke geschafft hat, immer Laudanum mitgehen lassen und hat das dann unter der Hand weiterverkauft. Auch andere Sachen, je nachdem, was die Leut so wollten. Ich hab mal mitgekriegt, wie er so einem Landei heimlich was ins Gesöff geschüttet hat. Ich weiß net genau, was, aber des muss wirklich starkes Zeug gewesen sein. Mit der war der mal im ›Laternsche‹ und wollt sie sich gefügig machen. Ei ja, die sollt halt zugeritten werden fürs Anschaffen. Des wird so gemacht bei den jungen Dingern, die noch nie was mit einem Mannsbild hatten. Die war noch ganz grün hinter den Ohren, so ein richtiges Kindchen. Kam aus irgend so nem Kaff und war hier frisch in Stellung. Hat mir e' bissche leidgetan, die klaa Grot! Jedenfalls muss se Bammel gekriegt ham un wollt auf einmal heim, und da hat ihr die Locke was in de Schoppe getan. In e' paar Minute war die weg! Is am Tisch eingepennt.«

»Erinnerst du dich noch an das Mädchen? Weißt du, wie die hieß? Siehst du sie noch manchmal?«, versuchte Brand in Erfahrung zu bringen, während er und Klein vielsagende Blicke wechselten.

»Keine Ahnung. Ich hab die nie mehr widder gesehn.«

»Gut. Fürs Erste kannst du gehen. Wenn wir dich noch mal brauchen, sagen wir dir Bescheid. Also, mach, dass du rauskommst!«, blaffte Brand, der auf einmal ziemlich übermüdet wirkte, gereizt.

Bei einer neuerlichen Befragung des Kneipenwirts Georg Schaller, dem mit Pachtentzug seiner Gastwirtschaft gedroht wurde, kam ans Licht, dass Kunzfeld auch früher Liebesbeziehungen zu Dienstmägden unterhalten hatte, die er allesamt zur Prostitution gezwungen hatte.

Der Inspektor gelangte immer mehr zu der Überzeugung, in Anton Kunzfeld den Mörder der drei Dienstmädchen gefunden zu haben. Die äußere Erscheinung des ehemaligen Apothekergehilfen, die berufsbedingten Kenntnisse über Gifte und sein gewalttätiges Naturell entsprachen seiner Ansicht nach eindeutig den Tätermerkmalen.

Seit 24 Stunden saß Anton Kunzfeld nun schon in der Hauptwache ein und wurde von Brand und seinen Assistenten nahezu rund um die Uhr verhört.

Kunzfeld, ein großer, hagerer Mann mit einem markant geschnittenen Gesicht, grünen Raubtieraugen und lang wallendem, blondem Lockenhaar, schien bereits am Ende seiner Kräfte zu sein. Sein eleganter Gehrock aus mokkabraunem Satin war fleckig und zerknittert, das weiße Seidenhemd von Blutflecken besudelt und das aparte Gesicht von einer rot geschwollenen Nase und einem lilafarbenen Veilchen verunziert. Er zitterte am ganzen Körper und der Schweiß rann in Strömen an ihm herunter, während er immer unruhiger wurde und kaum noch in der Lage war, die Fragen der Polizisten zu beantworten.

»Den haben wir bald weichgekocht!«, raunte Klein, der für Kunzfelds Blessuren verantwortlich zeichnete, seinem Vorgesetzten ins Ohr. Brand nickte zustimmend.

»Dem sitzt dermaßen der Affe im Nacken! Der macht's bestimmt nicht mehr lange!«, zischelte der triumphierend zurück.

Doch die beiden täuschten sich, denn Kunzfeld erwies sich als zäher und widerspenstiger, als es zunächst den Augenschein erweckt hatte. Nuschelte die meiste Zeit nur fahrig, so wies er es doch jedes Mal mit aller Vehemenz von sich, der Dienstmädchen-Mörder zu sein – zum großen Verdruss des Inspektors, dem es außerdem noch an stichhaltigen Beweisen mangelte.

Am Morgen des zweiten Tages seiner Verhaftung verfiel Kunzfeld schließlich in ein Delirium, faselte wirres Zeug und zeigte sich als nicht mehr vernehmungsfähig. Als der Verdächtigte gar epileptische Krämpfe bekam und verzweifelte Schreie von sich gab, bemerkte Brand trocken: »Der ist doch nicht mehr ganz richtig im Kopf, der gehört ins Irrenhaus.« Was seinen Assistenten Klein zu der Idee beflügelte, den Wahnsinnigen auf der Stelle in das Städtische Irrenhaus zu überstellen, um ihn dort in den Narrenstuhl sperren zu lassen.

»Wenn Sie wollen, Chef, kann ich das übernehmen und rede auch gleich mit dem Steinhilber. Der soll den ruhig mal ein paar Tage in den Kasten sperren. Vielleicht geht er ja *dann* in sich und gesteht endlich«, schlug der Adjutant enthusiastisch vor.

Als der Hausknecht des Städtischen Irrenhauses, Klaus Steinhilber, zwei Tage später im Beisein von Klein und Brand den Narrenstuhl aufsperrte, war Kunzfeld nur noch ein Häufchen Elend, das wimmernd um Branntwein flehte.

Nachdem ihm der Inspektor daraufhin in Aussicht stellte, er erhalte den Branntwein, wenn er endlich seine Gräueltaten gestehe, legte Kunzfeld ein umfassendes Geständnis ab, indem er zugab, die drei Giftmorde an den jungen Frauen begangen zu haben.

Zurück in seiner Kerkerzelle, erhielt der Gefangene die versprochene Gratifikation in Form einer vollen Branntweinflasche, die er in kurzer Zeit leer trank und dann in einen Ohnmacht ähnlichen Tiefschlaf fiel.

Der Inspektor war mehr als zufrieden, den Dienstmädchen-Mörder endlich gefasst zu haben und ließ die Obrigkeit sogleich darüber in Kenntnis setzen.

Doktor Hoffmann, der von dem Anstaltsarzt Varrentrapp über die neuesten Vorfälle im Städtischen Irrenhaus informiert wurde, suchte noch am gleichen Abend die Hauptwache auf, um den vermeintlichen Giftmörder zu visitieren und sich mit dem Inspektor eingehend darüber auszutauschen. Doch Brand, der die vergangenen Nächte wenig geschlafen hatte, genoss bereits seinen Feierabend. Lediglich der junge Obergendarm Max Wilde war noch im Dienst. Bereitwillig führte er den Städtischen Leicheninspektor in Kunzfelds Zelle. Doch der Mann lag wie tot auf seiner Pritsche und war nicht ansprechbar. Unter ihm auf dem Boden lag die leere Branntweinflasche. Heinrich Hoffmann war entsetzt darüber, dass man dem Gefangenen Alkohol verabreicht hatte und verlangte von Wilde eine Erklärung. Peinlich berührt erklärte ihm der Obergendarm daraufhin den Sachverhalt und ließ verhalten durchblicken, dass er die Vorgehensweise seines Vorgesetzten gleichfalls nicht billige.

Bereits am nächsten Tag war in sämtlichen Frankfurter Tageszeitungen zu lesen, dass der berüchtigte Dienstmädchen-Mörder endlich überführt werden konnte.

Mit stolzgeschwellter Brust präsentierte Oberinspektor Brand der Frankfurter Öffentlichkeit den Mörder, der dank seines kriminalistischen Spürsinns sicher verwahrt hinter Schloss und Riegel saß.

Als Doktor Hoffmann erneut auf der Hauptwache vorstellig wurde, um mit Brand ein ernstes Wörtchen zu reden, herrschte dort große Aufregung. Bürgermeister Paulus und Polizeisenator Hessenberg waren anwesend und stellten sich gemeinsam mit dem Oberinspektor den Fragen der heimischen und auswärtigen Journalisten. Die Herren waren offensichtlich in Feierlaune und Brand schienen die lobenden Worte und das Schulterklopfen von offizieller Seite mehr zu Kopf gestiegen zu sein als all seine verstohlen auf dem stillen Örtchen konsumierten Kognak-Rationen. Doktor Hoffmann, den der ganze Trubel zunehmend aufbrachte, versuchte sich schließlich Gehör zu verschaffen und bat die Anwesenden höflich um ihre werte Aufmerksamkeit. Überrascht und auch ein wenig irritiert wandten sich ihm nach und nach die Köpfe zu. Dem charismatischen Mann gelang es nach einer Weile, dass sich das laute Stimmengewirr legte und ihm Beachtung zuteil wurde.

»Meine Herrschaften, bitte verzeihen Sie mir, wenn ich Ihre Freude über die Ergreifung des *vermeintlichen* Dienstmädchen-Mörders ein wenig trübe, aber in meiner Eigenschaft als Arzt und Städtischer Leicheninspektor, der offiziell in beratender Funktion mit den Mordfällen betraut ist, möchte ich hiermit meinen Einwand geltend machen«, begann Hoffmann in scharfem Tonfall das Wort an die Anwesenden zu richten. Brands zuvor noch euphorischer Gesichtsausdruck verwandelte sich umgehend in eine wütende Grimasse, auch der Polizeisenator und der Bürgermeister schienen über Hoffmanns Wortmeldung wenig erfreut zu sein. Unbeeindruckt davon fuhr der Doktor fort: »Mein Kollege, der Anstaltsarzt Doktor Varrentrapp, und ich sind der Ansicht, dass man dem Geständnis des Inhaftierten, Anton Kunzfeld, in höchstem Maße zu misstrauen hat. Der Mann ist ein aufgrund des Alkoholentzuges ins Delirium gefallener Trinker, der für den in Aussicht gestellten Branntwein alles gestanden haben würde, was immer man von ihm hätte hören wollen! Ich halte die Art und Weise, wie dieses *Geständnis* zustande gekommen ist, für äußerst verwerflich. Einen delirierenden Alkoholiker in den Narrenstuhl zu sperren und ihn anschließend mit Schnaps zu einem Geständnis zu bringen, ist mehr als nur grob fahrlässig. Es ist ein Vergehen. Ein Vergehen an der Menschlichkeit!« Der sonst so friedfertige Doktor Hoffmann war regelrecht in Rage geraten und fixierte den Inspektor mit durchdringendem Blick.

Brand, der sich keinesfalls die Blöße geben mochte, auf die Vorwürfe des Doktors wie ein betroffener Hund zu reagieren, erwiderte mit schnoddriger Impertinenz: »Erklären *Sie* mir doch nicht meinen Beruf. Kunzfeld ist ein gefährlicher Geistesirrer, der Frauen misshandelt, zur Prostitution zwingt und zu guter Letzt heimtückisch vergiftet. Das alles, lieber Doktor Hoffmann, steht außer Zweifel und ist durch eine Reihe von Zeugenaussagen beglaubigt und durch das Geständnis des Täters untermauert worden. Eine solche Bestie für ein paar Stunden in den Narrenstuhl zu schließen, halte ich in Anbetracht der Schwere der Tatumstände für eine zu vernachlässigende Sünde.«

Von allen Seiten war zustimmendes Gemurmel zu vernehmen. Brand, der dadurch wieder Oberwasser erlangt hatte, sprach weiter: »Und was die Verabreichung des Alkohols betrifft, so sollten Sie als Arzt doch wissen, dass ein Trinker durch den abrupten Alkoholentzug Krämpfe kriegen kann. Einzig, um diesem vorzubeugen und den Verdächtigen wieder verhörfähig zu machen, wurde ihm der Alkohol zugeführt«, erwiderte der Inspektor mit blasiertem Lächeln.

»Recht so!«, rief ein Mann aus dem Publikum.

Bürgermeister Paulus, der die ganze Zeit schweigend und mit wachsendem Unbehagen das Geschehen verfolgt hatte, hielt es nun für an der Zeit, die aufgewühlten Gemüter durch ein paar versöhnliche Worte zu beruhigen.

»Lieber Doktor Hoffmann, wir alle wissen Ihre wohlgemeinten Beanstandungen in höchstem Maße zu schätzen. Aber ist es nicht eine unsagbare Erleichterung für die Frankfurter Bürgerschaft, dass der gefährliche Giftmörder nicht mehr länger sein Unwesen in unserer geliebten Heimatstadt treiben kann? Wir alle sind unsagbar froh darüber und ich denke, wir sollten doch jetzt nicht die allenthalben herrschende große Erleichterung durch Unkenrufe zunichtemachen.«

Auf die kurze Rede des Bürgermeisters folgte brandender Beifall. Bravo-Rufe erfüllten die Amtsstube und die Anwesenden, mit Ausnahme von Doktor Hoffmann, schienen in stillschweigender Übereinstimmung beschlossen zu haben, sich fürderhin die gute Laune nicht mehr rauben zu lassen.

Heinrich Hoffmann, von der herrschenden Ignoranz, vor allem aber von der Ignoranz der Herrschenden, aufs Tiefste verärgert und gekränkt, verließ rasch und grußlos das Freudengetümmel auf der Hauptwache, welches ihm vorkam wie fauler Zauber.

»Friede, Freude, Eiterkuchen!«, murmelte er vor sich hin, als er eiligen Schrittes in die Biebergasse einbog, um auf dem schnellsten Weg zur Armenklinik zu gelangen, wo ihn seine Patienten erwarteten.

Oberbürgermeister Paulus befand sich ob der neusten Ereignisse in einem unguten Gewissenskonflikt. Einerseits bedauerte er es, den von ihm so geschätzten Doktor Hoffmann, indem er auf dessen vernünftige Beanstandungen im Falle Kunzfeld nicht eingegangen war, derart verstimmt zu haben. Andererseits war die Frankfurter Öffentlichkeit, angefeuert von der Presse, überaus erleichtert, dass der heimtückische Giftmörder endlich gefasst worden war. Daher hielt sich Paulus mit seiner Kritik an der Vorgehensweise der Polizeibehörde mehr zurück, als ihm eigentlich lieb war. Außerdem, und das war gleichfalls von erheblicher Bedeutung, kam es der Frankfurter Obrigkeit mehr als gelegen, dass der Mörder mitnichten der guten Gesellschaft angehörte, wie man anhand der Täterbeschreibung immer befürchtet hatte. In den eigenen Kreisen Staub aufzuwirbeln und sich dadurch den Unmut von Freunden und Bekannten zuzuziehen, blieb den Verantwortlichen dadurch erspart.

Die Frankfurter Volksseele, von Anfang an empört über den schändlichen Mann, der arme Weiber misshandelte, zu Huren machte und auf so grausame Weise meuchelte, kochte immer mehr über und bald schon forderte man lauthals die Todesstrafe für den Schurken.

Um dem Recht Genüge zu tun, und sich dadurch keine Versäumnisse vorwerfen zu müssen, schaltete der Bürgermeister die Staatsanwaltschaft und einen Untersuchungsrichter in den Fall ein, um die vorliegenden Zeugenaussagen sowie Kunzfelds Geständnis noch einmal genauer auf ihren Wahrheitsgehalt hin zu überprüfen.

Doch ehe die Juristen überhaupt dazu kamen, sich den Angeklagten und die Zeugen vorführen zu lassen, erhängte sich Kunzfeld in seiner Gefängniszelle.

Durch die strikte Verweigerung weiterer Branntweingaben, der sich der Gefangene seit seinem Geständnis ausgesetzt sah, war ihm gleichzeitig auch jede Hoffnung abhandengekommen, der verfahrenen Aussichtslosigkeit seiner Lage jemals wieder entrinnen zu können – es sei denn, durch den Tod.

Kunzfelds Selbstmord wurde von allen Beteiligten mit großer Selbstverständlichkeit als Schuldeingeständnis gewertet. Die involvierten Behörden fühlten sich durch seinen Freitod entlastet.

Nicht nur viel Arbeit war ihnen dadurch erspart geblieben, sondern auch die Möglichkeit, bei eingehenderen Untersuchungen der Mordfälle am Ende gar auf Ungereimtheiten zu stoßen.

So aber konnte der Fall Anton Kunzfeld getrost zu den Akten gelegt werden.

17

In den frühen Abendstunden des zweiten November passierte die elegante Halbchaise von Johann Konrad Friedrich die Stadtbibliothek an der Schönen Aussicht und bog links zum Fischerfeld ab. Den ganzen Tag war es bereits regnerisch und windig, und als das Gefährt nun das freie Feld erreichte, heulten heftige Windböen um das Dach und die Seitenscheiben, die Johann vor Fahrtantritt in kluger Voraussicht vom Kutscher hatte anbringen lassen, um dadurch die offene Kalesche in einen geschlossenen Reisewagen zu verwandeln. Ein Blick auf das vor Kälte schlotternde Fräulein, das neben ihm auf der gut gepolsterten Rückbank saß, bestätigte ihn in dieser Entscheidung. Johann nahm von dem vorderen Notsitz eine Wolldecke und breitete sie fürsorglich über Sidonies schmächtige Gestalt.

»Lass nur, mein Lieber, das lohnt sich nicht mehr!«, wehrte sie ab, »denn wenn ich mich nicht täusche, sind wir gleich da und ich will ja schließlich nicht mit einer Decke überm Rücken rumlaufen wie ein krankes Pferd!«, erwiderte sie, während der Kutscher draußen auf dem Kutschbock auch schon den Radschuh einschwenken ließ und damit die Kalesche ruckartig zum Stehen brachte.

»Siehst du! Ich habe es doch gewusst!«, rief sie leicht gereizt und wäre um ein Haar unsanft nach vorne gefallen, hätte Johann sie nicht mit beiden Armen zurückgehalten.

»Na, wen haben wir denn da!«, neckte er die Freundin, die sich sogleich seiner Umarmung entzog.

»Lass doch den Unfug! Zu solcherart Scherzen bin ich momentan nicht aufgelegt!«, rief sie den Übermütigen zur Räson und hatte es eilig, auszusteigen.

»Moment noch, meine Liebe, vergiss nicht deinen Parapluie, es könnte Regen geben!« Johann holte aus dem Gepäckfach hinter der Rückenlehne einen großen Regenschirm hervor und reichte ihn an Sidonie weiter.

»Danke, Johann! Gut, dass wenigstens du daran denkst. Ich bin mit meinen Gedanken nämlich ganz woanders. – Unter uns gesagt: Mir ist ganz schön bange!«

»Ich merke es, meine Liebe. Aber du brauchst dich nicht zu fürchten! Es ist zwar ziemlich düster hier draußen, weil es keine Straßenbeleuchtung gibt wie in der Innenstadt, aber ich bin ja bei dir. Und den Kutscher habe ich angehalten, ein wachsames Auge auf uns zu haben und wenn er sieht, dass wir irgendwie behelligt werden, soll er uns zu Hilfe eilen. Außerdem habe ich meine gute, alte Duellpistole dabei. Glaube mir, da kann wirklich nichts schiefgehen!« Johann lüftete das Revers seines Gehrocks und präsentiert das silberne Ende eines Pistolengriffs, das wuchtig aus der Innentasche herausragte.

»Du kannst einem weiß Gott das Fürchten lehren! Wenn ich mich nicht vorher geängstigt hätte, so würde es mich spätestens jetzt, nachdem ich deine kriegerische Ausstattung bewundern durfte, eiskalt überlaufen!«, erwiderte Sidonie unwirsch und rollte theatralisch mit den Augen.

»Einmal Soldat, immer Soldat!«, flachste Johann. »Wenn du mich schon als deinen Wachhund auserkoren hast, dann muss ich auch ordentlich mit den Zähnen fletschen können, sonst macht das Ganze ja nichts her!«

»Nun ja, die Leute hier draußen sind ja schließlich Menschen aus Fleisch und Blut und keine Ungeheuer! Die meisten davon, vor allem die Frauenpersonen, sind arme Kreaturen, die die Not hierhertreibt. Das sollte man doch bei alledem stets bedenken.«

»Das sind arme Teufel, die nicht so auf Rosen gebettet sind wie wir! Damit magst du recht haben. Aber genau hier liegt der Hund begraben. In der Gosse, und genau hier befinden wir uns jetzt, herrschen nun mal ganz andere Gesetze. Da geht es immer ums Fressen oder Gefressenwerden. Und ein knurrender Magen oder der fehlende Schnaps können schon den einen oder anderen zu einer Schandtat verleiten. – Aber ich will dir jetzt nicht noch mehr Angst einjagen. Entspanne dich, meine Liebe, denn, das weiß ich noch aus meiner Zeit beim Militär, die Angsthasen erwischt es immer zuerst!«

Johann und Sidonie stiegen aus der Kutsche und schlugen, vorbei an einer Vielzahl parkender Fuhrwerke und Mietdroschken, den Weg in die ›Sauallee‹ ein.

Beim Näherkommen zeichneten sich zu beiden Seiten des langgezogenen, mit Bäumen gesäumten Feldwegs dunkle Gestalten ab, bei denen es sich zum größten Teil um Frauen handelte. Vereinzelt, aber stetig, flanierten Männer vorbei, die, im Falle dass es sich bei ihnen um potenzielle Freier und nicht um Zuhälter handelte, von einigen der Huren lautstark angelockt und bezirzt wurden. Dabei ging es recht derb zu, weibliche Reize wurden ungeniert zur Schau gestellt oder angepriesen und es fielen derart zotige Ausdrücke, dass es dem Fräulein ein ums andere Mal die Schamesröte ins Gesicht trieb. Als die Gassenhuren Johanns und Sidonies ansichtig wurden, sprach man sie gleichfalls von allen Seiten an, wobei ob Sidonies Präsenz mit Spott und Häme beileibe nicht gespart wurde.

»Na, haste dicke Eier, Alterchen! Un dei Fraasche is aach mit dabei! Zum Uffpasse, oder was?« Eine junge Frau mit hochgeschnürten, üppigen Brüsten stellte sich ihnen in den Weg und stemmte provozierend die Arme in die Hüften.

»Ei, die will vielleicht zugucke, damit se aach ihrn Spaß hat!«, grölte eine kehlige Stimme vom Straßenrand.

»Wenn se dafür orntlich was hinblättert, soll mir des recht sein!«, bemerkte die junge Hure trocken und nahm das ältliche Paar weiterhin in Augenschein.

Johann, der bemerkte, dass sie noch fast ein Kind war, erwiderte daraufhin in schulmeisterlichen Tonfall: »Kinder wie Sie sollten um diese Zeit schon längst im Bett liegen!«

»Des könne mer gleich mache, Alterchen, willste net mitkomme?«

»Mein liebes Kind, wir sind nicht hierhergekommen, um uns zu amüsieren, sondern um etwas in Erfahrung zu bringen!«, mischte sich nun Sidonie ein.

»Ei, was willste dann in Erfahrung bringe? Wer de längste Schwanz in ganz Frankfurt hat, oder was?«

»Nein, mein Kind! Ich will in Erfahrung bringen, wer der Mörder von Gerlinde Dietz, Gertrud Jäger und Lisbeth Orth ist! – Und deswegen suchen wir nach einer jungen Frau mit Namen ›Lydia‹, die mit der ermordeten Lisbeth Orth gut befreundet war und sich hier häufiger aufhalten soll.«

Für kurze Zeit herrschte beklommenes Schweigen, dann bemerkte eine der Huren, dass der Dienstmädchen-Mörder doch schon längst gefasst sei, und mittlerweile sogar unter der Erde liege, was vonseiten der Umstehenden mit zustimmendem Gemurmel quittiert wurde.

»Moment, Moment, meine Damen! Da bin ich allerdings ganz anderer Meinung! – Anton Kunzfeld war zwar ein Schuft, aber mit Sicherheit kein Mörder. Auch wenn ich mit dieser Überzeugung ganz alleine dastehe, so werde ich doch weiterhin meine ganze Energie einsetzen, den tatsächlichen Mörder endlich dingfest zu machen, bevor sich noch ein weiterer Mord ereignet«, entgegnete Sidonie mit bebender Stimme, verströmte dabei aber eine Überzeugungskraft, die alle Zuhörenden in den Bann zog.

»Von der Schmier sin Sie doch net?«, erkundigte sich eine dunkelhaarige Frau, die trotz der nasskalten Witterung ein ärmelloses Kleid mit einem engen, tief ausgeschnittenen Samtmieder trug, skeptisch.

»Nein, nein, keine Angst! Ich bin nur eine harmlose, alte Jungfer, die sich fürchterlich darüber ärgert, dass der wirkliche Täter weiterhin verschont bleibt, nur weil unsere Polizei keinen Schuss Pulver taugt und die liebe Obrigkeit den Kopf in den Sand steckt, ganz nach dem Motto: Die Kleinen hängt man auf, die Großen lässt man laufen!«

Aus der Dunkelheit waren zustimmende Rufe zu hören und plötzlich drängte sich eine Gestalt nach vorne, deutete vor dem Fräulein einen Knicks an und röhrte mit heiserer Stimme lauthals in die Dunkelheit: »Mensch, Mädels, die kenn ich doch! Die is sauber! Des is des berühmte Fräulein Weiß, des, wo die schöne, gruselige Geschichte schreibe tut! Und wenn ihr wisst, wo die Lydia grad is, dann sacht der des ruhig!«

Freudig überrascht erkannte Sidonie in der jungen Hure Thekla wieder, die sie seinerzeit im Weinlokal Adam auf dem Klapperfeld kennengelernt, und die ihr damals den Tipp in Bezug auf die Augenzeugin Irmgard Stocklossa gegeben hatte.

Das Fräulein begrüßte Thekla herzlich und erinnerte sie an ihren noch ausstehenden Besuch.

»Ich hab's net vergesse, Töngesgasse fuffzehn!«, erwiderte Thekla treuherzig, »und Sie wern sehn, ich komm aach ma vorbei – wenn ich mal e' Glas Milch trinke will. – Nur momentan will ich des noch net«, fügte sie mit verschmitztem Lächeln hinzu. »Also, ihr Weibsleut, sacht schon, hat dann jemand die Lydia gesehe?«, richtete sie sich wieder an die umstehenden Frauen.

»Ja, die hat grad Kundschaft! Die muss da vorne in so ner Kutsch drin sei. Se könne ja ma gucke, die, wo am meiste wackele tut, die muss es sein«, krähte eine der Huren ungeschlacht, was ihr einen zurechtweisenden Ellbogenschubs von Thekla einbrachte.

»Ei, ich denk, die wird schon bald komme!«, fügte sie daraufhin gesitteter hinzu.

Kurze Zeit später näherte sich von der Weggabelung her tatsächlich eine Gestalt, bei der es sich um die besagte Lydia handelte. Nach ein paar knappen, erläuternden Worten nahm Thekla sogleich die junge Frau unter ihre Fittiche und führte sie zu Sidonie und Johann, die sich mit ihr bekannt machten.

Lydia, der das Ganze wenig gelegen zu kommen schien, verhielt sich zunächst sehr unzugänglich. Erst nach der wiederholten, eindringlichen Bitte des Fräuleins erklärte sie sich widerwillig dazu bereit, Johann und Sidonie in die Kutsche zu folgen, um dort mit ihnen ungestört über Lisbeth zu sprechen.

Nachdem sie in der Kalesche Platz genommen hatten, Johann eine Kerze angezündet und Lydia aus einem silbernen Flachmann etwas Cognac zum Aufwärmen angeboten hatte, bemerkte die junge Prostituierte abweisend, sie habe nicht viel Zeit, denn während sie mit ihnen hier herumsitze, ginge ihr draußen die Kundschaft flöten und deswegen wäre es ihr recht, wenn man gleich zur Sache komme. Sidonie nickte verständnisvoll und holte aus ihrem geblümten Pompadour-Beutel eine kleine Geldbörse hervor.

»Fräulein Lydia, selbstverständlich wird Ihnen Ihr Verdienstausfall ersetzt, das versteht sich doch von selbst! Bitte, sagen Sie unumwunden, was wir Ihnen schuldig sind!«, erkundigte sie sich freundlich.

»Na ja, vier Kreuzer müssten eigentlich reichen«, erwiderte Lydia unbehaglich.

»Dann gebe ich Ihnen acht und wir sind nicht ganz so im Zeitdruck«, schlug Sidonie vor und übergab der jungen Frau die entsprechenden Münzen, die diese schweigend in Empfang nahm und in einem ledernen Brustbeutel verwahrte.

Dann blickte sie Sidonie zum ersten Mal direkt in die Augen und raunzte ihr entgegen: »Also, was wollen Sie wissen?«

Sidonie, die im Kerzenschein Lydias trübe, rot entzündete Augen bemerkte und die mit weißer Zinksalbe nur notdürftig verdeckten Hautgeschwüre an Stirn und Schläfen wahrnahm, kam nicht umhin, in betroffenem Tonfall auszurufen: »Sie sind ja krank, mein Kind!«

»Das braucht Sie nicht zu interessieren! Sparen Sie sich Ihr Mitleid für den Klingelbeutel in der Kirche auf, da kommt sowas besser an!«, blaffte die junge Hure zurück.

»Entschuldigen Sie, ich wollte Ihnen nicht zu nahe treten! Doch wenn ich Ihnen irgendwie helfen kann, so helfe ich gerne. – Auch ohne es an die große Glocke zu hängen!«

»Lassen Se's stecken! Ich brauch Ihre Hilfe net. Ich helf mir schon selbst. – Aber jetzt soll ich doch Ihnen helfen. Also, um was geht es denn?«

»Es geht um Ihre ermordete Freundin Lisbeth Orth. Wie ich inzwischen weiß, war Lisbeth früher, bevor sie bei den

Feigenspahns angefangen hat, bei der Familie von Breuberg in Stellung. Hat Ihnen Lisbeth darüber etwas erzählt? Ist dort vielleicht irgendetwas vorgefallen? Denn schließlich hat sie ja von heute auf morgen ihren Dienst quittiert. Und sowas kommt ja nicht von ungefähr.«

»Keine Ahnung! Warum wollen Sie das denn eigentlich alles wissen? Der verdammte Drecksack, der, wo die Lisbeth auf dem Gewissen hat, ist doch längst krepiert. Und des is auch gut so!«, zischte Lydia bösartig.

»Sind Sie sicher, dass *Kunzfeld* Ihre Freundin ermordet hat?«, fragte Sidonie zweifelnd. Lydia zuckte mit den Schultern.

»Ich denk, der hat doch zugegeben, dass er's war!«, murmelte sie unsicher.

»Kannten Sie denn Lisbeth Orth gut? Ich meine, waren Sie eng mit ihr befreundet oder war es nur eine oberflächliche Bekanntschaft?«

»So eng, wie man nur sein kann!«, entgegnete die junge Frau leise, und obgleich sich ihr nicht eine Träne entrang, kündete der Ausdruck ihrer schräggeschnittenen Augen doch von abgrundtiefer Traurigkeit.

»Dann, meine Liebe, müsste Ihnen doch eine wie immer geartete Beziehung zwischen Kunzfeld und Lisbeth aufgefallen sein«, fuhr Sidonie unbeirrt fort.

»Wie meinen Sie das?«, fragte Lydia verwirrt und streifte sich hektisch durch das rotblonde Haar.

»Hat sich Lisbeth mit Kunzfeld getroffen? War er vielleicht ihr Geliebter?«

»Lisbeth hatte keinen Geliebten!«, erwiderte die junge Frau empört.

»Ihnen ist also keinerlei Verbindung zwischen Lisbeth und Anton Kunzfeld, ihrem angeblichen Mörder, bekannt?«

»Nein! Falls das so gewesen wäre, hätte ich es gewusst!«

»Sollte es Sie da nicht misstrauisch stimmen, Anton Kunzfeld als den Mörder ihrer Freundin zu verdächtigen? Nach Ihren Bekundungen erscheint es doch sehr naheliegend, dass Lisbeth und Kunzfeld sich noch nicht einmal kannten. Welchen Grund sollte Kunzfeld also gehabt haben, ihre Freundin so heimtückisch zu vergiften? Es sei denn, er hätte sie wahllos ermordet. Doch davon ist in Anbetracht der Tatumstände nicht auszugehen.« Sidonies ruhig geäußerte Feststellungen schienen Lydia erheblich aufzuwühlen. Die Anspannung in ihrem aparten Gesicht stieg von Minute zu Minute.

»Dann läuft das Schwein also immer noch frei herum!«, platzte es nach einer Weile bedrückenden Schweigens aus ihr heraus.

»Mit hoher Wahrscheinlichkeit schon!«, entgegnete das Fräulein ernst.

»Ich hab nur den einen Wunsch: dass diese Drecksau, die Lisbeth umgebracht hat, bald am Galgen baumelt!« Lydias Gesichtszüge bebten vor Wut, in ihren glasigen Augen spiegelte sich unbändiger Hass.

»Dann, meine Liebe, sitzen wir ja sozusagen im gleichen Boot«, bemerkte das Fräulein nachdrücklich und ergriff Lydias Hand.

»Bitte helfen Sie mir, Lisbeths Mörder zu finden und erzählen mir alles, was diesbezüglich von Bedeutung sein könnte!«

»Sie hatten mich doch vorhin nach diesen Geldsäcken aus dem Westend gefragt, wo die Lisbeth früher mal in Stellung war. Verdächtigen Sie denn jemand von denen?«, fragte Lydia argwöhnisch.

»Verdächtigen ist zu viel gesagt. Es gibt dort verschiedene Ungereimtheiten und deswegen ist mir sehr daran gelegen, mich über mögliche Hintergründe genauer zu informieren«, erwiderte Sidonie vorsichtig.

»Also, eins muss klar sein: Wenn Sie wollen, dass ich mit offenen Karten spiele, dann müssen Sie das aber auch machen, sonst erfahren Sie von mir gar nichts!« Lydia fixierte das Fräulein mit unbeugsamem Blick.

»Wo sie recht hat, hat sie recht!«, konstatierte Johann, der sich die ganze Zeit zurückgehalten hatte, aus dem Hintergrund, und konnte sich ein amüsiertes Lächeln nicht verkneifen.

»Nun denn!«, bemerkte Sidonie einlenkend. »Es hat mich halt stutzig gemacht, dass Lisbeth damals so mir nichts, dir nichts ihre Stellung bei den Breubergs aufgegeben hat. Sie hatte von diesen Herrschaften ein gutes Arbeitszeugnis ausgestellt bekommen und ihr wurde nicht gekündigt. Ich habe unlängst Frau von Breuberg aufgesucht und dazu befragt, doch sie ist mir ziemlich ausgewichen. – Irgendetwas stimmt da nicht, das sagt mir meine Intuition! Aber vielleicht täusche ich mich ja auch. Das wäre nicht das erste Mal. Genauso gut könnte der Mörder auch aus dem direkten oder indirekten Umfeld der Parfümerie Feigenspahn stammen. Schließlich war Lisbeth dort, genauso wie Sie, die letzten Jahre in Stellung. Vielleicht ist Ihnen ja aus dieser Zeit etwas Verdächtiges eingefallen?«

Lydia dachte konzentriert nach und schien innere Zwiesprache zu halten. Sidonie, die spürte, wie die junge Frau mit sich selbst rang, mochte sie in dieser Situation nicht bedrängen und hielt sich zurück. Für eine ganze Weile herrschte in der Kalesche absolutes Stillschweigen. Man hörte nur das Heulen des Herbstwindes, der um die Kutsche fegte, und aus den benachbarten Droschken drangen die gedämpften Beischlafgeräusche der Huren und ihrer

Freier zu ihnen herüber. Lydia, ganz in Gedanken versunken, schien von alledem nichts mitzukriegen.

»Nein, nein, Sie täuschen sich nicht, mit diesen feinen Pinkeln aus dem Westend«, erwiderte sie plötzlich in erregtem Tonfall. »Da is was oberfaul, bei denen. Das spür ich hier drin!« Sie presste sich die Hand auf den Bauch. »Also, ich sag Ihnen jetzt alles, was ich über die weiß. Obwohl ich der Lisbeth damals hoch und heilig versprochen hab, mein Maul zu halten. Die Lisbeth hat nämlich von ihrer Gnädigsten Geld dafür gekriegt, damit sie nix verrät. Aber mir hat sie es dann erzählt, weil mir zwei ja ein Kopp und ein Arsch war'n. – Und jetzt isse tot, mein Mädchen, da is sowieso alles wurschtegal! – Also, vor ungefähr fünf Jahren muss das gewesen sein, kurz bevor die Lisbeth bei den Breubergs aufgehört hat. Da hat sich der junge Breuberg in die Lisbeth verknallt. Der war der Stiefsohn von der Lisbeth ihrer Madame. Die Lisbeth war doch der ihr Kammerzof. Die Lisbeth muss damals siebzehn gewesen sein und der so um die fuffzehn. Konrad hieß der, glaub ich. Des muss so en Stockfisch gewesen sein. Und deswegen hat die Lisbeth sich auch ganz schön darüber gewundert, dass der sie auf einmal anschmachte tat. So ein ganz Schüchterner war des, der sich überhaupt nix traut. Der hat die halt nur angehimmelt, die Lisbeth, mehr war da erst net. Der hätt sich auch nie gewagt, die anzurühren, wie man des sonst so gewöhnt ist als Dienstmädchen. Dann muss er seinen ganzen Mut zusammengenommen haben und hat der Lisbeth einen teuren Kaschmirschal geschenkt. Des hat der gut gefallen und weil se noch mehr so schöne Geschenke haben wollt, hat se dem Rotzlöffel dann halt schöne Augen gemacht. Dadurch hat der Oberwasser gekriegt und hat der Lisbeth auch noch Liebesbriefe geschrieben. Dann hat ihn die Lisbeth nachts zu sich in die Dachkammer eingeladen. Net, dass die wirklich was von dem gewollt hätt – die wollt sich den halt e' bissche warm halte. Eigentlich konnt die Lisbeth den auch gar net leiden. Mit anderen Dienstmädchen hat die sich sogar über den lustig gemacht. Weil der so pickelig war, haben die den unter sich immer de ›Pickelhering‹ genannt. In der Nacht is dann der junge Kerl bei die Lisbeth gekommen und hat sich zu der ins Bett gelegt. Die Lisbeth hat gesagt, der hätt neber ihr gelegen wie ein Stück Holz. Lisbeth hat sich ziemlich darüber geärgert, ihn einen ›Schlappschwanz‹ geschimpft und dann rausgeworfen. Konrad hätt danach immer so geguckt wie ein geprügelter Hund, sie aber immer noch angehimmelt und ihr weiter Geschenke gemacht. Er hätt ihr dann sogar e' bissche leid getan, jedenfalls hätt sie ihn wieder zu sich eingeladen. Und des muss dann die reinst Katastroph gewesen sein! Wieder hätt's bei dem net geklappt und dann wär plötzlich die gnädige Frau hereingestürzt. Sie hätt getobt und Lisbeth als Flittchen tituliert. Hätt verlangt, dass die Lisbeth sofort ihr Siebesache packt und das Haus verlässt. Lisbeth hat sich des net gefalle lasse, und ihrer Gnädigsten an den Kopf geworfen, dass ihr feiner Herr Sohn sie die ganz Zeit bedrängt hätt. Als Beweis hat die Lisbeth dann die ganze Liebesbriefe von dem Kerl aus dem Schrank geholt und sie ihrer Herrschaft unter die Nas gehalten. Frau von Breuberg hätt dem Bub dann eine runtergehauen und ihm befohlen, sofort auf sein Zimmer zu gehe. Er wär ein verdammter Hurenbock und sollt ihr bloß aus den Augen gehen, hätt die Breubergsen den angekrische. Da hätt sich's die Lisbeth net verkneifen könne, zu sagen, dass des ja überhaupt net stimmen würd. Der Konrad wär doch der letzte Schlappschwanz und sie wär eigentlich ganz froh darüber, dass sie den verdammte Duckmäuser net mehr länger ertragen müsst. Alle Dienstboten und auch die Herrschaften wären von dem lauten Gekrisch wach geworden und hätten alles mitgekriegt. Die Breubergsen hätt die Dienerschaft dann angeschnauzt und befohlen, dass alle wieder in ihre Betten gehen sollten und wer es wagen würd, auch nur ein Sterbenswörtchen über den Vorfall zu verlieren, dem tät sie auf der Stelle kündigen. Dann hätt sich die Breubergsen die Lisbeth noch mal vorgeknöpft und ihr angeboten, doch noch bis zum nächsten Tag zu bleiben. Sie hätt ihr dann 20 Mark in die Hand gedrückt und die Lisbeth gebeten, über alles das Maul zu halten. Dafür tät sie ihr auch ein gutes Zeugnis ausstellen. – So, des war's. Mehr weiß ich net.« Lydia wirkte sichtlich mitgenommen.

»Hatte Lisbeth denn noch irgendeine Verbindung zu den Breubergs? Hat sie sich vielleicht mit dem jungen Breuberg gelegentlich getroffen?«, fragte Sidonie nachdenklich.

»Soweit ich weiß, hat sie nie wieder jemanden von dieser Bagage gesehen. Und da war sie auch nicht böse drüber.«

»Hat Sie Ihnen denn mal von einem Liebhaber erzählt, der ihr nicht ganz geheuer war?«

»Wenn Se's genau wissen wollen, die war'n ihr alle net geheuer! Und mir auch net. Die Lisbeth und ich, wir haben uns aus Männern nicht viel gemacht. – Wenn Sie verstehen, was ich meine. Im Grunde genommen können wir sie nicht ausstehen. Das geht aber vielen Huren so. Dass man sich mit denen abgibt, das ist alles nur geschäftlich.«

»Dürfte ich mir vielleicht erlauben, auch wenn Sie meinesgleichen wenig Sympathie entgegenbringen, Ihnen eine Frage zu stellen?«, richtete Johann plötzlich das Wort an Lydia.

»Na klar«, erwiderte Lydia leicht amüsiert und lächelte flüchtig. »Grundsätzlich hab ich ja nix gegen Mannsbilder.

Nur wenn ich mit denen auf Tuchfühlung gehen muss, wird's mir meistens übel. Des bringt halt der Beruf so mit sich. Ich schaff jetzt seit über zehn Jahren an und des heißt, zig Freier am Tag. Und was man dabei so erleben kann, hör uff! Ein Bäcker kann ja auch net den ganzen Tag Torte essen. Wenn der daheim is, kann der wahrscheinlich kein Kuche mehr sehn. So ähnlich ist des bei den meisten Gassenmenschern auch. Aber Sie wollen sich ja nur mit mir unterhalten, und dagegen hab ich ja nix!«

»Das freut mich zu hören! Also, ich hätte da mal eine Frage zu den Feigenspahns. Sie waren ja auch viele Jahre in Stellung bei denen und kennen die sicherlich zur Genüge. Diese braven Ladeninhaber haben ja mehr Dreck am Stecken als die ganze ›Sauallee‹ zusammengenommen, wenn ich das einmal so salopp formulieren darf. Meinen Sie nicht, dass die was mit dem Mord zu tun haben, oder den Mörder vielleicht sogar kennen?«, fragte Johann, der Sidonie gegenüber mehrfach betont hatte, dass er dem skrupellosen Ehepaar so ziemlich jede Schandtat zutrauen würde, Mord nicht ausgenommen.

Lydia dachte kurz nach, bevor sie antwortete: »Die Feigenspahns, das sind Ratten. Für die gibt's keinen anderen Lebensinhalt, als sich zu bereichern. Egal, auf welche Art. Da ist denen nichts zu dreckig. Hauptsache, die Kasse klingelt. Da geht der alten Hexe doch jedesmal einer ab, wenn die ihr ganzes Geld zählen kann und das jeden Tag mehr wird. Stinkreich sind die inzwischen! Die könnten längst in einem Palast leben und bräuchten keinen Finger mehr krumm zu machen. Wenn die nur net so geizig und geldgierig wären. Der alte Feigenspahn hat eigentlich überhaupt keinen eigenen Willen. Der hüppt und springt nach der ihrer Pfeife – und spannt sich ab und zu bei den Mädchen einen ab, der alte Drecksack. Aber dass die was mit Lisbeths Ermordung zu tun haben, kann ich mir eigentlich nicht vorstellen. Die Lisbeth war doch denen ihr bestes Pferdchen im Stall, schön, wie sie ist – ich meine war. Die haben doch dicke an der verdient. So ein Goldstück bringt man doch nicht um die Ecke, oder?«

»Das klingt plausibel. Wenn die Feigenspahns auch für den Mord an Lisbeth kaum infrage kommen, so könnte es aber sehr gut möglich sein, dass sie den Mörder kennen. Womöglich haben sie Lisbeth sogar an ihn verkuppelt. Diesbezüglich, mein lieber Johann, und da bin ich ganz deiner Meinung, sollte man diesen Herrschaften unbedingt noch einmal auf den Zahn fühlen! – Ansonsten bleibt mir nur zu sagen: herzlichen Dank, mein Fräulein! Das war sehr aufschlussreich und ich denke, es hilft uns in der Sache ein ganzes Stück weiter«, bedankte sich Sidonie höflich.

»Das habe ich nicht Ihnen zuliebe gemacht, sondern für die Lisbeth!«, bemerkte Lydia kratzbürstig.

»Das denk ich mir, meine Liebe!«

»Ich hab die nämlich geliebt!«

»Ich weiß, mein Kind.«

»Woher wollen Sie das denn wissen?«

»Man spürt so etwas!«, antwortete das Fräulein sanft. »Genauso wie man spürt, dass Sie eine unglaubliche Wut und Abneigung gegen alles und jeden haben.«

»Das stimmt wohl. Aber seit Lisbeth tot ist, hasse ich auch alles und jeden. – Am meisten mich selbst.«

»Das ist der Schmerz. Das geht vorüber. Alles geht vorüber. Nur die Liebe nicht. Retten Sie sich Ihre Liebe, mein Kind, und Ihre Seele wird wieder gesunden.«

»Sehr schön, was Sie da sagen. Am liebsten würde ich jetzt losheulen. Aber ich kann nicht mehr heulen. Noch nicht einmal das kann ich!« Lydia lachte bitter.

»Ich konnte auch viele Jahre nicht mehr weinen!«

»Was haben Sie da gemacht? Ich meine, wie sind Sie damit fertig geworden?«

»Ich habe geschrieben und geschrieben. Die Worte waren meine Tränen. Sie haben mich getragen. Bis ans rettende Ufer.«

Lydia schien bewegt. »Ich hab aber nichts, was mich tragen könnt. Im Gegenteil, alles zieht mich nur runter. Ein rettendes Ufer ist auch nicht in Sicht. Ich hab niemanden mehr, seit die Lisbeth tot ist. Nach mir kräht doch kein Hahn! – Höchstens der Sensenmann«, sagte sie zynisch.

»Dann springst du dem halt von der Schippe, Mädchen! An der Franzosenkrankheit muss man nicht sterben. Mensch, lass dich behandeln! Wir fahren jetzt mir dir auf der Stelle in die Armenklinik. Da arbeitet ein Freund von mir, der Doktor Hoffmann. Das ist ein guter Mann, der wird dir helfen. Und wenn es dir wieder besser geht, dann kommst du zu mir in die Töngesgasse 15. Ich habe nämlich eine Arbeit für dich!«

Als Lydia kurz zögerte und im nächsten Augenblick auch schon drauf und dran war, des Fräuleins Angebot abzulehnen, entgegnete Sidonie resolut: »Keine Widerrede! Johann, sag bitte dem Kutscher Bescheid!«

Im Nu setzte sich die Kalesche in Bewegung und nahm Kurs in Richtung Innenstadt.

»Ich will aber nicht da hin! Lassen Sie mich sofort aussteigen!« Lydia, die sich hastig von der Sitzbank erhoben hatte und den Arm bereits nach dem Türgriff ausstreckte, wurde von Sidonie mit sanfter Gewalt wieder in den Sitz gedrängt.

»Nichts da, du kommst jetzt gefälligst mit und lässt dir helfen! Wenn du es schon nicht um deinetwillen tun willst, dann tu es wenigstens deiner Freundin zuliebe. Denn die hätte nämlich mit Sicherheit *nicht* gewollt, dass du vor die Hunde gehst!«, redete das Fräulein in erzürntem Tonfall auf die Widerspenstige ein, die gleich darauf jede Abwehr fahren ließ und schluchzend das Gesicht in die Hände barg.

18

Am frühen Vormittag des dritten November wurde das Fräulein im Frankfurter Römer vorstellig und bat in großer Dringlichkeit um einen Gesprächstermin mit dem Bürgermeister, den ihr Paulus auch nicht versagen mochte.

»Meine liebe Sidonie, ich grüße dich!«, rief er erfreut, als Sidonie sein Amtszimmer betrat, und bot ihr zuvorkommend einen Stuhl vor seinem Empire-Schreibtisch an, der noch aus der napoleonischen Ära stammte und ihm seinerzeit vom französischen Gesandten geschenkt worden war.

Der 70-jährige Patriarch einer angesehenen Frankfurter Bankiers-Familie kannte Sidonie von klein auf und war nicht nur mit ihrem verstorbenen Vater, sondern auch mit ihrem Onkel, Christian Koch, gut befreundet. Auch wenn Sidonie und der Bürgermeister nicht blutsverwandt waren, so pflegte sie ihn dennoch ›Onkel Wilhelm‹ zu nennen. Der Dichterin und ihrem künstlerischen wie wohltätigen Wirken zwar grundsätzlich wohlgesonnen, konnte sich der honorige Herr indessen eines gewissen Unbehagens ob Sidonies Erscheinens nicht erwehren. Sie war nun einmal, und dieser Ruf eilte ihr voraus, bei aller Herzenswärme doch eine unbequeme Person. War es in der Vergangenheit vor allem des Fräuleins allzu unverblümt geäußerte freigeistige Gesinnung, die in den großbürgerlichen Salons der Stadt für Irritationen sorgte, so war es dem Bürgermeister neuerdings zu Ohren gekommen, dass sich Sidonie im Rahmen der Dienstmädchen-Morde mehr engagierte, als man es für schicklich erachtete. Nicht wenige, auch wenn es aus Gründen der Sympathie nicht direkt ausgesprochen wurde, hielten dies wieder einmal für die Halsstarrigkeit des für seinen Eigensinn bekannten Fräuleins und nahmen die ansonsten so liebenswerte Dame nicht ganz ernst.

So erging es auch Paulus, als Sidonie ihm unumwunden zu verstehen gab, der tatsächliche Mörder der drei jungen Frauen befinde sich nach wie vor auf freiem Fuß. Doch bemühte sich der alte Herr darum, sich seine Irritation nicht anmerken zu lassen und erwiderte stattdessen mit angemessener Betroffenheit: »Meine liebe Freundin, glaubst du das wirklich? Was veranlasst dich zu solch einem Standpunkt?«

»Lieber Onkel Wilhelm, dafür gibt es mehrere Gründe, die ich dir gerne der Reihe nach darlegen möchte. Der springende Punkt bei alledem ist, dass dieser Inspektor Brand von Anfang an nur Unfug veranstaltet hat, was die Ermittlungen anbetrifft. Nach dem ersten Mord an Gerlinde Dietz begnügte er sich damit, den Gassenhuren das Leben schwer zu machen und die Ermordete in der Presse durch den Dreck zu ziehen. Bald hatte er auch dazu keine Lust mehr und legte den Fall zu den Akten. Die Zeugenaussagen eines Nachbarjungen von mir und einer jungen Frau, die mit hoher Wahrscheinlichkeit den Mörder gesehen hatten, interessierten ihn nicht. Nach dem zweiten Mord an der stellungslosen Dienstmagd, Gertrud Jäger, verstärkte sich der öffentliche Druck auf ihn und seine Lethargie wandelte sich zunehmend in blinden Aktionismus. Doktor Hoffmanns Anmerkung, dass es sich bei dem Mörder um einen seelisch gestörten Menschen handeln müsse, interpretierte er vollkommen abstrus, indem er der fixen Idee anhing, den Mörder oder eine Spur des Mörders im Städtischen Irrenhaus zu finden. Daraufhin inhaftierte er einen ehemaligen Insassen und machte dem vollkommen harmlosen jungen Mann tagelang die Hölle heiß. Erst als sich dann der dritte Mord ereignete, ließ er endlich von ihm ab, um sich sogleich auf den nächsten Verdächtigen zu stürzen, der es inzwischen vorgezogen hat, seinem Leben ein Ende zu setzen. Wieder ein verhängnisvoller Trugschluss, der einen Menschen ins Unglück gestürzt hat! Wie ich weiß, lieber Onkel, sind dir Doktor Hoffmanns stichhaltige Einwände zur Täterschaft Anton Kunzfelds gut bekannt. Und dennoch verhältst du dich, wie …, wie der schlimmste Ignorant!« Sidonie, die sich während ihrer Ausführungen zunehmend in Rage geredet hatte, funkelte Paulus zornig an und hatte sichtlich Mühe, die Form zu wahren.

»Du gehst zu weit, meine Liebe. Bei aller Achtung und Zuneigung, die ich dir entgegenbringe, erwartest du jetzt im Ernst, dass ich mich vor dir rechtfertige?«, erwiderte Paulus, der seine Verärgerung mit Spott zu kaschieren suchte, ironisch.

»Es steht mir *natürlich* nicht an, von dir Rechtfertigung einzufordern. Darum geht es mir auch gar nicht. Bei aller Enttäuschung über deine mangelnde Souveränität wünsche ich mir wenigstens so etwas wie eine späte Einsicht.«

»Hört, hört!«, mokierte sich Paulus, um sogleich in schärferem Tonfall fortzufahren: »Wenn meine Einsicht gefragt ist, liebe Sidonie, dann musst du mich erst einmal überzeugen.«

»Deswegen bin ich hier«, erwiderte Sidonie, deren Wut sich inzwischen gelegt hatte, kühl. »Zunächst möchte ich dich darüber informieren, dass die Eheleute Feigenspahn, bei denen das dritte Mordopfer, Lisbeth Orth, in Diensten stand, Kuppler und Bordellwirte sind. Mein guter Freund Johann Konrad Friedrich hat in der gleichnamigen Parfümerie verdeckte Ermittlungen angestellt. Er gab sich Frau Feigenspahn gegenüber als Herr aus, der auf der Suche nach einem galanten Abenteuer ist, und fand bald heraus, dass sich die Ladeninhaber nicht nur der Kuppelei schuldig machen, sondern überdies noch in der oberen Etage ihres Hauses ein geheimes Bordell betreiben. Diese schändlichen Menschen nehmen unschuldige junge Frauen in ihre Dienste und nötigen sie zur Prostitution. Und Oberinspektor Brand posaunt auch noch überall herum, die Feigenspahns wären rechtschaffene Leute und schont sie, wo er kann. Da stimmt doch etwas nicht!«, empörte sich Sidonie.

»Wenn das dein ganzes Anliegen ist, liebe Sidonie, so kann ich dich beruhigen. Ich werde noch heute die Gendarmerie damit beauftragen, eine Razzia im Hause Feigenspahn durchzuführen. Und wenn du diesem Brand derart misstraust, dann sorge ich dafür, dass er bei dieser Angelegenheit außen vor bleibt«, erklärte Paulus entschieden.

»Das wäre in der Tat nicht schlecht, wenn dieser Sündenpfuhl endlich ausgehoben würde und vor allen Dingen, wenn sich die Polizei diese Kanaillen noch einmal genauer vorknöpfen würde. Damit meine ich allerdings nicht die armen Mägde, die unschuldig da hineingeraten sind. Lieber Onkel Wilhelm, bitte versprich mir, dass den Mädchen keinen Schaden zugefügt wird und dass man sie nicht in irgendwelche Besserungsanstalten für reuige Dirnen steckt. Johann und ich sind gerne bereit, die armen Dinger fürs Erste bei uns aufzunehmen. Das möchte ich dir noch ganz besonders ans Herz legen.«

»Wie immer aufseiten der Mühseligen und Beladenen, unsere liebe Sidonie«, bemerkte Paulus spitz. »Wenn du diese Dirnen unbedingt zu dir nehmen willst, so soll mir das recht sein. Gibt es sonst noch etwas, was ich für dich tun kann?«, fragte der Bürgermeister und warf einen ungeduldigen Blick auf seine goldene Taschenuhr.

»Das kannst du, lieber Onkel, das kannst du. Es gibt nämlich noch etwas, was ich dir zu berichten habe und wofür ich dich gleichzeitig auch um amtlichen Beistand ersuchen möchte.«

»Um was geht es denn?«

»Es geht um die Familie von Breuberg, die dir sicherlich gut bekannt sein dürfte. Lisbeth Orth, das dritte Mordopfer, war früher einmal dort in Stellung, bevor sie bei den Feigenspahns anfing. Es gibt diesbezüglich allerdings einige Ungereimtheiten. Madame von Breuberg verhielt sich bei meinem Besuch, den ich ihr kürzlich abstattete, recht sonderbar und ist mir permanent ausgewichen, als ich ihr Fragen zu ihrem früheren Dienstmädchen stellte. Außerdem weiß ich inzwischen aus sicherer Quelle, dass ihr Stiefsohn Konrad ein Verhältnis mit Lisbeth Orth hatte, welches mit einem ziemlichen Fiasko endete und deswegen wollte ich dich bitten …«

»Meine Liebe, es reicht mir jetzt langsam!«, unterbrach Paulus das Fräulein ungehalten und schien nun seinerseits um Fassung zu ringen. »Ich kenne die Familie von Breuberg seit vielen Jahren und auch den jungen Herrn Konrad. Die Breubergs gehören zu den vornehmsten Geschlechtern Frankfurts und haben mehr für das Wohlergehen unserer geliebten Heimatstadt getan als kaum eine andere Familie. Konrad von Breuberg ist ein ganz vortrefflicher junger Mann und bei all deinem kriminalistischen Eifer, liebe Sidonie, solltest du es doch tunlichst vermeiden, diese hochanständigen Leute mit unsinnigen Verdächtigungen zu belästigen. Wie weltfremd du doch bist. Was bedeutet es schon, dass der junge Mann sich in ein hübsches Dienstmädchen verliebt hat? So etwas soll vorkommen, und ihm daraus gleich einen Strick zu drehen und ihn arglistig zu verdächtigen, ist, mit Verlaub gesagt, nichts anderes als böswillige Diffamierung. Ich warne dich, Sidonie, hör endlich damit auf, im Privatleben anderer Leute herumzuschnüffeln. Schreib doch lieber ein paar nette Gedichte oder kümmere dich um die Bedürftigen, als dich in Dinge einzumischen, die dich nichts angehen!«

Polizeisenator Hessenberg nippte an seinem lauwarmen Kamillentee, denn sein Magen machte ihm seit seiner Unterredung mit dem Bürgermeister wieder zu schaffen, und erwartete ungeduldig das Eintreffen von Obergendarm Max Wilde. Etwa fünf Minuten später klopfte es an der Tür und der Mann betrat mit angespannter Miene das Büro seines Vorgesetzten.

»Setzen Sie sich, Wilde. Ich hoffe, meine Anweisung konnte Ihnen mit der nötigen Diskretion übermittelt werden, um die ich meinen Sekretär ausdrücklich gebeten hatte. Im Klartext gesprochen: Ich hoffe, der Oberinspektor hat nichts davon mitbekommen?«

»Nein, keine Sorge, der Herr Oberinspektor hat heute schon früher das Büro verlassen, weil Freitag ist und er noch etwas vorhatte. Etwas Privates, meine ich. Und Alfons Klein ist gleich nach ihm gegangen. Ich wollte auch bald Feierabend machen, weil momentan nichts Größeres ansteht. Zum Glück«, antwortete Wilde leicht befangen.

»Zu meinem Bedauern muss ich Sie leider eines Besseren belehren. Es steht sehr wohl noch etwas an, etwas Größeres sogar. Nun denn, mein lieber Wilde, ich will Sie nicht länger auf die Folter spannen. Aufgrund eines Hinweises hat der Bürgermeister angeordnet, noch am heutigen Abend in der Parfümerie Feigenspahn eine Razzia durchführen zu lassen. Eine nicht namentlich erwähnte Person hat Paulus wohl darauf hingewiesen, im Obergeschoss des Hauses Feigenspahn befinde sich ein Bordell. Das Ehepaar Feigenspahn mache sich der Kuppelei schuldig, indem es Dienstmägde zur Prostitution nötige. Der Herr Bürgermeister hat mir überdies deutlich zu verstehen gegeben, Oberinspektor Brand mit dieser Sache nicht zu betrauen. Als Ihr oberster Dienstherr muss ich Sie nun fragen: Gibt es irgendwelche Gründe, dem Oberinspektor zu misstrauen? Ich weiß sehr wohl, dass es überaus heikel ist, Ihnen in Bezug auf Ihren direkten Vorgesetzten eine solche Frage zu stellen. Doch wichtiger als jedwede Loyalität ist im Augenblick Ihre bedingungslose Ehrlichkeit, auch wenn es sich dabei möglicherweise um Angaben handelt, die nicht dazu beitragen, das Ansehen meiner Behörde zu heben«, knarzte Hessenberg mit schmerzhaft verzogenen Mundwinkeln und presste verstohlen seine Hand auf den Oberbauch.

»Dazu kann ich nichts sagen. Was zu einem guten Teil auch darin begründet liegt, dass der Herr Oberinspektor mich bei manchen Ermittlungen außen vor lässt und es vorzieht, seinen Assistenten Klein mit einzubeziehen. So handhabte er es auch im Falle des Ehepaars Feigenspahn. Nach meiner Anmerkung, dass man dieselben, als die Herrschaften der Ermordeten Orth, unbedingt noch genauer befragen müsse, beschied er mich in abweisendem Tonfall, das werde auch baldigst erfolgen, nur werde ihm dafür eben Herr Klein zur Seite stehen«, äußerte der Obergendarm reserviert.

»Es ist demnach schon häufiger vorgekommen, dass er Sie bei den laufenden Ermittlungen im Rahmen der Mordfälle sozusagen nicht dabei haben wollte. Aus welchen Gründen auch immer«, brummelte Hessenberg vor sich hin. »An Ihrer fachlichen Kompetenz kann das nicht gelegen haben. Denn wie mir bekannt ist, haben Sie ein ausgezeichnetes Dienstzeugnis von der Gendarmerie aus Unterfranken ausgestellt bekommen und gelten auch bei uns in Frankfurt als ein gewissenhafter Beamter – von der Beschwerde dieser gewiss etwas überkandidelten Arztgattin einmal abgesehen.«

»Und eben diese Beschwerde brachte mir seitens von Herrn Brand einen scharfen Verweis ein, verbunden mit der Androhung, man werde sich, wenn sich so etwas noch einmal wiederhole, leider von mir trennen müssen. Unter uns gesagt, Herr Polizeisenator: Ich glaube, mein Chef mag mich nicht besonders.«

»Beruht das nicht, wie so häufig, auf Gegenseitigkeit? Halten Sie denn Ihren Vorgesetzten für einen guten Polizisten? Ich bitte um eine ehrliche Antwort und möchte betonen, dass alles, was wir besprechen, auch unter uns bleiben wird. Darauf können Sie sich verlassen.«

Der junge Polizist grübelte und entgegnete betreten: »Das tue ich nicht. Ich meine, ich hatte noch niemals einen Vorgesetzten, der derart schlampig und inkompetent seinen Dienst versehen hat. Es tut mir leid, das sagen zu müssen. Aber gerade in Bezug auf die zurückliegenden Giftmorde war seine Vorgehensweise immer wieder überschattet von großen, zuweilen auch unentschuldbaren Versäumnissen. Da muss ich Doktor Hoffmann und Fräulein Weiß leider beipflichten und zuweilen hege auch ich Zweifel, ob Anton Kunzfeld tatsächlich der Mörder der drei jungen Frauen gewesen ist.« Wilde hatte vor Aufregung einen roten Kopf bekommen.

»Das tut im Augenblick nichts zur Sache«, unterbrach ihn Hessenberg unwirsch, der, ebenso wie der Bürgermeister, unsagbar erleichtert gewesen war, dass der vermeintliche Täter endlich überführt werden konnte und es sich genau wie Paulus keinesfalls eingestehen mochte, an Anton Kunzfelds Täterschaft auch nur den leisesten Hauch eines Zweifels zu hegen. »Momentan zählt einzig die Anweisung des Bürgermeisters, im Hause Feigenspahn, in der Großen Eschenheimergasse Nummer 11, eine Razzia durchzuführen. Und damit, lieber Wilde, möchte ich Sie am heutigen Abend betrauen. Nehmen Sie so viele Männer mit, wie Sie brauchen. Und wenn sich erweisen sollte, dass diese Feigenspahns tatsächlich Dreck am Stecken haben, dann bringen Sie die Bande hinter Schloss und Riegel, wo ich sie persönlich verhören werde.«

Als Obergendarm Wilde um sechs Uhr abends in Begleitung von fünf Polizisten vor der Parfümerie Feigenspahn stand, war es bereits stockdunkel. Im Laden brannte allerdings noch Licht, doch als Wilde die Ladentür öffnen wollte, war diese verschlossen. Energisch klopfte er an die Milchglasscheibe und rief: »Bitte öffnen Sie die Tür!«, es bewusst vermeidend, sich als Polizist zu erkennen zu geben. Gleich darauf waren Schritte zu vernehmen und ein Schatten huschte hinter der Milchglasscheibe herbei und machte sich am Türschloss zu schaffen. Vor ihnen stand eine kleine, gedrungene Matrone, deren rundes Gesicht im Schein des flackernden Gaslichts rosig schimmerte. Beim Anblick der Uniformierten verhärteten sich ihre Gesichtszüge. Dennoch verzog sie den schmallippigen Mund zu einem Lächeln und flötete zuvorkommend: »Sie wünschen bitte? Wir haben zwar schon geschlossen, aber unserer Gendarmerie ist man doch stets zu Diensten.«

»Das hört man gern. Wir möchten bitte die Inhaber der Parfümerie, Herrn und Frau Feigenspahn, sprechen«, erwiderte Wilde bestimmt.

»Albertine Feigenspahn mein Name«, entgegnete die Angesprochene mit höflicher Verbeugung. »Mein Mann ist schon nach oben gegangen. Ich bin noch mit der Abrechnung beschäftigt. Aber treten Sie doch bitte näher, was kann ich für Sie tun?«, erkundigte sich die Ladeninhaberin ölig und ließ die Gendarmen eintreten, um anschließend wieder die Tür zu verschließen. Wilde war ein wenig erstaunt. Er hatte die ältliche Frau in ihrem einfachen, dunkelgrauen Arbeitskittel eher für eine Dienstmagd gehalten.

»Frau Feigenspahn, wir haben die Anweisung, sämtliche Räume Ihres Hauses zu visitieren. Wenn Sie uns diese also bitte zugänglich machen könnten!«

»Warum denn das?«, fragte Frau Albertine verwundert und konnte eine gewisse Empörung in der Stimme nicht unterdrücken.

»Wir haben einen Hinweis erhalten, dem wir nachgehen müssen«, beschied Wilde sie knapp. Die Parfümeriebesitzerin war unmerklich zusammengezuckt.

»Was denn für einen Hinweis? Wir sind anständige Leute und haben uns noch nie etwas zuschulden kommen lassen«, entgegnete sie deutlich ungehaltener.

»Umso besser! Wenn Sie uns dann bitte unsere Arbeit machen lassen. Ihr Haus verfügt über drei Etagen, ist das richtig?«

»Zwei Etagen«, korrigierte ihn Frau Feigenspahn. »Das Erdgeschoss mit dem Ladenkontor und den Geschäftsräumen, und im ersten Stock befinden sich unsere Privaträume. Das war's.«

»Gibt es da nicht noch ein Dachgeschoss?«

»Das zählt nicht. Ich meine, es ist nicht ausgebaut und wir nutzen es nicht.«

»Das werden wir ja sehen. Hauser und Lehmann, Ihr guckt euch hier unten um. Kleinschmidt und Heintze, Ihr untersucht die Privaträume, Schuch und ich, wir gehen ins Dachgeschoss«, wies er die Beamten an und erkundigte sich bei Frau Feigenspahn, deren kleine Augen inzwischen beunruhigt blickten, nach dem Treppenhaus. Unwillig führte sie die Polizisten durch den Verkaufsraum zu einer Hintertür, öffnete sie und zeigte auf eine gewundene, mit rosaroten Läufern ausgelegte Treppe.

»Hier kommen Sie in unsere Wohnräume im ersten Stock. Ich darf vielleicht vorangehen, damit der Schreck für meinen Mann nicht gar so groß ist«, sagte Frau Feigenspahn und eilte hastig vor den Beamten die Treppe hinauf.

»Wenn er ein reines Gewissen hat, sollte ihn doch unsere Gegenwart nicht schrecken«, konterte Wilde trocken.

»Sagen Sie mal, wie kommen Sie mir eigentlich vor? Muss ich mir denn einen so frechen Ton bieten lassen? Weiß eigentlich Ihr Vorgesetzter, was Sie hier veranstalten? Das sollte mich doch sehr wundern!«, zischte Albertine Feigenspahn mit inzwischen hochroten Pausbacken und erweckte den Eindruck, als würde ihr jeden Moment der Kragen platzen.

»Gute Frau, ich kann Sie beruhigen. Unser Einsatz wurde von höchster Stelle angeordnet.«

»Und warum wurde dann Oberinspektor Brand nicht damit betraut? Das ist doch ein vernünftiger Mann, der sich wenigstens zu benehmen weiß.«

Wilde ignorierte ihre Frage. Währenddessen hatten die Polizeibeamten hinter der Dame des Hauses die Diele betreten. Hektisch stürzte Frau Feigenspahn in die Wohnstube, wo ihr Ehemann an einem kleinen Tisch saß und sich gerade eine Patience legte. Als er in das rotglühende Antlitz seiner Gattin schaute und die vier Ordnungshüter wahrnahm, legte er erschrocken die Karten beiseite.

»Hermann, die Herren von der Polizei wollen unsere Wohnung inspizieren. Warum genau, weiß ich nicht. Das sieht mir doch alles sehr nach persönlicher Verunglimpfung und übler Nachrede aus. Seien Sie versichert, mein lieber Herr Wilde, das wird ein Nachspiel haben!« Frau Feigenspahn gestikulierte rudernd mit den kurzen, rundlichen Armen und glich immer mehr einer aufgebrachten Graugans, die gefährliche Eindringlinge abzuwehren versuchte.

»Ich bin nicht Ihr ›lieber Herr Wilde‹, sondern schlicht und ergreifend der Herr Obergendarm Wilde und für *wen* das schlussendlich ein Nachspiel haben wird, wird sich noch erweisen. Solche Drohungen ziehen bei mir nicht. Also, wo geht es bitte zum Dachgeschoss?«

»Es gibt kein Dachgeschoss, du blöder Lümmel!«, kreischte Frau Albertine mit sich überschlagender Stimme und hätte ihr Gatte sie nicht wohlweislich zurückgehalten, hätte sie Max Wilde gar mit wüsten Faustschlägen attackiert.

»Ich will auf der Stelle den Herrn Oberinspektor sprechen!«, keifte sie völlig außer sich, »und bis der da ist, schnüffelt mir hier keiner im Haus herum!«

»Das haben Sie nicht zu bestimmen! Sie haben hier gar nichts zu bestimmen und ich lasse Sie jetzt wegen Beleidigung und versuchter Tätlichkeit gegen einen Polizeibeamten in polizeilichen Gewahrsam nehmen. Heintze, leg der mal Ketten an, damit die uns nicht noch an die Gurgel springt. Die ist ja gemeingefährlich! So, und Sie, Herr Feigenspahn, zeigen uns jetzt den Zugang zum Dachgeschoss.«

»Das machst du nicht, Hermann!«, herrschte die derweil mit Handfesseln versehene Frau Feigenspahn ihren Mann an. »Dieser Grünschnabel weiß doch nicht Bescheid. Verstehst du, der ist nicht auf unserer Seite!«, brüllte Frau Albertine gellend in Richtung ihres verängstigten Ehemanns. Hermann Feigenspahns Blicke irrten verzweifelt zwischen seiner Gattin und dem Obergendarmen hin und her und er schien zu keiner Entscheidung zu gelangen.

»Was heißt das denn? Von wegen ›nicht Bescheid wissen‹ und ›nicht auf unserer Seite‹ sein? Das will ich jetzt aber genau wissen!«, blaffte Wilde die kaum zu bändigende Matrone an und richtete sich drohend vor ihr auf.

»Dir sag ich gar nichts, du Drecksack!«, schrie Frau Feigenspahn hysterisch und spuckte dem Obergendarm ins Gesicht. Reflexartig hob Wilde die Hand zum Schlag, besann sich aber eines Besseren, nestelte mit bebenden Händen ein Taschentuch aus seiner Uniformjacke und wischte sich mit angeekelter Miene den Speichel von Wangen und Stirn.

»Herr Feigenspahn, Sie führen uns jetzt auf der Stelle zum Dachgeschoss, oder ich lasse Sie wegen Widerstandes gegen die Staatsgewalt arretieren«, richtete sich Wilde mit eisiger Ruhe an Herrn Feigenspahn, was weitaus Furcht einflößender anmutete als Frau Feigenspahns lautstarke Eskapaden. Herr Feigenspahn nickte resigniert und schlurfte mit hängenden Schultern zu einer schmalen, tapezierten Tür an der Stirnseite des weitläufigen Wohnraums.

»Bitte folgen Sie mir«, murmelte er schicksalsergeben und öffnete den Polizisten die gut getarnte Geheimtür.

In drei der fünf Dienstbotenkammern befanden sich Herren im reifen Alter, mehr oder weniger in eindeutigen Positionen mit jungen Frauen, welche durchweg ihre Enkeltöchter hätten sein können.

Angesichts der peinlichen Situation verwandelte sich Frau Feigenspahn schlagartig wieder in die hausbackene Matrone und beteuerte mit der ihr eigenen Dreistigkeit, von alledem nichts gewusst zu haben. Als sie die skeptischen Mienen der Ordnungshüter bemerkte und der sonst so beherrschte Obergendarm Wilde ob ihrer Unschuldsbekundungen gar lauthals auflachte, ging sie noch einen Schritt weiter: »Diese liederlichen Weibsbilder frönen in meinem Hause der Unzucht! Hinter meinem Rücken holen sie sich heimlich die Kerle ins Bett! Ich bin sprachlos. Was soll man dazu sagen?«, seufzte sie und schien den Tränen nahe. Daraufhin rannte eines der Dienstmädchen auf sie zu und schlug ihr mit voller Wucht ins Gesicht.

»Du elende, alte Fuchtel du! Jetzt willst du uns noch die Schuld in die Schuhe schieben«, stammelte das junge Mädchen mit bebender Stimme. Sie drehte sich ruckartig zu den Polizisten um, und obgleich sie am ganzen Körper zitterte, hob sie die Hand zum Schwur und gab keuchend von sich: »Ich schwöre beim Herrgott im Himmel, dass dieses gemeine Miststück uns alle zu Huren gemacht hat. Ich hasse sie! Ich hasse sie!«, schrie das Mädchen immer wieder, bis es weinend auf dem Boden zusammenbrach.

Später auf der Hauptwache, wohin der Obergendarm alle Beteiligten überstellen ließ, machten die übrigen Dienstmägde ähnliche Aussagen und trugen dadurch dazu bei, die Wahrheit vollends ans Licht zu bringen.

Bald darauf traf auch der Polizeisenator im Revier ein, um das Ehepaar Feigenspahn persönlich zu verhören.

Frau Feigenspahn, nachdem klar geworden war, dass gegen sie mit aller Härte vorgegangen wurde, beschwerte sich dahingehend, dass sie ja schließlich mit dem Herrn Oberinspektor Brand und seinem Assistenten Klein eine gewisse Vereinbarung getroffen und dafür auch tief genug in die Tasche gegriffen hätte – was außerdem nicht das erste Mal gewesen sei. Ungeachtet seiner bohrenden Magenschmerzen ordnete Hessenberg daraufhin an, umgehend Alfons Klein und Klaus Brand aufs Revier bringen zu lassen.

Brand, der wie immer zu solch später Stunde erheblich alkoholisiert war, wurde mit einem Schlag nüchtern, als er das Ehepaar Feigenspahn erblickte. In schneidendem Tonfall bedeutete Hessenberg ihm und Klein, auf den freien Stühlen im Verhörzimmer Platz zu nehmen. Übergangslos verlas der Polizeisenator die protokollierten Aussagen der Eheleute Feigenspahn, die Brand und seinen Assistenten der Bestechlichkeit bezichtigten, und stellte anschließend dem Oberinspektor die Frage, was er zu dieser Anschuldigung zu sagen habe. Brand rang sichtlich um Fassung, was ihm jedoch kläglich misslang, denn seine bebenden Gesichtszüge und Gliedmaßen sprachen Bände. Dennoch bemühte er sich darum, zu seiner altbekannten Schnoddrigkeit zurückzufinden und polterte: »Alles erstunken und erlogen! Was manche Subjekte halt so daher schwallen, wenn sie von ihren eigenen Entgleisungen ablenken wollen!«

Frau Feigenspahn, die dagegen empört aufbegehren wollte, beschied der Polizeisenator mit herrischer Geste, zu schweigen, und bemerkte sachlich, dass sich Herr und Frau Feigenspahn eindeutig bereit erklärt hätten, ihre Aussagen vor Gericht zu beeiden.

»Na und? Manche Leute schwören sogar einen Meineid, um ihr Fell zu retten«, entgegnete Brand verächtlich.

»Sie leugnen also, dem Ehepaar Feigenspahn gegenüber Zusagen gemacht zu haben, in ihrem Hause keine Razzien durchzuführen und dafür Geldbeträge erhalten zu haben?«, insistierte Hessenberg.

»Absolut! Und mit Verlaub, Herr Polizeisenator, darf denn ein verdienstvoller Polizeibeamter, als der ich nach der höchst erfolgreichen Aufklärung der Dienstmädchen-Morde doch mit Fug und Recht gelten kann, nicht auch für sich beanspruchen, den Glauben meines Vorgesetzten zu finden? Es kann doch nicht Ihr Ernst sein, dass Sie diesem Kuppler-Gesindel mehr glauben als mir?«

»Wer sich mit Kupplern gemeinmacht, indem er diese verschont und dafür Bestechungsgelder annimmt, ist keinen Deut besser als sie!«, fuhr ihn Hessenberg an und wandte sich unvermittelt an Alfons Klein, der die ganze Zeit mit rotem Kopf und zerknirschter Miene schweigend vor sich hingebrütet hatte.

»Und Sie, Klein, wollen Sie von alledem gleichfalls nichts gewusst haben?«

»Nein, davon habe ich nichts gewusst und auch nie was mitgekriegt«, presste Klein trotzig hervor, schien gleichzeitig aber auch Angst vor der eigenen Courage zu haben.

»Gut, darüber werden wir uns gleich noch einmal in Ruhe unterhalten. Wilde, sorgen Sie bitte dafür, dass uns dabei niemand stört, und lassen Sie die anderen Herrschaften solange in ihre Zellen bringen«, ordnete Hessenberg mit hämischem Blick auf Brand und das Ehepaar Feigenspahn an. »Wenn Sie die Bagage weggesperrt haben, kommen Sie bitte wieder hierher. Ich brauche Sie als Protokollführer.«

Als Hessenberg wenig später mit Klein allein im Verhörzimmer saß und diesen mit erbarmungslosen Polizistenaugen fixierte, die er sich im Laufe vieler Dienstjahre erworben hatte, schmolz Kleins Verstocktheit dahin wie Schnee in der Sonne. Sein feistes Gesicht glänzte vor Schweiß und seine tiefliegenden, tückischen Augen flackerten immer hektischer. Der Polizeisenator schwieg bedrohlich und in der bedrückenden Stille waren einzig Kleins keuchende Atemzüge zu vernehmen. Nachdem Wilde den Raum betreten hatte und neben seinem Vorgesetzten, gegenüber Klein, Platz genommen hatte, richtete Hessenberg erneut das Wort an seinen Untergebenen.

»Fünf Jahre Zuchthaus sind das Mindeste, mein lieber Klein, was für Sie wegen Korruption, Amtsmissbrauch und Bestechlichkeit herauskommt. Wenn Vollmer der vorsitzende Richter ist, und der ist bekanntlich ein ganz scharfer Hund, könnten sogar noch ein paar Jahre mehr zusammenkommen, denn der kann korrupte Beamte auf den Tod nicht ausstehen. Ich im Übrigen auch nicht!«, bellte er cholerisch, um in nächster Minute mit eisiger Ruhe fortzufahren: »Ihr Herr Vater, ein ehrenhafter und aufrichtiger Gendarm, der sich damals bei mir persönlich für Ihre Einstellung verwendet hat, würde sich im Grab umdrehen, wenn er wüsste, wessen man Sie bezichtigt. Und lassen Sie sich das Eine jetzt von mir gesagt sein – und das auch *nur* Ihrem Herrn Vater zuliebe: Wenn Sie Brand weiterhin mit Ihren Falschaussagen decken, verstricken Sie sich nur noch mehr! Mensch, Klein, kommen Sie doch zu sich! Nennen Sie mir jetzt auf der Stelle Ross und Reiter und ich werde mich dafür einsetzen, dass Sie mit einer vergleichsweise milden Strafe davonkommen. Weil Sie durch Ihre Aussage nicht unwesentlich zur Wahrheitsfindung beitragen würden.« Hessenberg musterte Klein eindringlich und wie ihm dessen zutiefst bekümmerter Gesichtsausdruck verriet, schienen seine Worte auf fruchtbaren Boden gefallen zu sein.

»Kann ich jetzt nicht mehr bei der Polizei bleiben?«, stammelte der Beamte bedrückt.

»Das wohl nicht mehr, mein lieber Alfons. Das hätten Sie sich schon früher überlegen müssen. Ein guter Polizeibeamter lässt sich nicht bestechen. Fertig, aus!«

»Aber der hat mir doch nur ab und zu ein paar lausige Kröten zugesteckt, der Brand, oder mich im Wirtshaus freigehalten. Mehr war des doch net!« Klein, der unversehens aus dem Nähkästchen geplaudert hatte, schien bei der Vorstellung, fürderhin keine Polizeiuniform mehr tragen zu dürfen, den Tränen nahe.

Den haben wir!, dachte sich sein Vorgesetzter triumphierend und setzte gleich nach.

»Egal, wie viel das war, mein lieber Klein. Ein anständiger Polizist lässt sich nun einmal nicht schmieren. Und falls doch, muss er umgehend aus der Polizeibehörde entfernt werden. Da beißt die Maus keinen Faden ab. Aber wenn Sie sich jetzt als reumütig und geständig erweisen, das zumindest kann ich Ihnen zusichern, wird sich das in jedem Fall als strafmindernd für Sie auswirken.«

Klein, dem die Bedrohlichkeit der Lage längst bewusst geworden war, wollte plötzlich nur noch den eigenen Kopf retten und so entschied er sich dafür, Brand kurz und schmerzlos ans Messer zu liefern.

»Also gut«, stammelte er beschämt. »Mein Vorgesetzter, Klaus Brand, erhält schon seit einiger Zeit von mehreren Frankfurter Bordellwirten Sonderzahlungen, damit wir diese in Ruhe lassen. Mich hat er eingeweiht und dafür mit kleineren Geldbeträgen abgespeist. Ich weiß, dass das nicht richtig war und ich schäme mich auch deswegen«, flüsterte Klein mit tränenerstickter Stimme und barg sein Gesicht in den Händen.

»Dazu haben Sie auch allen Grund«, bemerkte Hessenberg trocken. »So, und jetzt sagen Sie mir in aller Ausführlichkeit, was Sie wissen. Wilde, schreiben Sie mit!«

Nachdem Alfons Klein seine Aussagen zu Protokoll gegeben und dieses unterzeichnet hatte, ließ Hessenberg Brand vorführen. Im Beisein von Klein und Wilde verlas er das Schriftstück. Im Verhörzimmer herrschte zunächst eisiges Schweigen. Klein starrte nur betroffen vor sich hin und Brand schienen die Worte zu fehlen.

»Klaus Brand, Sie sind eine Schande für unsere Polizeibehörde! Eine Schande für unseren ganzen Berufsstand!«, schrie Hessenberg unvermittelt in einer Lautstärke, dass auf der Hauptwache förmlich die Wände bebten. Brand, der erkennen musste, dass er verloren hatte, war dem Druck nicht mehr länger gewachsen und brach weinend zusammen. Schlimmer als Hessenbergs Schreie und Vorhaltungen war für ihn Kleins Treuebruch. Für den einsamen Trinker, Klaus Brand, war sein Assistent Klein der einzige Mensch in der ganzen Stadt, mit dem ihn so etwas wie Freundschaft verband.

In den darauffolgenden Stunden ließ er jeglichen Widerstand fallen und gestand alles. Nannte die Namen der Bordell-Betreiber, von denen er Zahlungen erhalten hatte und in schwäbischer Gründlichkeit, auf den Pfennig genau, auch die Geldbeträge, die ihm zugeflossen waren und dazu beigetragen hatten, sein bescheidenes städtisches Gehalt derart aufzubessern, dass es die Bezüge seines Vorgesetzten noch um einiges überstieg. Als Brand nach seinem ausführlichen Geständnis in den Kerker geführt wurde, war er ein gebrochener Mann.

Noch in selbiger Nacht, die für alle in den Fall Involvierten erst mit dem Morgengrauen enden sollte, ließ der Polizeisenator den Bürgermeister über die laufenden Ermittlungen unterrichten. Paulus erschien daraufhin persönlich auf der Hauptwache und ließ sich noch einmal genauer über alles informieren – was er dabei erfahren musste, schmeckte ihm allerdings gallenbitter. Der Oberinspektor sowie sein Gehilfe Alfons Klein wurden von ihm mit sofortiger Wirkung vom Dienst suspendiert. Obergendarm Wilde wurde auf Empfehlung des Polizeisenators als Kommissarischer Dienststellenleiter eingesetzt. Klaus Brand, Alfons Klein und das Ehepaar Feigenspahn wurden am frühen Morgen in das Städtische Untersuchungsgefängnis in der Hammelsgasse gebracht, wo sie bis zu ihrem Prozess bleiben sollten. Die fünf jungen Dienstmägde wurden von zwei Polizeidroschken in die Töngesgasse zu Fräulein Weiß und nach Rödelheim zu Johann Konrad Friedrich gefahren, wo sie freundliche Aufnahme fanden. Die drei Herren, nachdem man ihre Personalien aufgenommen und sie wegen unerlaubter Unzucht mit einer empfindlichen Geldstrafe belegt hatte, wurden ebenfalls wieder auf freien Fuß gesetzt.

Am nächsten Tag ordnete der Bürgermeister eine Magistratssitzung an und setzte umgehend eine Kommission ein, die den gesamten Bestechungsskandal genauer untersuchen sollte. Was im Zuge dieser Ermittlungen jedoch ans Licht kam, behagte einigen Standespersonen wenig. Vor allem das Nobel-Bordell einer gewissen Madame Zink in der Großen Gallengasse geriet mehr und mehr in die Schlagzeilen. In besagtem Etablissement verkehrten vor allem die wohlhabenden und angesehenen Herren der Stadt, die äußersten Wert auf Diskretion legten – worauf in der jetzigen Situation allerdings keine Rücksicht mehr genommen werden konnte. – Oder etwa doch?

Bei einer Hausdurchsuchung unter der Leitung von Max Wilde machten die Polizeibeamten im Hause Zink jedenfalls eine überaus peinliche Entdeckung. In zwei vollkommen abgedunkelten Räumen im Obergeschoss des Hauses stießen die Beamten auf Damen der besten Frankfurter Gesellschaft, die dort den Herren zu Diensten waren. Wie es sich erwies, galten diese ›Dunkelzimmer‹ als besondere Spezialität des Hauses. Die Namen dieser illustren Herrschaften gelangten nie an die Öffentlichkeit und blieben für immer ein Geheimnis – dafür, so wurde in Frankfurt allerorts gemunkelt, sei schon von höchster Stelle gesorgt worden.

Das Ehepaar Feigenspahn zeigte sich neuerdings sehr entgegenkommend und legte schließlich, wenn auch verspätet, eine genaue Beschreibung des Mannes ab, der Lisbeth in der Mordnacht zu sich auf das Weinschiff bestellt hatte, die sich im Wesentlichen mit den anderen Täterbeschreibungen deckte: Ein junger Mann in Gehrock und Zylinder, mit einem dichten Backenbart und einer Lorgnette mit dunklen Gläsern.

19

Als kleines Dankeschön an ihre treuen Verbündeten hatte die Schriftstellerin an diesem bitterkalten Novemberabend, an dem es schon den ersten Schnee gegeben hatte, ihren alten Freund, Johann Konrad Friedrich, und Doktor Heinrich Hoffmann zu einem, wie sie betont hatte, intimen, kleinen Abendessen eingeladen. – Ganz zufällig war es der Martinstag und Tante Tilla hatte eigens zu diesem Anlass eine köstliche Martinsgans mit Rotkohl und Kartoffelklößen zubereitet. Und ganz zufällig war jener sechste November auch des Fräuleins 52. Geburtstag – was aber auf keinen Fall erwähnt werden durfte, denn Sidonie vermied es seit ihrem 40. Lebensjahr konsequent, ihre Geburtstage zu feiern und hatte es sich bei allen Freunden und Bekannten nachdrücklich verbeten, diesbezüglich mit Gratulationen oder Geschenken bedacht zu werden. Tante Tilla indessen ließ es sich in ihrer Starrköpfigkeit freilich nicht nehmen, an diesem Tage stets besondere kulinarische Genüsse bereitzuhalten und kredenzte dem Fräulein jedes Jahr einen herrlichen Frankfurter Kranz, was immer wieder denselben Wortwechsel zur Folge hatte: »Ach, Tante Tilla, das sollst du doch nicht.«

»Ei, was heißt dann ›des soll ich net‹? Des will ich aber! Sie ham heut Geburtstag und da gibt's Kuche, wie sich des gehört! Komm, esse Se doch e' Stückche.« Tante Tilla legte dem Fräulein ein Tortenstück auf den Teller, das doppelt so dick geschnitten war wie die anderen, denn sie wusste aus Erfahrung, dass Sidonie nicht mehr als ein Stück zu sich nahm.

»Ach Gott. Das ist ja fast der halbe Kuchen. Das schaff ich doch nie und nimmer.« Sidonie saß mit bekümmertem Gesicht vor dem Kuchenteller.

»Ei, esse Se doch was. Sie könne's doch vertrage. So dürr wie Sie sin!« Tante Tilla rang die Hände wie bei einem Stoßgebet.

Nachdem sich das Fräulein und ihre Aufwärterin an der cremigen Köstlichkeit gelabt hatten, endete die Prozedur jedes Jahr damit, dass die Reste des Kuchens an die Nachbarschaft verteilt wurden.

An diesem Abend jedoch kamen Johann und Doktor Hoffmann in den Genuss, von Tante Tilla nach dem Gänsebraten noch ein Stück Frankfurter Kranz serviert zu bekommen.

»So, jetzt brauch ich aber einen Magenbitter«, seufzte Heinrich Hoffmann, nachdem er zur Freude von Tante Tilla mit gutem Appetit den Nachtisch verspeist hatte.

»Am besten einen doppelten!«, ächzte Johann und hielt sich die Hände an den Bauch.

»Darf's auch ein Cognäcchen sein?«, erkundigte sich Tante Tilla vergnügt und füllte die Gläser.

Nachdem die beiden Herren und die alte Aufwartefrau es sich, sehr zum Unmut von Sidonie, nicht nehmen ließen, auf das Wohl der Gastgeberin anzustoßen, legte Mathilde noch ein paar Holzscheite auf das prasselnde Kaminfeuer und entfernte sich.

Sidonie bedankte sich noch einmal bei Doktor Hoffmann, der drei der ehemaligen Gesindemägde aus dem Hause Feigenspahn als Zugehefrauen und Scheuermägde in der Armenklinik untergebracht hatte und erkundigte sich bei Johann nach den beiden anderen Dienstmädchen, die bei ihm in Rödelheim verblieben waren.

»Ich glaube, den Mädchen geht es ganz gut. Hildegard, die früher einmal in einer großen Gastwirtschaft in Bornheim als Küchenmagd und Beiköchin gearbeitet hat, geht meiner alten Köchin tüchtig zur Hand. Und Dorothea, die ich, wie ich zugeben muss, besonders ins Herz geschlossen habe, bringe ich zurzeit das Lesen und Schreiben bei. Sie ist eine blitzgescheite Person und verblüfft mich immer wieder damit, wie gut und schnell sie lernt. Ich denke, in ein paar Monaten kann ich sie als meine Sekretärin beschäftigen, die mich bei meiner Korrespondenz unterstützen und mir mit meinen Memoiren helfen wird«, erwiderte Johann mit mildem Lächeln.

Sidonie befragte Doktor Hoffmann nach dem Gesundheitszustand der jungen Straßenprostituierten Lydia, worauf der Arzt entgegnete, es sei ihnen zwar gelungen, die Syphilis einstweilen zum Stillstand zu bringen, an eine Heilung sei aber nicht zu denken, weil die Krankheit zu weit fortgeschritten sei. Das Fräulein schüttelte daraufhin bedauernd den Kopf und murmelte: »Ach, das arme Kind. Wenn ich ihr doch nur helfen könnte.«

»Du hast ihr doch bereits geholfen, meine Liebe. Und wir helfen ihr in der Klinik auch. Mehr kann man momentan nicht für sie tun. Als Arzt muss man früh lernen und begreifen, dass unsere Hilfe immer nur eine sehr beschränkte sein kann. Man kann leider nicht alle Leiden dieser Welt kurieren. Das solltest auch du akzeptieren und dir heute, an diesem angenehmen Abend, nicht zu viele trübe Gedanken machen. Übrigens, da fällt mir etwas ein, das ich euch beiden unbedingt berichten muss. Ich hatte dir doch vor einiger Zeit einmal versprochen, liebe Sidonie, mich in meinem Bekanntenkreis diskret nach der Familie von Breuberg zu erkundigen und unlängst konnte ich diesbezüglich tatsächlich etwas

Interessantes in Erfahrung bringen. Eigentlich dürfte ich es euch gar nicht sagen, weil es unter den Bereich der ärztlichen Schweigepflicht fällt. Von daher werde ich mich leider auf Andeutungen beschränken müssen und gleichzeitig darum bitten, alles für euch zu behalten.« Als Sidonie und Johann ihm dies zusicherten und gleichzeitig vor Neugierde schier platzten, fuhr Doktor Hoffmann fort. »Ein befreundeter älterer Kollege, der inzwischen im Ruhestand ist, war früher über viele Jahre hinweg der Hausarzt der Familie von Breuberg. Er hat mir berichtet, dass es vor einigen Jahren anlässlich einer Soiree im Hause Breuberg zu einem unerfreulichen Vorfall gekommen sei. Die Dame des Hauses, Claudia von Breuberg, wäre vollkommen außer sich geraten und man habe ihn noch zu später Stunde konsultiert. Die schlimmen Anfälle der Dame, so hätte man es den Gästen gegenüber im Nachhinein dargestellt, wären durch eine Überempfindlichkeit gegen Erdbeeren hervorgerufen worden, was mitnichten der Wahrheit entsprochen habe«, erläuterte Doktor Hoffmann zurückhaltend und bat nochmals darum, nicht weiter in ihn zu dringen, denn die ärztliche Schweigepflicht, die er mit seinem Hinweis ohnehin schon gebrochen habe, verlange es, dass er den Freunden weitere Einzelheiten vorenthalte.

»Entweder war die Gute nicht recht bei Trost, was ich mir allerdings bei Claudia von Breuberg, die ja die Selbstbeherrschung in Person ist, nur schwerlich vorstellen kann. Oder sie hat zu tief ins Glas geschaut, für eine Dame der Gesellschaft ein unverzeihlicher Fauxpas, zumindest in der Öffentlichkeit, was ich mir aber bei einer Frau ihres Formats gleichermaßen nicht vorzustellen vermag. Vielleicht hat man ihr auch etwas eingegeben«, sinnierte das Fräulein und blickte den Doktor fragend an, der daraufhin unmerklich mit dem Kopf nickte.

»War da etwa Gift im Spiel?«, platzte es aus Sidonie heraus, während sie Heinrich Hoffmann keine Sekunde aus den Augen ließ, der ihre Vermutung mit keiner Silbe dementieren mochte. Daraufhin schenkte sich das Fräulein mit bebenden Händen einen Cognac ein und leerte ihr Glas in einem Zug. »Es stellt sich jetzt natürlich die Frage, was das für ein Gift gewesen sein könnte? Und *wer* hat es ihr verabreicht?«, murmelte Sidonie wie in Trance.

»Das, meine Liebe, musst du schon selbst herausfinden. Nur wie gesagt: Der Vorfall wurde seitens der Familie vertuscht, es wurde freilich auch keine Anzeige erstattet und die Vergiftung, soviel sei verraten, verursachte keine bleibenden Schäden. Dennoch war das Vorkommnis wohl seinerzeit so etwas wie ein Skandal, über den in den besseren Kreisen ausgiebig getuschelt wurde. Man müsste herausfinden, wer sich an diesem Abend im Hause Breuberg aufgehalten hat. Es gibt sicherlich ein paar Augenzeugen, die sich noch gut an den Vorfall erinnern und möglicherweise auch mit interessanten Einzelheiten aufwarten können. In diesem Fall, liebe Sidonie, könntest du doch vielleicht deine alten Kontakte spielen lassen.«

»Das werde ich, lieber Heinrich, das werde ich. Darauf kannst du Gift nehmen«, setzte sie hinzu und schien in Gedanken schon ganz damit befasst zu sein, wie sich das bewerkstelligen ließe. Nach einer Weile konzentrierten Nachdenkens klatschte sie plötzlich in die Hände, sodass die beiden Herren erschrocken zusammenfuhren und verkündete aufgekratzt: »Da wird Tante Tilla in den nächsten Tagen noch mal backen müssen.«

»Sidonie, was hast du denn vor?«, fragte Johann mit sinistrem Unterton. »Brauchst du vielleicht wieder meine Unterstützung?«

»Zu deiner großen Enttäuschung, lieber Johann, muss ich dies leider verneinen. Im Gegenteil, du würdest bei einer derartigen Veranstaltung nur stören«, erwiderte das Fräulein launig und musste angesichts von Johanns betroffenem Gesichtsausdruck lauthals auflachen.

In den nächsten Tagen kontaktierte Sidonie verschiedene Damen der Gesellschaft und lud sie zu einem Kaffeekränzchen ein. Wie sie wusste, kannten sich die Damen aus den besseren Kreisen meistens untereinander und waren gelegentlich, wenn auch hinter vorgehaltener Hand, gerne bereit, ein wenig dem Klatsch zu frönen, was Sidonie, obgleich ihr ansonsten jegliches Gerede verhasst war, momentan durchaus begrüßte.

An jenem Donnerstag, den elften November, trafen um die Nachmittagszeit sechs elegante Damen im Hause Töngesgasse Nummer 15 ein, wurden von Frau Mathilde freundlich in Empfang genommen und in den kleinen Salon geleitet.

Außer einem wohlschmeckenden Mokka und einer opulenten Schokoladencremetorte kredenzte das Fräulein ihren Gästen auch einen feinen Kirschlikör, dem allenthalben gut zugesprochen wurde. Als Sidonie später das Thema geschickt auf Frau von Breuberg und gewisse Zustände der Gastgeberin während einer Abendgesellschaft vor einigen Jahren lenkte, stellte sich tatsächlich heraus, dass eine der Damen an besagtem Abend im Hause Breuberg gewesen war. Es handelte sich um die ein wenig blaustrümpfig wirkende Katja von Werthmann, die in ihrem schlichten, schiefergrauen Seidenkleid, dem strengen Nackenknoten und den dicken Brillengläsern gut für eine Gouvernante gehalten werden konnte, hätte sie nicht eine Blasiertheit verströmt, wie sie nur höheren Töchtern vorbehalten war. So verhielt sich Frau von Werthmann auch jetzt wieder sehr zurückhaltend und zeigte dem neugierig gewordenen Damenkränzchen einstweilen die kalte Schulter; man war schließlich keine Klatschbase.

»Komm, Kathi, das musst du uns unbedingt erzählen! Diese Musterdame soll außer sich geraten sein? Das kann ich mir bei der beim besten Willen nicht vorstellen! Wo sich die liebe Madame von Breuberg doch aufs Trefflichste darauf versteht, alles und jeden in ihrem Dunstkreis, vor allem aber sich selbst, perfekt im Griff zu haben«, mokierte sich die weizenblonde Stella Jungwirth mit unverhohlenem Spott, während sie nervös in ihrer Schokoladentorte herumstocherte.

Nachdem noch andere Damen durch die Blume zu verstehen gegeben hatten, die hochnäsige Claudia von Breuberg nicht sonderlich zu mögen und eindringlich ihr reges Interesse an dem unglückseligen Ereignis bekundeten, entschloss sich Frau von Werthmann doch, ihre Reserviertheit aufzugeben und ihre neugierigen Standesgenossinnen mit einer minutiösen Schilderung des besagten Abends zu beglücken.

»Nun ja, Claudia hatte damals noch sinnigerweise verkündet, der Abend stünde unter dem Motto der Rose. Nachdem ihre drei Töchter Herrn von Goethes ›Sah ein Knab ein Röslein stehn‹ trällerten, und noch andere junge Leute Rosenlieder und Rosengedichte zum Vortrag brachten, hatte endlich Claudia ihren großen Auftritt. Und, wie wir alle hinlänglich wissen, ist die liebe Claudia ja eine zweite Henriette Sonntag, zumindest scheint sie sich dies einzubilden«, kicherte die Brillenträgerin herablassend, während ihre kurzsichtigen Augenschlitze vor Gehässigkeit aufleuchteten. Es mittlerweile offensichtlich genießend, im Mittelpunkt des allgemeinen Interesses zu stehen, fuhr Frau von Werthmann mit ihrem Bericht fort, indem sie sämtliche Details noch einmal genüsslich Revue passieren ließ.

»Ich erinnere mich noch sehr genau, liebste Sidonie, wie sie eines Ihrer hervorragendsten Werke rezitierte, welches gleichzeitig auch eines meiner persönlichen Lieblingsgedichte ist: ›Unsterblich verliebt‹ – normalerweise muss ich immer vor Ergriffenheit weinen, wenn ich es lese. Aber Claudias Vortrag vermochte es mitnichten, auch nur eine Saite in meinem Innern zu berühren, mit der allzu glatten Perfektion, die ihr nun einmal eigen ist und ich muss zugeben, dass ich mir sogar wünschte, sie möge doch bald zum Ende kommen. Was dann auch geschah. Ich muss fast eingenickt gewesen sein, aber die plötzliche Stille hat mich wohl aufgeweckt und ich blickte unwillkürlich, wie alle anderen auch, mit immer größerem Befremden in Claudias hübsches, langweiliges Puppengesicht. Sie hat wild mit den Augen gerollt wie ein angestochenes Kalb und ist in der nächsten Minute auch schon in hochgradiger Panik in den Garten gestürzt, wo sie schrille, hysterische Schreie von sich gegeben hat wie eine Tobsüchtige. Ihr besorgter Gatte, gefolgt von dem größten Teil der Gäste, welchen ich mich gleichermaßen anschloss, eilte der Verzweifelten hinterher und konnte seine vollkommen konfus im Garten herumirrende Ehefrau einfach nicht beruhigen. – Was überdies auch anderen nicht gelingen mochte. Sie faselte immer wieder, sie könne nicht mehr richtig sehen, alles käme in großen Wellen auf sie zu und drohe, sie zu erschlagen, alles würde immer schwärzer und von den Bäumen tropfe Blut, was sie erneut verzweifelt aufschreien ließ. Meine lieben Freundinnen, das waren Schreie, die einem förmlich durch Mark und Bein gingen, wie sie im Tollhaus nicht schlimmer hätten sein können. Während der bedauernswerte Gatte einen der Diener damit beauftragte, umgehend den Hausarzt herbeizuholen, versuchten wir anderen mit vereinten Kräften, die sich inzwischen in epileptischen Krämpfen auf dem Boden wälzende Hausherrin ruhig zu halten. Nachdem die Ärmste immer wieder in schlimmster Bedrängnis um ihr Laudanum gebettelt hatte, und eine Bedienstete mit dem Fläschchen in den Händen vom Haus herbeigeeilt war, versuchte jemand, der Ärmsten behutsam einige Tropfen davon einzuflößen. Doch eh er dazu kam, riss ihm die Furie die Phiole auch schon aus den Händen und kippte den gesamten Inhalt herunter, mit einer Gier, sage ich Ihnen, wie man sie eigentlich nur bei Branntweintrinkern beobachten kann. Nun ja, man sollte an und für sich davon ausgehen, dass ein solches Quantum eines opiumhaltigen Medikaments ausreichen dürfte, jedweden Rasenden ruhig zu stellen. Was bei der lieben Claudia jedoch mitnichten der Fall war! Ganz im Gegenteil, ihre Krämpfe und Zuckungen schienen, obgleich man sich dies kaum noch vorstellen konnte, immer heftiger zu werden und schließlich wimmerte sie nur noch vor sich hin. Glücklicherweise traf dann der Arzt ein und gab der jammervollen Kreatur – denn nichts anderes war sie – eine Injektion, die sie *endlich* zu beruhigen vermochte.« Frau von Werthmann, von ihrer eingängigen Schilderung sichtlich mitgenommen, nahm dankbar das von der aufmerksamen Gastgeberin aufgefüllte Likörgläschen in Empfang, führte es mit bebenden Händen zum Mund und leerte es in einem Zug. »Sie dürfen mir glauben, das war schon eine rechte Zumutung«, schloss sie seufzend.

»Wie kann es denn sein, meine Liebe, dass eine solche Menge Laudanum, die eigentlich ein Pferd hätte einschläfern können, bei Madame von Breuberg keine Wirkung zeigte?«, fragte das Fräulein konsterniert.

»Nun ja, liebe Sidonie, was soll ich dazu sagen? Ein Gewohnheitstrinker benötigt auch, um sich einen Rausch anzutrinken, ganz andere Mengen Alkohol als Sie und ich. Und so verhält es sich wohl auch mit bestimmten Medikamenten, oder sollte ich vielleicht besser sagen *Rauschmitteln*. Denn gerade das allseits so beliebte Laudanum wird doch bedauerlicherweise von gewissen labilen Persönlichkeiten häufig als solches missbraucht. Und unsere werte Frau von Breuberg, das ist schließlich so etwas wie ein offenes Geheimnis, pflegt ihr Laudanum nun einmal so zu sich zu nehmen wie andere Leute ihren Tee. Deswegen wirkt es möglicherweise bei ihr auch nicht mehr richtig.«

»Das ist ja entsetzlich! Wie kann ein Mensch sich nur so gehen lassen?«, empörte sich die spindeldürre Stella Jungwirth und genehmigte sich noch ein weiteres Gläschen Kirschlikör, was von den anderen Damen mit betretenen Mienen beobachtet wurde. Denn die nervöse und kapriziöse Stella, die einer der wohlhabendsten Familien Frankfurts angehörte und selbstredend mit einem gleichermaßen begüterten Ehemann gesegnet war, pflegte jedes Jahr für einige Monate ein gewisses Privatsanatorium in den Schweizer Bergen aufzusuchen, wo sie sich, auch das war ein offenes Geheimnis, wegen ihrer schweren *Hypochondrie* behandeln ließ, wie man in den besseren Kreisen die Trunksucht elegant zu ummanteln suchte.

»Hatten Sie nicht vorhin auch angedeutet, liebe Katja,

das eingenommene Laudanum habe Frau von Breuberg noch konfuser werden lassen?«, insistierte das Fräulein.

»Wenn ich mir das noch einmal genauer ins Gedächtnis rufe, schon. Auch wenn es zunächst undenkbar scheint, dass ein Opiat, entgegen seiner dämpfenden Wirkung, auch wahnhafte Obsessionen hervorzurufen vermag, denn die arme Claudia hat sich ja aufgeführt wie eine Irre«, entgegnete Frau von Werthmann mit unheilvollem Augenaufschlag.

»Das Opium ist durchaus in der Lage, wahnhafte Zustände herbeizuführen. Voriges Jahr begleitete ich meinen Gatten bei einer China-Exkursion. Das Opiumrauchen ist dort weit verbreitet. Es heißt, das Opium verschaffe dem Konsumenten ein ungeheures Glücksgefühl. In den großen Städten konnte man häufig Menschen sehen, die in der Gosse lagen und dennoch ganz verzückt zu sein schienen. Auffällig war jedoch, dass diese Raucher keinesfalls durch lautstarke Auftritte in Erscheinung traten. Im Gegenteil, sie wirkten derart entrückt, als wären sie in einer anderen Welt. Ihr Rausch vollzog sich in aller Stille, manche lagen sogar da, als hätten sie bereits das Zeitliche gesegnet. Was aber auf das Gebaren von Frau von Breuberg nicht zutraf«, wandte die rundliche Elsa Kannengießer ein, von der man allgemein sagte, sie sei ebenso gelehrt wie ihr Gemahl, der berühmte Naturforscher Valentin Kannengießer, den sie auf seinen weltweiten Expeditionen stets zu begleiten pflegte. Frau Kannengießer war eine ruhige, zurückhaltende Frau, die insgesamt eher unscheinbar wirkte und, ähnlich wie Sidonie, auf äußere Staffage keinen sonderlichen Wert legte. Das Fräulein schätzte die weitgereiste Dame sehr und war mit ihr seit über 30 Jahren gut befreundet.

»Das ist in der Tat alles höchst seltsam«, bemerkte Sidonie nachdenklich. »Mir ist zu Ohren gekommen, Claudias Zustände seien durch eine Überempfindlichkeit gegen Erdbeeren hervorgerufen worden. Ist das zutreffend, liebe Katja?«

»Ja, meine Liebe, so wurde es uns zumindest mitgeteilt. Nachdem Claudia in ihr Schlafgemach gebracht und ärztlich versorgt worden war, erklärte uns Karl von Breuberg, als er sich noch einmal in aller Form für den wenig erbaulichen Abend entschuldigte, seine Gattin hege, so habe es der Arzt diagnostiziert, eine schwere Unverträglichkeit gegenüber Erdbeeren, die sie ja zuvor in Form einer Erdbeerbowle zu sich genommen hatte. Die Früchte, das käme allerdings äußerst selten vor, hätten zu den schlimmen Vergiftungserscheinungen geführt. Claudia sei auf dem Weg der Besserung. Er bedauere den Vorfall zutiefst und wäre uns allen sehr verbunden, wenn wir das unglückselige Ereignis für uns behielten. Was ich ja auch all die Jahre getan habe«, rechtfertigte sich Frau von Werthmann verlegen. »Was soll man dazu sagen? Ich weiß nur, dass Claudia am Wochenende vor diesem Fiasko bei uns zum Kaffeetrinken eingeladen war und die Erdbeertorte sehr gut vertragen hat«, resümierte sie weiter.

»Hegen Sie an Frau von Breubergs *angeblicher* Überempfindlichkeit etwa Zweifel?«, erkundigte sich Anneliese Schwerthfeger, eine schwarzhaarige Dame mit einem runden Gesicht, die stark geschminkt und aufwendig herausgeputzt war, was Sidonie in Anbetracht von Frau Schwerthfegers ausgeprägter Frömmigkeit stets als ein wenig befremdend empfand.

»Ich weiß nicht so recht«, erwiderte die Angesprochene vorsichtig. »Man hört ja immer wieder, dass manche Leute bestimmte Speisen nicht vertragen und auf verschiedene

Früchte und Pflanzen empfindlich reagieren. Aber so etwas wie bei Frau von Breuberg? Gott behüte!«

»Erwähnten Sie nicht vorhin auch den jungen Herrn Konrad, den Stiefsohn von Claudia? Was ist das eigentlich für ein Junge?«, richtete sich die Schriftstellerin interessiert an Frau von Werthmann.

»Über ihn vermag ich nicht viel zu sagen. Ein ziemlicher Stockfisch eben, der überdies zu seiner Stiefmutter nicht das beste Verhältnis zu haben scheint. Was einen allerdings auch nicht groß zu verwundern braucht, denn mit Sicherheit hat der Junge bei Claudia auch nicht allzu viel zu lachen gehabt«, entgegnete Frau von Werthmann süffisant.

»Der kann einen dauern, der arme Konrad«, meldete sich erneut Anneliese Schwerthfeger zu Wort und genoss die Aufmerksamkeit, die ihr zuteil wurde. »Nun, ich bin mit Fräulein Charlotte Wohl gut bekannt, welche eine Schwester von Konrads früh verstorbener Mutter ist«, erläuterte sie gewichtig. »Karl von Breubergs erste Frau Karoline, Konrads leibliche Mutter, starb drei Monate nach Konrads Geburt an einem schlimmen Fieber. Charlotte Wohl, die ältere Schwester von Karoline, hat sich daraufhin rührend um ihren Neffen gekümmert. Fräulein Wohl ist ja immer unverheiratet geblieben und der kleine Konrad war ihr Augapfel. Als ihr Schwager dann wieder geheiratet hat, ist der Kontakt zu ihrem Neffen eingeschlafen. Dafür hat Claudia schon gesorgt. Fräulein Wohl hat das immer sehr bedauert, denn schließlich ist Konrad der einzige ihr noch verbliebene Verwandte. Konrad hat ihr von ganzem Herzen leidgetan. Sie hatte immer den Eindruck, dass dem armen Jungen in der Familie von Breuberg die Rolle des Stiefkindes zugekommen ist. Als er ins schwierige Alter kam, hat man ihn kurzerhand in ein Internat abgeschoben. Soweit ich weiß, lebt er inzwischen in Gießen und studiert die Jurisprudenz. Charlotte ist sehr stolz auf ihn, weil er so tüchtig ist und immer nur die besten Noten schreibt. Im Hause Breuberg macht er sich wohl sehr rar, was man ihm beileibe nicht verdenken kann.«

Die benachbarte Rathausuhr hatte zur dritten Stunde geschlagen und das Fräulein las noch immer konzentriert. Sie gähnte und rieb sich die übermüdeten Augen. Eine von den Nachtschattengewächsen muss es sein, überlegte sie und blätterte in dem dicken Nachschlagewerk über Giftpflanzen bis zu einer bestimmten Stelle zurück:

Schwarzes Bilsenkraut – Hyoscyamus niger

Das schwarze Bilsenkraut enthält das hoch giftige Hyoscyamin und Scopolamin. Diese Giftstoffe finden sich auch in der Tollkirsche und im Stechapfel. Die höchste Giftstoffkonzentration ist in den Samen enthalten, bereits 15 Samenkörner können für Kinder tödlich wirken. Die Samen des Bilsenkrautes sind leicht mit Mohnsamen zu verwechseln. Die Vergiftungserscheinungen sind ähnlich wie bei der Tollkirsche, wenn auch Pupillenerweiterung, fehlendes Erbrechen, gerötete und trockene Haut sowie Trockenheit der Schleimhäute in Mund und Rachen nicht unbedingt eintreten müssen, aber durchaus möglich sind. Im Vordergrund steht beim Bilsenkraut die narkotische Wirkung der Gifte, sodass es zur Pulsbeschleunigung, zu Bewusstseinsstörungen sowie zu Bewusstlosigkeit und narkoseähnlichem Schlaf kommt. Es sind auch Weinkrämpfe, Rededrang und Tobsuchtsanfälle möglich. Bei entsprechender Vergiftung kann der Tod eintreten.

Stechapfel – Datura stramonium

Die Pflanzen enthalten Hyoscyamin, Atropin und in jungen Pflanzen auch geringe Mengen Scopolamin. Die Vergiftungserscheinungen sind denen des Bilsenkrauts und der Tollkirsche sehr ähnlich. Insbesondere Samen und Blüten stellen für Kinder eine große Gefahr dar, weil sie im unreifen Zustand süß und schmackhaft sind. 15–20 Samen gelten für Kinder als tödliche Dosis.
Die Vergiftungssymptome sind: stark erweiterte Pupillen (Glanzaugen), fehlendes Erbrechen, Trockenheit der Schleimhäute im Mund- und Rachenbereich, woraus sich Schluck- und Sprachstörungen ergeben. Hautrötung und Pulsbeschleunigung, wie sie bei einer Tollkirschen-Vergiftung typisch sind, können bei Vergiftung mit Stechapfel fehlen, da der Gehalt an Scopolamin höher und der Atropinanteil niedriger ist als bei der Tollkirsche. Zwei bis vier Stunden nach der Giftaufnahme können starke Halluzinationen auftreten, die mitunter tagelang anhalten. Eine starke Vergiftung führt zu motorischer Unruhe des Patienten, zu Weinkrämpfen und Rededrang sowie zu Raserei und Tobsuchtsanfällen, ferner erfolgt Bewusstlosigkeit und narkoseähnlicher Schlaf. Der Tod tritt durch Atemlähmung ein.

Tollkirsche – Atropa belladonna

Die Pflanze enthält die Alkaloide Atropin, Hyoscyamin und Scopolamin. Der Giftgehalt der Tollkirsche ist entsprechend des Standortes stark verschieden. Gerade die Beeren sind für Kinder eine große Gefahr. Sie werden, wie schon erwähnt, leicht mit Kirschen verwechselt und schmecken obendrein noch süß.

Die tödliche Dosis liegt bei Kindern zwischen drei und fünf, bei Erwachsenen zwischen 10 und 20 Beeren.

Die typischen Symptome einer Tollkirschen-Vergiftung sind Pupillenerweiterung (Glanzaugen), fehlendes Erbrechen, trockene, gerötete und heiße Haut. Ferner kommt es zu Trockenheit der Schleimhäute im Mund- und Rachenbereich, was Sprach- und Schluckstörungen zur Folge hat, sowie zu Pulsbeschleunigung.

Bei starker Vergiftung befällt den Patienten Unruhe, er leidet unter Weinkrämpfen und Rededrang sowie unter Tobsuchtsanfällen. Bei entsprechender Vergiftung kommt es zur Bewusstlosigkeit und zum Tod durch Atemlähmung.

Geschichtliches:

Die Tollkirsche wurde schon von Paracelsus (1493–1541) erwähnt. Sie diente früher als Heilmittel, wurde aber bei Giftmorden gebraucht. Besonders im Aberglauben und Hexenkult des Mittelalters spielte die Pflanze eine große Rolle. In Liebestränken und in den Hexensalben war unter ande-

rem Tollkirsche enthalten; auf die Haut aufgetragen führte sie zu real erlebten Wahnvorstellungen, wie z. B. der Vorstellung zu fliegen.
In Hexenprozessen wurden die Angeklagten gezwungen, Tollkirsche zu essen, wonach sie sich oft im Wahn selbst beschuldigten. Die Tollkirsche gehört neben dem Bilsenkraut und dem Stechapfel zu den ›klassischen Hexendrogen‹.

Nachdenklich klappte Sidonie den schweren Folianten zu und beschloss, sich endlich zu Bett zu begeben. Trotz ihrer bleiernen Müdigkeit fand sie lange keinen Schlaf. Unentwegt kreisten ihre Gedanken um den seltsamen Vorfall im Hause Breuberg. Mit hoher Wahrscheinlichkeit wurde Claudia von Breuberg eines dieser Nachtschattengewächse verabreicht. Wer aber hatte ihr eine solche Vergiftung zugefügt? Immer wieder musste sie an den jungen Herrn Konrad denken, von dem Anneliese Schwerthfeger stets als dem ›armen Konrad‹ gesprochen hatte. Sicherlich kam es in diesem Zusammenhang auch nicht von ungefähr, dass Frau von Breuberg ihren Stiefsohn Sidonie gegenüber verschwiegen hatte. – Ein verschlossener Sonderling, der keine schöne Kindheit hatte. Die unglückliche Affäre mit dem Dienstmädchen und dann noch diese merkwürdige Giftgeschichte!

Am liebsten, so sinnierte sie, würde sie gleich am nächsten Tag nach Gießen fahren, um sich ein Bild von Konrad von Breuberg zu machen. Doch das wäre momentan noch viel zu verfrüht und taktisch unklug.

Sie musste aber unbedingt an der Sache dranbleiben und noch weitere Informationen zusammentragen. Was sich zunächst, um keinen Argwohn zu erregen und dadurch nur entsprechend gefilterte Informationen zu erhalten, noch nicht auf die Familie selbst konzentrieren sollte, sondern eher auf ihr Umfeld. In diesem Zusammenhang fiel Sidonie sofort Charlotte Wohl, die Schwester von Konrads Mutter, ein und sie entschied, der Dame in den nächsten Tagen einen Besuch abzustatten. Von großer Bedeutung bei ihren Ermittlungen waren nach wie vor noch die Dienstboten des Hauses Breuberg. Nur, wie an sie rankommen, ohne Verdacht zu erregen? Während Sidonie noch darüber nachgrübelte, überkam sie endlich der wohlverdiente Schlaf.

»Ei, Fräuleinche, was is dann heut los mit Ihne? Sie ham doch was, des merk ich doch. Los, sache Sie schon, wo Sie der Schuh drückt.« Frau Mathilde, die des Fräuleins bleiches, übernächtigtes Gesicht am Frühstückstisch gewahrte, musterte ihre Herrschaft besorgt.

Daraufhin schüttete Sidonie, die höchstens drei Stunden geschlafen hatte, ihrer alten Aufwartefrau das Herz aus und weihte sie in die sonderbaren Vorkommnisse und Ungereimtheiten um die Familie von Breuberg ein.

»Mir kommt da eine Idee«, entgegnete die pfiffige, alte Magd nach einer Weile konzentrierten Nachdenkens. »Ich kenn da eine Wäscherin aus der Kleinen Bockenheimer Gass. Die macht schon seit Jahren für die ganze Geldsäck aus dem Westend die Wäsch. Des sollt mich wundern, wenn net auch die Breubergs zu der ihrer Kundschaft gehörn. Wenn Sie wollen, gehen wir nachher mal zu der. Die weiß bestimmt was! Denn eins steht fest: Wer kennt die Geheimnisse der feinen Herrschaften besser als die Waschfrau, die denen ihre dreckige Wäsche waschen tut?«, verkündete die alte Dienstmagd im Brustton der Überzeugung.

»Tante Tilla, du bist ein wahrer Schatz. Da machen wir uns gleich auf den Weg!«, rief das Fräulein aus und klatschte begeistert in die Hände.

»Erst esse Sie Ihr Brot und trinke in Ruh Ihrn Kaffee!«, entgegnete Mathilde streng, konnte es aber nicht verhehlen, wie sehr sie sich über des Fräuleins Zustimmung freute.

Bald darauf verließen Sidonie und ihre Dienerin das Haus. Es wehte ein eisiger Wind, der mit Graupelschauern durchsetzt war und das Fräulein, unausgeschlafen und verfroren, entschied kurzerhand, sich selbst und ihrer alten Magd den beschwerlichen Fußweg bis zur Kleinen Bockenheimer Gasse zu ersparen und orderte am Liebfrauenberg eine Mietdroschke.

Wenig später hielt die Kutsche auch schon vor der Einmündung der Kleinen Bockenheimer Gasse, die für das Gefährt zu eng und zudem noch vollgestopft war mit Waren und Trödel der kleinen Kaufleute und Gebrauchtwarenhändler. Anders als in der parallel verlaufenden Großen Bockenheimer Gasse, die westlich in die breite Bockenheimer Chaussee mündete, dem Refugium der Wohlhabenden, lebten hier die einfachen Leute. In der Hauptsache Handwerker, Gastwirte, Händler und diejenigen, welche für die vornehmen Herrschaften des Westends als Dienstleister tätig waren. In der Gasse wimmelte es von Kindern, die aus der Enge der Wohnquartiere nach draußen ausgewichen waren, an denen sich bescheiden, aber respektabel wirkende Hausfrauen mit Einkaufskörben vorbeischlängelten. Entgegen der in Lumpen gewandeten Armen in den Elendsquartieren der Altstadt waren die Menschen hier überwiegend sauber und adrett gekleidet. Wenn es auch eine abgetragene, häufig geflickte Kleidung war, so legte man doch offensichtlich großen Wert darauf, einen guten Eindruck zu machen.

Am Haus Nummer 34 öffnete Mathilde ein großes, hölzernes Hoftor und die beiden Frauen traten durch einen schmalen Durchgang in einen kleinen Hinterhof. Im Hinterhaus aus rotem Backstein lag die Souterrainwohnung der Wäscherin. Mathilde klopfte energisch an die Wohnungstür und rief: »Inge!« Gleich darauf öffnete ihnen eine große, stattliche Frau mit einer gestreiften Schürze die Tür. Als sie Mathilde erblickte, lächelte sie erfreut und bat die Besucherinnen herein. Beim Eintreten bemerkte Sidonie sofort die feuchte Kälte in dem schlauchartig geschnittenen Zimmer, das der Wäscherin, wie die Wäschezuber und Körbe am anderen Ende zeigten, als Wohn- und Arbeitsraum diente. An der Längsseite befanden sich eine Kommode und ein Holzbett, das in all seiner Schlichtheit dennoch davon zeugte, dass die Bewohnerin zwar arm, aber auch nicht so bettelarm war, dass sie sich mit einem einfachen Matratzenlager begnügen musste. Über der Kommode war ein billiger Farbdruck angebracht, die Wände waren in einem freundlichen Hellblau getüncht und an dem kleinen Fenster zur Hofseite hin hingen Musselingardinen. Auf einem Holzhocker unterhalb des Fensters war ein Vogelbauer platziert, mit einem zitronengelben Kanarienvogel darin, der fröhlich zwitscherte. Bei aller Bescheidenheit wirkte die kleine Stube anheimelnd und sauber.

In der Ecke stand ein Tisch mit ein paar Stühlen, an dem sich die Wäscherin mit ihren Gästen niederließ.

Inge Fauerbach, die etwa im gleichen Alter war wie Mathilde, sieben Kinder großgezogen hatte und inzwischen verwitwet war, hatte eine offene, direkte Art. So kam sie auch jetzt gleich zur Sache und erkundigte sich bei den beiden Frauen nach ihrem Anliegen.

»Frau Fauerbach, möglicherweise können Sie mir weiterhelfen. Trifft es zu, dass Sie für die Familie von Breuberg in der Bockenheimer Chaussee die Wäsche erledigen?«, richtete das Fräulein höflich das Wort an die Waschfrau.

»Das stimmt. Das mach ich jetzt schon seit über 15 Jahren. Warum wollen Sie das denn wissen?«, fragte Inge Fauerbach erstaunt.

»Ich möchte ganz offen zu Ihnen sein, Frau Fauerbach. Es handelt sich hierbei um eine äußerst heikle Angelegenheit. Gerne bin ich bereit, Ihnen das Wesentliche auseinanderzusetzen, möchte Sie aber gleichzeitig darum bitten, über alles, was ich Ihnen nun sagen werde, Stillschweigen zu bewahren!«

»Na, Sie tun mir vielleicht geheimniskrämerisch. Nur raus damit. Nur weil ich ein altes Waschweib bin, kann ich trotzdem meinen Schnabel halten, wenn's sein muss«, konterte die alte Frau mit derbem Lachen.

Daraufhin erklärte Sidonie der Wäscherin, sie führe private Ermittlungen bezüglich der drei Giftmorde an den jungen Dienstmägden durch. Die letzte Ermordete sei früher einmal bei der Familie von Breuberg in Stellung gewesen und sie habe in Erfahrung gebracht, dass der Sohn des Hauses, der junge Konrad von Breuberg, mit dem Dienstmädchen ein Verhältnis hatte. Außerdem sei sie bei ihren Recherchen auch sonst auf gewisse Merkwürdigkeiten gestoßen, was die Familie von Breuberg betreffe. Anschließend fragte Sidonie die Waschfrau, ob ihr denn während ihrer Zeit als Wäscherin für die Breubergs nicht das eine oder andere aufgefallen sei, das von Belang sein könnte.

Frau Fauerbach schienen nach Sidonies Erläuterungen zunächst die Worte zu fehlen. Sie wirkte seltsam betroffen und nachdenklich.

»Ich weiß ja, dass die Leute immer sagen, wir Waschweiber wären Klatschbasen. Ich für meinen Teil zerreiß mir nicht gerne das Maul über andere Leute und ich bin auch niemand, der andern nachspioniert. Was andere Leute machen, geht mich nichts an und es interessiert mich auch nicht weiter. Ich hab mit meinen eigenen Sorgen und Nöten schon genug am Hals«, entgegnete Inge Fauerbach mit gereiztem Unterton.

»Meine Liebe, ich glaube, Sie verstehen mich falsch. Ich bin nicht hierhergekommen, um mit Ihnen über die Familie von Breuberg zu klatschen. Auch ich bin niemand, der gerne im Privatleben anderer Leute herumschnüffelt. Aber hier geht es schließlich um Mord. Genauer gesagt, um drei Morde an armen, jungen Dingern, welche die Behörden von Anfang an sträflich vernachlässigt haben und auf mindestens einem Auge blind waren, was die Tätersuche anbetraf. Meiner Überzeugung nach läuft der wirkliche Täter immer noch frei herum und soll nach dem Wunsche der Obrigkeit auch weiterhin unbehelligt bleiben, was ich unerträglich finde. Es gibt seriöse Anhaltspunkte, dass der Täter der besseren Gesellschaft angehört, sich mit Giften gut auskennt und aus bisher ungeklärten Gründen einen überwältigenden Hass auf Frauen, insbesondere auf Dienstmädchen, haben muss. Eine Zurückweisung oder schwere Kränkung könnte ihn zu den abscheulichen Taten bewogen haben. Wir wissen es nicht genau. Das sind alles nur Mutmaßungen. Ich denke aber, man sollte jeder Spur nachgehen und versuchen, alle Ungereimtheiten klarzustellen. Und um mehr geht es mir im Augenblick auch nicht. Deswegen frage ich Sie noch einmal, liebe Frau Fauerbach: Was wissen Sie über die Familie von Breuberg? Was können Sie mir über den jungen Herrn von Breuberg sagen?« Das Fräulein hatte sich während ihrer Ansprache so ereifert, dass ihre hellgrünen Augen wieder einen leichten Silberblick hatten. »Bitte helfen Sie mir, Frau Fauerbach. Der Täter muss endlich gefasst werden, damit er nicht noch mehr unschuldige Frauen ermorden kann«, beschwor Sidonie die Wäscherin mit der ihr eigenen Überzeugungskraft.

»Verdächtigen Sie denn den armen Konrad? Soll der vielleicht die drei Weibsleute ermordet haben?«, fragte die Waschfrau mit bestürzter Miene.

»Es ist noch kein stichhaltiger Verdacht, Frau Fauerbach. Dazu weiß ich noch zu wenig. Momentan ist es nicht mehr als eine vage Spur. Vielleicht erweist es sich ja auch schon bald, dass ich mich getäuscht habe und alles löst sich in Wohlgefallen auf. Glauben Sie mir, ich werde mich hüten, vorschnell mit falschen Verdächtigungen bei der Hand zu sein. Da bin ich sehr vorsichtig geworden. Ich möchte mir lediglich ein Bild machen – von diesem jungen Mann. Und möglicherweise können Sie dazu beitragen, dies zu vervollständigen.«

Inge Fauerbach überlegte lange, ehe sie zu sprechen anfing: »Na ja, was soll ich sagen? Der junge Breuberg ist immer schon ein komischer Kauz gewesen. Aber das muss ja nichts heißen, denn die Kinder reicher Leute sind meistens ein bisschen sonderbar, wenn man sie mit unseren Plagen vergleicht, meine ich. Was mir als Wäscherin natürlich gleich aufgefallen ist, das war das mit dem Bub seiner Wäsche. Kann ich mich darauf verlassen, dass Sie das jetzt *auch* für sich behalten?«, erkundigte sich die Wäscherin misstrauisch. Nachdem Sidonie ihr das zugesichert hatte, fuhr Frau Fauerbach fort: »Ganz am Anfang, als ich das erste Mal dort war, um die schmutzige Wäsche abzuholen, da hatte ich noch kein Schlüssel für den Keller, wie ich ihn heut hab. Da hab ich vorne an der Haustür geklingelt und dem Dienstmädchen Bescheid gesagt. Da ist die mit mir in den Keller gegangen und hat mir die Wäschesäcke gezeigt, die voll waren mit Schmutzwäsche. Und des hat ganz schön gestunken da unten, sodass ich wohl unwillkürlich die Nas gerümpft hab. Die muss des wohl gemerkt haben, denn die hat dann auf so einen dunkelgrauen Wäschesack gedeutet, der ein Stück weit weg von der anderen Wäsche gestanden hat, und hat gesagt, da wär die Wäsche von dem Konrad drin. Die dürft auf keinen Fall mit der anderen Wäsche zusammen gewaschen werden. Das wär ganz wichtig, dass ich die immer separieren würd, beim Waschen und auch später. Wenn sie trocken und sauber wär, sollt ich die immer in einen extra Wäschesack tun und auch so zurückbringen. Das wäre die Anweisung der gnädigen Frau und da müsste ich mich unbedingt dran halten. Außerdem müsst die auch doppelt so lange eingeweicht werden wie die andere Wäsche und ich sollt was ganz Scharfes in die Lauge tun, weil das ja so eklig wär, dem sein Zeug, hat die gemeint und ganz widerlich das Gesicht verzogen, als hätt der Bub die Beulenpest. Da hab ich gefragt, ob der Bub krank wär. Weil man das ja schließlich wissen muss, wenn man stundenlang mit den bloßen Händen in der nassen Wäsche rumwalkt. Da hat die nur gesagt, ich bräuchte keine Angst zu haben, des wär nix Ansteckendes. Der Konrad wär halt ein Bettseicher. Des sollt ich aber bloß für mich behalten. Na ja, der Bub hat halt jede Nacht ins Bett gepinkelt und des so lang, bis er größer geworden ist. Erst als der so 13, 14 Jahr alt war, hat das auf einmal aufgehört. Jeden Tag hat der frisches Bettzeug gekriegt und saubere Leibwäsche und ein frisches Nachthemd. Sie glauben ja net, was ich da zu tun hat! Ich war rund um die Uhr nur noch beim Waschen und unten im Keller hatte ich kaum noch Platz zum Aufhängen. Wo ich doch auch noch für andere Leute aus dem Westend die Wäsche gemacht hab. Na ja, die Breubergs haben mich immer anständig dafür bezahlt und des Geld konnten wir gut gebrauchen, als unsere Kinder noch klein war'n, und mein Mann hat als Bierkutscher auch net so viel verdient. Ich weiß noch genau, des war immer so viel Wäsche bei den Breubergs, dass ich des gar net alles auf meim Buckel schleppen konnt. Da mussten immer noch ein paar von meinen Buben mit und tragen helfen. Mir und meinen Kindern hat der Konrad immer leidgetan. Manchmal hat die den stundenlang in so einen Kellerverschlag gesperrt und wir haben den Bub dann da unten immer heulen hörn, wenn wir die Wäsche geholt oder gebracht haben. Sie können mir glauben, das ist einem durch Mark und Bein gegangen. Einmal hat dann mein Jüngster, des Willische, auch angefangen zu heulen, weil der arme Kerl dem so leid getan hat. Ich hatt dann mal die Junkers Lena angesprochen, die war bei den Breubergs als Scheuermagd angestellt, und hab der gesagt, dass man doch das einem Kind net antun kann und da hat die nur gesagt, des hätte die gnädige Frau so bestimmt, des wär die Straf für dem Konrad sei Bettseicherei und keiner von den Dienstboten tät sich trauen, was dagegen zu sagen. Die Breubergsen, des wär ein ganz schönes Aas, hat mir die Lena noch zugeflüstert. Und das kann ich mir gut vorstellen, die paar Mal, die ich die Madame gesehen hab. So was Biestiges wie die! Und wie die unsereinen immer angeguckt hat. Als wären wir der letzte Dreck und sollten ihr nur schnell wieder aus den Augen gehen. Den Konrad hat man nur selten zu Gesicht gekriegt. War halt so ein Kümmerling, der Bub. So still und ganz blass. Der hat's net schön gehabt daheim. Das hat man ihm angesehen. Der hat zwar alles bekommen und musst bestimmt nie Hunger leiden wie so viele andere Kinder, war immer schön angezogen, aber ich glaub, echte Herzenswärme hat der von seinen Leuten nie gekriegt. Na ja, des war halt seine Stiefmutter, die Frau von Breuberg, und für die war der Konrad nur ein Anhängsel. Ihre drei kleinen Töchterchen, die waren ihr ein und alles. Die sind verzogen worden nach Strich und Faden. Die kommen ganz nach ihrer Mutter, die Mädchen. Sind schon genauso hoffärtig wie die Alte. Von dem Konrad haben die ja auch net viel wissen wollen. Ich hab den eigentlich nie mal mit anderen Kindern spielen sehen. Ich glaub, der war so ein richtiger Stubenhocker. Und später, als der ein bisschen größer war, hat der sowieso die meiste Zeit da unten verbracht. Der hatte da so ein Studierzimmer, unten im Keller, und da hat der immer gelesen und seine Versuche gemacht ...«

Hochgradig alarmiert hakte das Fräulein sofort nach. »Was waren das für Versuche?«

»Das weiß ich auch nicht so genau. Das muss wohl eine Art Versuchslabor gewesen sein, wie es die Naturforscher und gelehrten Doktoren im Senckenbergischen Institut auch haben. Wie nennt man die, die mit so beißenden Dämpfen rummachen?«

»Chemiker«, soufflierte Sidonie mit angespannter Miene.

»Genau, so Chemiker halt. Na ja, ich hab dem sein Laboratorium ja nie von innen gesehen«, erläuterte Frau Fauerbach betreten. »Der Konrad hat immer die Tür zugehabt.

Aber manchmal, wenn ich da unten zu tun hatte, da hat es im ganzen Keller so schlimm gestunken, dass man husten musste und einem die Augen getränt haben von dem dicken Qualm, der immer unten aus dem seiner Tür rausgekommen ist. Na ja, und dann war von heute auf morgen Schluss damit, als Konrad ins Internat gekommen ist. Vor ungefähr vier, fünf Jahren muss das gewesen sein. Und dann war der ja net mehr hier. Ich hab den schon ewig net mehr gesehen, den armen Kerl.« Die Wäscherin wirkte bedrückt.

»Gab es denn dafür einen ersichtlichen Grund, dass der Junge in ein Internat gekommen ist?«, fragte Sidonie.

»Ich weiß es nicht genau. Aber die Hausherrin ist doch damals so schwer krank gewesen. Sie hat wohl irgendetwas zu sich genommen, was sie nicht vertragen hat. Jedenfalls hat die wochenlang nicht mehr richtig sehen können und es war ihr auch sonst nicht gut. Kurz darauf ist der Konrad dann ins Internat gekommen. Unter den Hausangestellten wird ja viel getratscht und ich hab damals von der Junkers Lena gehört, im Haus tät man sich erzählen, der Konrad hätt versucht, die Alt zu vergiften. Wo die den doch damals so schlimm vor der versammelten Mannschaft blamiert hat, das Aas. Der junge Kerl hat sich halt in ein Dienstmädchen verknallt und die Breubergsen muss ihm deswegen ganz schön die Hölle heiß gemacht haben. Viel mehr weiß ich auch net und das hat mich auch nie größer interessiert. Ich hab ja schon gesagt, ich zerreiß mir net gern über andere Leute das Maul«, äußerte die Wäscherin bärbeißig. »Jedenfalls muss das so eine Besserungsanstalt gewesen sein, wo sie den Bub abgeschoben haben, diese feinen Herrschaften. Man hat dann nur noch gehört, der hätt immer so gute Noten gehabt, und dann ist der auf die höher Schul gegangen. Der ist kaum noch daheim gewesen und dann muss der ja angefangen haben zu studieren. In Gießen, glaub ich. Allein deswegen kann der Konrad das mit den Morden ja gar nicht gewesen sein. Und auch sonst glaub ich net, dass der des war! Drehn Sie dem Bub jetzt bloß kein Strick draus, weil ich Ihnen das alles erzählt habe. Der hat es sowieso schon schwer genug gehabt, der arme Kerl! Ich für meinen Teil wünsche dem Jungen von Herzen alles Gute«, bekundete die Wäscherin energisch, obgleich sie schuldbewusst die Augen senkte.

»Keine Angst, liebe Frau Fauerbach, ich möchte niemandem einen Strick drehen. Glauben Sie mir, ich werde alles sorgfältig überprüfen, bevor ich irgendetwas an die große Glocke hänge«, entgegnete das Fräulein ernst.

»Was heißt denn ›an die große Glocke hängen‹? Ich hab gedacht, das bleibt alles unter uns?«, empörte sich Frau Fauerbach.

»Jetzt hör aber auf, Inge. Was bist du dann als so am rumknoddern?« mischte sich nun erstmals Mathilde ein. »Des Fräuleinche wird bestimmt alles richtig machen, da kannst du dir sicher sein, und wenn der's wirklich net war, hat der auch nix zu befürchten«, konstatierte Mathilde resolut.

»So blöd sich das anhört, aber ich würde es bedauern, wenn der's gewesen wär. Wo des doch so ein armer Teufel ist, mein ich.«

»Den Eindruck habe ich auch, meine Liebe, dass dieser arme, reiche Junge einem leidtun kann. Da muss nun doch manches überprüft werden. Eine Frage hätte ich noch an Sie, liebe Frau Fauerbach? Kennen Sie sich zufällig mit Giftpflanzen aus?«

»Ich kenn die Tollkirsch, den Schierling und den Fliegenpilz, und das ist aber auch alles. Wieso fragen Sie mich das denn jetzt?« Inge Fauerbach war verwirrt.

»Das ist doch schon mal gut. Ich frage Sie das jetzt aus einem bestimmten Grund. Haben Sie im Garten der Villa Breuberg vielleicht irgendwann einmal einen Tollkirschen-Strauch wahrgenommen? Oder eine andere Giftpflanze?«

»Nicht, dass ich wüsste. Aber ich hab da auch nie so drauf geachtet. Den Garten kenn ich gar nicht so genau. Ich bin immer nur hinters Haus gegangen, wo die Kellertreppe ist. Mehr ist mir da nie aufgefallen.«

»Und der Kellerraum, Konrads früheres Versuchslabor, haben Sie sich das einmal angesehen?«, fragte das Fräulein konzentriert.

»Nee, des ist ja immer abgeschlossen, glaub ich.«

»Ihr Kellerschlüssel, den Sie von der Villa Breuberg haben, passt nicht für diese Tür?«

»Nein, mit Sicherheit nicht. Äh, ich hab vor Jahren mal probiert, die Tür von dem Konrad seinem Kellerkabuff aufzuschließen. Doch das ging nicht«, gestand Inge kleinlaut.

»Es wäre für mich von größter Wichtigkeit, diesen Kellerraum genauer in Augenschein nehmen zu können. Außerdem würde ich mir auch gerne den Garten der Villa Breuberg anschauen«, entgegnete das Fräulein nachdrücklich.

»Und wie stellen Sie sich das vor? Wollen Sie vielleicht fröhlich bei den Breubergs im Garten rumlaufen und dann noch einen kleinen Rundgang durch den Keller machen?« Die Wäscherin blickte Sidonie entgeistert an.

»Nein, das nicht. Aber mir wird da bestimmt noch irgendetwas einfallen«, erwiderte Sidonie geistesabwesend.

20

»Sidonie, weisst du eigentlich, was du da von mir verlangst?« Johann schnaubte empört. »Türen in fremden Häusern aufbrechen, im Dunkeln auf ein umfriedetes Grundstück eindringen und den Garten inspizieren. Bei aller Liebe, aber zum Einbrecher werde ich deinetwegen nicht. Das ist ja kriminell! Wenn man uns bei unserer frühmorgendlichen Exkursion erwischt, wandern wir gleich ins Kittchen und können dort dem Oberinspektor und den Feigenspahns Gesellschaft leisten.« Der frühere Herzensbrecher zündete sich erregt eine Zigarre an, während er die Freundin mit konsterniertem Blick fixierte.

»Bitte, Johann, versteh mich doch. Es ist doch so wichtig für unsere Ermittlungen. Stell dir mal vor, wir würden in Konrads ehemaligem Versuchslabor Spuren des Giftes oder andere verräterische Hinweise finden. Das würde uns ein ganzes Stück weiterbringen.«

»Weiterbringen, weiterbringen …! Einen stichhaltigen Beweis werden wir da bestimmt nicht finden. Erst recht nicht, wenn der junge Breuberg tatsächlich der Täter ist. Oder meinst du, der ist so blöd und hinterlässt extra für uns ein paar dicke, fette Hinweise? Womöglich noch ein handschriftliches Geständnis.« Johann lachte grimmig und schüttelte indigniert den Kopf mit dem graumelierten Lockenhaar.

»Das, mein lieber Hasenfuß, wird sich noch erweisen. Wenn wir indessen gar nichts unternehmen, wie du es vorschlägst, werden wir auch nichts herausfinden. Ich muss schon sagen, du enttäuschst mich. Früher warst du für jedes noch so halsbrecherische Unternehmen zu haben, genauer gesagt: Es konnte dir eigentlich nicht halsbrecherisch genug sein. Und heutzutage bibberst du bereits, wenn ich dich bloß bitte, bei einer kleinen – ich gebe ja zu, nicht ganz hasenreinen – Erkundungstour mitzumachen.« Das Fräulein schmunzelte spöttisch und hoffte im Stillen, den ehemals so verwegenen Abenteurer mit diesen Worten bei seinem Mannesstolz gepackt zu haben. Doch Johann zeigte sich auch weiterhin als wenig zugänglich. Es bedurfte noch weiterer, zuweilen fast schon atemberaubender Überredungskünste Sidonies und der Aufbietung all ihres Charmes, bis sich die Freunde schließlich auf einen Kompromiss einigen konnten.

Am Montagmorgen um sechs Uhr fuhr eine elegante Kutsche in der Bockenheimer Chaussee vor, und es entstiegen ihr drei dunkle Gestalten, die zielstrebig die Villa Breuberg ansteuerten. Im Gaslicht der Straßenlaternen konnte man ausmachen, dass es sich bei ihnen um arme Leute handeln musste, so einfach und schäbig, wie sie gekleidet waren. Was einen jeden Beobachter, in Anbetracht des vornehmen Gefährts, mit dem sie angekommen waren, sehr verwundert haben würde. Doch glücklicherweise befand sich zu dieser frühen Stunde noch keine Menschenseele auf dem verschneiten Bürgersteig und so bemerkte niemand, dass in der abgetragenen Arbeiterkluft der beiden Personen, welche Inge Fauerbach an diesem Montagmorgen begleiteten, Sidonie Weiß und Johann Konrad Friedrich steckten. Die Verkleidung war Vorschlag der Wäscherin gewesen. Im

Falle, dass ihnen im Keller oder auf dem Grundstück des herrschaftlichen Hauses Dienstboten über den Weg laufen sollten, würde Inge die beiden als Helfer vorstellen, die sie beim Abtransport der Wäsche unterstützten.

Als das Trio durch das breite, schmiedeeiserne Gartenportal das Breuberg'sche Anwesen betrat und über die schneebedeckte, gewundene Auffahrt auf das weit von der Straße zurückliegende Wohngebäude zueilte, sahen sie, dass im Erdgeschoss schon ein paar Lichter brannten.

»Das ist das Hauspersonal«, flüsterte Inge ihren irritiert dreinblickenden Begleitern zu. »Für die Dienstboten beginnt der Tag sehr früh. Das Holz muss herbeigetragen werden, die Öfen und Kamine müssen vorgeheizt werden und die Speisen vorbereitet sein, damit es die Herrschaften, wenn sie später aufstehen, schön warm haben und sich an einen hübsch gedeckten Frühstückstisch setzen können. Manche Geldleute kriegen sogar noch ihr Frühstück ans Bett gebracht, mit der Zeitung dabei, die frisch gebügelt werden muss, damit die feinen Herrschaften sich die Hände nicht mit Druckerschwärze beschmutzen«, mokierte sich die Wäscherin und seufzte verdrießlich. Inzwischen hatten sie die Villa erreicht und Inge schlug den Weg zu der von der Straße abgekehrten Rückseite ein, an der sich der Zugang zum Keller befand.

»Kommen Sie, hier geht's runter und Vorsicht mit den Stufen, die sind vereist«, mahnte Inge, als sie vor den beiden die Kellertreppe herunterging. Es war stockdunkel in diesem entlegenen Winkel, doch der Schnee vermochte es immerhin, die Treppenstufen erkennbarer zu machen. Vor der verschlossenen Kellertür stand eine Petroleumlampe auf dem Boden, die Inge mit einem Streichholz anzündete und an Johann weiterreichte, während sie im diffusen Lichtschein die Tür aufsperrte. Nachdem sie den Keller betreten hatten, schloss die Wäscherin wieder ab, nahm die Lampe an sich und eilte, gefolgt von Sidonie und Johann, einen endlosen Gang entlang, der rechts abknickte. Als die drei am Ende des weiß gekalkten Flurs angelangt waren, standen sie vor einer schmalen Holztür.

»Hier ist es«, bemerkte die Wäscherin fast tonlos. »Ich bitte Sie noch einmal inständig, Herr Friedrich, machen Sie keinen Krach. Direkt über uns ist das Personal zugange, dass die mir bloß nix mitkriegen.«

»Ich werde mein Bestes tun, werte Frau Fauerbach. Glauben Sie mir, auch mir ist sehr daran gelegen, unbemerkt zu bleiben. Aber wie mir mein Kutscher versichert hat, kann man mit diesem wundersamen Ding hier, welches in einschlägigen Kreisen ›Dietrich‹ genannt wird, angeblich jedes Schloss so butterweich öffnen wie mit einem Schlüssel. Wollen wir hoffen, dass er recht hat.« Johann atmete vernehmlich ein und aus und machte sich auch schon mit dem kleinen Metallhaken, den er die ganze Zeit in der Hand gehalten hatte, am Türschloss zu schaffen. Es knackste ein paar Mal, doch die Tür ließ sich noch immer nicht öffnen. Johann traten trotz der Kälte Schweißperlen auf die Stirn, er versuchte es noch einmal und konnte es nicht verhindern, dass zweimal hintereinander ein durchdringendes metallisches Knirschen zu hören war. Die Wäscherin hob beschwörend die Hände, um Johann zu ermahnen, als die Tür plötzlich aufsprang. Jetzt war es das Fräulein, das keuchend atmete. Ungeduldig drängte sie sich an ihren Begleitern vorbei ins Innere des Kellerraums und spähte mit weit aufgerissenen Augen umher. Doch was sich ihren enttäuschten Blicken im Lichtstrahl der Petroleumlampe bot, war mitnichten das, was sie erwartet, erst recht nicht, was sie erhofft hatte: Der grob verputzte, höchstens 20 Quadratmeter große Raum war vollkommen leer. Nicht ein Möbelstück stand darin, die grauen Wände waren absolut kahl und selbst auf den sorgsam gefegten Holzdielen war nichts zu entdecken, das Rückschlüsse auf seinen vormaligen Benutzer zuließe. Sidonie konnte es nicht fassen, bat Frau Fauerbach hektisch um die Petroleumlampe und untersuchte noch einmal akribisch jeden Winkel, doch es gab nichts zu entdecken. Resigniert verließ Sidonie den Raum und als sie und Johann mit hängenden Schultern hinter der Wäscherin den Kellerflur entlanggingen, richtete das Fräulein in scharfem Flüsterton das Wort an den Freund: »Ich weiß, dass du jetzt böse sein wirst, aber ich möchte mich doch noch einmal im Garten umschauen.«

Johann ergriff unsanft Sidonies Handgelenk.

»Das kommt überhaupt nicht infrage. Wir hatten uns ganz klar darauf geeinigt, dass wir in Anbetracht der Witterungsverhältnisse und des hohen Risikos, entdeckt zu werden, auf solche Eskapaden verzichten wollen. Sidonie, ich warne dich, wenn du jetzt auch noch so tollkühn sein willst, auf einem fremden Grundstück, in das du unerlaubt eingedrungen bist, mitten im Winter nach Giftpflanzen zu suchen, dann musst du das ohne mich tun. Ich gehe jetzt auf der Stelle mit Frau Fauerbach zurück zur Kutsche und überlasse dich deinem Schicksal. Du bist doch nicht mehr zu retten!« Selten war er so aufgebracht gewesen. Sidonie schluckte schwer ob des ungewohnt scharfen Tonfalls und schwieg betroffen. Stumm gingen sie eine Weile nebeneinander her. Als sie vor dem Verschlag angekommen waren, wo die Säcke mit der Schmutzwäsche gelagert wurden und Johann und Frau Fauerbach sich jeweils einen Wäschesack aufluden, hielt Sidonie kurz inne und murmelte mit belegter Stimme.

»Bitte verzeihen Sie, Frau Fauerbach, wenn ich Ihnen nicht beim Tragen helfe, aber ich möchte mich noch ein wenig im Garten umschauen. Johann, nimm es mir bitte nicht übel, aber ich muss es tun.«

»Tu, was du nicht lassen kannst, meine Liebe. Aber mit mir brauchst du zukünftig nicht mehr zu rechnen.«

Auch Frau Fauerbach schien von dem Vorhaben wenig angetan. »Wenn das nur mal gut geht«, murmelte sie unwirsch und schloss die Tür auf. »Wenn Sie erwischt werden, nehmen Sie das aber bitte auf Ihre Kappe. Ich habe damit nichts mehr zu tun«, fügte sie mürrisch hinzu.

»Darauf können Sie sich verlassen. Trotzdem, noch einmal vielen Dank für alles und bitte seien Sie mir nicht gram«, entgegnete das Fräulein kleinlaut und schlug, nachdem sie wieder draußen waren, zögerlich den Weg in den winterlichen Garten ein.

Der weitläufige englische Garten der Villa erwies sich noch um einiges ausgedehnter, als sie erwartet hatte, und es stellte sich in der Tat als unmögliches Unterfangen heraus, in der verschneiten Dunkelheit so etwas wie eine Giftpflanze auszumachen. Als das Fräulein vollkommen verfroren und mit kalten, durchnässten Füßen an der hohen Begrenzungsmauer des parkähnlichen Geländes angekommen war, beschloss sie entmutigt, an der Mauer entlang den Rückweg anzutreten. Nach 50 Metern etwa zeichnete sich in der Dunkelheit ein kleines Gebäude ab. Beim Näherkommen stellte Sidonie fest, dass es sich hierbei um ein verschneites Gewächshaus handelte und schöpfte wieder Hoffnung, darin möglicherweise das Gesuchte zu finden. Zu ihrer großen Erleichterung war die Holztür nicht verschlossen und Sidonie betrat das stockfinstere Treibhaus, in dem es stark nach Erde und angefaultem Gemüse roch. Und nichts anderes war darin auch auszumachen als mehrere Reihen von Kohl- und Wirsingköpfen. Niedergeschlagen und entkräftet gelang es ihr dennoch, gänzlich unbehelligt das Gartentor zu erreichen. Als sie den breiten Bürgersteig betrat, stieß sie fast mit einem großen Mann zusammen, der dort den Schnee wegräumte. »Entschuldigung«, stammelte Sidonie erschrocken und ging weiter, innbrünstig darauf hoffend, von dem Mann nicht zur Rede gestellt zu werden. Was glücklicherweise auch nicht geschah. An der nächsten Straßenecke angekommen, gewahrte sie am Straßenrand eine Kutsche. Während sie an dem Gefährt vorbeitrottete, wurde die Kutschentür geöffnet und Johann streckte den Kopf heraus und raunte ihr zu: »Steig ein.«

Sidonie kamen vor Freude und Erschöpfung die Tränen. Im Kutscheninnern, geborgen und eingewickelt in eine wärmende Decke, weinte sie an Johanns Schulter wie ein kleines Kind und dankte dem Freund immer wieder für seine Großherzigkeit.

Am Tag darauf suchte Sidonie Charlotte Wohl auf, die in einer alten Villa an der Schönen Aussicht am Mainufer lebte.

Auch früher schon war ihr das große, düstere Gebäude, mit seinen zahlreichen Erkern und Türmchen anmutend wie eine mittelalterliche Trutzburg, stets wie das reinste Spukschloss vorgekommen. Und als Sidonie wenig später von einer ältlichen Hausangestellten zum Salon geführt wurde, fröstelte es sie unwillkürlich, was nicht nur an der Kälte lag, die im Foyer und dem endlos langen Flur vorherrschte.

Das passt ja, dachte sie bei sich, als sie sich an Charlotte Wohl erinnerte, die ihr stets als eine überaus frostige Dame im Gedächtnis geblieben war. Die ganze Zeit schon stellte sie sich im Geiste auf Konrad von Breubergs Tante ein, die ebenso wie Sidonie einer alteingesessenen Frankfurter Patrizierfamilie entstammte und gleich ihr immer unverheiratet geblieben war. Fräulein Wohl galt als besonders fromm und tugendhaft. Entgegen ihrer jüngeren Schwester Karoline, Konrads leiblicher Mutter, die eine sehr anmutige Frau war, war Charlotte nie eine Schönheit gewesen und überdies noch mit einem missgebildeten Fuß belastet. Sidonie wusste außerdem, dass sie sehr zurückgezogen lebte und weder Bällen noch sonstigen gesellschaftlichen Ereignissen beizuwohnen pflegte, es sei denn, sie waren religiöser Natur. Sidonie war Charlotte, die sie im Stillen immer als verknöcherte Betschwester empfunden hatte, bisher lediglich im Rahmen von caritativen kirchlichen Veranstaltungen begegnet.

Als sie der grauhaarigen Dame an diesem Vormittag in ihrem Salon, der mit allerlei religiösen Motiven an den Wänden geziert war, auf einem harten, unbequemen Stuhl gegenübersaß, verneinte sie die Frage der Gastgeberin, ob sie aus Gründen der Mildtätigkeit bei ihr vorspreche, und erklärte vorsichtig, dass sie mit Fräulein Wohl gerne über ihren Neffen Konrad reden wollte.

»Wie kommen Sie denn darauf? Ich habe zu meinem Neffen seit vielen Jahren keinerlei Kontakt mehr. Das Gleiche gilt im Übrigen auch für die gesamte Familie von Breuberg«, entgegnete die Frau abweisend und blickte feindselig. Zwischen den beiden Damen breitete sich eisiges Schweigen aus und Charlotte Wohl konnte sich offensichtlich noch nicht einmal dazu durchringen, die Grundregeln der

Höflichkeit einzuhalten und dem Gast etwas anzubieten. Während Sidonie noch angestrengt darüber nachdachte, wie sie es am besten anstellen sollte, der Hausherrin reinen Wein einzuschenken, richtete Fräulein Wohl erneut das Wort an sie.

»Falls das Ihr ganzes Ansinnen war, Fräulein Weiß, möchte ich Sie bitten, besser wieder zu gehen. Ich laboriere schon seit Tagen an einer heftigen Angina und möchte Sie keinesfalls anstecken. Außerdem muss ich Sie ersuchen, mich künftig mit solcherlei Fragen nicht mehr zu behelligen«, äußerte sie schroff und wies das Dienstmädchen an, das Fräulein hinauszubegleiten.

»Gott zum Gruße und eine gesegnete Adventszeit«, konnte sich Sidonie nicht verkneifen, der Dame zum Abschied mit beißendem Sarkasmus entgegen zu zischen.

»Der Herr sei mit Ihnen!«, erwiderte die Betschwester daraufhin mit versteinertem Gesichtsausdruck.

Als Sidonie der Magd durch die finstere Halle folgte, an deren Wänden ebensolche Porträts, vermutlich die Ahnengalerie der Familie Wohl, angebracht waren, blieben ihre Blicke an dem Abbild einer jungen, blondhaarigen Frau hängen, unter dem ein halbrunder Tisch mit einem üppigen Rosenstrauß stand. Sidonie beugte sich über die rotgoldenen Blüten und inhalierte den wunderbaren Duft.

»Was für ein herrlicher Strauß. Und das mitten im Winter!«, rief sie bewundernd und gleichzeitig auch erstaunt aus.

»Die Rosen stammen aus unserem Gewächshaus«, erklärte das Dienstmädchen stolz und strahlte unwillkürlich. »Der junge Herr versteht sich doch so gut auf Pflanzen und er ist sehr darauf bedacht, dass vor dem Bildnis seiner so früh verstorbenen Frau Mutter immer frische Blumen stehen.«

Sidonie durchfuhr es bei diesen Worten siedend heiß, doch es gelang ihr, sich nichts anmerken zu lassen und sie wandte sich im Plauderton wieder dem Bild zu, welches zu beiden Seiten von zwei weiteren Gemälden flankiert wurde: »Wer ist die hübsche Dame neben Fräulein Wohl? Das ist doch Fräulein Wohl, richtig?«

»Ja, ja, das ist meine Herrin. Damals war sie noch im jugendlichen Alter. Ach, wie die Zeit vergeht. Und die Dame neben ihr ist ihre jüngere Schwester, Karoline von Breuberg, geborene Wohl, die Mutter des jungen Herrn, die leider so früh von uns gegangen ist.« Die alte Dienstmagd wischte sich mit aufrichtiger Trauer über die Augen, als handele es sich bei der Verblichenen um ein Mitglied ihrer Familie. Ein Phänomen, welches bei älteren Dienstboten, die ihr ganzes Leben in den Dienst ihrer Herrschaft gestellt hatten, häufig anzutreffen war. Das Fräulein teilte mitfühlend ihr Bedauern mit und erkundigte sich anschließend nach dem Konterfei des jungen Mannes.

»Das ist unser junger Herr«, erwiderte die alte Magd ehrfürchtig und bekam glänzende Augen. »Konrad von Breuberg, der Neffe der gnädigen Frau. Die gnädige Frau hat es damals nach seiner Matura anfertigen lassen. Er studiert in Gießen das Recht und hat nur die allerbesten Noten«, fügte sie schwärmerisch hinzu.

Sidonie blickte wie gebannt auf das Porträt von Konrad und glich im Geiste die Täterbeschreibungen Rudis und der anderen Zeugen damit ab. Vor sich sah sie das Bildnis eines hellhäutigen jungen Mannes mit weißblonden Haaren und blassblauen Augen. Eine Ähnlichkeit zu seiner Mutter war unverkennbar, doch entbehrten seine Züge jegliche Anmut und wirkten kalt und verschlossen. Das schmale Gesicht war glattrasiert und eine Lorgnette trug er ebenfalls nicht. Aber das hieß natürlich nichts, denn Backenbart und Augengläser könnte sich der Mörder zu Täuschungszwecken zugelegt haben.

Das Fräulein unterbrach ihre Überlegungen und erkundigte sich ganz unverfänglich bei der Dienstmagd, ob der junge Mann denn wenigstens manchmal nach seiner alten Tante schauen würde.

»Der junge Herr Konrad ist die Fürsorglichkeit in Person, aber er muss studieren und hat wenig Zeit. Aber er besucht uns, so oft es ihm möglich ist. Und bald sind Weihnachtsferien und dann bleibt der junge Herr sogar ein paar Wochen bei uns«, erklärte die alte Frau freudig, als sich im nächsten Augenblick die Flügeltür zur Halle öffnete und ihnen Charlotte Wohl, auf einen Gehstock gestützt, in großer Hast entgegen kam. Ihre harten, verhärmten Gesichtszüge bebten vor Wut, sie schien die Situation sogleich erfasst, wenn nicht gar befürchtet zu haben, und herrschte Sidonie an: »Verlassen Sie auf der Stelle mein Haus und hören Sie auf, meine Dienstboten auszufragen.«

»Ich verbitte mir einen solchen Ton!«, entgegnete Sidonie mit allem Nachdruck und bebte vor Empörung. »Sie haben mich soeben wissentlich belogen, was Ihren Neffen angeht. Und ich hege den begründeten Verdacht, dass Sie mit einem solchen Gebaren Abgründe decken, die sich mit dem Gewissen eines gläubigen Christenmenschen keinesfalls vereinbaren lassen.«

21

Nach dem höchst aufschlussreichen Erlebnis bei Charlotte Wohl bat Sidonie ihre Verbündeten, Doktor Hoffmann und Johann Konrad Friedrich, am Abend zu einer Lagebesprechung. Das Fräulein fasste noch einmal zusammen, was sie in den letzten Wochen über Konrad von Breuberg herausgefunden hatte, und alle waren sich einig darüber, dass der junge Mann durchaus als Täter in Betracht gezogen werden konnte. Nur, wie konnte er überführt werden, erst recht, wo man über keinerlei polizeiliche Unterstützung verfügte?

Bis spät in die Nacht hinein zerbrach sich das Trio die Köpfe und schmiedete allerlei zum Teil auch sehr abenteuerliche Pläne, wie dem Verdächtigen endlich beizukommen war, die jedoch aufgrund ihrer Waghalsigkeit verworfen oder auf Eis gelegt wurden.

So auch der Vorschlag Sidonies, bei Nacht und Nebel in den Garten der Villa Wohl einzudringen und das besagte Treibhaus nötigenfalls aufzubrechen, um sich dort nach Giftpflanzen umzusehen. Stattdessen entschied man, dass Sidonie und Johann am nächsten Montag nach Gießen fahren würden, wo sie sich bei der Universitätsbehörde nach Konrads Adresse erkundigen wollten. Sie zogen es in Erwägung, sich für eine Weile in seiner Nachbarschaft einzumieten, um vor Ort diskrete Erkundigungen einzuziehen und ihn unauffällig zu observieren.

Gegen fünf Uhr in der Früh trafen Sidonie und Johann vor dem ehemaligen Zeughaus am Taubentor ein. Johanns Kutscher trug ihnen das Reisegepäck bis zum weitläufigen Innenhof, in dem die Postkutschen der Thurn- und Taxis'schen Posthalterei ihren Abfahrtsplatz hatten, denn die beiden hatten kurzerhand beschlossen, lieber mit der Postkutsche als mit Johanns Privatkutsche zu reisen. Eine Fahrt mit der eigenen Kutsche hätte ihre Quartiersuche erheblich eingeschränkt, vor allem weil sie dadurch gezwungen gewesen wären, eine Unterkunft mit Remise für Kutsche und Pferde zu mieten, die nur die größeren Hotels bieten konnten. Sidonie und Johann indessen hegten andere Pläne, sie hatten vor, sich in der Nachbarschaft von Konrads Wohnstatt eine kleine Privatpension zu suchen.

Es war noch dunkel und über den zugigen Innenhof der Posthalterei fegte ein eiskalter Wind. Dennoch wartete vor dem wuchtigen Fuhrwerk bereits eine kleine Schar Reisender und der Postillion und sein Gehilfe waren emsig damit zugange, Postsäcke und Gepäckstücke auf dem Kutschendach zu verschnüren.

»Guten Morgen allerseits«, grüßte Johann die umstehenden Reisenden. »Das ist doch die Postkutsche nach Gießen?«

»Soweit *mir* bekannt ist, handelt es sich hier um die *Extrapost*. Die *gewöhnliche* Postkutsche fährt erst eine Stunde später«, näselte ein junger Geck mit herablassendem Blick auf Sidonies abgetragenes Cape aus grauem Kaninchenfell, worauf seine ebenso gezierte Begleiterin kurz auflachte.

Eingebildeter Lackaffe, dachte Johann, beließ es aber bei einem knappen »Danke schön« und rückte demonstrativ ein Stück von dem blasierten Paar ab.

»Ich glaube, mein Lieber, es wäre klüger, gleich den Postillion zu fragen, anstatt uns hier mit Krethi und Plethi aufzuhalten«, tönte Sidonie, der das arrogante Gebaren der jungen Leute nicht entgangen war, in scharfem Tonfall aus dem Hintergrund, während sie über die entrüsteten Mienen der beiden mit stoischer Gelassenheit hinwegsah.

»Da gebe ich dir allerdings recht, meine Liebe. Sobald die Postillione ansprechbar sind, werde ich sie fragen«, entgegnete Johann mit mokantem Seitenblick auf den Schnösel und sein weibliches Pendant.

»Entschuldigen Sie, mein Herr. Meine Gattin und ich fahren zwar nur bis nach Nauheim, aber ich bin mir ziemlich sicher, dass die Kutsche nach Gießen fährt«, wandte sich ein junger Mann mit goldgeränderter Brille entgegenkommend an Johann.

»Vielen Dank für die Auskunft, mein Herr! Dann sind wir ja richtig. Wissen Sie, ich kenne mich mit der öffentlichen Personenbeförderung nicht so aus und bin immer davon ausgegangen, Postkutsche sei Postkutsche«, erwiderte Johann leutselig.

»Da gibt es schon Unterschiede, glauben Sie mir. Seit einem Monat pendele ich an meinen knapp bemessenen freien Tagen zwischen Frankfurt und Nauheim hin und her. Gewöhnlich fahre ich mit der Postkutsche, weil sie um einiges billiger ist als die Extrapost. Die Bänke sind hart und die Kabine ist voll. Die Postillione halten, wie es ihnen beliebt, an jeder Kneipe, um ein Bier zu trinken und die bedauernswerten Reisenden müssen sich entweder damit abfinden oder ihnen Geld geben, damit sie weiterfahren. Das wollte ich meiner lieben Frau, wo sie doch in guter Hoffnung ist, nicht zumuten«, erläuterte der junge Mann und legte fürsorglich den Arm um seine Gemahlin, deren gewölbter Leib auch unter dem dicken Stoff des Wintermantels deutlich zu sehen war.

»Die Extrapost kostet halt mehr, ist aber um einiges schneller und komfortabler als die gewöhnliche Postkutsche«, fügte er hinzu. »Die besseren Leute ziehen es vor, mit der Extrapost zu reisen. Auch weil ihnen dadurch der enge Kontakt mit dem einfachen Volke erspart bleibt. Mir hingegen macht es nichts aus, mit den kleinen Leuten Umgang zu haben. Die sind mir mitunter angenehmer als gewisse Bessergestellte.«

»Sie sprechen mir aus dem Herzen, junger Mann. Darf ich vorstellen: meine werte Begleiterin, Fräulein Sidonie Weiß, eine berühmte Frankfurter Dichterin, und meine Wenigkeit, Johann Konrad Friedrich, Privatier aus Rödelheim.«

»Sehr erfreut, Ihre Bekanntschaft zu machen. Doktor Waldemar Kerckhoff nebst Gattin Sybille. Ich bin seit einem Jahr Badearzt in Nauheim und meine liebe Frau kann mir nun endlich an meinen Arbeitsplatz nachfolgen, wo wir eine kleine Wohnung beziehen werden«, stellte der junge Mann sich und seine Gemahlin vor und die beiden Paare schüttelten einander die Hände.

»Es ist mir ein Vergnügen, mit einem so sympathischen Paar ein Stück weit unterwegs zu sein«, entgegnete Sidonie liebenswürdig.

»Ganz meinerseits.« Die junge Frau Kerckhoff lächelte ihr zu.

Während sich Sidonie und Johann mit ihren neuen Reisebekanntschaften angeregt unterhielten, verstauten die Postillione das restliche Gepäck auf dem Kutschendach und schirrten die kräftigen Zugpferde an. Nachdem die acht Reisenden ihre Fahrtkosten entrichtet hatten und in die Kutsche gestiegen waren, schwangen sich die beiden Postillione auf den überdachten Kutschbock und bliesen mit dem Posthorn zum Aufbruch.

Gleich darauf setzte sich das schwere Gefährt in Bewegung und nahm den Weg durch die noch menschenleere Innenstadt bis zur Friedberger Gasse, wo es nach rechts in die Vilbeler Gasse abbog und durch das Friedberger Tor hinaus auf die breite Friedberger Chaussee einfuhr.

Das Arztehepaar hatte neben Sidonie und Johann auf der Rückbank Platz genommen, während sich die beiden Angehörigen der Jeunesse dorée, gemeinsam mit zwei Herren, auf der gegenüberliegenden Sitzbank niedergelassen hatten.

Doktor Kerckhoff berichtete von der Solbad-Anstalt in Nauheim, die erst vor einem Jahr eröffnet worden sei. Alles sei dort noch sehr bescheiden und müsse sich erst entwickeln. Vorläufig gebe es nur ein einfaches Bade- und Logierhaus, an das sich ein kleiner Kurgarten anschließe. Momentan sei man mit der Errichtung eines weiteren Kurgebäudes am sogenannten Sauerbrunnen im benachbarten Schwalheim befasst. Die Anzahl der Kurgäste sei ebenfalls entsprechend niedrig und es handele sich bei ihnen in der Hauptsache um einfache Leute, verglichen mit dem anspruchsvollen und mondänen Publikum in Baden-Baden, Wiesbaden oder Karlsbad. Demgemäß sei sein Honorar in Nauheim auch nicht so üppig bemessen, aber das könne ja noch werden, setzte er optimistisch hinzu, während er seine Frau mit verliebten Blicken streifte. Die jungen Leute wirkten sehr glücklich und Sidonie, die ganz angetan von den beiden war, erkundigte sich bei der werdenden Mutter, wann denn bei ihr mit der Niederkunft zu rechnen sei.

»Sehr wahrscheinlich noch vor Weihnachten«, antwortete die Schwangere strahlend. »Wir können es beide kaum noch erwarten. Mein lieber Mann ist fast noch ungeduldiger als ich.« Die Frau legte versonnen die Hand auf den gerundeten Bauch und schien mit sich und der Welt im Reinen zu sein.

Was für ein Glück, sinnierte Sidonie bei ihrem Anblick. Ein Glück, das ich selbst nie erfahren durfte, wurde es ihr einmal mehr wehmütig bewusst und sie merkte, dass sie kurz davor stand, rührselig zu werden, was sie sich aber sogleich aufs Strengste untersagte.

Nach etwa einer Stunde scharfem Galopp erreichte die Extrapost das kleine Städtchen Vilbel, das für seine hochwertigen Mineralbrunnen bekannt war. Der Postillion stieß vernehmlich in sein Horn und bald hielt die Kutsche an der Poststation. Die Reisenden hörten im Kutscheninnern die lauten Rufe der Postillione, die weitere Postsäcke aufnahmen und sich mit dem berittenen Postboten vor Ort in rauer Kameradschaft austauschten. Dann ging die Fahrt weiter, vorbei an den verschneiten Feldern der Wetterau, durch verschlafene kleine Dörfer mit engen, schlecht gepflasterten Straßen und baufälligen Häusern, bei denen man sich wunderte, dass sie noch nicht in sich zusammengestürzt waren. Als die Kutsche nach zwei Stunden in der Hessischen Stadt Friedberg ankam, begann gerade der Morgen zu grauen. Vor dem bleiernen Winterhimmel zeichnete sich der alles überragende Adolfsturm der Burg Friedberg ab. Diesmal dauerte der Aufenthalt ein wenig länger, weil die Übergabe der Post einiges mehr an Zeit in Anspruch nahm als zuvor in Vilbel. Eine halbe Stunde später fuhr die Extrapost in dem noch sehr ländlich anmutenden Badeörtchen Nauheim ein, wo sich Sidonie und Johann von Sybille und Waldemar Kerckhoff aufs Herzlichste verabschiedeten. Nachdem zwei weitere Reisende zugestiegen waren und ihr

Gepäck verstaut worden war, nahm die Extrapost wieder Fahrt auf. In den kleinen Meilern Nieder- und Ober-Mörlen waren einige bäuerlich gekleidete Menschen zu sehen.

»Was mich in Deutschland immer wieder erstaunt, lieber Volger, sind die vielen Menschen, die schon so früh auf den Beinen sind, obwohl sie doch alle noch recht verschlafen wirken«, bemerkte einer der beiden Herren auf der gegenüberliegenden Sitzbank mit englischem Akzent zu seinem Nachbarn.

»Die deutschen Lebensgewohnheiten beginnen nun einmal sehr früh. Im Allgemeinen steht man bei uns zwischen vier und sechs Uhr morgens auf und vor Mitternacht geht man zu Bett. Selbst im Rheinland, wo man gerne auch mal später schlafen geht, wird in aller Herrgottsfrühe aufgestanden«, entgegnete sein Begleiter. »Wir Deutschen sind nun mal ein fleißiges und pflichtbewusstes Volk. Aber unter uns gesagt, mein lieber Faraday, mir liegt das frühe Aufstehen wenig. Ich bin von Haus aus ein Langschläfer, stehe lieber später auf und arbeite bis in die Nacht hinein. Deswegen bin ich auch so gerne bei euch in England. In Oxford oder London steht man selten vor acht auf und die Vorlesungen beginnen meistens erst um zehn Uhr, was mir immer sehr entgegenkommt.«

Johann, der die ganze Zeit über die Ohren gespitzt und die beiden Herren mit wachsendem Interesse beobachtet hatte, räusperte sich und richtete leicht verlegen das Wort an sie. »Bitte vielmals um Entschuldigung, Gentlemen, dass ich Sie jetzt unterbreche, aber darf ich mir erlauben, Ihnen eine Frage zu stellen?«, fragte er den Herrn mit dem englischen Akzent.

»Nur zu, Mister, fragen Sie nur«, erwiderte der Angesprochene zuvorkommend. »Wie sagte schon mein Mentor immer: Wer nicht fragt, bleibt dumm«, fügte er mit verschmitztem Lächeln hinzu.

»Handelt es sich bei Ihnen etwa um den berühmten Physiker und Chemiker Professor Faraday aus London?«, erkundigte sich Johann ehrfürchtig.

»Da liegen Sie richtig, Sir!«, antwortete der andere Herr anstelle des Angesprochenen. »Professor Michael Faraday von der Royal Institution in London, Mitglied der Royal Society und Begründer der Elektrostatik.«

»Was für eine Ehre, Ihnen zu begegnen, Sir«, erwiderte Johann und neigte sein Haupt hochachtungsvoll vor dem Wissenschaftler.

Schlagartig richteten sich alle Blicke der Mitreisenden auf den sympathischen Briten, und man bekundete ihm von allen Seiten Respekt und Bewunderung.

»Bernward von Heinzenfeld mein Name und meine Verlobte, Carlotta von Rennerod. Es ist mir eine große Ehre, Ihre Bekanntschaft zu machen, Herr Professor. Dürfte ich Sie vielleicht um eine kleine Widmung für mein Reisetagebuch bitten?« Der junge Stutzer dienerte vor dem Wissenschaftler und reichte ihm ein in Leder gebundenes Büchlein und einen Federkiel an.

»Zuviel der Ehre, meine Herrschaften!«, äußerte Professor Faraday verschämt, dem es angesichts von so viel Aufmerksamkeit etwas unbehaglich zumute wurde.

»Ich bin doch nur ein Diener der Wissenschaft. Genauso wie mein werter Freund und Begleiter, Professor Otto Volger, ein namhafter Geologe von der Senckenbergischen Naturforschenden Gesellschaft zu Frankfurt am Main«, wies er, um von sich abzulenken, auf seinen weniger berühmten Begleiter hin, der sich mit amüsiertem Lächeln zurückgehalten hatte.

Das rege Gespräch, das sich daraufhin zwischen den übrigen Reisenden und den beiden Naturwissenschaftlern entwickelte, ergab, dass die Herren unterwegs zur Ludwigsuniversität in Gießen waren, um Professor Justus Liebig einen Besuch abzustatten, dessen bahnbrechende Experimente und Vorlesungen über die Chemie und Pharmazie Gelehrte und Wissenschaftler aus ganz Europa anzogen.

Die Weiterreise erwies sich für alle Mitreisenden als äußerst interessant und kurzweilig und selbst das dünkelhafte junge Adelspaar zeigte sich bis zur Ankunft in Gießen von seiner besten Seite.

»Wer sich waget nicht auf Reisen / zu erfahren fremde Weisen / bleibt der Dummheit Eigenthum«*, verabschiedete sich Johann in aufgeräumter Stimmung von den beiden Professoren und der übrigen Reisegesellschaft.

Das Fräulein war die ganze Zeit über recht schweigsam gewesen. Nur zum Teil hatte sie den Gesprächen der anderen gelauscht und sich bezüglich der Beweihräucherung, die dem englischen Professor seitens der Mitreisenden entgegengebracht wurde, eher zurückgehalten. Zum einen, weil es ihr von Grund auf widerstrebte, andere Menschen derart in den Himmel zu heben, zum anderen konnte sie sich des Eindrucks nicht erwehren, dass dem Genius der ganze Trubel um seine Person unangenehm war.

Je näher sie Gießen kamen, desto intensiver kreisten ihre Gedanken um Konrad von Breuberg.

---

* Zitat aus Wolfgang Griep: ›Reisen und soziale Realität im 18. Jahrhundert‹, Bremen, 1983.

Als Sidonie und Johann an jenem Dezembernachmittag vor dem Hauptgebäude der Ludoviciana in Gießen eintrafen und sich bei einem der Studenten nach dem Dekanat des Juridicums erkundigten, war ihnen ein wenig mulmig zumute.

»Das kriegen wir schon hin. Lass mich nur machen. Einem schussligen, alten Fräulein wie mir wird man eine solche Auskunft nicht abschlagen. Du wartest am besten hier draußen«, raunte Sidonie, um Zuversicht bemüht, Johann zu, ehe sie an die Bürotür klopfte.

»Herein«, schnarrte es von drinnen und das Fräulein betrat das Dekanatsbüro.

»Einen schönen guten Tag. Sidonie Weiß mein Name, aus Frankfurt am Main. Könnten Sie mir vielleicht behilflich sein, mein Herr?«, säuselte sie mit der glockenhellen Stimme einer reizenden alten Dame.

»Gerne, die Dame. Worum geht es denn?«, fragte der brillentragende Bürovorsteher mit höflicher Verbeugung.

»Ich möchte die Anschrift einer Ihrer Studenten erfragen. Es handelt sich bei dem jungen Herrn um einen gewissen Konrad von Breuberg aus Frankfurt. Ich bin eine gute Bekannte der Familie, müssen Sie wissen, und gerade in Gießen auf der Durchreise. Da dachte ich mir, wenn ich schon einmal hier bin, besuche ich doch einmal den jungen Herrn. Doch bedauerlicherweise habe ich die Adresse verlegt. Wäre es Ihnen vielleicht möglich, mir diese zu nennen?«, trug das Fräulein mit großen Augen ihr Anliegen vor.

»Sie haben Glück, meine Dame, überhaupt noch jemanden im Sekretariat anzutreffen«, erklärte ihr der Dekanatsangestellte gönnerhaft. »Denn ab morgen beginnt bei uns die vorlesungsfreie Zeit und das Juridicum öffnet erst wieder nach dem Dreikönigstag seine Pforten. Wie war der

Name? Konrad von Breuberg? Hier haben wir ihn doch schon. Breuberg, Konrad von, geboren am 7. Juli 1816 zu Frankfurt am Main, Student der Rechtswissenschaften im vierten Semester, Anschrift Gartengasse 49«, las er vor. »Soll ich es aufschreiben? Das ist hier ganz in der Nähe. Direkt im Studentenviertel. Aber da fällt mir etwas ein. Wenn Sie noch eine halbe Stunde warten, ist die Vorlesung zu Ende, und Sie können den Herrn Studiosus gleich abholen.« Sidonie zeigte sich von dem Vorschlag zwar angetan, gab jedoch vor, sie müsse noch rasch etwas besorgen und machte sich, nachdem sie sich in aller Form bei dem Büroangestellten bedankt hatte, sogleich auf den Weg.

»Gartengasse 49«, flüsterte sie Johann draußen auf dem Gang triumphierend zu. »Soll hier ganz in der Nähe sein. In einer halben Stunde ist die Vorlesung zu Ende. Wäre gut, wenn wir bis dahin Posten bezogen hätten«, sprudelte es aus ihr heraus, als sie sich sogleich auf den Weg machten.

»Liebste Sido, an dir ist fürwahr ein Soldat verlorengegangen«, spöttelte Johann und ließ sich unversehens vom kriminalistischen Tatendrang des Fräuleins mitreißen.

Ein paar Minuten später erreichten die beiden die Gartengasse, die nur zwei Querstraßen vom Hauptgebäude der Universität entfernt war. In der Gasse befanden sich zahlreiche Läden, mehrere Wirtschaften sowie ein kleines Kaffeehaus, welches, zur großen Freude von Sidonie und Johann, direkt gegenüber von Konrads Quartier lag. Glücklicherweise war noch ein Fenstertisch frei, an dem sich das Paar sogleich niederließ. Sie bestellten zwei Kännchen türkischen Mokkas und Johann orderte noch eine Zigarre bei dem jungen Kaffeehauskellner, der anhand seines Schmisses auf der linken Gesichtshälfte als Angehöriger einer schlagenden Verbindung auszumachen war.

Wie Sidonie und Johann bald feststellten, wurde das Lokal hauptsächlich von Studenten frequentiert, die an den Nachbartischen ihre Bierkrüge leerten und dazu ihre Pfeifchen schmauchten, während allenthalben rege diskutiert wurde. Doch das Fräulein und ihr Begleiter achteten kaum darauf, was um sie herum geschah, ihre ganze Konzentration richtete sich auf das gegenüberliegende Wohnhaus – und auf die Passanten, die sich diesem näherten. Doch Konrad von Breuberg war bislang noch nicht auszumachen.

Johann bestellte einen weiteren Mokka und für Sidonie, die bemerkte, auch so kribbelig genug zu sein, eine heiße Trinkschokolade. Ungeduldig zückte Johann seine Taschenuhr und warf einen Blick darauf.

»Jetzt warten wir schon fast eine Stunde, da könnte er aber langsam mal eintrudeln. Es beginnt bald zu dämmern und dann kann man kaum noch was erkennen«, grummelte er griesgrämig. »Wie sieht er genau aus?«, fragte er Sidonie.

»Meine Güte, Johann, das hast du mich mindestens schon dreimal gefragt! Ich komme mir vor wie ein Papagei. Er ist groß und hager, hat ein schmales Gesicht, ist ein heller Typ mit blonden Haaren, was allerdings mit hoher Wahrscheinlichkeit nicht zu erkennen sein wird, denn welcher Mann geht schon ohne Hut aus dem Haus«, antwortete das Fräulein gereizt.

»Ist ja gut, Gnädigste. Jetzt tu nicht so entrüstet. Immerhin hast *du* im Gegensatz zu mir die Gelegenheit gehabt, eingehend sein Konterfei zu studieren«, murrte Johann und wollte sich gerade eine zweite Zigarre anzünden, als ihn Sidonie heftig am Arm packte und jählings ausrief: »Ich werde verrückt – das ist er!«

Auf dem gegenüberliegenden Bürgersteig stand ein hochgewachsener, schlanker junger Mann in einem dunklen Gehrock. Er trug einen hellgrauen Zylinderhut und wandte Sidonie und Johann, denen vor Aufregung an ihrem kleinen Kaffeehaustisch der Atem stockte, für den Bruchteil von Sekunden sein blasses, bartloses Profil zu, während er schließlich aus der Innentasche seines winterlichen Gehrocks einen Schlüsselbund herauszog, seinen Beobachtern sodann den Rücken zukehrte, um die Haustür aufzuschließen. Als er durch die Tür entschwand, war gerade noch zu erkennen, dass er in der rechten, behandschuhten Hand ein Paket an einer Paketschnur trug.

»Uff!«, keuchte Sidonie, aus deren ohnehin sehr bleichem Gesicht vor Anspannung jegliche Farbe gewichen war, was ihre Sommersprossen umso deutlicher hervortreten ließ. »Jetzt ist mir aber richtig blümerant geworden.«

»Nicht nur dir, meine Liebe. Erst recht, wenn ich mir vorstelle, dass das vielleicht der Kerl ist, den wir suchen und dieses Scheusal ist nur einen Steinwurf von uns entfernt!«, zischte Johann und tastete unwillkürlich nach seiner alten Militärpistole, die er vorsorglich in seiner Westentasche deponiert hatte.

»Hast du etwa wieder diesen alten Schießprügel dabei? Du bist doch nicht mehr bei Verstand!«, schimpfte das Fräulein aufgebracht.

»Auf Reisen sollte man so etwas immer mit sich führen. Wäre nicht das erste Mal, dass eine Postkutsche von Wegelagerern überfallen wird«, verteidigte er sich trotzig. »So, und jetzt will ich nichts mehr hören, denn es gilt, einen kühlen Kopf zu bewahren. Das wird dir jeder Militärstratege bescheinigen. Wenn der Feind erst vor den eigenen Linien steht, heißt es: Bloß nicht die Nerven verlieren!«

Nachdem Johann und das Fräulein bis sieben Uhr abends ausgeharrt und das Eingangsportal des Hauses Gartengasse Nummer 49 nicht eine Minute aus den Augen gelassen hatten, beschlossen sie, aufzubrechen, um sich in der Nähe nach einem geeigneten Nachtquartier umzuschauen. Erschöpft von der stundenlangen Observation, ohne des jungen Mannes noch ein weiteres Mal ansichtig geworden zu sein, liefen die beiden schweigsam die Straße entlang. Das Schneetreiben wurde immer dichter und nach dem langen Aufenthalt in dem gut beheizten Kaffeehaus behagte ihnen die Winterkälte, der sie sich plötzlich wieder ausgesetzt fühlten, immer weniger. So waren sie froh, am benachbarten Ludwigsplatz auf ein schlichtes Backsteinhaus mit der Aufschrift ›Pension Luise‹ zu stoßen. Johann betätigte den bronzenen Türklopfer und gleich darauf öffnete ihnen eine etwas verlebt wirkende, rothaarige Dame in Trauerkleidung die Tür. Johann erkundigte sich höflich bei ihr, ob sie noch freie Zimmer habe.

»Sie haben Glück, der Herr. In der Beletage habe ich noch ein wunderschönes Doppelzimmer für die Herrschaften. Es hat einen offenen Kamin und ein eigenes, kleines Badezimmer. Die Fenster gehen zum Ludwigsplatz hin und man hat einen herrlichen Ausblick auf den Botanischen Garten. Für wie lange darf's denn sein?«, fragte die Pensionswirtin beflissen.

Johann zögerte mit der Antwort, als das Fräulein erwiderte: »Das wissen wir noch nicht so genau. Vorab möchte ich allerdings noch etwas richtig stellen. Wir benötigen *kein* Doppelzimmer, sondern zwei Einzelzimmer, denn wir sind *kein* Ehepaar.«

Johann senkte bei ihren Worten betreten den Blick.

»Entschuldigen Sie bitte, das konnte ich nicht wissen«, säuselte Frau Luise Scharnowski und lächelte verschämt. »Das Problem ist nur, wir sind schon voll bis unters Dach – mit Trauergästen, müssen Sie wissen. Mein lieber Gatte, Gott hab ihn selig, ist letzte Woche verstorben und wird am morgigen Nachmittag zur ewigen Ruhe gebettet. Ich kann Ihnen noch ein Feldbett reinstellen lassen, wenn Sie nicht in einem Bett schlafen wollen«, schlug sie übergangslos vor und blickte Johann und Sidonie fragend an. Beide überlegten. Um die einigermaßen peinliche Situation zu beenden, wandte sich Johann schließlich dem Fräulein zu.

»Ich kann gerne auf dem Feldbett schlafen. Das macht mir nicht das Geringste aus. Entscheide du, meine Liebe. Wir können es auch noch einmal woanders versuchen, wenn es dir beliebt.«

»Nun, wir sind zwei erwachsene Menschen. Von daher denke ich, das sollte wohl zu machen sein – für ein, zwei Nächte jedenfalls«, presste das Fräulein hervor, und ließ durch ihre gesamte Körperhaltung keinen Zweifel aufkommen, dass sie ihrer eigenen Prognose nicht so recht traute.

»Vielen Dank, meine Liebe«, konnte sich Johann daher auch nicht enthalten, verstimmt von sich zu geben.

Frau Scharnowski beauftragte daraufhin ihren Neffen, ein Feldbett in besagtem Zimmer aufzustellen und machte sich daran, Holz herbeizuholen, um den Kamin anzuheizen. Sie bat ihre neuen Pensionsgäste, solange im Salon Platz zu nehmen.

Sidonie und Johann gewannen bald den Eindruck, dass im Hause Scharnowski alles ein wenig heruntergekommen und schmuddelig war. Dennoch waren sie froh darüber, auf einem bequemen Sofa zu sitzen, ihre müden Glieder ausstrecken zu können und sich am Kachelofen aufzuwärmen.

»Wir müssen noch unser Reisegepäck bei der Posthalterei abholen«, bemerkte Johann gähnend. »Ich werde mich gleich auf den Weg machen. Bis zur Ludwigstraße ist es ja nicht so weit. Zurück fahre ich dann mit einer Mietdroschke, dann muss ich mich nicht so abschleppen. Bis dahin wird auch unser Zimmer hergerichtet sein und wir können uns endlich ein wenig ausruhen. Mir reicht es nämlich für heute.«

Unwillig machte er sich auf den Weg und kehrte 20 Minuten später, beladen mit zwei kleinen Reisetaschen, zurück. Sein Zylinder und der pelzverbrämte Gehrock waren mit Schneeflocken übersät.

»Das ist das reinste Wintermärchen da draußen und dabei haben wir erst Anfang Dezember. Heute mache ich keinen Schritt mehr! Höchstens noch in mein Bett«, grummelte er, während Frau Scharnowski ihm Hut und Mantel abnahm und beides an der Flurgarderobe deponierte.

»Sagen Sie, wäre es möglich, dass wir bei Ihnen noch eine Kleinigkeit zu essen kriegen?«, erkundigte er sich bei der Pensionswirtin. »Mir knurrt nämlich der Magen.«

»Wenn Sie mit einer einfachen Linsensuppe vorlieb nehmen wollen, kann ich Ihnen gerne etwas bringen. Ich kann Ihnen dazu auch eine Karaffe Rotwein servieren, wenn Sie es wünschen«, erwiderte Frau Scharnowski und verschwand in der Küche.

Nachdem Sidonie und Johann mit gutem Appetit gespeist und dazu einen kräftigen Rotwein getrunken hatten, zogen sie sich schläfrig und gesättigt in ihr Zimmer zurück, welches sich zwar als ziemliche Bruchbude erwies, dennoch aber eine gewisse Behaglichkeit nicht vermissen ließ.

Die beiden Freunde setzten sich vor das knisternde Kaminfeuer, Johann entkorkte eine Flasche Burgunder, die er unterwegs besorgt hatte, und sie ließen den Tag noch einmal Revue passieren. Gleichzeitig überlegten sie, wie sie weiter vorgehen sollten.

»Zu dumm, dass morgen schon die vorlesungsfreie Zeit beginnt, sonst hätten wir uns unter Konrads Kommilitonen ein wenig umhören können«, warf Sidonie ein.

»Das können wir doch trotzdem machen. Nicht unbedingt an der Universität selbst, sondern in den umliegenden Studentenkneipen. Im Kaffeehaus, in dem wir heute waren, könnten wir ja den Anfang machen. Es liegt gegenüber von Konrads Wohnquartier. Da ist es doch naheliegend, dass er gelegentlich dort verkehrt«, schlug Johann vor.

»Das ist eine sehr gute Idee, mein Lieber«, stimmte ihm Sidonie zu. »Zuweilen bist du schon ein wahrer Goldschatz.«

Johann zeigte sich über das Kompliment sichtlich erfreut.

»Du liegst mir auch sehr am Herzen, liebe Sido«, erwiderte er bewegt.

»Das beruht doch auf Gegenseitigkeit, mein Guter! Einen besseren Freund wie dich werde ich im Leben nicht mehr finden. So, jetzt haben wir für heute aber genug Nettigkeiten ausgetauscht und sollten uns wieder unseren Ermittlungen zuwenden«, konstatierte sie sachlich.

»Da muss ich leider widersprechen, meine Liebe«, wandte Johann mit zitternder Stimme ein. Sidonie blickte ihn irritiert an und fragte leicht beklommen: »Wie meinst du das?«

»Nun ja, wie soll ich es sagen? – Ich hege – immer noch oder immer wieder – das vermag ich nicht so genau zu bestimmen – gewisse Gefühle für dich, die weit über das hinausgehen, was man unter Freundschaft versteht.«

Ganz offensichtlich war es dem alten Herzensbrecher nicht leicht gefallen, diese bedeutsamen Worte über die Lippen zu bringen und er senkte beschämt den Blick. Das Fräulein indessen schien über sein Geständnis tief betroffen zu sein und suchte nach passenden Worten.

»Ach, Johann. So etwas hast du mir zum letzten Mal gesagt, als ich 18 war. Ich war eigentlich des Glaubens, du wärest über derartige Befindlichkeiten längst hinweg«, stammelte sie mit bestürztem Gesichtsausdruck.

»Mitnichten, meine Liebe, mitnichten! Bei allen Amouren, die ich zeit meines Lebens so überreichlich hatte, bist du immer die Frau meines Herzens geblieben. Das ist nun einmal so und ich fürchte, das wird sich auch nicht mehr ändern.« Er nahm einen tiefen Schluck aus seinem Weinglas und bedachte Sidonie mit einem Blick, in dem sich seine Gefühle deutlich widerspiegelten.

Das Fräulein bebte am ganzen Körper und schien kurz davor, in Tränen auszubrechen, was sie gleich darauf auch tat. Johann wollte fürsorglich den Arm um sie legen und sie trösten, als sie sich unwirsch seiner Umarmung entwand und mit tränenerstickter Stimme von sich gab: »Es tut mir in der Seele weh, dir das sagen zu müssen, aber ich hege keine derartigen Gefühle für dich. Damals nicht und heute auch nicht. Du bist mein Herzensfreund und das wirst du auch immer bleiben. Ich lege dir meine ganze Freundschaft und Zuneigung zu Füßen. Mehr habe ich nicht.«

Johann barg daraufhin sein Gesicht in die Hände und weinte gleichfalls. Jetzt war sie es, die versuchte, den Freund zu trösten.

»Mein armer, armer ›Don Johann‹, was willst du denn mit so einer alten Jungfer wie mir?«, redete sie liebevoll auf ihn ein, während sie ihm begütigend über den Kopf strich.

»Bei all deinen Erfahrungen und deinem bewegten Leben. Da kann ich altes Mädchen doch gar nicht mithalten. Ich habe noch nie was mit einem Mannsbild gehabt. Und auf meine alten Tage werde ich jetzt auch nicht mehr damit anfangen. Bitte versteh mich. Und verzeih mir, wenn du kannst. Aber ich war mein Leben lang allein und inzwischen fürchte ich mich regelrecht davor, mit einem Mann eine intime Verbindung einzugehen. Du weißt doch, meine romantischen Gefühle konzentrieren sich lediglich auf meine Gedichte. Im realen Leben haben sie keinen Platz.«

»Weil du ihnen nie die Möglichkeit dazu gelassen hast!«, platzte es aus Johann heraus.

»Damit magst du recht haben.«

»Dann versuche es doch wenigstens einmal und blocke nicht immer alles ab, was an Zuneigung an dich herangetragen wird. Herrgott noch mal, Sidonie, ich liebe dich! Ich liebe dich so sehr, dass ich dir alles Verständnis dieser Welt entgegenbringe. Ich will dich nicht bedrängen, glaube mir, und ich lasse dir alle Zeit, die du brauchst. Aber du bist allein und ich bin allein. Was wäre denn so verkehrt daran, wenn wir heiraten würden, um uns auf unsere alten Tage beizustehen, wie wir es ein Leben lang getan haben? Ich verlange nichts Verwerfliches von dir, meine Liebe, und erwarte auch nicht, dass du dich jetzt auf der Stelle entscheidest. Nur bitte, lass es dir noch einmal in Ruhe durch den Kopf gehen und weise es nicht vorschnell von dir. Nichts würde mich glücklicher machen, als dich zur Frau zu haben. Und mach dir doch nichts vor. Wir beide sind doch sowieso schon längst wie ein altes Ehepaar.«

»Das mag sein«, entgegnete das Fräulein und musste gegen ihren Willen lächeln. »Du gehst mir zwar manchmal entsetzlich auf die Nerven, aber ich habe mich auch mit keinem Menschen so gut verstanden wie mit dir. Ich schätze dein freches Schandmaul und deinen trockenen Humor. Mit niemandem habe ich jemals so viel und herzhaft gelacht.«

»Siehst du, das ist doch schon mal eine gute Grundlage. Das Strohfeuer der Verliebtheit währt nicht lange, glaube mir, damit kenne ich mich aus. Eine gute Freundschaft aber hält ein ganzes Leben. Die glücklichsten Ehen gründen auf gegenseitigem Respekt und einer tiefen Freundschaft.«

»Ich werde darüber nachdenken, mein Lieber. Aber ich brauche Zeit. Jetzt möchte ich allerdings schlafen gehen, denn es war ein langer Tag heute und das ist alles ein bisschen viel für mich«, erklärte Sidonie, die sichtlich erschöpft wirkte, mit mildem Lächeln und erhob sich, um sich in dem angrenzenden Badezimmer für die Nacht zurechtzumachen.

Kurze Zeit später, nachdem Sidonie im Bett lag und Johann es sich auf der schmalen Liege bequem gemacht hatte, waren aus dem angrenzenden Zimmer laute Beischlafgeräusche zu vernehmen.

»Das ist mir vielleicht ein schönes Trauerhaus«, bemerkte Sidonie entrüstet.

»Das ist wahrscheinlich die Madame mit ihrem ›Neffen‹. Ich hab vorhin, als ich mit unserem Gepäck zurückgekommen bin, gesehen, wie der sie im Flur begrapscht hat. Meine Herren, hier geht es ja hoch her«, brummelte Johann in der Dunkelheit.

»Johann, ich überlege gerade, ob wir nicht morgen den Stier bei den Hörnern packen und Konrad von Breuberg einen kleinen Besuch abstatten sollten«, äußerte Sidonie sachlich.

»Und was versprichst du dir davon? Willst du ihm etwa ins Gesicht sagen, dass du ihn für den Mörder hältst?«

»Nein, das nicht. Aber man könnte sich so zumindest einmal einen ersten Eindruck von ihm verschaffen.«

»Und wie willst du dich ihm gegenüber präsentieren? Als das Fräulein Sidonie Weiß aus Frankfurt, das mit privaten Ermittlungen bezüglich der Giftmorde befasst ist?«

»Nein, man muss ja nicht gleich mit der Tür ins Haus fallen!«

»Ach, was du nicht sagst.«

»Nein, ich stelle mich ihm als eine Bekannte seiner Tante Charlotte Wohl vor. Was nicht einmal gelogen ist.«

»Natürlich. Wo ihr beide ja so gut befreundet seid.«

»Das weiß der doch nicht und braucht es auch nicht zu wissen.«

»Und wenn er es im Nachhinein erfährt? Was meinst du, was die Wohl und die Breubergs veranstalten, wenn ruchbar wird, dass wir den jungen Mann hier in Gießen behelligt haben!«

»Das, mein lieber Johann, muss ich dann eben in Kauf nehmen. Das Kind ist ohnehin schon in den Brunnen gefallen, was mein Renommee bei diesen Leuten anbetrifft. Dann kommt es darauf auch nicht mehr an.«

»Sidonie, das kann dir reichlich Ärger einbringen. Erinnere dich, was dir der Bürgermeister gesagt hat. Diese Leute stecken doch alle unter einer Decke und können dir gewaltige Schwierigkeiten bereiten, wenn du ihnen in die Suppe spuckst.«

»Darauf lasse ich es ankommen.«

»Das fürchte ich allerdings auch«, brummelte Johann auf seinem harten Nachtlager, bevor er einschlief.

Als sich Sidonie und Johann am Vormittag auf den Weg zu Konrad von Breubergs Wohnung machten, waren beide schweigsam und nachdenklich. Die Aussprache der vergangenen Nacht hing ihnen noch nach, obgleich jeder von ihnen darum bemüht war, sich dies nicht anmerken zu lassen. Entgegen der durchaus liebgewordenen Kabbelei, die üblicherweise ihren Umgang prägte, begegneten sich die alten Jugendfreunde heute jedoch ungewohnt behutsam und zartfühlend. Sidonie, die von ihrem nächtlichen Entschluss, Konrad von Breuberg einen Besuch abzustatten, freilich nicht abzubringen war, begrüßte es augenscheinlich, als Johann ihr anbot, sie zu begleiten.

Vor besagtem Hause angekommen, betätigte das Fräulein die große Messingschelle an der Haustür und eine Frau am Fenster erkundigte sich, zu wem sie wollten. Sidonie fragte höflich, ob denn ein junger Herr mit Namen Konrad von Breuberg, Student der Jurisprudenz, im Hause wohne.

Die Frau entgegnete, sie sei sich nicht ganz sicher. Aber Frau Hanauer im ersten Stock vermiete an Studenten. Sie sollten doch dort einmal läuten. Kurze Zeit später schloss sie die Tür auf und ließ die Besucher eintreten.

Das Herz des Fräuleins schlug bis zum Halse, als sie gleich darauf vor der Wohnungstür stand, die von einem blankgeputzten Messingschild mit der Gravur ›Josef Hanauer – Major a. D.‹ geziert wurde. Als Sidonie die Hand nach der Türglocke ausstreckte, zitterte diese merklich. Johann, der ihre Aufgeregtheit wahrnahm, raunte: »Wir können immer noch umkehren!«

»Kommt gar nicht infrage!«, zischte sie und läutete entschlossen.

Schwere, schlurfende Schritte näherten sich dem Portal. Man hörte, wie der Schlüssel im Schloss umgedreht wurde, dann öffnete sich die Tür einen Spaltbreit. Das Gesicht einer alten Dame wurde sichtbar.

»Bitte entschuldigen Sie die Störung. Wenn es gestattet ist, hätte ich eine Frage: Trifft es zu, dass bei Ihnen ein Herr von Breuberg zur Untermiete wohnt?«

»Das stimmt durchaus, aber ich bedauere, Herr von Breuberg ist heute Morgen bereits sehr früh nach Frankfurt abgereist«, erwiderte die Frau mit energischer Stimme.

»Das ist schade. Wo wir doch den jungen Herrn so gerne besucht hätten, wenn wir schon einmal in Gießen sind«, entgegnete Sidonie enttäuscht. »Wir sind gute Bekannte aus seiner Heimatstadt. Sidonie Weiß mein Name und mein Begleiter, Herr Johann Konrad Friedrich«, stellte sie vor. Zu Sidonies Erstaunen schlug Johann die Hacken zusammen und entbot Frau Hanauer einen formvollendeten militärischen Gruß. »Johann Konrad Friedrich, Leutnant der Reserve, sehr erfreut, Frau Major«, salutierte er zackig, was die Augen der alten Dame freudig aufleuchten ließ.

»Zu freundlich, Herr Leutnant. Mein lieber Gatte, Gott hab ihn selig, ist bei der Doppelschlacht von Jena und Auerstedt im Jahre 1806 auf dem Felde geblieben. Ich bin immer noch untröstlich darüber«, seufzte die Offizierswitwe und schniefte vernehmlich.

»Auch mir war die Ehre zuteil, dem Preußischen Heere anzugehören. Ich diente unter Major Gneisenau auf der Festung Kolberg«, informierte Johann nicht ohne Stolz.

»Die Festen Kolberg, Graudenz und Glatz. Das waren in jenen grauenvollen Oktobertagen die einzigen, die vom Feind nicht eingenommen werden konnten. Sie haben allen Grund, stolz zu sein, Herr Leutnant«, rief Frau Hanauer, die die Tür inzwischen sperrangelweit geöffnet hatte, begeistert aus. »Aber möchten Sie nicht vielleicht auf eine

Tasse Kaffee hereinkommen? Ich habe so selten Gelegenheit, mit Offizieren zu verkehren.«

Das Eis war nun endgültig gebrochen und die Majorswitwe führte Sidonie und Johann, die ihrer Einladung nur allzu gerne Folge leisteten, in die gute Stube und bat sie, Platz zu nehmen. Anschließend läutete sie nach dem Dienstmädchen und ließ Kaffee und Gebäck auftragen. Rasch entwickelte sich zwischen Frau Hanauer und Johann eine entspannte Konversation, die sich in der Hauptsache mit dem Soldatenleben befasste. Beide schienen dabei so sehr in ihrem Element zu sein, dass sie des Fräuleins ungeduldige Blicke nicht zu bemerken schienen. Die Offizierswitwe erzählte in aller Ausführlichkeit vom Leben als Soldatenfrau, welche die Kasernenluft und das Säbelrasseln so über alles geliebt hatte, entstammte sie doch einer alteingesessenen Offiziersfamilie. Ihr werter Gatte hatte unter ihrem Herrn Vater, Major Nettelbeck, als junger Artillerieoffizier gedient, und so lernten die jungen Leute sich kennen und verliebten sich ineinander.

Auch Johann schwelgte in alten Erinnerungen und gab eine Anekdote aus seiner Kolberger Zeit zum Besten: »Nach einer sehr vergnüglichen Schlittenfahrt kehrten wir in charmanter Damenbegleitung ins Offizierskasino ein, wo ich versuchte, mich neben ein gewisses Fräulein Conrad, ein sehr schönes Mädchen aus Köslin, zu platzieren. Dasselbe tat auch ein Ingenieur-Leutnant namens Poselger, und es entspann sich zwischen diesem und mir ein kleiner Wortwechsel, der zur Folge hatte, dass er mich um Satisfaktion ersuchte. Ich ließ mich indessen durch nichts mehr in den Freuden der Tafel und des darauffolgenden Tanzes stören, sondern unterhielt mich vortrefflich. So endete alles gut. Kaum aber war ich in meiner Wohnung angekommen, so erschien auch schon ein Artillerieoffizier, Hauptmann Müller, der mich im Namen Poselgers aufforderte, mich um sechs Uhr am nächsten Morgen mit einem Sekundanten in der Wolfsschanze einzufinden, was ich zusagte, meinen Freund Willmann aufsuchte und diesen bat, mein Sekundant zu sein.

Wir stellten uns zur bestimmten Stunde nebst einem Chirurgen an dem bezeichneten Ort ein, und es fand jetzt eine kurze Auseinandersetzung wegen der Art des Fechtens statt. Poselger wollte sich schlechterdings nur auf den Hieb einlassen, was ich nicht gewohnt war und deshalb auf dem Stich bestand, oder dass jeder in seiner Weise fechten würde. Der auf den Stich Fechtende hat, besonders im Parieren, einen bedeutenden Vorteil. Man machte mir Schwierigkeiten und ich sagte: ›So bleibt uns nichts übrig, als zu den Pistolen zu greifen!‹ Endlich kamen wir überein …«*

Sidonie, die die ganze Zeit über nervös nach ihrem Riechfläschchen genestelt hatte, stöhnte laut auf und betupfte sich mit einem Taschentuch die Schläfen.

»Ist dir nicht wohl, meine Liebe?«, erkundigte sich Johann besorgt.

»In der Tat«, platzte es unmutig aus ihr heraus. »Du weißt doch genau, dass ich derlei martialische Schilderungen kaum zu ertragen vermag«, hauchte sie matt und schien kurz vor einer Ohnmacht zu stehen.

Johann ließ sich indessen nicht davon täuschen, waren ihm doch Sidonies Kriminal- und Schauergeschichten, bei denen es zuweilen recht blutrünstig zuging, hinlänglich bekannt. Und so interpretierte er ihr Gebaren folgerich-

---

* Passage aus: Johann Konrad Friedrich, ›Als Soldat und Liebhaber durch Europa‹, Heidenheim 1970, S. 190–192.

tig als Wink mit dem Zaunpfahl, doch endlich zur Sache zu kommen.

»Entschuldige bitte, meine Liebe. Wie konnte ich nur so rücksichtslos sein und Ihrer zarten Seele mit meinen Räuberpistolen derart zusetzen! Vielleicht sollten wir das Thema wechseln und beispielsweise ein wenig über den jungen Herrn von Breuberg sprechen, der uns doch so sehr am Herzen liegt. – Wie macht sich denn der junge Mann so?«

»Gut, gut«, entgegnete Frau Major zerstreut, welcher der plötzliche Themenwechsel wenig zu passen schien. »Ein ganz vortrefflicher junger Mann«, fügte sie hinzu. »Nehmen Sie es mir bitte nicht übel, Fräulein Weiß, wenn ich noch einmal insistiere, aber der Ausgang des Duells interessiert mich doch über die Maßen. Nur ganz kurz und unblutig, lieber Herr Leutnant, wie ging es denn weiter?«

Geschmeichelt über Frau Hanauers reges Interesse, fuhr Johann fort und warf dem Fräulein, die ihn ungehalten anfunkelte, einen beschwichtigenden Blick zu.

»Wo waren wir denn stehen geblieben? Ach ja, es ging um den Hieb oder den Stich. Wir kamen schließlich dergestalt überein, dass ich zwar stechend parieren, aber nur hauend angreifen dürfe. Nach einigen Gängen hatte ich dennoch meinem Gegner eines ausgewischt, freilich mehr stechend als hauend, weshalb mich dessen Sekundant zur Rede stellte. Ich erwiderte aber: ›Ich bin es einmal nicht anders gewohnt, deshalb greifen wir zu Pistolen, wenn Sie nicht zufrieden sind.‹ Man befand jedoch, da Poselger eine tüchtige, aber nicht gefährliche Fleischwunde hatte, es dabei bewenden zu lassen und die Sache als abgemacht zu betrachten. Nachdem Poselger verbunden war, ritten wir alle vier in die Stadt zurück.«

»Famos, mein lieber Leutnant, famos! Nichts anderes habe ich von Ihnen erwartet!«, bemerkte Frau Hanauer begeistert, die ganz offenkundig Gefallen an Johann gefunden hatte. »Ich könnte Ihren Geschichten stundenlang lauschen! Vielleicht ergibt sich noch eine Gelegenheit. Im Frühjahr fahre ich immer nach Wiesbaden zur Kur. Mich plagt doch zuweilen eine schwere Gicht. Und da muss ich sowieso immer über Frankfurt anreisen. Wenn es Ihnen recht ist, könnte ich Sie besuchen kommen?«

»Jederzeit, gnädige Frau. Das würde mich überaus glücklich machen!«, flötete der alte Lebemann charmant. »Ich kann Ihnen gerne meine Adresse hierlassen.«

Sidonie verdrehte kurz die Augen, bemühte sich aber, der Majorin gegenüber höflich zu bleiben und setzte ein freundliches Lächeln auf.

»Freilich nur, wenn Fräulein Weiß nichts dagegen hat«, richtete sich Frau Hanauer sodann mit leicht verlegener Miene an Sidonie.

»Aber ich bitte Sie, Frau Major, wieso sollte ich? Dafür gibt es nicht den geringsten Grund! Herrn Friedrich und mich verbindet schließlich nichts anderes als eine alte Freundschaft. Wir kennen einander aus Kindertagen und sind uns im Laufe vieler Jahre wie Bruder und Schwester geworden, wenn ich das einmal so sagen darf. *Andere* Bande als diese gibt es zwischen uns nicht – und hat es nie gegeben. Herr Friedrich ist demnach ledig und frei und mag tun und lassen, was ihm beliebt«, erklärte das Fräulein süffisant.

»Nun ja, ich hege ja auch keine unlauteren Absichten«, betonte Frau Hanauer indigniert. »Der Herr Leutnant ist eben ein Mann so recht nach meinem Herzen. Einer, der noch aus altem Schroth und Korn ist und nicht so ein verweichlichtes Modeäffchen, wie die meisten Herren heutzutage!«

»Da stimme ich Ihnen zu, liebe Frau Major. Im Übrigen, der junge Herr Konrad scheint auch großen Wert auf sein äußeres Erscheinungsbild zu legen. Ein Stutzer muss er deswegen aber noch lange nicht sein«, warf das Fräulein ein.

»Keineswegs. Das habe ich ja auch nicht behauptet. Der junge Herr von Breuberg ist nun einmal ein überaus reinlicher, korrekter Mensch. Das zeigt sich eben auch darin, dass er immer tadellos gekleidet ist. Genauso hält er es mit seinem Zimmer und seinen sonstigen Sachen. Alles ist immer picobello in Ordnung. Ich vermiete seit 30 Jahren an Studenten, aber ich kann mich nicht erinnern, jemals einen saubereren und ordentlicheren Untermieter gehabt zu haben als ihn. Der junge Mann ist ein geradezu vorbildlicher Mieter. Und auch sonst. Ich kann eigentlich nur Gutes über ihn sagen. Er ist fleißig und die Gewissenhaftigkeit in Person. Allein das unterscheidet ihn deutlich von meinen anderen Kostgängern, die mir doch schon manchen Verdruss bereitet haben. Kommen angetrunken aus dem Wirtshaus zurück und geben sich lieber mit Weibsleuten ab, als für ihr Studium zu pauken. Man kennt das ja mit den jungen Leuten! Der junge Herr von Breuberg aber ist da ganz anders. So ernsthaft und in sich gekehrt. Der geht nie aus und sitzt Abend für Abend in seinem Zimmer und lernt. Und Weibergeschichten gibt's bei dem auch nicht. Obwohl ich manchmal denke, der Junge sollte sich ruhig mal ein bisschen amüsieren. Immer nur Studieren, das geht doch auch nicht. Etwas mehr Abwechslung und Kameradschaft täten ihm vielleicht ganz gut. Das ist doch der reinste Stubenhocker, der Junge. Ich habe ihm ja einmal nahe gelegt, doch in eine schlagende Verbindung einzutreten. Der Korpsgeist und das Fechten haben noch niemandem geschadet. Aber da hat er nur geantwortet, dafür hätte er keine Zeit. Was ja auch nicht erstaunlich ist, wenn einer ein Doppelstudium absolviert.«

»Was studiert er denn noch außer Recht?«, unterbrach Sidonie die Majorswitwe erstaunt.

»Offiziell eingeschrieben ist er für die Rechtswissenschaften. Ich weiß das deswegen so genau, weil ich mir von meinen Untermietern immer Derartiges bescheinigen lasse. Es soll alles seine Ordnung haben und man will sich doch nicht noch irgendwelche Lumpenhunde ins Haus holen, denen es an Kinderstube mangelt, nicht wahr? Nun, der junge Herr von Breuberg studiert neben seinem Hauptstudium noch ein anderes Fach. Es will mir gerade nicht einfallen. Na, wie heißt das doch gleich, was ein angehender Apotheker studieren muss?«, fragte die alte Dame zerstreut.

»Die Pharmazeutik!«, rief das Fräulein wie aus der Pistole geschossen.

»Genau das! Wir haben doch an unserer Ludoviciana einen berühmten Chymisten, den Herrn Professor Liebig. Seine Vorlesungen besucht er, wann immer es ihm seine knappe Zeit erlaubt. Und soweit es mir bekannt ist, hat er nur die besten Noten. In beiden Fächern. Das muss man sich mal überlegen. Der Junge ist so blitzgescheit, der wird es sicher noch weit bringen. Davon bin ich überzeugt. Er wird bestimmt berühmt. Und dann kann ich einmal sagen: Dieser große Mann war einmal mein Untermieter.«

»In der Tat, ein ganz erstaunlicher junger Mann, unser lieber Konrad«, bemerkte das Fräulein mit tonloser Stimme und wechselte mit Johann einen Blick.

»Nun, da müssen ja seine Eltern in Frankfurt mächtig stolz auf ihn sein. Was sind das denn für Leute, die von Breubergs? Konrad spricht ja nicht viel über seine Familie. Ich habe auch noch nie jemanden zu Gesicht bekommen. Aber Sie kennen sie ja wohl besser?«

»Die Familie von Breuberg gehört zum vornehmsten Frankfurter Stadtadel und ist überdies noch äußerst wohlhabend«, erläuterte Sidonie bereitwillig, die ausgesprochen froh darüber war, dass sich das Gespräch immer mehr zum Frauenplausch entwickelte. »Auch seine Tante Charlotte Wohl ist eine sehr angesehene Dame und zudem noch überaus fromm. Wir kennen einander schon viele Jahre und engagieren uns beide im Rahmen der Mildtätigkeit.«

»Zu seiner Tante scheint der junge Mann ohnehin ein sehr inniges Verhältnis zu haben. Sie schreibt ihm regelmäßig oder schickt Pakete mit Schlemmereien. Auch Konrad scheint die alte Dame sehr am Herzen zu liegen. Vor ein paar Monaten war sie wohl schwer erkrankt und da hat er hier alles stehen und liegen lassen und ist für ein paar Tage nach Frankfurt gefahren, um nach ihr zu schauen. Ist das nicht rührend? So einen Neffen würde ich mir auch wünschen. Wo man auf seine alten Tage oft nicht mehr so kann, wie man will, und da ist man froh um jeden Beistand. Ich bin sehr allein. Unsere Ehe war kinderlos, wo mein Mann so früh gefallen ist. Und meine Nichten und Neffen kümmern sich nicht sonderlich um mich«, klagte die Majorin und wurde mit einem Mal melancholisch.

»Ich kenne das gut. Auch ich bin alleinstehend«, entgegnete Sidonie.

»Sind Sie auch verwitwet?«, fragte Frau Hanauer.

»Nein, ich war nie verheiratet. Ich bin sozusagen eine alte Jungfer«, erklärte Sidonie lachend.

»Da können wir uns die Hand reichen! Das bin ich inzwischen auch«, gluckste die Offizierswitwe, die das Gespräch offensichtlich genoss.

»Aber um noch einmal auf Fräulein Wohl zurückzukommen. Soweit es mir bekannt ist, laborierte sie an einer heftigen Sommergrippe. Das muss so gegen Ende August gewesen sein, als sie erkrankte«, lenkte die alte Füchsin das Gespräch wieder in die richtigen Bahnen und blickte die Zimmerwirtin abwartend an, die gleich darauf auch entgegnete: »Das kann durchaus sein. Im August waren Semesterferien und die verbringt Konrad in der Heimat. Aber er ist im September gefahren. Das weiß ich so genau, weil ich doch am 19. September Geburtstag habe und da veranstalte ich immer für meine Zöglinge ein kleines Kaffeekränzchen, und Konrad, der mir ja eigentlich von allen der Liebste ist, konnte dieses Mal leider nicht dabei sein. Der alten Dame muss es auch ziemlich schlecht gegangen sein, denn er weilte gute acht Tage bei ihr. Was bei jemandem, der so strebsam seinem Studium nachgeht wie Konrad, schon einiges heißen will.«

Sidonie schluckte ob dieser Mitteilung und tauschte mit Johann beredte Blicke.

»Das belegt nur, wie viel ihm seine alte Tante bedeutet. Der gute Junge«, bemerkte Sidonie scheinheilig, der sehr daran gelegen war, noch weitere hochbrisante Informationen zu erhalten. »Nun ja, in einem solchen Alter kränkelt man eben häufig. Man kennt das ja selbst: Hier ein Zipperlein, da ein Zipperlein, so ist das nun einmal bei uns alten Krähen.«

»Wem sagen Sie das, wem sagen Sie das, mein liebes Fräulein Weiß«, stimmte ihr die Majorin zu und atmete schwer. Bevor sich das Thema am Ende noch auf diverse Krankheiten und ellenlange Leidensgeschichten einpendelte, dem beliebtesten Gesprächsgegenstand in die Jahre gekommener Frauen, kehrte Sidonie unbeirrt zum Thema zurück.

»Die arme Charlotte wird dieses Jahr ja sehr gebeutelt, was ihre Gesundheit anbetrifft. Anfang Oktober hatte sie dann wohl einen Rückfall und Konrad musste wieder nach Frankfurt kommen.«

»Darüber ist mir nichts bekannt. Ich meine, Konrad hat nichts davon erwähnt«, erwiderte Frau Hanauer enttäuscht. Auch das Fräulein blickte ob dieser Mitteilung ein wenig betreten drein, wurde aber sogleich mit einer neuen, nicht minder spannenden Einzelheit seitens der Offizierswitwe belohnt: »Ich weiß nur, dass Konrad es sich nicht nehmen ließ, zur Frankfurter Herbstmesse anzureisen. Er blieb wohl auch ein paar Tage dort, von einer Erkrankung seiner Tante war aber nicht die Rede.«

»War das so um den zweiten Oktober herum?«, fragte Sidonie. »Ich meine nämlich, ich hätte Konrad um diese Zeit gesehen«, log sie, ohne dabei auch nur im Entferntesten rot zu werden.

»Ja, ja, das kann gut hinkommen.« Allmählich schien den Damen der Gesprächsstoff auszugehen und da die Majorin nicht mehr darauf hoffen konnte, von Johann mit weiteren Kommiss-Geschichten unterhalten zu werden, unterdrückte sie höflich ein Gähnen und schien sich, ganz im Gegensatz zu Sidonie, ein wenig zu langweilen.

»Nun, ich denke, wir sollten dann auch bald aufbrechen«, schlug das Fräulein an Johann gewandt vor, der ihr sofort zustimmte.

»Auch wenn wir den lieben Konrad leider verfehlt haben, so war es doch ein großes Vergnügen, liebe Frau Major, Sie bei dieser Gelegenheit kennengelernt zu haben«, säuselte Sidonie. »Noch einmal herzlichen Dank für Ihre Gastfreundschaft und die kurzweilige Konversation.«

»Ganz meinerseits, Fräulein Weiß. Und wenn Sie wieder

einmal nach Gießen kommen, so sind Sie mir jederzeit willkommen. Ach, mein lieber Leutnant, vergessen Sie nicht, mir Ihre Adresse aufzuschreiben! Ich hole rasch Papier und Feder.« Frau Hanauer schlurfte zu einem kleinen Sekretär.

Nachdem Johann seine Anschrift hinterlassen und der Majorin noch eine Reihe von Komplimenten gemacht hatte, die die alte Dame wie ein verzückter Backfisch entgegennahm, fragte Sidonie, ob es denn möglich sei, noch einen Blick in Konrads Zimmer werfen zu können. Frau Hanauer zeigte sich über das Ansinnen zwar leicht irritiert, mochte den freundlichen Besuchern aber diesen Wunsch auch nicht abschlagen und führte Sidonie und Johann einen langen Flur entlang zu Konrads Studierstube. Mit einem Schlüssel ihres Schlüsselbunds schloss sie die Tür auf und präsentierte den beiden das Zimmer.

Beim Anblick der klinischen Sauberkeit und pedantischen Ordnung, die sich ihren Augen bot, war sich das Fräulein sicher, nie zuvor einen ähnlich leblos und unpersönlich anmutenden Raum gesehen zu haben und es überkam sie unwillkürlich ein Frösteln.

»Du bist ein Schafskopf! Bei dir reicht es nicht mal zum Apothekergehilfen«, hatte dereinst ein Lehrer zu dem jungen Apothekerlehrling Justus Liebig gesagt, der sich dies sehr zu Herzen genommen und tatsächlich seine Apothekerlehre in Heppenheim vorzeitig abgebrochen hatte.

Wie hätte es der Ignorant auch ahnen können, dass eben dieser ›Schafskopf‹ als der berühmteste, erfolgreichste Chemiker seines Jahrhunderts und Begründer der Organischen Chemie in die Geschichte eingehen sollte.

Justus kehrte in sein Elternhaus in Darmstadt zurück und half seinem Vater, einem Drogisten und Farbenhändler, in der Werkstatt. Nebenbei besuchte er, sooft es ihm seine Zeit erlaubte, die großherzogliche Bibliothek, um sich als Autodidakt in der Chemie weiterzubilden. Sein Vater, der merkte, wie sehr seinem Sohn dieser Stoff am Herzen lag, setzte sich schließlich dafür ein, dass Justus im Herbst 1819 in Bonn ein Chemiestudium beginnen konnte. Anders als in Heppenheim erkannte Liebigs Lehrer Professor Kastner schnell sein außergewöhnliches Talent und verwendete sich dafür, dass dem jungen Doktoranden ein Stipendium an der Pariser Sorbonne, einem führenden Zentrum der Chemie, bewilligt wurde.

Bald wurde der Naturforscher Alexander von Humboldt auf den jungen Mann aufmerksam und vermittelte dem hochbegabten 21-Jährigen im Jahre 1824 eine außerordentliche Professur für Chemie und Pharmazie an der Universität Gießen. Ein Jahr später schon wurde Justus Liebig zum ordentlichen Professor berufen, dessen Gehalts- und Arbeitsbedingungen allerdings erbärmlich waren. Für Geräte, Chemikalien und Kohle erhielt er nur minimale Zulagen und musste daher dringend benötigte Apparate und Materialien aus der eigenen Tasche bezahlen.

Um seine finanziellen Probleme zu verbessern und seine Familie ernähren zu können, die seit seiner Heirat mit Henriette Moldenhauer im Jahre 1826 ständig wuchs, war Liebig gezwungen, noch nebenberufliche Tätigkeiten zu übernehmen.

Bei all diesen Widrigkeiten jedoch war der bahnbrechende Erfolg des Justus Liebig nicht länger aufzuhalten. Seine Lehrmethode, seine Entdeckungen und Schriften machten ihn bald in ganz Europa berühmt und Forscher und Gelehrte aus aller Herren Länder zog es nach Gießen, um Liebigs Experimentalvorlesungen über Chemie und Pharmazie zu hören – was bis in die Gegenwart hinein unvermindert anhielt.

Solcherart war Liebigs Gießener Laboratorium regelrecht zu einem Mekka der Chemie geworden, welches, entgegen der übrigen wissenschaftlichen Institute der Ludoviciana, weder Sommer- noch Winterferien kannte. Was einem Besessenen wie dem jungen Professor Liebig überdies auch als Unding erschienen wäre.

So nahm es auch nicht Wunder, dass auf dem weitläufigen, verschneiten Universitätsgelände selbst zu dieser vorgerückten Stunde noch Licht zu sehen war.

»Das muss es sein«, frohlockte Sidonie, während sie durch den knöchelhohen Schnee staksten und geraume Zeit später vor dem Gebäude des Chemischen Instituts angelangt waren.

»Hoffentlich hat der Professor überhaupt Zeit für uns«, bemerkte Johann skeptisch. »Ein derart bedeutender, vielbeschäftigter Mann wie er, vor dem Gelehrte aus ganz Europa Schlange stehen, wieso sollte denn so eine Berühmtheit ausgerechnet für uns Zeit erübrigen können?«

»Spar dir deine Unkenrufe, wir werden sehen«, erwiderte Sidonie lakonisch und drückte couragiert die Klinke der unverschlossenen Tür. Der lange Flur wurde vom flackernden Gaslicht einer Deckenleuchte im Eingangsbereich nur spärlich beleuchtet. Sidonie und Johann warfen lange, skurril aussehende Schatten an die Wände und folgten den Stimmen, die hinter einer der Türen gedämpft zu ihnen durchdrangen.

»Ich würde meinen, hier«, flüsterte Johann und blickte seine Begleiterin fragend an.

»Klopf doch mal, dann werden wir es merken«, erwiderte diese kratzbürstig.

Zaghaft pochte Johann an die weiße Flügeltür.

»Herein«, erklang eine Männerstimme und die beiden traten ein.

In dem hellerleuchteten Laboratorium hielt sich etwa ein Dutzend Männer in weißen Laborkitteln auf, das sich in kleineren Gruppen um verschiedene Apparaturen, Kolben und Reagenzgläser formiert hatte. Es roch so stark nach Chemikalien, dass es Sidonie in der Nase prickelte und in den Augen brannte. Ehe sie sich versah, musste sie laut und vernehmlich niesen, wofür sie sich gleich darauf etwas verschämt entschuldigte.

»Die Dame beniest es, also wird es schon stimmen«, witzelte einer der Herren, was von den übrigen Forschern mit Gelächter quittiert wurde, und musterte die Eintretenden mit leichter Verwunderung.

»Bitte entschuldigen Sie die späte Störung, meine Herrschaften, aber wäre es vielleicht möglich, dass wir Herrn Professor Liebig kurz sprechen könnten?«, fragte Johann und deutete eine Verbeugung an.

»Da muss ich Sie leider enttäuschen«, entgegnete daraufhin ein hochgewachsener Mann unwirsch, dem die unangemeldeten Besucher offensichtlich ungelegen kamen. »Wie Sie unschwer erkennen können, stecke ich gerade mitten in der Arbeit und stehe daher nicht zur Verfügung. Vereinbaren Sie bitte im Dekanat einen Gesprächstermin und entschuldigen Sie mich einstweilen. Einen angenehmen Abend, die Herrschaften«, beschied er in knapper Höflichkeit und wandte sich wieder den Gerätschaften zu.

»Danke ebenfalls, Herr Professor. Bitte verzeihen Sie nochmals, dass wir derart mit der Tür ins Haus gefallen sind«, erwiderte Sidonie kleinlaut und strebte zerknirscht dem Eingang zu.

Liebig nickte ihr kurz zu. »Guten Abend, die Dame! Und seien Sie mir und der Chemie nicht allzu gram«, äußerte er ritterlich.

»Wie könnte ich! Es ist mir eine Ehre, Ihnen begegnet zu sein«, entgegnete Sidonie liebenswürdig und errötete wie ein Backfisch.

»Interessieren Sie sich etwa für die Chemie? Eine Dame in unseren heiligen Hallen ist nämlich eine große Seltenheit«, knarzte der Professor leutselig, während er den Blick konzentriert auf die Reagenzien richtete.

»Und wie«, entfuhr es Sidonie unvermittelt, was von Johann mit großer Irritation aufgenommen wurde.

»Dann warten Sie halt, bis wir mit dem Durchlauf fertig sind. Das kann aber noch eine gute halbe Stunde dauern«, brummelte Liebig gutmütig. »Setzen Sie sich solange da hinten hin. Sobald wir mit der ersten Elementaranalyse durch sind, komme ich zu Ihnen.« Professor Liebig wies auf ein paar Hocker, die vor einem Tisch nahe der Eingangstür standen.

Nach etwa einer Stunde kam der Gelehrte auf die Besucher zu und machte sich rasch mit ihnen bekannt. Liebig hatte strohiges, dunkelblondes Haar, welches ihm ungebändigt vom Kopf abstand, und ein markantes Gesicht mit dichten Brauen. Seine dunklen Augen wirkten warm und humorvoll. Der feste Händedruck und seine offene Art machten auf Sidonie und Johann einen sympathischen Eindruck.

»Viel Zeit habe ich freilich nicht, meine Herrschaften. Also, was kann ich für Sie tun?«

»Es geht um einen Ihrer Studenten, einen gewissen Konrad von Breuberg«, entgegnete Sidonie mit bebender Stimme.

Die Augen des Professors leuchteten auf. »Konrad von Breuberg? Er ist einer meiner begabtesten Studenten. Sind Sie etwa Verwandte von ihm?«

»Nein, Herr Professor, das sind wir nicht. Wir sind lediglich Bekannte der Familie aus Frankfurt«, erwiderte Johann gesetzt.

»Und interessieren uns sehr für Konrads Studien. Besonders, was seine Forschungen im Bereich der Pharmazie betrifft«, fiel Sidonie ihrem guten Freund ins Wort und strahlte den Professor an.

»Das ist ja großartig. Dann können Sie sich vielleicht bei seinem Herrn Vater einmal dafür verwenden, dass der Junge sein Jurastudium an den Nagel hängen und sich endlich voll und ganz der Chemie widmen kann, wofür er geeignet ist wie kaum ein Zweiter.«

»Herr Professor Liebig, wir möchten Ihnen diesbezüglich nichts versprechen, aber, wenn nichts – *Gravierendes* dagegen spricht, werden wir zumindest einen Versuch wagen«, entgegnete das Fräulein vorsichtig.

»Ja, ja, Konrad ließ schon mehrfach auf die ihm eigene, verhaltene Art durchblicken, dass sein alter Herr ziemlich verbohrt ist, was die Begeisterung seines Sohnes für die Chemie anbetrifft. Im höchsten Maße bedauerlich, kann ich dazu nur sagen. Eine solche Begabung für die Materie an sich, gepaart mit geistiger Brillanz und wahrer Leidenschaft, ist mir unter all meinen Studenten nur selten begegnet. Eine Schande, dass aus so einem Ausnahmetalent ein verknöcherter Advokat werden soll.« Professor Liebig schüttelte bedauernd den Kopf.

»Es ist schon traurig, dass manche Väter den beruflichen Neigungen ihrer Sprösslinge so wenig Verständnis entgegenbringen«, stimmte Sidonie zu. »Aber man kennt das ja hinlänglich, ist der Vater Arzt, muss auch der Sohn Arzt werden, ist er Jurist, muss auch der Junior Jurist werden. Ob er sich dafür eignet oder nicht. Welche Ignoranz und welch fataler Mangel an Zuneigung. Denn wer sein Kind liebt, der fördert es nach Kräften und zwingt es nicht in irgendwelche vorgegebenen Bahnen.«

»Wie recht Sie haben, gnädige Frau. Es freut mich über die Maßen, dass endlich einmal jemand von Konrads Familie, oder besser gesagt, jemand, der der Familie von Breuberg freundschaftlich verbunden ist, an Konrads Chemiestudium Interesse zeigt. Ich kann Ihnen gerne eine kurze Erläuterung geben, mit welchen Forschungen Konrad an meinem Institut betraut ist«, entgegnete Professor Liebig verbindlich.

»Sehr gerne, Herr Professor. Wissen Sie, wir wollten den jungen Mann heute besuchen und haben ihn leider verfehlt, weil er schon nach Frankfurt abgereist ist. Und weil wir uns beide, wenn auch auf eine laienhafte Art und Weise, sehr für die Chemie interessieren, haben wir uns gedacht, wir schauen uns das Chemische Institut einmal an. Ich muss zugeben, auch weil wir einem so berühmten Mann wie Ihnen, bei welchem Konrad das Glück hat, studieren zu dürfen, einmal persönlich begegnen wollten«, säuselte Sidonie und blinzelte verschämt. Johann hüstelte nervös und senkte betreten den Blick.

»Ehrlich gesagt, Ruhm und Ehre interessieren mich wenig. Es ist vor allem die Liebe zur Chemie, die mich antreibt«, erklärte der Gelehrte bescheiden, welcher offenkundig ohne den üblichen Standesdünkel seiner Berufskollegen auszukommen schien, und führte seine Besucher durch das Labor zu einem Pult in der Ecke, auf dem ein merkwürdiger Apparat mit mehreren, zum Teil verspiegelten Glaskugeln stand.

»Das ist Konrads Arbeitsplatz. Und dieses Gerät hier ist der von mir und meinen Mitarbeitern entwickelte Kali-Apparat, der wegen seines Aussehens auch Fünf-Kugel-Apparat genannt wird. Denn während meiner früheren Forschungen musste ich immer wieder feststellen, wie langwierig die Analysemethoden waren und dass sie zudem noch wenig exakte Ergebnisse zu liefern vermochten. In Jahrelangen Versuchen gelang es mir schließlich, die Analysegeräte zu vervollkommnen und das ist dabei herausgekommen.« Er wies mit fast zärtlichem Blick auf den Kali-Apparat. »Dieser Apparat erlaubt es uns, die Ermittlung der elementaren Zusammensetzung von tierischen Stoffen und Pflanzenteilen zu vereinfachen und zu beschleunigen. Seit einigen Jahren untersuchen meine Mitarbeiter und ich eine Vielzahl von Pflanzen sowie bestimmte Organe und Produkte von Tieren auf ihre chemische Zusammensetzung, anschließend protokollieren wir die Ergebnisse. Ein paar wenige, besonders tüchtige Studenten, zu denen selbstredend auch Konrad gehört, sind gleichfalls damit befasst. Seine Aufgaben sind die Analyse und Erfassung bestimmter Pflanzen, die in der Pharmazie vor allem als Gift- und Heilpflanzen bekannt sind.«

Sidonies Augen hingen förmlich an den Lippen des Professors und man hätte ohne Weiteres den Eindruck gewinnen können, dass sie tatsächlich eine passionierte Hobbychemikerin war.

»So hat er in den vergangenen Wochen und Monaten Hedera helix, den gewöhnlichen Efeu, im Hinblick auf seine Giftstoffe untersucht. Desweiteren Taxus baccata, die Eibe, Paris quadrifolia, die Einbeere, Aconitum napellus, den Blauen Eisenhut, und Caragana arborescens, den Erbsenstrauch«, las Liebig aus einer Kladde vor, die er zuvor von dem Pult genommen und an einer bestimmten Stelle aufgeschlagen hatte.

»Ach Gott, ist das denn nicht fürchterlich gefährlich mit all diesen Giftpflanzen?«, fragte das Fräulein besorgt. »Man weiß ja, dass gerade der Blaue Eisenhut eine der giftigsten Pflanzen überhaupt ist.«

»Richtig, meine Dame. Bereits drei bis sechs Milligramm seines Alkaloids, des Aconitin, können tödlich wirken. Aber wie die meisten Giftpflanzen, so hat auch der Aconitum napellus gewissermaßen zwei Seelen in seiner Brust, oder besser gesagt in seiner Wurzel.

Bei entsprechender Verdünnung verfügt das Aconitin auch über eine heilsame Wirkung. Man verwendet es in der Medizin bei Nervenschmerzen, Rheumatismus, Herzerkrankungen, Rippenfellentzündungen und Bronchitis. Und da die Wissenschaft immer im Dienste der Menschheit stehen sollte, machen unsere Studien es möglich, eine wirkungsvollere Dosierung bei der Medikamentenherstellung zu erzielen.«

»Wie wunderbar und faszinierend zugleich«, rief das Fräulein enthusiastisch aus. »Herr Professor, entschuldigen Sie bitte meine Neugierde, aber was geschieht mit all diesen Giften?«

»Die extrahierten Alkaloide werden in entsprechende Behältnisse gefüllt, ordentlich beschriftet und in unserem institutseigenen Giftschrank verwahrt, zu dem nur mein Freund und Kollege Professor Wöhler und ich einen Schlüssel haben«, erklärte Professor Liebig und lächelte amüsiert über die Wissbegierde.

»Gut zu wissen, dass davon nichts in unberufene Hände gelangen kann«, beeilte sich Sidonie zu entgegnen.

»Meine Herrschaften, bitte nehmen Sie es mir nicht übel, aber ich muss mich wieder meiner Arbeit zuwenden. Meine Assistenten warten bereits auf mich. Es hat mich sehr gefreut, Sie kennengelernt zu haben, und bitte vergessen Sie nicht, bei Konrads Vater ein gutes Wort für ihn einzulegen. Der Junge ist so brillant, er könnte nächstes Jahr schon promovieren, wenn Herr von Breuberg endlich einwilligen würde. Sagen Sie ihm das bitte.«

Als sich Sidonie und Johann noch einmal ganz herzlich bei Professor Liebig bedankt hatten und dabei waren, sich von dem sympathischen Forscher zu verabschieden, platzte das Fräulein noch mit einer Frage heraus.

»Erlauben Sie mir noch eine letzte Frage, Herr Professor. Was glauben Sie, ist Konrad für ein Mensch?«

Justus Liebig schien über Sidonies Frage etwas irritiert zu sein und hielt sich zunächst mit einer Antwort zurück. Sidonie schwieg angespannt, Johann unbehaglich und der Professor nachdenklich, bis er schließlich doch erwiderte: »Für mein Dafürhalten kein glücklicher. Was sicher zu einem guten Teil auch daran liegt, dass es ihm bislang versperrt geblieben ist, seiner wahren Berufung zu folgen. Über persönliche Dinge indessen hat Konrad nie mit mir gesprochen. Er ist ein sehr ernster, in sich gekehrter junger Mann und bisweilen hat es den Anschein, als gelänge es einzig der Chemie, ihn wirklich zu begeistern. Was aber für einen waschechten Chemiker beileibe nichts Außergewöhnliches ist«, bemerkte Justus Liebig selbstironisch und eilte davon.

22

Als Sidonie an jenem Mittwochabend zu Hause eintraf, war sie von der langen Reise und den Ereignissen der vergangenen Tage rechtschaffen müde und erschöpft. Sie freute sich auf ein heißes Bad, ein warmes Essen, ein gutes Glas Rotwein und vor allem auf ihr Bett mit einer Wärmflasche darin für die kalten, schmerzenden Füße.

Kaum, dass sie durch die Tür getreten war, kam ihr auch schon Mathilde entgegen und während sie dem Fräulein noch aus dem Mantel half, berichtete sie, am Montagmorgen sei Charlotte Wohl dagewesen und habe Sidonie sprechen wollen. Als ihr Mathilde daraufhin gesagt habe, das Fräulein sei für einige Tage verreist, sei sie wieder gegangen, ohne eine Nachricht zu hinterlassen.

Sidonie stellten sich bei dieser Nachricht förmlich die Haare zu Berge und sie zog es kurzzeitig sogar in Erwägung, die Dame noch aufzusuchen. Doch die fortgeschrittene Stunde, ihre Müdigkeit und Tante Tillas Einwände belehrten sie schließlich eines Besseren und sie beschloss, sich einen entspannten Abend am Kaminfeuer zu gönnen, um sich von den Strapazen zu erholen und neue Kräfte zu sammeln. Dennoch kreisten ihre Gedanken die ganze Zeit über um Konrads Tante und was diese wohl mit ihr besprechen wollte.

Gleich am nächsten Morgen mietete Sidonie am Liebfrauenberg eine Kutsche und ließ sich zur Schönen Aussicht fahren.

Charlotte Wohl empfing sie in ihrem Salon, der, anders als bei Sidonies letztem Besuch, dieses Mal angenehm beheizt war, und bot ihr höflich einen Tee an. Auch dem Fräulein war daran gelegen, einen manierlichen Ton zu wahren und nicht etwa wieder mit Charlotte aneinanderzugeraten und so erkundigte sie sich liebenswürdig bei Fräulein Wohl, worüber sie mit ihr habe sprechen wollen.

»Ach, mein liebes Fräulein Weiß, ich wollte mich doch bei Ihnen für mein unhöfliches Gebaren entschuldigen. Ich weiß auch nicht, was in mich gefahren war an jenem Tag. Wahrscheinlich lag es an meiner Unpässlichkeit und weil ich mich so elend fühlte. Wie auch immer, es tut mir sehr leid, dass ich Sie derart vor den Kopf gestoßen habe und ich möchte Sie hiermit in aller Form um Verzeihung bitten, meine Liebe.«

Sidonie hegte trotz dieser Erklärung keinen Zweifel daran, dass Charlottes Entschuldigung nur vorgeschoben war und hinter ihrer ungewohnten Nettigkeit einiges im Argen lag. Fräulein Wohl wirkte äußerst angespannt und gehetzt, blickte immer wieder verstohlen zur Tür, während sie bemüht war, Belanglosigkeiten auszutauschen.

»Wie geht es Ihrem Neffen, meine Liebe? Wird er Sie denn in den Weihnachtsferien einmal besuchen kommen?«, erkundigte sich Sidonie, der Banalitäten müde, unversehens bei der alten Dame. Bei der Erwähnung von Konrads Namen zuckte die Angesprochene zusammen, als habe sie ein unsichtbarer Schlag getroffen. Sie hatte sichtlich Mühe, die Contenance zu wahren und nicht wieder unhöflich zu werden und hüstelte nervös. In ihrer Verzweiflung ergriff Charlotte sogar Sidonies Hand, tätschelte sie fahrig und stammelte, ohne auf die Frage einzugehen.

»Bitte, meine Liebe, nehmen Sie es mir nicht übel, aber ich fühle mich schon wieder unpässlich. Ich würde Sie aber demnächst gerne einmal zu mir einladen, vielleicht zwischen den Jahren, dann habe ich auch wegen der Kirche nicht mehr so viel um die Ohren und wir könnten uns ganz in Ruhe unterhalten.« Fräulein Wohl wirkte zunehmend bleicher, atmete stoßweise und schien kurz vor einem Schwächeanfall zu stehen. Sidonie gab sich besorgt.

»Ist Ihnen nicht wohl, meine Liebe? Kann ich Ihnen vielleicht behilflich sein?«

Sidonie spürte genau, dass es bei der Verzweifelten nicht mehr allzu viel bedurfte, um den inneren Knoten zum Platzen zu bringen und der Wahrheit ans Licht zu helfen.

»Sprechen Sie sich ruhig aus, liebe Charlotte, das wird Ihnen helfen«, sagte sie begütigend und legte ihre Hand auf Charlottes Arm, die ihr diesen jedoch so jäh entzog, als verursache ihr die Berührung Schmerzen.

In kühlem Tonfall erwiderte sie: »Ich wüsste wirklich nicht, was es noch zu besprechen gibt, mein liebes Fräulein Weiß. Alles Wesentliche ist doch gesagt worden und so sehr ich es bedaure, ich muss mich nun empfehlen, denn auf mich wartet neben meiner Unpässlichkeit auch noch eine Menge Arbeit. Unsere Gemeinde veranstaltet am kommenden Sonntag einen Wohltätigkeitsbasar für die Bedürftigen und da habe ich noch einiges vorzubereiten. Falls Sie uns zu diesem Zwecke ausrangierte Kleidungsstücke, Bettwäsche oder Schuhe zur Verfügung stellen könnten, wäre ich Ihnen sehr verbunden.« Fräulein Wohl sah Sidonie jetzt mit kalter Distanz an, die keinerlei Gefühlsregung mehr erkennen ließ, und schien wieder ganz die Alte zu sein. Sidonie, die enttäuscht feststellen musste, dass ihr somit wieder jeglicher Zugang zu Charlotte versperrt war, überlegte eine Weile.

»Da lässt sich gewiss das eine oder andere zusammentragen«, erwiderte sie nüchtern. »Ich packe alles in einen Sack und bringe Ihnen die Sachen später vorbei.«

»Das ist nicht nötig, meine Liebe. Ich schicke Ihnen am Nachmittag meinen Kutscher, dem Sie dann die Spenden aushändigen können. Ich darf mich aber schon einmal im Voraus ganz herzlich bei Ihnen bedanken. Wir freuen uns über jede Spende.«

Charlotte läutete nach dem Dienstmädchen. Als die alte Dienstmagd erschien, beauftragte ihre Herrin sie, dem Fräulein ein Früchtebrot einzupacken.

»Als kleines Dankeschön für Ihre Hilfe«, erläuterte die alte Dame wohlwollend und ließ es sich dieses Mal nicht nehmen, Sidonie persönlich zur Tür zu geleiten, nachdem ihr der Kuchen übergeben worden war.

Sidonie lag der Besuch bei Charlotte Wohl noch schwer im Magen, als sie nach Hause kam. Sie war mehr als ratlos darüber, wie sie in der Angelegenheit weiter verfahren sollte. Wie hätte sie auch ahnen können, dass ein unerwarteter Besuch dazu beitragen würde, sie so unvermittelt und tiefgreifend aus ihren Gedanken zu reißen.

»Fräuleinsche, Sie ham Besuch«, begrüßte sie Tante Tilla aufgeregt, nachdem sie durch die Tür getreten war. Auf Sidonies überraschten Blick hin erläuterte sie: »Ein Fräulein Thekla wartet auf Sie in der Stubb. Dem arme Mensch scheint's ja so dreckig zu gehen und da wollt ich sie net mehr fortschicke und hab ihr angeboten, dass sie hierbleiben kann. Die stinkt ja wie e' Schnapsleich, Kerle«, fügte sie flüsternd hinzu, während sie dem Fräulein aus dem Cape half.

Thekla saß im Salon wie ein Häufchen Elend. Sie zitterte am ganzen Körper und war schweißgebadet. Doch ihren Humor hatte sie offensichtlich nicht verloren: »Guten Tach,

Fräulein Weiß. Gell, da staune Se, dass ich da bin«, krächzte das Mädchen mit kehliger Stimme und breitem Grinsen und erhob sich mühsam vom Stuhl, um dem Fräulein die Hand zu reichen.

»Bleib nur sitzen, mein Kind. Ich merke doch, wie elend es dir geht«, erwiderte Sidonie und tätschelte Theklas schweißnasse Hand.

»Des stimmt gar net. Mir is es noch nie so gut gegange. Jetzt, wo ich endlich ma e' Glas Milch trinke derf«, japste Thekla und kicherte heiser. »Und was anderes gibt's jetzt auch net mehr«, fügte sie leise hinzu.

»Du bist ein ganz tapferes Mädchen, mein Kind. Du erinnerst mich an das Mädchen aus dem russischen Märchen ›Väterchen Frost‹. Und deswegen packen wir dich jetzt auch in eine warme Wolldecke und Tante Tilla bringt eine heiße Milch mit Honig«, entgegnete Sidonie, während sie Thekla zu einem Sessel am Kamin führte und fürsorglich eine Decke über die Schlotternde breitete.

»Was für ein Segen, meine Liebe, dass du dich endlich zu diesem Entschluss durchgerungen hast. Du kannst hierbleiben, solange du willst. Fühle dich ganz wie zu Hause.«

»Ich danke Ihnen, Fräulein Weiß. Ich hoffe nur, dass ich Ihnen net zu viel Kalamitäten mach. Wenn Sie die Nase voll haben von mir, dann schmeißen Sie mich einfach raus. Des wird nämlich bestimmt net besonders spaßig werden die nächsten Tage. Aber ich hab mir vorgenommen, keinen Tropfen Schnaps mehr. Und wenn ich verrecke.«

»Das wirst du nicht, mein Kind. Im Gegenteil, du fängst endlich an zu leben.« Sidonie strich der Bebenden über das strähnige, stumpfe Haar. »Sag mir, was ich für dich tun kann. Dir soll es an nichts mangeln. Und wenn es gar zu schlimm wird, holen wir einen Arzt.«

»Ich brauch keinen Arzt. Ich steh das schon durch. Auch wenn ich den Veitstanz krieg und Schaum vorm Maul, bitte keinen Tropfen mehr von dem Dreckszeug. Das hab ich mir geschworen. So, und jetzt erzählen Sie mir dieses Märchen. Mir hat noch nie einer ein Märchen erzählt. Des bringt mich vielleicht auf andere Gedanken.«

Inzwischen hatte Mathilde die heiße Milch gebracht und eine Schale mit frischgebackenen Weihnachtsplätzchen auf den Tisch gestellt. Da Thekla außerstande war, die Tasse an den Mund zu führen, half ihr das Fräulein und flößte ihr ein paar Schlucke des heißen Getränkes ein. Dann ließ sie sich Thekla gegenüber am Kamin nieder und fing an zu fabulieren.

»Es war einmal vor langer, langer Zeit in dem fernen Lande Russland. Da lebte ein Mann mit seiner Frau. Beide waren verwitwet und so hatten sie einander geheiratet. Sie hatten aus ihren früheren Ehen je eine Tochter. Die Tochter der Frau war böse und gemein, während die Tochter des Mannes lieb und sanft war. Die Frau liebte nur ihre eigene Tochter und ließ ihre Stieftochter den ganzen Tag hart arbeiten. Das Mädchen musste das Haus allein putzen und wurde von der Stiefmutter oft geschlagen. Dennoch hasste die Frau ihre Stieftochter von Tag zu Tag mehr. Eines Tages, mitten in einem harten, kalten Winter, beschloss die Stiefmutter, dass das arme Mädchen in den tiefen Wald gebracht und sich selbst überlassen werden sollte. Der Vater des Mädchens wollte das natürlich nicht, doch seine Frau war so boshaft und herrisch, dass er mittlerweile Angst vor ihr hatte. Er wagte es nicht, ihr zu widersprechen und ging mit seiner Tochter in den großen, dunklen Wald. Es herrschte eine klirrende Kälte, die ihnen den Atem gefrieren ließ, und das Mädchen trug nur ein dünnes Hemdchen. Nachdem sie stundenlang durch den hohen Schnee gestapft waren, trat er den Rückmarsch an und ließ seine Tochter zurück. Es fing schon an zu dämmern. Einsam und verlassen setzte sich das Mädchen unter einen Baum, ihre Lippen waren ganz blau und sie schlotterte vor Kälte. Dann hörte sie plötzlich ein Knacken in den Zweigen und eine Stimme sprach zu ihr: ›Frierst du, liebes Kind?‹ Das Mädchen erkannte die Stimme als die von Väterchen Frost und antwortete: ›Nein, Väterchen Frost. Mir ist nicht kalt.‹ Dann stellte er ihr noch zweimal die gleiche Frage und trat immer näher an das Kind heran. Das Mädchen fürchtete sich entsetzlich und ihm klapperten die Zähne. Doch sie antwortete jedes Mal, dass es ihr warm sei und sie überhaupt nicht friere. Väterchen Frost, der nun ganz nahe vor dem Kind stand, bemerkte, dass es regelrecht vor Kälte bebte und sich doch bemühte, tapfer zu lächeln. Da überkam ihn ein solches Mitleid mit dem Mädchen, dass er es in einen weichen, prächtigen Mantel aus Zobelpelz wickelte und es die ganze Nacht wärmte. Als das Mädchen am nächsten Morgen erwachte, überhäufte er es mit Gold und Geschmeide. Der Vater bedauerte seine böse Tat inzwischen und kehrte in den Wald zurück, um seine Tochter zu retten. Er freute sich sehr, als er sie nicht nur gesund und wohlbehalten, sondern auch warm bekleidet und mit großen Schätzen beladen vorfand. Beide kehrten nach Hause zurück. Als sie wieder da waren und die Stiefmutter die Reichtümer des Mädchens sah, wollte sie sofort, dass auch ihre eigene Tochter in den Wald gebracht und dort eine Nacht verbringen sollte. Natürlich hoffte sie, dass auch ihre Tochter reich beschenkt zurückkommen würde. Also ging der Mann in den Wald und ließ die Tochter der Frau dort zurück. Doch als er sie am nächsten Morgen holen wollte, erschrak er. Das böse Mädchen lag erfroren auf dem Boden. Anstelle von Gold und Juwelen war ihr Körper nur bedeckt von Eis und Schnee. Er brachte ihren Leichnam der bösen Frau zurück, nahm seine eigene Tochter bei der Hand und zog von der bösen Stiefmutter für immer fort. Und wenn sie nicht gestorben sind, so leben sie noch heute«, endete Sidonie und lächelte Thekla aufmunternd an.

»Eine schöne Geschichte. Was für ein tapferes Mädchen«, flüsterte Thekla. Ihr Gesicht war tränenüberströmt, dennoch brachte sie ein Lächeln zustande. »So, und jetzt fragen Sie mich mal, ob ich einen Schnaps will«, murmelte sie grimmig.

»Das werde ich dich niemals fragen. Keinen Tropfen mehr, hast du gesagt. Denk an das Mädchen«, erwiderte Sidonie eindringlich.

Die folgenden Tage und Nächte wurden für Thekla zur Hölle. Sie konnte keinen Schlaf finden, hatte schlimme Wahnvorstellungen, wand sich in Krämpfen und konnte keine Nahrung bei sich behalten. Immer wieder flehte sie nach Branntwein. Sidonie und Mathilde kümmerten sich liebevoll um sie, pflegten die Delirierende wie einen kranken Säugling und hörten nicht auf, der Verzweifelten Mut zuzusprechen. Am dritten Tag, es war ein Sonntag und der erste Advent, ging es Thekla endlich etwas besser. Ihre zuvor so glasigen, geröteten Augen wirkten viel klarer und sie schien wach und ansprechbar zu sein. Auch ihre fahrige Unruhe hatte sich gelegt. Thekla war zwar sehr schweigsam und entkräftet, machte aber einen deutlich ausgeglicheneren Eindruck.

»Ich glaube, das Gröbste hab ich hinter mir«, sagte sie zu Sidonie, als diese am Sonntagmorgen nach ihr sah.

»Das Heulen und Zähneklappern hast du hinter dir, aber der Kampf geht weiter, mein Kind. Damit musst du dich abfinden. Das Ringen um Temperenz ist ein langer, schwieriger Prozess, der immer wieder von Anfechtungen durchsetzt ist. Es ist gut, wenn man einen wohlmeinenden Menschen zur Seite hat, der einen darin bestärkt, dem Alkohol die Stirn zu bieten. Jedenfalls, auf mich kannst du auch weiterhin zählen«, erklärte das Fräulein schlicht und drückte Theklas Hand.

»Danke, Fräulein Weiß, für alles, was Sie für mich getan haben«, murmelte Thekla ergriffen und wollte dem Fräulein die Hand küssen, die ihr diese mit den Worten entzog: »Nicht doch, meine Liebe, das ist doch selbstverständlich.«

»Es ist eben nicht selbstverständlich, dass eine feine Dame wie Sie eine Schnapsdrossel bei sich aufnimmt und ihr beim Ausnüchtern hilft. Und deswegen will ich Ihre Hilfsbereitschaft auch nicht mehr länger strapazieren und mach mich heute wieder vom Acker. Mir geht es schon viel besser und ich denke, ich komme jetzt auch wieder allein zurecht. Trotzdem danke ich Ihnen noch einmal ganz herzlich, und wenn ich darf, komme ich Sie gerne ab und zu mal besuchen«, erklärte Thekla verschämt.

»Du kannst gerne hierbleiben, mein Kind. Auf Dauer, wenn du möchtest. Ich meine, du kannst hier einziehen. Ich habe Platz genug und du beziehst dein eigenes Zimmer und hilfst Mathilde ein wenig in der Küche und bei der Hausarbeit. Das wollte ich dir ohnehin vorschlagen.« Sidonie blickte Thekla, die ihr in der kurzen Zeit wie eine Tochter ans Herz gewachsen war, mit offener Zuneigung an und wünschte sich, das Mädchen möge zustimmen – was Thekla, die elternlos aufgewachsen war und nie so etwas wie Geborgenheit kennengelernt hatte, schließlich auch tat. Zumindest fürs Erste, wie sie, die früh hatte lernen müssen, keiner Seele über den Weg zu trauen, vorsichtig entschied.

Dennoch freute sie des Fräuleins Anerbieten so sehr, dass sie zu Tränen gerührt war. Anstatt sich aber dieser Rührung zu ergeben, entschloss sie sich pragmatisch, das Bett zu verlassen und das ihr zugedachte kleine Zimmer gründlich zu scheuern und herzurichten. Sidonie und Mathilde halfen ihr dabei und die drei Frauen verrückten gemeinsam Möbelstücke, trugen das eine oder andere herbei, um die Kammer behaglicher zu gestalten, hängten Gardinen auf, scherzten miteinander und waren guter Dinge.

Am späten Nachmittag waren sie fertig mit der Arbeit und freuten sich alle über das einfache, aber hübsche ›Mädchenzimmer‹, wie es Sidonie bezeichnete.

»So, ich meine, jetzt hätten wir uns aber alle ein dickes Stück Mandelstollen verdient«, konstatierte Tante Tilla resolut, als es plötzlich an der Haustür läutete. Ungehalten über die Störung, stieg die alte Magd die Treppe hinunter, um nachzusehen, wer da Einlass begehrte.

Wenig später führte Mathilde die vollkommen aufgelöste Charlotte Wohl in den Salon und sagte Sidonie Bescheid. Das Fräulein ließ der am ganzen Leibe schlotternden Dame von ihrer Aufwartefrau ein Glas Weinbrand bringen und versuchte, die Schluchzende zu beruhigen. Frau Wohl war außerstande, zusammenhängende Sätze von sich zu geben und nestelte schließlich unter ihrem Mantel eine in rotes Leder gebundene Kladde hervor, die sie Sidonie mit zitternden Händen überreichte.

»Schnell, wir müssen sofort die Polizei benachrichtigen, vielleicht können wir das Schlimmste noch verhindern«, stammelte sie, schenkte sich noch einmal nach und wirkte etwas gefasster.

»Es besteht kein Zweifel, Konrad ist der Giftmörder«, presste sie hervor und fuhr mit der Apathie eines Menschen, dem der Blick in die menschlichen Abgründe jede Illusion geraubt hatte, fort.

»Hier steht alles drin. Ich habe vorhin, kurz nachdem mein Neffe zu seinen Eltern aufgebrochen ist, sein Zimmer durchsucht und dieses Handbuch gefunden. Ich hege seit geraumer Zeit Argwohn gegen ihn und habe mich nur nicht getraut, etwas zu unternehmen. Unsagbar schreckliche Dinge stehen darin!«, flüsterte sie, als sich ihr für einen kurzen Augenblick ein verzweifeltes Wimmern entrang. »Und diese abscheulichen Zeichnungen. Der Junge ist rettungslos verloren. Ich vermag es immer noch nicht zu glauben, dass Konrad das geschrieben hat. Es hat so gar nichts Menschliches mehr. Es sind die Aufzeichnungen eines Teufels. Gott sei seiner armen Seele gnädig.«

Während Sidonie noch starr vor Entsetzen in dem Handbuch blätterte, unterbrach Fräulein Wohl sie mit den Worten: »Es ist jetzt nicht die Zeit, alles zu lesen. Schauen Sie sich lediglich den letzten Eintrag an.«

Sidonie schnürte es beim Lesen förmlich die Kehle zu.

»Wir müssen sofort etwas unternehmen. Wenn es nicht schon zu spät ist. Wie lange ist Ihr Neffe weg?«, fragte sie bestürzt.

Obgleich sie vor Entsetzen kaum noch in der Lage war, einen klaren Gedanken zu fassen, rang das Fräulein mit eiserner Willenskraft um Beherrschung.

»Seit zwei Stunden ungefähr.«

»Dann wird es höchste Zeit! Kommen Sie, wir müssen auf der Stelle zur Hauptwache«, entschied Sidonie und eilte auch schon mit dem Tagebuch unter dem Arm die Treppe herunter, ergriff an der Garderobe hastig ihr Pelzcape und stürzte, gefolgt von Charlotte Wohl, nach draußen, wo im dichten Schneetreiben Frau Wohls Kutsche wartete.

23

An jenem dritten Advent anno 1836 beging Karl von Breuberg seinen 50. Geburtstag.

Zu diesem Anlass sollte am Abend in der Villa Breuberg eine glanzvolle Soiree stattfinden. Seine Gattin, Claudia, hatte ihm zu Ehren eine Festivität mit auserlesenen Künstlern und renommierten Gästen organisiert. Enge Freunde der Familie, die Bankiers Bethmann, Metzler und Rothschild nebst Gemahlinnen wurden ebenso erwartet wie andere prominente Gäste aus den Bereichen Wissenschaft, Kunst und Kultur. Nach dem festlichen Dinner sollte die gefeierte Sängerin Henriette Sonntag, von dem jungen Herrn Mendelssohn Bartholdy am Flügel begleitet, das erlauchte Publikum mit ihrer Sangeskunst erfreuen.

Ein Ereignis, so hoffte die Dame des Hauses, über das man in der Frankfurter Gesellschaft noch lange sprechen würde. Womit sie Recht behalten sollte.

Konrad von Breuberg, der immer großen Wert auf eine tadellose Kleidung gelegt hatte, hatte sich für den Festtag ganz in Seide gewandet. Beinkleider, Weste und Frack glänzten schwarz, nur durchbrochen von einer blutroten Rosenknospe am Revers.

Wie ein Besucher betätigte er an diesem Sonntagnachmittag den Türklopfer am Portal seines Elternhauses und wurde von einem livrierten Diener eingelassen. Schon lange war er nicht mehr hier gewesen, in diesem herrschaftlichen Hause, wo jeder Zoll vom Wohlstand seiner Bewohner und deren auserlesenem Geschmack kündete.

Ihn jedoch gemahnte die kalte Pracht einzig an eine lange, düstere Schreckenszeit – die glücklicherweise bald ein Ende haben würde. Dennoch lastete, seitdem er das Grundstück betreten hatte, eine Beklemmung auf ihm, die ihm gleich einem eisernen Panzer die Brust einschnürte und sich zu einem dumpfen Pochen in seinen Schläfen ausweitete, als er den Fuß über die Schwelle setzte. Er beschwor sich, ruhig zu bleiben und guten Mutes zu sein an diesem großen Tag und konnte es trotzdem nicht verhindern, dass er sich wie ein hilfloser kleiner Junge fühlte, als er gleich darauf seiner Peinigerin gegenübertrat.

Er hatte kein Präsent dabei und kam mit leeren Händen, was ihm seitens seiner Stiefmutter einen vorwurfsvollen Blick einbrachte.

»Mein Geschenk kommt später«, erklärte er knapp und gratulierte seinem Vater mit kühler Förmlichkeit zum Geburtstag, der sich gleich darauf wieder in sein Arbeitszimmer zurückzog, um ungestört Cognac zu trinken und zu rauchen, vor allem aber, um vor der allgemeinen Unruhe zu fliehen.

Ein Wesenszug, für den ihn Konrad auch heute noch verachtete, hatte er doch all die Jahre mit unerschütterlicher Ignoranz die Augen davor verschlossen, wie seinem Sohn die Hölle auf Erden bereitet worden war und sich nie dafür verwendet, dem Drangsal ein Ende zu setzen. Dieser erhabene Patriarch, der nach außen uneinnehmbar wie eine Festung wirkte und im Berufsleben hart und überaus erfolgreich agierte, war in den eigenen vier Wänden jedoch zu schwach und zu feige, um seiner herrschsüchtigen Gemahlin jemals Einhalt zu gebieten – um des lieben Friedens willen.

Diese Harpyie – wie sehr er sie sein Leben lang gehasst hatte. Selbst heute noch fühlte er in ihrer Gegenwart einen unerträglichen Druck im ganzen Körper, der bisweilen drohte, sein Innerstes zum Bersten zu bringen. *Sie zum Bersten zu bringen!*

Aber alles zu seiner Zeit. Erst einmal würde er mitspielen bei dieser Schmierenkomödie, welcher er im Geiste den Titel ›Madame empfängt‹ gegeben hatte. Denn obgleich es der Ehrentag seines Vaters war, würde selbstredend *Madame* der glanzvolle Mittelpunkt des Abends sein. Etwas anderes ließ sie gar nicht zu.

Wie stets vor derartigen Anlässen, so war die Dame des Hauses auch heute wieder in exaltierter Stimmung, erteilte den Domestiken letzte Anweisungen, begutachtete ein ums andere Mal ihre makellosen Livreen, ermahnte das Küchenpersonal, sah überall noch einmal nach dem Rechten – und fand allenthalben etwas auszusetzen.

Nachdem das Personal entsprechend zurechtgewiesen worden war, wandte sich Frau von Breuberg ihren Angehörigen zu. Ging mit ihren drei Töchtern, die der Frau Mama in ihrer elfenhaften Schönheit wie aus dem Gesicht geschnitten waren und ihr auch vom Wesen her sehr glichen, noch einmal die einstudierte Darbietung durch.

»Mein lieber Konrad, ich möchte ja nichts sagen, aber es hätte dir wahrlich gut zu Gesichte gestanden, wenn du als der Stammhalter zum Ehrentag deines Vaters gleichfalls etwas vorbereitet hättest«, richtete sich Claudia, nachdem der Probedurchlauf ihrer Töchter wie am Schnürchen geklappt hatte, an ihren Stiefsohn und hob konsterniert die fein geschwungenen Brauen.

»Wer sagt denn, dass ich nichts vorbereitet habe?«, entgegnete der junge Mann mit verhaltenem Lächeln.

»Möchtest du das nicht vielleicht noch einmal mit mir durchgehen?« Claudias Frage klang wie ein Befehl.

»Dafür sehe ich keinen Grund. Ich denke, ich habe genug geprobt und bin gut vorbereitet«, konterte Konrad von Breuberg mit der ihm eigenen, hellen Stimme, die bisweilen einen metallischen Beiklang hatte.

»Wie du meinst. Hoffentlich bereitest du mir keine Peinlichkeiten. Du bist ja nicht gerade ein Meister der Vortragskunst«, erwiderte sie höhnisch und rauschte mit hocherhobenem Haupte von dannen, um sich von einem Stab Kammerzofen ankleiden und herrichten zu lassen.

»Es wird dir schon gefallen, *liebe* Stief-Mama!«, rief ihr Konrad, nicht minder sarkastisch, hinterher und griente in sich hinein.

Eine Stunde später trafen die ersten Gäste ein. Claudia von Breuberg stand an der Seite ihres Gemahls in der weitläufigen Eingangshalle und empfing die illustren Besucher. In ihrer prächtigen Abendrobe, die an Exklusivität kaum noch zu überbieten war, stellte sie zweifellos das Glanzstück des Abends dar und schien dies uneingeschränkt zu genießen. Eine Heerschar von Domestiken geleitete die Ankommenden in den Festsaal und kredenzte Champagner. Nachdem nahezu alle Gäste eingetroffen waren, begaben sich die Gastgeber ebenfalls dorthin und nahmen ihre Ehrenplätze an der festlich gedeckten Tafel ein. Claudia von Breuberg erhob ihren Champagnerkelch, der ihr zuvor von ihrem Stiefsohn Konrad gereicht worden war, und brachte einen Toast auf den Jubilar aus, in welchen die Anwesenden feierlich einstimmten.

Anschließend mischte sich die Gastgeberin unter ihre Gäste und machte die Honneurs. Sie trank noch einige Gläser Champagner und war offensichtlich ganz in ihrem Element. Als perfekte Gastgeberin hatte sie den Ablauf des Abends minutiös geplant, ihre Augen waren überall und nichts entging ihr. Sie erteilte ihren Töchtern einen dezenten Wink und die Mädchen, gar niedlich anzuschauen mit ihren goldenen Korkenzieherlocken und den großen seidenen Haarschleifen, formierten sich um den Flügel. Claudia kündigte an, ihre drei Grazien würden dem Herrn Papa nun gerne ein Ständchen bringen, worauf sich die älteste Tochter an den Flügel setzte, der vor der Stirnseite der Tafel aufgestellt worden war, und die beiden Jüngeren sogleich Aufstellung an der Seite nahmen. Sie knicksten anmutig vor dem Publikum und Konstanze, das Nesthäkchen, lispelte mit heller Kinderstimme: »Wir entbieten unserem lieben Herrn Vater zu seinem 50. Geburtstag das Geburtstagslied ›In Dankbarkeit‹ nach einem Gedicht von Friedrich von Schiller.«

Nachdem der Beifall verklungen war und sich die Mädchen noch einmal artig verbeugt hatten, stimmte Viktoria am Flügel die ersten Töne an und ihre beiden Schwestern fingen an zu singen:

»Eltern, die ich zärtlich ehre,
mein Herz ist heut voll Dankbarkeit.
Der treue Gott dies Jahr vermehre,
was Euch erquickt zu jeder Zeit!
Der Herr, die Quelle aller Freude,
verbleibe Euer Trost und Teil;
sein Wort sei Eures Herzens Weide
und Jesus das erwünschte Heil.

Ich danke für alle Liebesproben,
für alle Sorgfalt und Geduld,
mein Herz soll alle Güte loben
und trösten sich stets Eurer Huld.

Gehorsam, Fleiß und zarte Liebe
verspreche ich auch dieses Jahr.
Der Herr schenk mir nur gute Triebe
und mache all mein Wünschen wahr.
…«

Dem als knochentrockenen Juristen bekannten Herrn von Breuberg kamen während der liebreizenden Darbietung seiner Töchter vor Rührung die Tränen und auch seine Gattin Claudia tupfte sich dezent die Augenwinkel. Sie fühlte plötzlich so ein seltsames Kribbeln im Mund und trank noch einen Schluck Champagner. Auch in den Fingern spürte sie auf einmal dieses Kribbeln, dann in den Zehen und bald schon am ganzen Körper. Es war, als würde sie von tausend Nadeln gestochen werden und gleichzeitig brannte ihre Haut wie Feuer. Es wurde immer schlimmer.

Ein Migräne-Anfall etwa? Ausgerechnet jetzt!

Claudia war äußerst darauf bedacht, sich auf keinen Fall etwas anmerken zu lassen und verzog ihre Rosenlippen zu einem huldvollen Lächeln. Doch leider musste sie feststellen, wie ihr der kalte Schweiß ausbrach. Sie ermahnte sich durchzuhalten, nach dem Geburtstagsständchen würde sie sich diskret zurückziehen, sich frisch machen und ein ordentliches Quantum Laudanum einnehmen. Dann würde es ihr schon wieder besser gehen.

Plötzlich hatte sie das alarmierende Gefühl, sich in nächster Minute übergeben zu müssen und sie versuchte, wenn es auch im Moment mehr als unpassend war, aufzustehen und zur Toilette zu eilen, doch fatalerweise konnte sie sich nicht mehr bewegen. Ihr Magen rebellierte wie wild, ihr Mund füllte sich mit Magensäure und es kam zum Schlimmsten.

Claudia von Breuberg erbrach sich in krampfartigen Schüben vor den entsetzten Augen der Festgesellschaft.

Währenddessen vernahm man laute Stimmen aus der Halle und im nächsten Augenblick wurde auch schon die Salontür aufgerissen. Inspektor Max Wilde, begleitet von vier Polizisten, Doktor Heinrich Hoffmann, Sidonie Weiß und Charlotte Wohl, stürmten in den Raum.

»Wir haben Grund zu der Annahme, dass hier eine Vergiftung vorliegt«, erklärte Wilde knapp.

Claudia von Breuberg wurde von Doktor Hoffmann und zwei Polizisten umgehend auf eine Chaiselongue gebettet, damit der Doktor eine Magenspülung vornehmen konnte. Während Heinrich Hoffmann den schockierten Hausherrn nachdrücklich darum ersuchte, sogleich den Saal räumen zu lassen und die Dienerschaft damit beauftragte, ausreichende Mengen Salzwasser herbeizuholen, erkundigte sich der Inspektor bei den Umstehenden mit erhobener Stimme nach Konrad von Breuberg.

»Der bin ich«, rief ein blasser junger Mann in eleganter Abendrobe, der im Gegensatz zu den anderen Anwesenden, die sich aufgeregt von ihren Plätzen erhoben hatten und mit bestürzten Mienen zur Tür strömten, immer noch seelenruhig auf seinem Stuhl saß und den gesamten Aufruhr um sich herum mit dem amüsierten Blick eines Theaterbesuchers verfolgte. Auch Inspektor Wilde und den beiden Polizeibeamten, die gleich darauf auf ihn zusteuerten, begegnete er mit großer Gelassenheit. So, als wären sie Akteure auf einer Bühne, fern seiner Wirklichkeit, die ihm nichts anhaben konnten.

Mit ihren Mützen und Uniformen erinnerten sie ihn an seine Zinnsoldaten aus frühen Kindertagen und er bedachte sie mit einem heiteren Lächeln.

»Konrad von Breuberg, ich verhafte Sie wegen dreifachen Giftmordes, begangen an Gerlinde Dietz, Gertrud Jäger und Lisbeth Orth, sowie dem versuchten Giftmord an Ihrer Mutter Claudia von Breuberg«, richtete der Inspektor das Wort an den jungen Herrn.

»*Stiefmutter, nicht Mutter!* Darauf muss ich schon bestehen. Ansonsten kann ich nur sagen, tun Sie das, was Ihnen beliebt, meine Herren.«

Konrad von Breuberg streckte den Polizisten in ruhiger Gleichmut seine Handgelenke entgegen, die ihn daraufhin in Ketten legten und abführten.

»Kommen Sie doch bitte einmal her, ich möchte Herrn von Breuberg noch eine Frage stellen«, ertönte plötzlich die Stimme Doktor Hoffmanns, der in einer abgeschirmten Ecke des Salons, unter der Assistenz von Fräulein Sidonie, mit der ärztlichen Versorgung Frau von Breubergs befasst war, kurz innehielt und sich zu dem Gefangenen umdrehte: »Wie viel Aconitin haben Sie ihr verabreicht?«

»Genau 20 Milligramm. Das reicht aus, eine ganze Kuh-Herde auszurotten. Dann wird es für die eine ja wohl auch reichen«, erwiderte Konrad von Breuberg und kicherte boshaft.

»Du elende Bestie, du. Ich bringe dich um!«, schrie sein Vater, der sich die ganze Zeit mit großer Besorgnis bei seiner Frau aufgehalten hatte und stürzte sich mit hasserfülltem Gesichtsausdruck auf seinen Sohn.

Inspektor Wilde hielt ihn zurück und versuchte, ihn zu beschwichtigen: »Hören Sie doch auf. Ihr Sohn wird seiner gerechten Strafe nicht entgehen.« Anschließend erteilte er seinen Beamten die Anweisung, sich mit dem Gefangenen zu entfernen.

»Das mit der Magenspülung können Sie sich getrost sparen, lieber Doktor. Die ist nicht mehr zu retten. Ich habe das Zeug zwar so gut verdünnt, dass sie noch lange was davon hat. Aber ich gebe ihr höchstens noch 30 Minuten, dann wird sie hinüber sein«, prustete Konrad, den die Wärter bereits wegführten, dem Doktor zu, während ihm vor Belustigung das Zwerchfell bebte.

»Sie sind ein sehr kranker Mann, Herr von Breuberg«, erwiderte Doktor Hoffmann eindringlich und wandte sich wieder seiner Patientin zu.

»Wieso denn krank? Mir tut doch nichts weh. Das Spaßige dabei ist: Ich fühle rein gar nichts«, krähte Konrad von Breuberg und wurde von den Polizisten zum Ausgang gezerrt.

Mit einer ruckartigen Bewegung seines Kopfes ergriff er mit den Zähnen die Rosenknospe an seinem Revers und zerbiss sie. Er begann keuchend zu atmen und seine Gesichtshaut verfärbte sich hellrot. Doktor Hoffmann, der gleich darauf herbeigeeilt war, nahm einen starken Bittermandelgeruch wahr, der von Konrad von Breuberg ausging, und konstatierte sofort, dass es sich um eine Blausäurevergiftung handeln musste. Einige Sekunden später war Konrad von Breuberg bewusstlos und verstarb innerhalb von wenigen Minuten.

In Anbetracht von Konrads plötzlichem Hinscheiden erlitt seine Tante Charlotte Wohl einen schweren Nervenzusammenbruch. Auch andere Besucherinnen der Festgesellschaft waren während der schrecklichen Vorkommnisse reihenweise in Ohnmacht gefallen und Doktor Hoffmann, der mit der Notbehandlung Frau von Breubergs alle Hände voll zu tun hatte, wies die Polizisten an, noch weitere Ärzte und Nothelfer aus dem

Bürgerhospital und dem Heiliggeistkrankenhaus anzufordern.

Trotz aller Bemühungen Doktor Hoffmanns war Claudia von Breuberg nicht mehr zu retten und starb 30 Minuten später an Herzstillstand, nachdem sie die schlimmsten Todesqualen durchzustehen hatte. Es kam zu blutigem Durchfall mit einem rigiden Absinken der Körpertemperatur und des Blutdrucks, gefolgt von heftiger Atemnot. Bis zu ihrem beklagenswerten Ableben war Claudia bei vollem Bewusstsein und schien, wie ihre verzerrten Gesichtszüge kündeten, unter stärksten Schmerzen zu leiden. Wenn sie auch nicht mehr in der Lage war, einen Laut von sich zu geben, so flehten doch ihre weit aufgerissenen Augen, in denen sich unsägliche Pein spiegelte, bis zum Schluss um Hilfe. Die ihr jedoch keiner zu geben vermochte, denn, wie es ihr Stiefsohn ja in seinem unsäglichen Zynismus prophezeit hatte, war das Gift zum Zeitpunkt der Magenspülung bereits in ihre Blutbahn gelangt und ein Antitoxin gegen das Aconitin existierte nicht. So blieb dem kleinen Kreis der Anverwandten nichts anderes mehr zu tun, als der Sterbenden mit beruhigenden Worten und liebevollen Gesten beizustehen. Karl von Breuberg und die Töchter Konstanze, Sofia und Viktoria hielten Claudia die Hand und benetzten die Stirn der Todgeweihten mit ihren Tränen. Alle Anwesenden, auch Fräulein Sidonie und mehrere Krankenmägde, weinten mit ihnen. Selbst Doktor Hoffmann, der schon viele Menschen hatte sterben sehen, war von Claudias Todeskampf bis ins Innerste erschüttert.

24

Inspektor Max Wilde hatte das aufgeschlagene Tagebuch Konrad von Breubergs auf seinem Schreibtisch liegen und wirkte sichtlich aufgewühlt. In den vergangenen zwei Tagen hatte er es gründlich studiert und das, was er gelesen hatte, hatte ihn sichtlich mitgenommen.

»Ihr Neffe war ein schwer gestörter Mensch. Das muss Ihnen doch aufgefallen sein«, richtete er sich mit vorwurfsvollem Unterton an Charlotte Wohl, die er für den heutigen Vormittag zu einem Verhör geladen hatte.

Die alte Dame dachte eine Weile nach, bevor sie antwortete: »Ehrlich gesagt, davon habe ich all die Jahre überhaupt nichts bemerkt. Ich hatte nicht die geringste Ahnung, dass der Junge so – so krank war. Bitte glauben Sie mir das. Konrads Benehmen war mir gegenüber immer einwandfrei und von großer Liebenswürdigkeit.« Charlotte Wohl, die einen derangierten Eindruck machte und in den vergangenen Tagen um Jahre gealtert schien, wackelte unablässig mit dem Kopf und hatte mit den Tränen zu kämpfen.

»Es ist uns dank der umfassenden Recherche von Fräulein Weiß hinlänglich bekannt, dass Ihr Neffe es trefflich verstanden haben muss, seiner Umgebung das Bild eines tadellosen, jungen Mannes vorzuspiegeln. Hinter dessen makelloser Fassade sich indessen die schlimmsten Abgründe auftaten.« Er wies mit ernster Miene auf das Handbuch. »Die Lektüre dieses teuflischen Buches hat mir aber auch aufgezeigt, welch schreckliche Abgründe hinter der glanzvollen Fassade bürgerlicher Wohlanständigkeit schlummerten, denn obgleich Konrad durch seinen Geburtsstand auf der privilegierten Seite der Gesellschaft beheimatet war, schien er doch ein armer Hund gewesen zu sein«, konstatierte der Inspektor trocken.

»Durchaus, Inspektor. Einem wohlhabenden Elternhaus anzugehören, bewahrt noch lange nicht vor unglückseligem Geschick und damit war mein Neffe bedauerlicherweise mehr als reichlich gesegnet. Seine Mutter, meine jüngere Schwester Karoline, starb drei Monate nach Konrads Geburt an einer Lungenentzündung. Ihr Gatte, Karl von Breuberg, stellte daraufhin für Konrad eine junge Amme ein, die auch sein Kindermädchen wurde. Der Junge hing sehr an ihr und man gewann durchaus den Eindruck, dass ihm das aus sehr einfachen Verhältnissen stammende junge Ding gut tat und bei aller kindlichen Einfalt dennoch in der Lage schien, dem armen Wurm als eine Art Ersatzmutter zu dienen. Ich kann mich noch gut an das Kindermädchen erinnern. Else Merlinger hieß sie, und obwohl ich, wie ich zugeben muss, immer ein wenig eifersüchtig auf sie war, weil Konrad sie so augenscheinlich liebte, konnte man sich doch ihrer Gutartigkeit nur schwer verschließen. Sie war ein hübsches, junges Frauenzimmer mit dunklen Haaren und samtigen braunen Augen, in denen sich ihre ganze Herzenswärme widerspiegelte«, bemerkte Fräulein Wohl versonnen und für Max Wilde hatte es den Anschein, dass die verknöcherte alte Dame dem gewinnenden Wesen von Konrads Kinderfrau seinerzeit durchaus nicht ganz abgeneigt war. Vielleicht ist sie ja eine verhinderte Sapphistin.* Dann aber mit Sicherheit eine, die sich das niemals eingestehen würde, ging es Wilde durch den Sinn, während er

* Zeitgenössische Bezeichnung für Frauen, die dem eigenen Geschlecht zugetan waren.

Frau Wohls verhärtete Gesichtszüge betrachtete. Als hätte sie seine Gedanken gelesen, fuhr sie leicht verlegen fort: »Ich bin ja jemand, der seine Gefühle nicht so recht zu zeigen vermag. Und obwohl ich meinem kleinen Neffen aus ganzem Herzen zugeneigt war, war es mir doch nicht gegeben, ihm dies so zu übermitteln wie das ›Elschen‹ es tat. So pflegte Konrad seine Kinderfrau stets zu nennen. Jedenfalls verstand es dieses einfache Geschöpf vorzüglich, den ihr anvertrauten Zögling regelrecht mit ihrer überschwänglichen Zärtlichkeit zu überhäufen. Was ihm aber alles in allem sehr gut zu bekommen schien. Und wenn ich heute so auf diese Zeit zurückblicke, kommt es mir vor, als wären diese frühen, kindlichen Jahre für Konrad die einzigen gewesen, in denen er wirklich glücklich war.« Charlotte Wohl holte aus der Innentasche ihres schwarzen Wintermantels ein Taschentuch hervor, wischte sich damit über die Augen und putzte sich geräuschvoll die spitze, lange Nase, bevor sie mit näselnder Stimme weitersprach: »Und als Konrad gerade fünf Jahre alt geworden war, heiratete sein Vater die reiche Kaufmannstochter Claudia Wisebeder, und die guten Jahre waren für uns alle unwiederbringlich dahin. Der Herrgott möge es mir verzeihen, denn man soll über Tote nichts Schlechtes sagen, aber Claudia von Breuberg war die Bösartigkeit in Person. So ein eiskaltes, berechnendes Geschöpf ist mir in meinem ganzen Leben noch nicht begegnet.« Charlottes Augen blitzten vor Empörung. »Was sie allerdings aufs Geschickteste verstand, hinter ihrem hübschen Lärvchen und ihrem zuckersüßen Gebaren zu verbergen. Doch ich bin ihr damals schnell auf die Schliche gekommen und muss es unumwunden zugeben. Ich mochte sie von Anfang an nicht, doch versuchte ich zunächst noch, gute Miene zu machen, denn schließlich war mir daran gelegen, meinen Neffen weiterhin besuchen zu können, obwohl es mir im Hause Breuberg seit Claudias Eintritt nicht mehr so recht gefallen mochte. Es herrschte dort plötzlich ein ganz anderer Geist, alle schienen mit einem Mal so bedrückt. Man konnte es förmlich spüren. Auch bei Konrads Kindermädchen. Else war früher immer so fröhlich und unbeschwert gewesen. Der Junge und sie hatten viel gelacht und waren durchs ganze Haus getollt. Die reinsten Kindsköpfe, alle beide«, bemerkte Charlotte mit nachsichtigem Lächeln. »Doch von dem Tag an, als Claudia dort das Regiment führte, wurde dies unterbunden. Else hatte zuletzt, wenn ich sie bei meinen Besuchen im Hause Breuberg gesehen hatte, immer rotgeweinte Augen und wirkte sehr niedergeschlagen. Und eines Tages war sie dann weg. Die Madame hatte ihr gekündigt, weil ihr ihre Nase nicht passte. Die hat den Domestiken von Anfang an das Leben schwer gemacht, die liebe Claudia. Wer ihr nicht behagte, den setzte sie vor die Tür. Manche sind sogar aus freien Stücken gegangen, weil sie die Schikanen nicht mehr aushalten konnten. Wie die alte Köchin Isolde. Die war der Familie von Breuberg 30 Jahre treu ergeben. Eine brave, fromme Frau. Doch Claudia hat nur an ihr herumgenörgelt und sie konnte ihr nichts recht machen. Ich habe sie dann eingestellt und sie dient mir auch heute noch ohne jeden Fehl und Tadel. Konrad litt entsetzlich unter der Trennung von dem Kindermädchen und schrie und weinte tagelang nach ihr. Claudia, von seinem Greinen nervlich strapaziert, sperrte den Knaben daraufhin in einen finsteren Kellerverschlag, wo er ohne Nahrung und Flüssigkeit so lange bleiben sollte, bis er Ruhe gab. Ich habe das nie gut geheißen und mir hat regelrecht das Herz geblutet, dass der arme Junge so drangsaliert worden ist. Ich habe dann sogar mit meinem Schwager darüber gesprochen und ihn eindringlich darum gebeten, dem Ganzen ein Ende zu setzen. Doch er wollte von allem nichts wissen und entgegnete mit kühler Gleichgültigkeit, die Haushaltsangelegenheiten und die Kindererziehung unterstünden seiner Ehefrau. Sie sei jetzt die Dame des Hauses und durch die Heirat mit ihm auch Konrads neue Frau Mama. Claudia erfülle alle diese Aufgaben vorbildlich und er sehe keinen Anlass, sich in irgendeiner Weise einzumischen. Und es bestünde auch nicht der geringste Anlass für Kritik, egal, von wem sie komme. Was selbstverständlich an meine Adresse gerichtet war. Kurz nach seiner Kerkerhaft habe ich den Jungen dann endlich wiedergesehen. Ich werde es nie vergessen, wie versteinert und apathisch er damals wirkte. Er war kaum noch wiederzuerkennen, wo er doch einmal so munter und frohgemut gewesen war. Ich glaube, damals ist tief in seinem Innern etwas zerbrochen. Sie hat ihn auf dem Gewissen, dieses Miststück. Sie allein ist daran schuld, dass er so krank und böse geworden ist«, presste die alte Dame hervor und begann bitterlich zu weinen.

Inspektor Wilde schwieg eine Weile und starrte düster vor sich hin.

»Sicherlich hat Frau von Breuberg mit dazu beigetragen, dass in Konrad ein so unbändiger Hass anwachsen konnte. Doch in meinen Augen ist Konrad von Breuberg nichts anderes als ein kaltblütiger Mörder, der vier Frauen auf bestialische Weise getötet hat. Und ich bin fern davon, Verständnis für ihn aufzubringen, geschweige denn, so etwas wie Mitleid mit ihm zu haben. Er hatte für seine Opfer auch nicht das geringste Mitgefühl. Schauen Sie sich doch die schrecklichen Todesprotokolle der Giftmorde an den drei Dienstmädchen an. Sie sind von erschreckender Gefühllosigkeit. Mit grausamer Akribie schwelgt er in der Beschreibung ihres Sterbens. Ihr Neffe war eine kaltblütige Bestie! Und zudem noch bei klarem Verstand. Er hat alle vier Morde mit größter Akkuratesse und Sorgfalt geplant und durchgeführt«, unterbrach Wilde das bedrückende Schweigen.

»Ich weiß, ich kenne ja seine Aufzeichnungen. Und ich kann es immer noch nicht glauben, dass Konrad das alles geschrieben hat. Für mich war er ein so wunderbarer Junge. Doch wer das aufgeschrieben und ersonnen hat, kann nichts anderes als der Teufel in Menschengestalt gewesen sein. Ich frage mich immer wieder, warum der Herrgott es zulässt, dass ein Mensch zwei so unterschiedliche Seelen in seiner Brust haben kann. Und es bringt mich zunehmend um den Verstand. Ich kann nachts nicht mehr schlafen und fange neuerdings sogar an, an meinem Glauben zu zweifeln …«

»Das ist auch richtig so. Ich meine, es geschieht Ihnen ganz recht, dass Sie nun Gewissensbisse haben. Die hätten Sie nur schon früher haben sollen. Denn durch Ihre rechtzeitige Anzeige hätten die letzten Giftmorde noch verhindert werden können. Sie haben durch Ihr Schweigen zumindest einen Teil der Gräueltaten ihres Neffen gedeckt und sind somit mitverantwortlich an den Morden. Und dafür werden Sie auch belangt werden!«, unterbrach sie Wilde schroff.

Die alte Dame barg ihr Gesicht in den Händen und schluchzte auf. »Ich weiß, dass ich eine schwere Schuld auf mich geladen habe und ich nehme dafür auch jede Strafe hin«, stammelte sie reumütig. »Es war falsch und eigennützig, aber ich hing doch so an meinem Neffen – und deswegen habe ich auch so lange geschwiegen. Ich bin alleinstehend, war nie verheiratet und habe auch keine Kinder. Den frühen Tod meiner geliebten Schwester Karoline habe ich bis heute nicht verwunden. Und so war Konrad der einzige Blutsverwandte, der mir noch geblieben ist. Ich habe ihn nicht verlieren wollen. Anfangs, als der erste Giftmord passiert ist, hatte ich noch nicht den geringsten Verdacht, dass Konrad etwas damit zu tun haben könnte. Das Dienstmädchen hat auch nicht viel getaugt und in schwerer Sünde gelebt. Da habe ich mir halt gedacht, so ergeht es nun mal solchen Frauenzimmern. Aber nach und nach bin ich dann doch skeptisch geworden. Konrad war die meiste Zeit in Gießen, wo er studiert hat. Und ich weiß, wie gewissenhaft und fleißig er sein Studium betrieben hat. Doch an den Tagen, als die Morde passierten, hielt er sich immer in meinem Hause auf. Mir kam das schon ein bisschen seltsam vor, dass er mich mitten im Semester besuchte. Weil es eigentlich gar nicht seine Art war, seine Arbeit einfach liegen zu lassen und nach Frankfurt zu kommen. Er habe nur einmal wieder nach mir sehen wollen, hat er mir damals gesagt, als er im September so unerwartet hereingeschneit kam. Natürlich habe ich mich riesig darüber gefreut und er hatte sogar ein nettes, kleines Präsent für mich mitgebracht. Eine Packung feiner Pralinen aus der Frankfurter Konditorei Krantz. Wo ich doch für mein Leben gerne nasche. Ich versage es mir meistens, weil Völlerei ja eine schwere Sünde ist. Aber am Sonntag genehmige ich mir zum Kaffee immer mal ein Bonbon oder eine Praline. Und Konrad wusste das und wollte mir damit eine Freude bereiten. Ich war ganz gerührt. Na ja, und dann ist der zweite Giftmord passiert und alle Zeitungen haben darüber geschrieben. Dass der Mörder sich mit Giften sehr gut auskennen müsse und so weiter. Und da bin ich dann doch argwöhnisch geworden, zumal er im Keller meines Hauses ein Laboratorium unterhielt. Und es war mir auch bekannt, dass er in unserem Gewächshaus neben Duftrosen und Orchideen auch Gift- und Arzneipflanzen züchtete. Letztendlich wollte ich es einfach nicht wahr haben und habe es niemals ernsthaft in Erwägung gezogen, gegen Konrad Anzeige zu erstatten. Und als dann schließlich dieser Apothekergeselle als der Giftmörder überführt werden konnte, war ich unsagbar erleichtert und verwarf meine unguten Ahnungen vollends. Als dann Fräulein Weiß bei mir auftauchte und mit mir über meinen Neffen sprechen wollte, wurde diese dumpfe Furcht, dass mit Konrad irgendetwas nicht stimmte, wieder geweckt. Vielleicht reagierte ich deswegen auch so abweisend. Doch die Vorwürfe von Fräulein Weiß haben mir so zugesetzt, dass ich dann etwas getan habe, was mir vorher nie in den Sinn gekommen wäre. Ich habe all meinen Mut zusammengenommen und bin in den Keller gegangen. Die Labortür war zwar abgeschlossen, doch ich habe mit dem großen Bartschlüssel von unserem Vorratskeller die Tür geöffnet. Ich habe die Schränke durchsucht, die Schubfächer des alten Schreibtischs, der noch von Konrads Großvater stammte. Und als ich die einzelnen Schubladen aufzog, in denen sich nur stapelweise Bögen mit chemischen Formeln befanden, kam es mir in den Sinn, dass mir mein Vater einmal in jungen Jahren gezeigt hatte, dass sich in seinem Schreibtisch ein Geheimfach befand. Das war während der Zeit der französischen Besatzung und mein Vater hatte dort aus Angst vor Plünderung unseren Familienschmuck versteckt. Er hatte es nur meiner Mutter und mir gezeigt, damit wir, im Falle, dass ihm etwas zustoßen sollte, darauf zurückgreifen könnten. Ich öffnete also dieses Geheimfach, indem ich eine kleine Feder am Seitenrand der Schublade betätigte. Der Boden des Schubfaches zog sich zurück und gab den Blick in das mit Filz ausgekleidete Geheimversteck frei. Dort fand ich eine Glasphiole mit der Aufschrift ›Aconitin‹, die ein gelbliches Pulver enthielt, und diese Kinderzeichnung hier«, berichtete Charlotte Wohl mit bebender Stimme, während ihr Kopf noch schneller hin und her wackelte als bisher. Aus einer Ledermappe, die sie die ganze Zeit auf ihrem Schoß gehalten hatte, holte sie mit zitternden Händen einen Papierbogen hervor, den sie vor dem Inspektor ausbreitete. Es handelte sich um das mit bunten Wachsmalstiften angefertigte Porträt einer jungen Frau mit dunkelbraunen Locken, großen, freundlichen Augen und einem lachenden roten Mund. Sie trug eine blau-weiß gestreifte Dienstmädchentracht mit einer großen weißen Schürze. An den unteren Bildrand war ein rotes Herz gemalt, in welches mit krakeliger Kinderschrift der Name ›Elschen‹ geschrieben war. Das fröhliche Kinderbild war mit großer Liebe zum Detail gefertigt worden und das abgebildete Kindermädchen schön wie eine Märchenfee. Der Inspektor spürte bei seinem Anblick unwillkürlich eine Rührung in sich aufsteigen, weil sich ihm hier die noch heile Kinderseele eines später so gefühlskalten Mörders offenbarte und er räusperte sich.

»Schlimm, dass man dem Jungen das angetan hat.«

»Sie dürfen mir glauben, Herr Inspektor, das war beileibe nicht das Einzige – mit Sicherheit aber das Schlimmste. Denn die Trennung von seinem geliebten Kindermädchen hat dem Knaben das Herz gebrochen. Zu diesem Zeitpunkt hat Konrad begonnen, sein Bett einzunässen und ist immer mehr in seine eigene Welt geflüchtet. Ich konnte es kaum noch ertragen, wie Claudia den Jungen gequält hat, und habe mich dann schließlich derart mit ihr überworfen, dass ich zur Persona non grata erklärt wurde, die man nicht mehr länger bereit war, im Haus Breuberg zu empfangen. Der Kontakt zu meinem Neffen wurde mir bis auf Weiteres untersagt und ich habe ihn erst wiedergesehen, als er seine Matura gemacht hat. Das war vor rund zwei Jahren und seitdem hatten wir wieder einen engen, herzlichen Kontakt. Wir sprachen sehr viel über Konrads Mutter und Konrad wollte alles über sie wissen. Ich zeigte ihm alle ihre Jugendkleider und Ballroben, die ich immer noch aufbewahre, oben in ihrem früheren Mädchenzimmer, das noch genauso geblieben ist, wie sie es damals vor ihrer Heirat zurückgelassen hat«, stammelte die alte Dame unter Tränen. »Konrad hat den frühen Tod seiner Mutter immer sehr bedauert. Er war davon überzeugt, dass sein Leben glücklicher verlaufen wäre, wenn er eine Mutter gehabt hätte. So aber wäre er für alle nur ein Bastard gewesen, den niemand gewollt, um den sich niemand recht gekümmert und den keiner je geliebt habe.«

»Was so nicht stimmte, denn Sie haben ihn doch geliebt«, bemerkte Max Wilde, dem die alte Dame bei all ihrer Verstocktheit und den Versäumnissen, die man ihr mit Recht unterstellen konnte, dennoch leidtat.

»Ja, aber was ist schon die Liebe einer verschrobenen, alten Tante gegenüber wahrer Mutterliebe? Und eben diese Zuneigung hat mich davon abgehalten, rechtzeitig etwas zu unternehmen. Als ich das Gift gefunden hatte, wollte ich Fräulein Weiß aufsuchen, um ihr alles zu sagen. Doch ich habe sie leider nicht angetroffen. Und ein paar Tage später, als sie zu mir kam, war ich dann wiederum zu feige, etwas zu sagen, weil sich zu diesem Zeitpunkt Konrad in meinem Hause aufhielt. Dann bin ich erst wieder zu Fräulein Weiß gegangen, als ich die Kladde gefunden hatte und dann war es eigentlich schon zu spät. Zumindest die Giftmorde an Lisbeth Orth und Claudia von Breuberg hätten durch mein Einschreiten verhindert werden können. Mit dieser schweren Schuld auf dem Herzen werde ich auf meine alten Tage leben und dereinst vor unseren Herrgott treten müssen.«

Konrad von Breuberg wurde am Donnerstag, den 18. Dezember 1836, um zehn Uhr vormittags auf dem Neuen Friedhof an der Eckenheimer Landstraße beigesetzt. Wie bei Mördern, Selbstmördern und Schwerverbrechern üblich, war für ihn eine Grabstelle in ungeweihter Erde am Rande der Friedhofsmauer vorgesehen. Charlotte Wohl und Sidonie Weiß waren die einzigen Trauergäste. Das Fräulein war erschienen, um der am Boden zerstörten, entkräfteten alten Dame beizustehen. Die Beisetzung, die ohne den Segen der Kirche erfolgte, war denkbar schlicht. Nachdem die Totengräber den Sarg in das Grab heruntergelassen hatten, gestanden sie der Angehörigen noch ein paar kurze Minuten zu, bevor sie das Grab wieder zuschütteten. Charlotte Wohl, die am ganzen Körper zitterte und von Sidonie gestützt werden musste, warf eine Rose auf den einfachen Fichtensarg und sank dem Fräulein weinend in die Arme. Sie war die Einzige, die um den vierfachen Giftmörder trauerte.

Am Abend fanden sich Doktor Heinrich Hoffmann, Sidonie Weiß und Johann Konrad Friedrich in Inspektor Wildes Bürostube auf der Hauptwache ein. Wilde hatte es aus Gründen des kollegialen Respekts und menschlichen Anstands für angemessen erachtet, nicht nur den offiziell mit den Mordfällen betrauten Städtischen Leicheninspektor, sondern auch die beiden Privatermittler zu einer Abschlussbesprechung einzuladen. Sidonie Weiß begrüßte er formvollendet mit einem Handkuss und erwies der Dame auch sonst seine ganze Ehrerbietung – was Sidonie mit offenkundigem Wohlwollen entgegennahm.

»Gnädige Frau, meine Herren, zuerst möchte ich mich bei Ihnen allen für die groben Versäumnisse unserer Polizeibehörde entschuldigen. Wäre man Ihren klugen Einwänden und aufschlussreichen Recherchen nicht permanent mit einer so unentschuldbaren Ignoranz begegnet, hätten die Mordfälle viel früher gelöst werden können«, richtete der Inspektor das Wort an die Anwesenden.

»Lieber Herr Wilde, es waren doch nicht Ihre Versäumnisse, sondern die Ihres Vorgängers, die dafür Rechnung tragen, dass Konrad von Breuberg nicht schon früher das Handwerk gelegt werden konnte«, erwiderte Sidonie, die an diesem Abend ungewohnt gut gekleidet und sorgfältig frisiert war und sogar einen rubinroten Lippenbalsam aufgelegt hatte, der vorteilhaft mit ihren kupferfarbenen Haaren harmonierte. »Nicht zu vergessen, die Unterlassungen der Obrigkeit«, fügte sie grimmig hinzu.

»Die behördliche Pflichtvergessenheit im Falle von Breuberg, die dank unserer fruchtbaren Zusammenarbeit unmittelbar nach dem Freitod des Mörders unweigerlich an die Öffentlichkeit gelangen konnte, hat immerhin bewirkt, dass Bürgermeister Paulus heute seinen Abschied eingereicht hat und in den wohlverdienten Ruhestand gehen wird«, konstatierte Wilde nicht ohne Genugtuung.

»Wer eine solche Position innehatte, fällt weich«, entfuhr es Sidonie bissig, was Wilde mit einem zustimmenden Nicken quittierte.

»Wie mir bekannt ist, meine Herrschaften, haben Sie kurz nach dem ersten Mordfall angefangen, eine Charakterstudie des Giftmörders zu entwickeln, die der des tatsächlichen Täters, zumindest in weiten Teilen, erstaunlich nahekommt. Herr Doktor Hoffmann kennt das Handbuch Konrad von Breubergs, Ihnen beiden jedoch, Fräulein Weiß und Herr Friedrich, wurde es bislang aus ermittlungstechnischen Gründen vorenthalten. Für mein Dafürhalten aber haben Sie es mehr als verdient, in eine abschließende Fallbesprechung miteinbezogen zu werden, die sich im Wesentlichen auf Konrad von Breubergs Aufzeichnungen stützen wird«, wandte sich der Inspektor mit höflicher Verbeugung an Johann und das Fräulein. »Wenn Sie gestatten, werde ich nun die markantesten Aspekte zusammenfassen und, erläuternd dazu, bestimmte Passagen vorlesen.«

»Gerne, Herr Inspektor. Mir wäre allerdings sehr daran gelegen, wenn Herr Friedrich und ich, zu bestimmten, vereinbarten Zeiten, versteht sich, die Möglichkeit hätten, das Handbuch bei Ihnen auf der Wache noch eingehender zu studieren«, entgegnete Sidonie.

»Es handelt sich hierbei um ein amtliches Beweisstück, das ich Ihnen als Privatpersonen nicht so einfach überlassen darf. Ich denke aber, als Entgegenkommen kann ich Ihnen anbieten, es stundenweise in meiner Anwesenheit einzusehen. Was aber erst nach Feierabend geschehen kann, denn tagsüber bin ich für dergleichen zu eingespannt.«

»Herr Inspektor, was meine Person anbetrifft, müssen Sie deswegen keine Überstunden machen. Mir genügen die Abscheulichkeiten, die ich bereits über den Mörder weiß, gepaart mit dem heutigen Resümee, voll und ganz«, meldete sich Johann nachdrücklich zu Wort, der es bei aller Nachsicht für Sidonies Eifer ganz und gar nicht leiden konnte, wenn stillschweigend über ihn hinweg entschieden wurde.

»Könnten Sie dennoch für mich etwas Zeit erübrigen, Herr Inspektor? Mir liegt sehr viel an der vollständigen Lektüre des Handbuchs, um ein genaues, umfassendes Bild des Täters zu erhalten. Auch wenn es mir dadurch gewiss nicht erspart bleiben wird, noch weitere *Abscheulichkeiten* zu entdecken«, bemerkte Sidonie mit kurzem Seitenblick auf Johann.

»Ich stehe Ihnen jederzeit gerne zur Verfügung, gnädige Frau«, antwortete Wilde zuvorkommend.

»Herzlichen Dank, mein Herr.« Sidonie lächelte charmant und streifte den Inspektor mit einem Blick ihrer meergrünen Augen, der durchaus nicht frei von Koketterie war und Johann einigermaßen irritierte.

Nachdem Wilde zur Einführung kurz auf Konrads frühe Kinderjahre und die Trennung von seinem geliebten Kindermädchen eingegangen war, schlug er die in rotes Leder gebundene Kladde auf und konzentrierte sich auf die ersten Tagebucheintragungen Konrad von Breubergs.

»Am 7. Juli 1825, an seinem neunten Geburtstag, fing Konrad an, zum ersten Mal Eintragungen in das Handbuch vorzunehmen. Möglicherweise handelte es sich bei dem sehr aufwendig verarbeiteten, gewiss sehr kostspieligen ledergebundenen Buch mit Goldschnitt um ein Geburtstagsgeschenk. Schon zu dieser Zeit schien sich der Junge mit großer Leidenschaft für die Chemie zu interessieren. Wie aus dem Tagebuch hervorgeht, hatte Konrads Vater dem Drängen seines Sohnes nachgegeben und er durfte sich im Keller ein Laboratorium einrichten. Bereits in diesem Alter verfügte er über ein beträchtliches chemisches Fachwissen und schien sich besonders auf dem Gebiet der Toxikologie vortrefflich auszukennen. Wie seine Protokolle belegen, experimentierte Konrad bald auch mit gefährlichen Stoffen wie Äther, Säuren und Giften, die er in verschiedenen Apotheken erstanden hatte. Für den Jungen war es demnach nicht schwierig gewesen, diese Chemikalien ausgehändigt zu bekommen. Aus späteren Eintragungen geht hervor, dass er in einem verborgenen Winkel des Villengartens ein Kräuterbeet mit Gift- und Arzneipflanzen wie Fingerhut, Stechapfel, Tollkirsche, Bilsenkraut und Engelstrompete angelegt hatte, von denen er sorgfältige Zeichnungen, versehen mit der genauen Beschreibung und Wirkungsweise ihrer Alkaloide, angefertigt hat.« Inspektor Wilde präsentierte seinen Zuhörern Konrads Pflanzenstudien und fuhr fort: »Verschiedene Tagebucheintragungen Konrads aus dieser Zeit legen dar, dass Claudia von Breuberg ihrem Stiefsohn stets mit unnachgiebiger Strenge und kalter Ablehnung begegnete. Sie drangsalierte ihn, wo sie nur konnte und ließ keine Gelegenheit aus, den verhassten Knaben zu demütigen. Auch Konrad schien seine Stiefmutter aus tiefstem Herzen gehasst zu haben und erging sich in grausamen Mordfantasien. Das veranschaulichen unter anderem auch diese Zeichnungen, die er im Alter von 13 Jahren angefertigt hat.« Wilde blätterte zu einer Reihe von Bildern, die das Fräulein, Johann und Doktor Hoffmann mit schockierten Mienen betrachteten: Eine Frau mit den Gesichtszügen Claudias hing an einem Flaschenzug über einem Bottich mit Salzsäure. In neun Phasen wurde sie immer tiefer in das tödliche Bad eingetaucht, bis zum Schluss nur noch der leere Flaschenzug übrig blieb.

»Im Alter von 15 Jahren verliebte sich Konrad in die Kammerzofe Lisbeth Orth, nicht zuletzt, weil sie ihn von ihrem Äußeren her an sein Kindermädchen Else erinnerte«, erläuterte Wilde weiter, nachdem die Sichtung der Zeichnungen abgeschlossen war. »In diesen Einträgen wird deutlich, dass er damals durchaus noch in der Lage war, so etwas wie normale Gefühle zu empfinden. Es sind die harmlosen Tagebucheintragungen eines verliebten jungen Mannes, der sich in zärtlichen Schwärmereien für seine Angebetete ergeht.«

»Ein sehr wichtiger Aspekt, wie ich meine«, meldete sich Doktor Hoffmann zu Wort. »Es zeigt, dass Konrad von Breuberg zu dieser Zeit durchaus noch über ein gesundes Empfindungsvermögen verfügte und seine Seele noch nicht vollständig erkaltet war. Er erlebte, völlig normal, wie alle jungen Leute seines Alters seine erste Liebe. Und wer weiß, wenn diese Liebe Erwiderung gefunden hätte, vielleicht wäre dann seine spätere Entwicklung ganz anders verlaufen. Zumindest hätte diese Liebeserfahrung seine kranke Seele ein Stück weit gesunden lassen. Davon bin ich überzeugt.«

»Da stimme ich Ihnen zu, Herr Doktor«, entgegnete Wilde. »Lisbeths Demütigungen müssen dem Jungen wohl endgültig den Todesstoß versetzt haben. Alle späteren Eintragungen veranschaulichen nämlich deutlich, dass sein Gefühlsleben unwiederbringlich erkaltet war. In der Nacht, als es zu dem schlimmen Eklat mit Lisbeth und seiner Stiefmutter gekommen war, schmiedete er die ersten Rachepläne, die er dann ja vier Jahre später gnadenlos in die Tat umsetzte. In besagter Nacht hat er Folgendes geschrieben:

›Einen *Schlappschwanz* hat mich das Drecksstück geschimpft, weil es wieder nicht geklappt hat und damit nicht genug, kam auch noch die Hexe in die Kammer gestürzt. Sie hat getobt und Lisbeth als Flittchen tituliert und verlangt, dass Lisbeth sofort das Haus verlässt. Lisbeth hat behauptet, ich hätte sie die ganze Zeit bedrängt und der Hexe daraufhin meine ganzen Liebesbriefe unter die Nase gehalten. Die Alte hat mir dann vor versammelter Mannschaft eine runtergehauen und mir befohlen, sofort auf mein Zimmer zu gehen. *Hurenbock* hat sie mich gescholten. Da hat Lisbeth geschrien, das würde gar nicht stimmen, denn ich wäre ja nur ein armseliger Schlappschwanz und sie wäre ganz froh, wenn sie mich nicht mehr länger ertragen müsste.

Ich, Konrad von Breuberg, habe mir heute Nacht geschworen, dass das große und das kleine Miststück dafür jämmerlich verrecken werden!‹« Der Inspektor legte eine kurze Pause ein und schenkte sich und den Anwesenden noch einmal Kaffee nach, bevor er weitersprach: »Zwei Wochen später hat er dann zum ersten Mal zugeschlagen und dabei auch regelrecht Blut geleckt. Die Notizen, die er anlässlich der Tollkirschen-Vergiftung seiner Stiefmutter am 20. Juli 1832 niederschrieb, sind jedenfalls von zynischer Häme:

›Madame empfängt mal wieder und ihre Äffchen geben sich die Ehre. Die Gattinnen stinken nach Rosenöl, die Herren nach Geld.

Meine Liebe hinten und meine Liebe vorne. Liebe gnädige Frau, Sie sehen ja wieder blendend aus! Und wie wunderbar Sie wieder alles arrangiert haben!

Und wie wunderbar wir uns wieder gegenseitig in den Arsch kriechen.

Madame hat vorher noch brav ihr Laudanum genommen, damit sie in Form ist. Ich bin gespannt, wie es wirkt.

Sie drücken sich alle auf der Terrasse herum und sind am Saufen. Den kleinen Finger abgespreizt, denn man hat ja Stil, schütten sie sich den Champagner in den Rachen. Die meisten sind sogar besoffen, manche sind schon besoffen hier angekommen. Champagnerlaune nennt man das in unseren Kreisen.

Madame klatscht in die Hände und die Schafe trotten in den Salon. Die ersten Schöngeister treten nach vorne und schmachten um die Wette. Und dann hat Madame endlich ihren großen Auftritt. Sie setzt sich an den Flügel und fängt an zu klimpern und alles ist perfekt wie immer. Wie lange noch?

Ich werde langsam ungeduldig. Man merkt ihr gar nichts an! Habe ich etwa einen Fehler gemacht? Kaum vorstellbar. Sie hat doch hoffentlich das richtige Fläschchen genommen! Aber gut Ding braucht eben Weile, denn langsam geht es los.

Bei der letzten Liedstrophe fängt das Miststück an, wie wild mit den Fischaugen zu rollen. Dann glotzt sie, als hätte sie soeben den Leibhaftigen erspäht und springt auch schon vom Klavierschemel auf und stürzt hinaus in den Garten, wo sie anfängt zu kreischen wie eine Irre aus dem Tollhaus. Wie ungraziös von ihr! Ich muss mich ganz schön zusammennehmen, dass ich mir nicht vor Lachen in die Hose seiche, doch im Gegensatz zu Madame gelingt es wenigstens mir, die Contenance zu wahren. Ich gebe mich besorgt, wie die anderen Affen auch, und halte mich ganz in ihrer Nähe auf, damit mir bloß nichts entgeht. Schlimm, wenn man sich so wenig im Griff hat!

Zu meiner großen Freude verlangt das Aas dann auch noch nach seinem Laudanum. Die kann ja wieder mal den Hals nicht voll kriegen. Als sie das Fläschchen dann in die Griffel kriegt, säuft sie es fast leer. Es sei ihr gegönnt! Und dann wird alles noch viel schlimmer mit ihr. Ich muss mich schwer zusammenreißen, dass ich mich nicht auf den Boden werfe vor Lachen. Aber ich denke, eine Epileptikerin in der Familie reicht. Von mir aus hätte es noch stundenlang so weitergehen können, ich kann mich gar nicht sattsehen an dem Schauspiel, doch dann kommt der Arzt und verdirbt alles. Er versorgt das Miststück und Madames glanzvoller Auftritt ist leider zu Ende.

Aber ich will mich nicht beklagen, denn es war in der Tat ein sehr gelungener Abend und ich habe mich noch nie so köstlich amüsiert.‹

In der Familie wurde der Vorfall vertuscht«, erläuterte der Inspektor. »Karl von Breuberg gab im Nachhinein allerdings zu, seine Gattin und er hätten von Anfang an Konrad im Verdacht gehabt, hinter der Tollkirschen-Vergiftung zu stecken. Was dieser jedoch permanent geleugnet habe. Dennoch habe man ihm daraufhin nicht mehr länger über den Weg getraut und die Dame des Hauses muss darauf bestanden haben, dass ihr Stiefsohn umgehend verschwinden müsse. Konrad kam in eine Besserungsanstalt in der Schweiz, wo er sich tadellos betrug und dort wohl auch seine Matura ablegte, die selbstredend hervorragend war. Aus dieser Zeit gibt es keinerlei Einträge. Insgesamt liegt zwischen dem Eintrag aus dem Jahre 1832 und den Todesprotokollen eine Pause von vier Jahren.

Die Protokolle vom 25. August 1836 und dem 19. September gleichen Jahres wurden in einer derart kalten, wissenschaftlichen Terminologie abgefasst, als handele es sich bei den beiden jungen Frauen um Laborratten. Nichts anderes müssen sie ja für den Mörder gewesen sein. Gerlinde Dietz und Gertrud Jäger waren für Konrad von Breuberg lediglich Versuchskaninchen, an denen er das Aconitin ausprobierte. ›Die Episoden des Schmerzes‹, wie er den Todeskampf seiner Opfer lapidar bezeichnete, betrugen bei Gerlinde Dietz 10 Minuten und steigerten sich bei Gertrud Jäger zu 30 Minuten. Die grausamen Höllenqualen, welche die beiden Frauen auszustehen hatten, waren für den Mörder demnach nichts anderes als beiläufige Ereignisse, die einzig einem Zwecke dienten: Das Gift genauer zu erproben, um es bei denen, für die es eigentlich gedacht war, wirkungsvoller einsetzen zu können. Perfektionistisch, wie Konrad von Breuberg nun einmal war, genügte es ihm nicht, irgendwelche x-beliebigen Frauen für seine Experimente auszuwählen. Nein, sie mussten schon Ähnlichkeit mit Lisbeth Orth, seiner ersten großen Liebe, haben und einen entsprechenden Lebenswandel führen …«

»Entschuldigen Sie, wenn ich Sie unterbreche, aber in diesem Punkt bin ich nicht ganz Ihrer Meinung«, wandte Doktor Hoffmann ein. »Konrad von Breubergs erste große Liebe war zweifellos sein Kindermädchen, Else Merlinger. Und es kommt nicht von ungefähr, dass er eine Kinderzeichnung von ihr gemeinsam mit dem Giftfläschchen im Geheimfach seines Schreibtischs aufbewahrte. Die menschliche Seele vermag nicht so exakt zu differenzieren wie der Verstand. Die Trennung von der geliebten Kinderfrau riss tiefe Wunden in Konrads Kinderseele. Auch wenn sie nicht aus freien Stücken gegangen ist, sondern von der gestrengen Stiefmutter hinausgeworfen wurde, so fühlte sich der Knabe im Grunde seiner Seele doch hoffnungslos verlassen. Möglicherweise sogar im Stich gelassen von der Frau, die er mit jeder Faser seines kindlichen Herzens geliebt hatte wie eine Mutter. Mit hoher Wahrscheinlichkeit gesellte sich damals schon zu diesem grausamen Liebesverlust auch ein erstes, noch schwelendes Rachebedürfnis. Als Jugendlicher verliebte er sich dann in ein junges Dienstmädchen, das große Ähnlichkeit mit seiner Kinderfrau hatte, und die Sehnsucht nach Liebe, in seinem jungen Leben bislang nur mit den Füßen getreten und gezwungen, im wahrsten Sinne des Wortes das Dasein eines Kellerkindes zu führen, kämpfte sich ans Licht. Doch die schöne, dunkelhaarige Frau mit den braunen Samtaugen erwies sich auch dieses Mal als treulos und böse – und musste endlich dafür bestraft werden. Deswegen glaube ich, dass die ersten beiden Mordopfer, Gerlinde Dietz und Gertrud Jäger, neben ihrer vorrangigen Funktion als Versuchskaninchen für Konrad auch die Eigenschaften von Sündenböcken erfüllten.«

»Damit liegst du sicherlich richtig, lieber Heinrich«, stimmte das Fräulein nach längerem, konzentrierten Nachdenken zu. »Das alte Kindermädchen war durch diese zweite unglückselige Erfahrung hoffnungslos in Ungnade gefallen und Konrad fing an, sich ein neues, unbeflecktes Mutterbildnis zu erschaffen, indem er sich bei seiner Tante mit brennendem Interesse nach seiner leiblichen Mutter erkundigte. Für die er in seinem Inneren und im wirklichen Leben einen Altar errichtete, um sie fürderhin wie eine erhabene, über allem thronende Göttin zu verehren. Vor meinem geistigen Auge sehe ich immer noch das Gemälde Karoline von Breubergs, vor dem dieser herrliche Rosenstrauß stand. – Und eine Rosenknospe an seinem Revers war es, die ihm den Tod brachte.«

»Nachdem er, wie er in seinem Tagebuch schrieb, endlich sein Meisterstück vollbracht hatte«, murmelte der Inspektor nachdenklich und schlug Konrad von Breubergs letzten Eintrag auf:

Sonntag, 14. Dezember 1836

Fürwahr ein großer Tag für die Familie von Breuberg! Der alte Drecksack feiert heute seinen 50. Geburtstag und zu diesem Anlass findet am Abend ein glanzvoller Empfang statt. – Glanzvoll vor allem für Madame.
Denn Madame empfängt heute den Blauen Eisenhut.
An diesem großen Tag vollbringe ich endlich mein Meisterstück und ich bete zu dem Fürsten der Hölle, dass es mir doch gelingen möge, den teuflischen Gast vortrefflich einzuführen.
Mich beseelt nur noch der eine Wunsch:
Madame soll genauso mit dem Tode ringen, wie ich immer mit dem Leben gerungen habe!

Konrad von Breuberg

Epilog

Sidonie Weiss verfasste in Anlehnung an den Fall von Breuberg einen Kriminalroman mit dem Titel ›Madame empfängt den Tod‹. Das Buch verkaufte sich in ganz Europa, wurde in viele Sprachen übersetzt und trug dazu bei, dem Fräulein einen gewissen Wohlstand zu bescheren. Mit ihrem ersten Honorar unterstützte die Dichterin die Errichtung einer Milchbude in der Frankfurter Altstadt, die von Thekla Müller betrieben wurde.

In den Folgejahren entstanden unter Theklas regem Engagement noch weitere Buden in den Wohngegenden der arbeitenden Bevölkerung, die sich wegen ihrer günstigen Preise wachsender Beliebtheit erfreuten. Infolge der Verwandlung des Mineralwassers vom kostspieligen Heilmittel für Gutbetuchte zum erschwinglichen Erfrischungsgetränk für die Massen führte Thekla bald auch ›Selterswasser‹ und Limonade in ihren Büdchen ein. Kinder und Erwachsene gleichermaßen schätzten das prickelnde Getränk und die Buden vermehrten sich immer zahlreicher. Im Volksmund nannte man sie ›Wasserhäuschen‹ und sie wurden im Laufe der Zeit zu einer festen Frankfurter Institution.

Ganz im Sinne von Sidonie war es von Anfang an auch Theklas Absicht, den armen Leuten die Möglichkeit zu geben, auf billige Weise ihren Durst zu stillen und sie außerdem noch vom Branntwein wegzubringen. Denn obgleich Thekla im Laufe ihres Lebens noch mehrfach ins Straucheln geriet, hörte sie doch niemals auf, dem Alkohol, der so viel Elend über sie gebracht hatte, unverzagt die Stirn zu bieten. Mit Sidonie Weiß verband sie zeitlebens eine enge Freundschaft.

Fridolin Brack alias Fräulein Rosalind zog nach den hässlichen Verdächtigungen von Frankfurt weg und ließ sich in der Universitätsstadt Marburg nieder. Dort heiratete er seine langjährige Gefährtin, Isolde Schmidt, die im hessischen Landesarchiv eine Anstellung als Archivarin gefunden hatte, und führte an ihrer Seite ein unauffälliges Leben als Angestellter in einer kleinen Buchhandlung.

Klaus Brand kehrte nach der Verbüßung seiner dreijährigen Kerkerhaft auf die Schwäbische Alb zurück, wo er den Bauernhof seiner Eltern übernahm. Er heiratete eine weitläufige Verwandte und hatte mit ihr fünf Kinder.

Alfons Klein blieb aufgrund seines frühen Geständnisses eine Haftstrafe erspart. Vom Polizeidienst suspendiert, schlug er sich fortan als Gelegenheitsarbeiter durch. Als mit den Bauarbeiten des Taunusbahnhofs an der Taunusanlage begonnen wurde, verdingte er sich dort als Hilfsarbeiter.

Doktor Heinrich Hoffmann vertiefte nach dem Fall Breuberg seine psychiatrischen Forschungen. Im Jahre 1851 wurde ihm die Leitung der Anstalt für Irre und Epileptische in der Kastenhospitalgasse übertragen. Er stieß innerhalb der Anstalt auf erschreckende hygienische Bedingungen und mittelalterliche Behandlungsmethoden. Konsequent setzte er sich für humane Therapieformen ein und schaffte die bis dahin üblichen Zwangsmittel wie den Narrenstuhl, das Drehbett oder den Horn'schen Sack ab.

Johann Konrad Friedrich lebte bis zum Jahre 1842 als Schriftsteller in Rödelheim bei Frankfurt. Dann siedelte er nach Paris über, wo er seine Memoiren fertigstellte. Bis zu seinem Tode anno 1858 blieb er unverheiratet.

In Frankfurt munkelte man, der alte Herzensbrecher hätte es nicht verwinden können, dass ihm seine Jugendliebe, Sidonie Weiß, einen Korb und einem anderen ihr Jawort gegeben hatte – und das noch einem Mann, der 13 Jahre jünger war als Sidonie!

Niemand, am wenigsten sie selbst, hatte damit gerechnet, dass sie sich mit 52 Jahren noch einmal unsterblich verlieben würde – in den jungen, gutaussehenden Polizeiinspektor Wilde. Und dass der attraktive Junggeselle diese Zuneigung offensichtlich auch erwiderte, empfanden nicht wenige als degoutant. Ganz Frankfurt, besonders die Damen der besseren Gesellschaft, zeigten sich konsterniert über die Hochzeit des glücklichen Paares, die im Wonnemonat Mai anno 1837 in der Sankt Peterskirche zu Frankfurt am Main abgehalten wurde. Die Braut trug ungeachtet ihres Alters ein weißes Spitzenkleid mit Schleier und ellenlanger Schleppe und wirkte darin so anmutig wie ein verliebtes, junges Mädchen.

Personenglossar

Gerlinde Dietz – Dienstmädchen und Gelegenheitsprostituierte, ledige Mutter zweier Söhne, 20 Jahre alt

Klaus Brand – Oberinspektor, 43 Jahre alt

Sidonie Weiß – Dichterin, 52 Jahre alt

Rudi Schickel – Frankfurter Gassenjunge, 12 Jahre alt

Mathilde Janz – Aufwartefrau, seit 30 Jahren in Stellung bei Sidonie Weiß, 63 Jahre alt

Johann Konrad Friedrich (1789–1858) – Lebemann und Flaneur, 47 Jahre alt

Thekla Müller – Prostituierte, 16 Jahre alt

Irmgard Stocklossa – Dienstmädchen und Gelegenheitsprostituierte, 18 Jahre alt

Ottmar Saltzwedel – Apotheker, 45 Jahre alt

Pauline Saltzwedel – Gattin von Ottmar Saltzwedel, 40 Jahre alt

Madame Zink – Inhaberin eines Nobelbordells in der Großen Gallengasse Nummer 23, 41 Jahre alt

Die ›Miss‹ – arbeitet als gestrenge Gouvernante im Bordell der Madame Zink, 33 Jahre alt

Gertrud Jäger – stellungsloses Dienstmädchen, 19 Jahre alt

Heinrich Hoffmann (1809–1894) – Arzt in der Armenklinik in der Meisengasse, Städtischer Leicheninspektor, 27 Jahre alt

Max Wilde – Obergendarm, 39 Jahre alt

Alfons Klein – Gendarm, 37 Jahre alt

Wilhelm Paulus – Bürgermeister und Bankier, 70 Jahre alt

Georg Wilhelm Hessenberg (1808–1860) – Rechtsanwalt, später Polizeisenator in Frankfurt am Main

Helga Bastian – Arztgattin, 28 Jahre alt

Anton Antoni (Kastenhospitalmeister von 1818–1856) – Verwalter des Städtischen Irrenhauses in der Kastenhospitalgasse, 42 Jahre alt

Elfriede Antoni – Gattin von Anton Antoni, Hospitalmeisterin im Städtischen Irrenhaus, 40 Jahre alt

Johann Konrad Varrentrapp (Kastenamtsarzt von 1814–1851) – Ärztlicher Direktor des Städtischen Irrenhauses in der Kastenhospitalgasse, 50 Jahre alt

Fridolin Brack alias Fräulein Rosalind – Transsexueller, ehemaliger Patient des Städtischen Irrenhauses, arbeitet als Kellner im Restaurant ›Mainlust‹, 30 Jahre alt

Lisbeth Orth – Dienstmagd in der Parfümerie Feigenspahn, Prostituierte im heimlichen Bordell des Hauses Feigenspahn, 21 Jahre alt

Albertine Feigenspahn – Inhaberin der Parfümerie Feigenspahn, Kupplerin und Bordellwirtin, 55 Jahre alt

Hermann Feigenspahn – Gatte von Albertine Feigenspahn, 57 Jahre alt

Dorothea Fuchs – Dienstmagd im Hause Feigenspahn, Prostituierte im hauseigenen Bordell, 16 Jahre alt

Claudia von Breuberg – wohlhabende Dame aus dem vornehmen Frankfurter Westend, Gattin des renommierten Rechtsanwalts Karl von Breuberg, Mutter dreier Töchter, Stiefmutter von Konrad von Breuberg, 32 Jahre alt

Anton Kunzfeld – stellungsloser Apothekergehilfe, Zuhälter und Kleinkrimineller, 28 Jahre alt

Lydia – Straßenprostituierte, an Syphilis erkrankt, 25 Jahre alt

Inge Fauerbach – Wäscherin, 62 Jahre alt

Charlotte Wohl – wohlhabende Dame, lebt in einer Villa in der Schönen Aussicht, alleinstehend, fromm, 65 Jahre alt. Sie ist die Tante von Konrad von Breuberg

Elisabeth Hanauer – Offizierswitwe aus Gießen, die Zimmerwirtin von Konrad von Breuberg, 68 Jahre alt

Justus Liebig (1803–1873) – Begründer der organischen Chemie, ordentlicher Professor an der Ludwigsuniversität Gießen, 33 Jahre alt

Konrad von Breuberg – Student der Rechtswissenschaft und der Chemie an der Ludwigsuniversität Gießen, 20 Jahre alt

Backrezept
›Frankfurter Kranz‹

Zutaten für den Rührteig:

200 g Butter, 200 g Zucker, 1 Prise Salz, 3 Eier, abgeriebene Schale einer unbehandelten Zitrone, ½ Fläschchen Bittermandelöl, 2 cl Rum, 200 g Mehl, 100 g Speisestärke, ½ Päckchen Backpulver, Butter zum Einfetten, Semmelbrösel zum Ausstreuen.

Zutaten für die Füllung:

½ l Milch, 1 Prise Salz, 30 g Zucker, 1 Päckchen Vanille-Puddingpulver, 250 g Butter, 60 g Puderzucker, 2–3 EL Rum, 100 g Haselnusskrokant, Cocktailkirschen.

Zubereitung:

Butter mit Zucker und Salz schaumig rühren, nach und nach die Eier dazugeben. Wenn die Masse schaumig ist, Zitronenschale, Bittermandelöl und Rum daruntermischen.

Mehl mit Speisestärke und Backpulver mischen, auf den Teig sieben und alles gut unterrühren. In eine gefettete, mit Semmelbröseln ausgestreute Kranzform füllen und im auf 180°C (Gas Stufe 2) vorgeheizten Ofen auf der unteren

Schiene etwa 60 Minuten backen. Dann den Kuchen bis zum nächsten Tag ruhen lassen.

Für die Creme etwas Milch abnehmen, den Rest mit Salz und Zucker aufkochen. Das Puddingpulver mit der kalten Milch verquirlen, dann unter Rühren in der heißen Milch aufkochen, anschließend im kalten Wasserbad abkühlen lassen.

Die Butter mit dem Puderzucker schaumig rühren und löffelweise den Flammeri (Pudding) untermischen. Mit Rum abschmecken.

Den Kranzkuchen zweimal waagrecht durchschneiden, mit einem Teil der Creme bestreichen und wieder zusammensetzen. 2 EL der restlichen Creme in einen Spritzbeutel geben. Mit der übrigen Creme den Kuchen rundherum bestreichen und mit Krokant bestreuen. Die Oberfläche mit Cremetupfern verzieren und mit Cocktailkirschen belegen.

Danksagung

Mein besonderer Dank gilt meinem Lebensgefährten Markus Wild, der ›Madame empfängt‹ von der Idee bis zur Vollendung so wunderbar begleitet hat.

Meinem Freund Gerold Hens danke ich ganz herzlich für seine klugen wie kritischen Anregungen und Korrekturen.

Danken möchte ich ebenfalls meinem Freund Jürgen Blümel, der die Entwicklung des Romans mit regem Interesse verfolgt hat.

Herrn Alfred Zschietzschmann und Dr. Roman Fischer vom Institut für Stadtgeschichte in Frankfurt danke ich vielmals für die fachkundige Beratung und Unterstützung bei der Recherche.

Herzlichen Dank auch an meine Lektorin Claudia Senghaas, die mir von Anfang an das Gefühl vermittelte, dass mein Werk bei ihr in besten Händen ist.